blue MOON

KRISTIN HANNAH

Cascada îngerilor

Traducere din limba engleză şi note
SIMONA SĂSĂRMAN

LITERA
Bucureşti

Editura Litera
tel.: 0374 82 66 35; 021 319 63 90; 031 425 16 19
e-mail: contact@litera.ro
www.litera.ro

Cascada îngerilor
Kristin Hannah

Editor: Vidrașcu și fiii
Redactor: Monica Nedelcu
Corector: Păunița Ana
Copertă: Bell Studio
Tehnoredactare și prepress: Laura Carîp

Seria de ficțiune a Editurii Litera este coordonată
de Cristina Vidrașcu Sturza.

Descrierea CIP a Bibliotecii Naționale a României
HANNAH, KRISTIN
Cascada îngerilor / Kristin Hannah ;
trad. din lb. engleză și note: Simona Săsărman . –
București : Litera, 2022
ISBN 978-606-33-8383-0

I. Săsărman, Simona (trad. ; note)

821.111

Pentru Benjamin și Tucker

PARTEA ÎNTÂI

Ce-ar fi putut fi şi ce-a fost
Tind spre un capăt ce-i mereu prezent.
Zgomot de paşi se-aude-n amintire
De-a lungul drumului pe care noi n-am apucat,
Către o uşă ce nicicând nu am deschis-o.

T.S. ELIOT, din *BURNT NORTON*

Capitolul 1

În partea de nord a statului Washington, crestele zimţate ale munţilor de granit se înalţă către cerul veşnic înceţoşat, iar vârfurile lor rămân inaccesibile chiar şi în această eră a elicopterelor şi a iubitorilor de aventură dotaţi cu tehnologie înaltă. În această parte a ţării, copacii sunt deşi precum bărbile bătrânilor, iar cele mai puternice raze de soare sunt singurele pe care ei le lasă să treacă. Doar în lunile cele mai luminoase de vară reuşesc turiştii să îşi găsească drumul înapoi către maşinile pe care le-au parcat la marginea drumului.

Orăşelul Last Bend se află ascuns adânc în obscuritatea verde-cenuşie a acestei păduri bătrâne. Pentru vizitatori – fiindcă aici nu există străini – este genul de loc pe care mai înainte crezuseră că nu l-ar fi putut întâlni decât pe cărările întortocheate ale propriei imaginaţii. Străbătând străzile, oamenii ar putea jura că aud un zgomot ce seamănă cu nişte hohote de râs. Apoi apar amintirile, dintre care unele sunt reale, iar altele, doar imagini fabricate, preluate din filme vechi sau din revista *Life*. Îşi aduc aminte de gustul limonadei bunicii... sau de scârţâitul leagănului de pe verandă balansându-se liniştit înainte şi înapoi, înainte şi înapoi, la sfârşitul unei zile înăbuşitoare de vară.

Last Bend a fost fondat în urmă cu cincizeci de ani, când un scoţian masiv şi lat în umeri, pe nume Ian Campbell, a renunţat la dărăpănatul lui cămin lui strămoşesc situat în Edinburgh şi a pornit-o la drum în căutarea aventurii. Undeva de-a lungul drumului – legendele de familie susţin că acel loc ar fi fost Wyoming –, s-a apucat de căţărări. Astfel, el şi-a petrecut următorii zece ani rătăcind de pe un munte pe altul, în căutarea a două lucruri: ascensiunea supremă şi un loc asupra căruia să-şi lase amprenta.

A găsit ceea ce căuta în lanţul muntos Washington's North Cascade. Şi-a revendicat acel loc, unde Big Foot reprezenta mai mult decât un basm depănat în jurul unui foc de tabără, iar gheţarii pluteau tot timpul anului în râuri albastre. S-a apropiat cât de mult a putut de măreţul munte Baker şi a cumpărat în zonă patruzeci de hectare de păşune de calitatea întâi, iar apoi un lot de pământ străbătut de un drum cu prundiş, care avea să devină într-o bună zi autostrada Mount Baker. Şi-a construit oraşul de-a lungul coastei virgine, pline de pietriş, a lacului Angel. L-a botezat „Last Bend"[1], gândindu-se că singurul cămin pe care merită să-l ai este cel pe care merită să-l cauţi, iar el îl găsise pe al lui după ultima cotitură a drumului.

I-a luat ceva timp să găsească femeia dispusă la un trai într-o cabană de buşteni invadată de licheni, fără electricitate sau apă curentă, dar şi când a găsit-o...! O fetişcană irlandeză numai foc şi pară, cu visuri ce se potriveau cu ale lui. Împreună au modelat un oraş care să corespundă fanteziilor lor îngemănate; ea a plantat de-a lungul drumului principal puieţi de arţar japonez şi a iniţiat o serie de tradiţii – Zilele Gheţarului, cursa Sasquatch şi casa bântuită de Halloween de la intersecţia străzilor Cascade şi Main.

În anul în care formaţia Righteous Brothers şi-a pierdut romantismul, Ian şi Fiona au început să ridice casa visurilor lor, o uriaşă cabană de buşteni, semicirculară, aşezată pe o mică ridicătură din mijlocul proprietăţii lor. În unele zile în care cerul era ca de oţel, vârfurile pline de gheţari ale muntelui păreau suficient de aproape ca să le atingi. Brazii Douglas şi cedrii impunători care mărgineau gazonul tuns cu grijă, protejau grădina de răsuflarea îngheţată a iernii. La extremitatea vestică a terenului curgea pârâul Angel,

[1] Ultima Cotitură

care la sfârşitul liniştit al anului se prezenta sub forma unui torent, devenind un pârâu ce susura discret în lunile în care soarele verii strălucea fierbinte. În timpul iernii, Ian şi Fiona puteau ieşi pe veranda din faţă ca să audă, de la numai câţiva kilometri distanţă, ecoul cascadei Angel.

Acum, în acel cămin locuia a treia generaţie de Campbell. Bine pitit sub acoperişul ascuţit al casei, era dormitorul unui băieţel. Nu se deosebea prin nimic de dormitoarele altor băieţei din această eră stăpânită de mass-media – pat în formă de Corvette, postere cu Batman lipite de pereţii din buşteni, cărţi Goosebumps aruncate pe duşumeaua acoperită cu covoare miţoase, grămezi de dinozauri, şerpi de plastic şi figurine din *Războiul stelelor.*

Bret Campbell, băieţelul de nouă ani, stătea liniştit în patul lui, urmărind cum ceasul digital de lângă pat îşi schimba cifrele roşii în obscuritatea nopţii. Cinci şi treizeci de minute. Cinci şi treizeci şi două de minute.

Dimineaţa de Halloween.

Îşi dorise să pună alarma pentru acea dimineaţă specială de sâmbătă, dar nu ştia cum, iar dacă ar fi cerut ajutor, surpriza ar fi fost distrusă. Aşa că se cuibărise sub plapuma Mr. Freeze, aşteptând.

Fix la ora 5.45, a dat plapuma la o parte şi a coborât din pat. Atent să nu scoată nici un zgomot, a scos sacoşa de cumpărături de sub pat şi a desfăcut-o.

Nu era aprinsă nici o lumină, dar nici nu era nevoie. Se uitase la haine în fiecare noapte din ultima săptămână. Costumul lui de Halloween. Nişte cizme de cowboy cumpărate de la magazinul la mâna a doua Emperor's New Clothes[1], o vestă din imitaţie de piele de la magazinul de vechituri Dollar-Saver, o pereche de pantaloni de călărie din fetru, cusuţi de mama lui, o cămaşă de flanel ecosez, o pereche nou-nouţă de blugi Wrangler de la magazinul Zeke's Feed and Seed şi, cireaşa de pe tort, o insignă de şerif strălucitoare şi o curea pentru pistol, cumpărate, amândouă, de la magazinul de jucării. Tăticul lui îi făcuse chiar şi un lasou de dimensiunea potrivită pentru el, care să se poată agăţa de centura pentru pistol.

---

[1] Hainele cele noi ale împăratului – aluzie la basmul lui Hans Christian Andersen

Şi-a dat jos pijamaua şi s-a îmbrăcat în costumaţia de Halloween, lăsând deoparte centura, pistoalele, pantalonii de cowboy, lasoul şi pălăria imensă. De astea nu avea nevoie acum.

Se simţea ca un cowboy adevărat. A luat fişa cu instrucţiuni – pentru orice eventualitate – şi s-a dus la uşa dormitorului, de unde a aruncat o privire pe coridorul întunecat.

S-a uitat la celelalte două dormitoare. Ambele uşi erau închise, iar de sub ele nu răzbătea nici o geană de lumină. Bineînţeles că sora lui, Jacey, în vârstă de şaisprezece ani, dormea. Era sâmbătă şi, în ziua de după meciul de fotbal de la şcoală, dormea întotdeauna până la ora douăsprezece. Tata fusese la spital toată noaptea, cu un pacient, aşa că şi el era obosit în acea dimineaţă. Numai mama urma să se trezească devreme – şi avea să fie în grajd, gata de plecare, la ora şase.

A apăsat pe buton şi a făcut să se lumineze ecranul ceasului său de mână Darth Maul. Cinci şi patruzeci şi nouă de minute.

– Aoleu!

Şi-a ridicat gulerul cămăşii de flanel şi a coborât ultimul rând de trepte. Înaintând pe pipăite prin bucătăria cufundată în întuneric, a mers la cafetieră şi a apăsat pe butonul de pornire (altă surpriză), iar apoi s-a îndreptat spre uşa casei, pe care a deschis-o încetişor.

Pe verandă, s-a speriat de silueta neagră a unui bărbat de lângă el, dar, imediat după ce i-a văzut conturul, şi-a amintit. Era fermierul cu cap de bostan pe care îl făcuse împreună cu mama, în seara precedentă. Mirosul de fân proaspăt era intens – chiar şi după o zi.

Bret şi-a croit drum printre decoraţiunile de Halloween şi a coborât de pe verandă, luând-o la fugă pe aleea de acces auto. Când a ajuns la cabana de oaspeţi nelocuită, a cotit-o la dreapta şi s-a strecurat printre a doua şi a treia stinghie a gardului. Apoi a urcat, gâfâind, panta păşunii aşternute cu iarbă alunecoasă.

Grajdul uriaş, cu două etaje, construit de bunicul lui, era luminat de un singur reflector. Bret îl admirase întotdeauna necondiţionat pe faimosul lui bunic pe care nu-l cunoscuse niciodată, omul care dăduse numele lui străzilor, clădirilor şi munţilor din zonă, cel care cumva ştiuse că acela era locul potrivit pentru întemeierea oraşului Last Bend.

De când își putea aduce aminte Bret, poveștile despre aventurile bunicului fuseseră spuse iar și iar, iar el își dorea să-i semene întru totul acelui personaj legendar. Iată motivul pentru care se trezise atât devreme în acea dimineață de Halloween. Avea s-o convingă pe mama lui cea atât de protectoare că era pregătit să participe la drumeția călare ce avea să se desfășoare, pe tot parcursul nopții, până la cascada Angel.

A apucat zăvorul rece de metal al ușii grajdului și a deschis-o. Iubea mirosul acelui loc vechi; întotdeauna îl făcea să se gândească la mama lui. Uneori, atunci când era departe de casă, mirosea ceva – fân, piele sau ulei pentru uns harnașamentele – și se gândea la ea.

Caii au nechezat ușurel și s-au foit în boxele lor, crezând că venise ora mesei. Bret a aprins luminile și a străbătut, grăbit, aleea lată de ciment care ducea la magazie. S-a chinuit să dea jos de pe suportul de lemn șaua pentru sărituri a mamei lui. A scăpat-o de două ori înainte să-și dea seama cum s-o echilibreze pe braț. Târând în urma lui chinga ce zăngănea, s-a îndreptat spre boxa lui Silver Bullet.

Ajuns acolo, s-a oprit. O, Doamne, Bullet părea mai mare în acea dimineață...

Însă bunicul n-ar fi dat niciodată bir cu fugiții.

A fost nevoie de multe încercări – chiar foarte multe –, dar până la urmă s-a descurcat să pună șaua pe spinarea înaltă a iepei. A reușit chiar și să lege chinga. Poate că nu a strâns-o suficient, dar a reușit, cel puțin, să prindă cureaua.

A condus-o pe Bullet în mijlocul grajdului. Nu-și vedea ghetele, fiindcă erau îngropate în praful fin. Luminile de deasupra aruncau umbre ciudate peste el și peste iapă, dar lui îi plăceau acele linii negre, târâtoare. Îi aminteau că era sărbătoarea de Halloween.

Bullet și-a lăsat capul în jos și a pufnit, în timp ce zgâria pământul cu copita.

Bret a apucat funia mai strâns.

– Ușurel, fetițo, a spus el pe un ton jos, încercând să nu se teamă.

Așa vorbea mama lui întotdeauna cu animalele. Spunea că, dacă erai răbdător și calm, puteai potoli și cel mai sălbatic animal.

Uşa grajdului s-a zgâlţâit, apoi a scârţâit prelung. Lemnul s-a târşâit pe ciment, iar uşa s-a deschis.

Mama stătea în prag. În spatele ei, răsăritul era de un roşu superb, care părea să îi aprindă un foc roz în păr. Bret nu-i vedea prea bine faţa, dar îi distingea silueta neagră pe fundalul luminos şi putea să audă *clic-clic-clicul* constant pe care îl făcea cu tocurile cizmelor pe beton. Apoi ea s-a oprit şi şi-a pus mâna streaşină la ochi.

– Bret? Iubitule, tu eşti?

Bret a dus-o pe Bullet la mama, care stătea la marginea manejului, cu mâinile puse în şolduri. Era îmbrăcată cu un pulover maro, lung, şi cu pantaloni negri de călărie; cizmele îi erau deja prăfuite. Se uita la el – una dintre privirile ei de mamă –, iar el tare şi-ar mai fi dorit ca ea să zâmbească.

Bret a smucit hăţurile şi a oprit iapa brusc, exact aşa cum îl învăţaseră la orele 4-H.

– I-am pus eu şaua, mamă. Apoi a mângâiat botul fin ca mătasea al iepei. Nu am putut s-o fac să primească zăbala, dar am legat şaua exact aşa cum trebuie.

– Te-ai trezit devreme – de Halloween, a treia sărbătoare în ordinea preferinţelor tale – şi mi-ai înşeuat calul. Măi, măi. S-a aplecat şi i-a ciufulit părul. Nu-ţi place să mă laşi prea mult timp singură, nu-i aşa, Bretster?

– Ştiu ce singură te simţi.

Ea a râs, apoi a îngenuncheat în praf. Aşa era mama lui, nu-i păsa niciodată dacă se murdărea – şi-i plăcea să-şi privească odraslele drept în ochi. Sau, cel puţin, aşa spunea. Şi-a scos de pe mâna dreaptă mănuşa uzată, neagră, şi i-a dat drumul pe jos. Aceasta i-a aterizat pe coapsă, dar ea nu a părut să observe, ci s-a întins ca să dea la o parte părul de pe faţa fiului ei.

– Deci, tinere călăreţ, ce gânduri ai?

Asta era o altă caracteristică a mamei lui. Nu puteai niciodată s-o păcăleşti. Parcă ar fi avut vedere cu raze X.

– Anul ăsta vreau să merg cu tine în drumeţie, noaptea, la cascada Angel. Anul trecut ai spus că poate mai târziu, când sunt mai mare. Ei bine, acum sunt cu un an întreg mai mare şi m-am descurcat destul de bine la târg anul ăsta – adică, aproape nici un copil de nouă ani nu a ieşit pe primul loc – şi am ţinut boxa curată şi l-am ţesălat tot timpul pe Scotty. Iar acum pot pune de unul singur şaua pe un bătrân pursânge. Dacă m-aş duce la Disneyland, cu siguranţă că aş putea atinge mâna lui Mickey.

Mama s-a sprijinit pe tocuri. Probabil că îi intrase nişte praf în ochi, fiindcă aceştia lăcrimau.

– Nu mai eşti puiul meu cel mic, nu-i aşa?

Bret s-a cocoţat pe picioarele ei îndoite, prefăcându-se că era în continuare suficient de mic pentru a fi ţinut în braţe. Mama a luat cu blândeţe hăţurile din mâna lui, iar Bret şi-a încolăcit braţele în jurul gâtului ei.

Mama l-a sărutat pe frunte şi l-a strâns în braţe. Era sărutul lui preferat, genul de sărut pe care i-l dădea în fiecare dimineaţă, la micul dejun.

Îi plăcea când îl ţinea în felul acela. În ultima vreme (de când începuse clasa a patra), fusese nevoit să devină băiat mare. Adică n-o mai putea lăsa pe mama să-l țină de mână atunci când mergeau împreună pe coridoarele şcolii... iar ea, bineînțeles, nu mai putea să-l sărute de rămas-bun. Aşa că acestea erau singurele momente în care putea să fie băiețel.

– Ei bine, presupun că orice copil care este suficient de mare ca să pună şaua pe un astfel de cal, este pregătit să meargă într-o drumeţie noaptea. Sunt mândră de tine, băiete.

Bret a izbucnit în urale şi a îmbrăţişat-o.

– Mulţam, mamă!

– *No problema.*

S-a desprins uşor de el şi s-a ridicat în picioare. Cum stăteau acolo împreună, ea şi-a lăsat mâna înmănuşată să atârne între ei, iar Bret a apucat-o.

Ea l-a strâns de mână.

– Acum trebuie s-o antrenez pe Bullet timp de aproximativ o oră, înainte ca Janine să vină şi să deparaziteze caii. Azi am o mie de lucruri de făcut înainte de a merge la colindat.

– Le face vreo injecţie?

– De data asta, nu.

I-a ciufulit din nou părul lui Bret, apoi s-a aplecat după mănuşă.

– Pot să stau şi să mă uit la tine cum călăreşti?

– Îţi aduci aminte regulile?

– Ba bine că nu, mamă.

– Poţi să rămâi, dar să nu vorbeşti şi să nu te dai jos de pe gard.

El s-a strâmbat.

– Chiar trebuie să-mi spui iar regulile, nu-i aşa?

Ea a râs.

– Ei, nu zău, Jim Carrey! Întorcându-se cu spatele la el, a strâns mai tare chinga şi a apucat iapa de căpăstru. Te rog să-mi aduci casca, Bretster.

El a fugit în magazie.

Ajuns în dreptul cufărului pe care scria *Lucrurile lui Mike,* s-a lăsat pe vine, a ridicat capacul şi a început să cotrobăie printre spray-uri împotriva muştelor, perii, funii, găleţi şi renete[1], până când a găsit casca neagră, prăfuită, învelită într-o bucată de catifea. Îndesându-şi-o sub braţ, a închis capacul cufărului şi a alergat înapoi la manej.

Acum mama era cocoţată pe spatele lui Bullet, iar mâinile ei înmănuşate se sprijineau uşor pe greabănul calului.

– Mulţumesc, scumpete!

S-a aplecat şi a luat casca.

Pe când Bret ajungea în locul lui preferat de pe gardul manejului, mama a mânat-o pe Bullet spre poteca ce mergea de-a lungul zidului. Bret s-a urcat pe stinghiile gardului şi s-a aşezat pe cea de sus.

A urmărit-o din priviri pe mama în timp aceasta călărea în jurul manejului. Ea a trecut-o pe Bullet prin seria de paşi de încălzire: mers, trap, trap prelungit, apoi galop. Bret a urmărit cum calul şi călăreţul deveneau împreună o imagine nebuloasă, aflată în continuă mişcare.

A ştiut instantaneu când anume a hotărât mama că era momentul să sară. O urmărise de atâtea ori, încât recunoştea semnele, deşi nu ar fi putut să le numească. Pur şi simplu ştia că se îndrepta spre prima săritură de şaizeci de centimetri.

Exact la fel cum ştia când ceva era în neregulă.

---

[1] Instrument recurbat, folosit pentru curăţarea copitelor cailor

El s-a aplecat în faţă.

– Aşteaptă, mami! Obstacolul e în locul greşit. Cineva trebuie să-l fi mutat...

Dar mama nu l-a auzit. Bullet se lupta cu ea, se avânta şi se zbuciuma în timp ce mama se chinuia să strunească iapa şi s-o aducă la un galop controlat.

– Uşurel, fetiţo, linişteşte-te... Calmează-te...

Bret a auzit acele cuvinte în timp ce mama zbura pe lângă el. A vrut să coboare de pe stinghia pe care era cocoţat, dar nu avea voie – nu atunci când mama antrena calul la săriturile peste obstacole.

Oricum, era prea târziu ca să mai strige. Mama era deja în dreptul gardului. Inima lui Bret bătea nebuneşte.

„Cevaegreşit!“

Cuvintele s-au îmbulzit în mintea lui, devenind tot mai mari şi mai groaznice cu fiecare respiraţie. Voia să le rostească cu voce tare, să urle, dar nu-şi putea mişca buzele.

Silver Bullet s-a înălţat şi a sărit cu uşurinţă peste obstacolul de cărămidă falsă.

Bret a auzit strigătul de triumf şi râsul mamei.

A avut o fracţiune de secundă de uşurare.

Într-o clipă mama râdea, iar în următoarea a zburat de pe cal. S-a izbit cu capul de stâlpul grajdului cu atâta putere, încât gardul s-a zgâlţâit cu totul. Iar apoi nu s-a mai mişcat, ci a zăcut în praf, cu trupul contorsionat precum o bucată de hârtie veche, mototolită.

Nu se auzea nici un alt sunet în manejul uriaş, acoperit, cu excepţia respiraţiei greoaie a lui Bret. Până şi calul era liniştit, stând alături de călăreţul lui, ca şi cum nimic nu s-ar fi întâmplat.

Bret s-a dat jos de pe gard şi a alergat la mama lui. S-a lăsat în genunchi lângă ea. Sângele i se scurgea de sub cască, mânjindu-i părul scurt, negru.

Bret i-a atins umărul şi i l-a scuturat puţin.

– Mami?

Părul plin de sânge i s-a dat la o parte de pe faţă. Atunci Bret a văzut că ochiul ei stâng era deschis.

***

Sora lui Bret, Jacey, a fost prima care i-a auzit țipătul. A intrat în fugă în grajd, cu geaca umplută cu puf de gâscă a tatălui ei strânsă în jurul corpului.

– Bretster... Apoi Jacey a văzut-o pe mami zăcând pe jos. O, Doamne! Nu o atinge! a țipat ea la Bret. Îl aduc pe tata.

Bret nu ar fi putut să se miște nici dacă ar fi vrut. Nu a făcut altceva decât să stea acolo, uitându-se la mama lui zdrobită, rugându-se și tot rugându-se ca ea să se trezească, dar cuvintele rugăciunii nu se auzeau, fiindcă băiatul nu reușea să scoată nici un sunet.

Până la urmă, tata a apărut în grajd.

Bret s-a ridicat în picioare și și-a întins brațele, dar tata a alergat pe lângă el. Bret s-a împleticit și a făcut un pas în spate atât de repede, încât s-a lovit de gard. Nu reușea să respire suficient de mult ca să plângă. Doar stătea acolo, urmărind sângele roșu, atât de roșu, scurgându-se pe fața mamei. Jacey a venit să stea lângă el.

Tata a îngenuncheat lângă mami, trântindu-și în praf geanta medicală neagră.

– Rezistă, Mikaela, a șoptit el.

I-a scos cu atenție casca – oare Bret ar fi trebuit să facă asta? –, iar apoi i-a deschis gura și și-a înfipt degetele între dinții ei. Ea a tușit și a împroșcat, iar Bret a văzut sângele revărsându-se peste degetele tatei.

Mâinile lui, care erau întotdeauna atât de curate... acum sângele mamei era peste tot, până și pe mânecile pijamalei de flanel a tatei.

– Rezistă, Mike! spunea tata întruna. Suntem cu toții aici... rămâi cu noi...

„Rămâi cu noi." Asta însemna să nu moară... ceea ce însemna că ea *ar fi putut muri.*

Tata s-a uitat la Jacey.

– Sună la 112, acum!

Părea că au stat acolo ore bune, înghețați și amuțiți. Până la urmă, luminile roșii ale girofarului s-au revărsat în grajdul întunecat și s-a auzit țipătul strident al sirenei; o ambulanță a frânat în trombă pe pietrișul de lângă rulota pentru cai.

Paramedici îmbrăcați în uniforme albastre au intrat în grajd în pas alergător, trăgând după ei o targă pe rotile, ce zdrăngănea și zăngănea. Inima lui Bret a început să bată atât de tare, încât el nu mai auzea nimic.

A încercat să strige „Salvați-o!“, dar atunci când a deschis gura, din ea nu a ieșit decât un nor negru, gros. A urmărit fumul transformându-se într-o grămadă de mici păianjeni care au plutit de lângă el.

A închis gura și s-a retras, lovindu-se de gard cu atâta putere, încât a amețit. Și-a acoperit urechile, a închis ochii și s-a rugat cât de intens a putut.

Moare.

Amintirile dau năvală la întâmplare în mintea ei, unele dintre ele, impregnate de mirosul dulce de trandafiri după o ploaie de primăvară, altele, mirosind a nisipul de pe malul lacului unde ea primise cel dintâi sărut care contase. Unele dintre ele – prea multe – apar învăluite în pânza lipicioasă, irizată, a regretului.

Acum cineva o mișcă, legându-i corpul de un pat ciudat. Luminile sunt atât de strălucitoare, încât nu-și poate deschide ochii. Se aude un motor care pornește, iar zgâlțâielile îi provoacă durere. O, Doamne, câtă durere....

Aude vocea soțului ei, sunetul dulce și blând care a ghidat-o de-a lungul ultimilor zece ani de viață. Deși nu aude nimic de la copiii ei, de la puii ei, știe că sunt acolo, privind-o. Mai mult decât orice, își dorește să poată să le mai spună ceva, chiar dacă ar fi să scoată pe gură numai un sunet, un suspin, ceva...

Lacrimi călduțe i se scurg pe la coada ochilor, îi alunecă în spatele urechilor și îi umezesc perna țeapănă, cu miros neplăcut, din spatele capului. Își dorește să își poată înghiți cumva acele lacrimi, astfel încât copiii să nu le vadă, dar posibilitatea unui asemenea autocontrol s-a dus, este la fel de îndepărtată și de imposibilă precum abilitatea de a mai flutura o ultimă oară din mână.

De fapt, poate că nici nu plânge, poate că acele lacrimi sunt doar sufletul ei, care i se scurge din corp în stropi pe care nu-i va vedea nimeni.

Capitolul 2

Pe când era tânăr, Liam Campbell nu ar fi putut să evadeze din Last Bend suficient de repede. Orașul i se părea prea mic și sufocant, așa strâns cum era în pumnul faimosului său tată. Oriunde s-ar fi dus Liam, era comparat cu tatăl lui cel maiestuos, iar asta îl făcea să se simtă minuscul. Chiar și acasă se simțea invizibil. Părinții lui erau atât de îndrăgostiți unul de celălalt... pur și simplu nu rămăsese prea mult loc pentru un băiețel care citea o grămadă de cărți și năzuia să ajungă pianist de muzică clasică.

Spre completa lui surprindere, fusese acceptat la Harvard. Pe când își termina studiile de dinainte de licență, înțelesese că nu era suficient de bun pentru a fi pianist de concert. Era cel mai bun pianist din Last Bend, chiar și de la Harvard, dar nu ceea ce trebuia. Ar fi putut să fie profesor de muzică la o școală privată scumpă, poate, dar talentul lui nu includea forța, furia sau pasiunea disperată a celor mai buni dintre cei buni. Așa că renunțase, discret, la acel vis din tinerețe și-și îndreptase atenția către medicină. Dacă nu era suficient de talentat pentru a delecta oamenii cu mâinile lui, credea că era suficient de omenos pentru a-i vindeca.

Studiase zi și noapte, știind că un om liniștit ca el, atât de reținut și de banal, avea nevoie să fie mai bun decât competitorii lui.

Absolvise în fruntea anului său de studii și se angajase într-un loc ce îi uimise și îi indignase pe colegii lui de elită – într-o clinică pentru SIDA, din Bronx. Erau începuturile epidemiei şi oamenii erau îngroziţi de acea boală. Dar Liam credea că acolo, în mijlocul suferinţei reale, avea să descopere omul care era menit să fie.

Pe coridoarele care miroseau a moarte şi a disperare, el adusese o schimbare în vieţile pacienţilor lui, dar nu apucase niciodată să spună „O să fii bine. Eşti vindecat“.

În loc de asta, împărţea medicamente care nu aveau efectul scontat şi ţinea mâini care erau din ce în ce mai slăbite. Ţinuse în braţe nou-născuţi care nu ar fi avut nici o şansă de a visa la un trai la Paris. Scrisese atât de multe certificate de deces, încât ajunsese la stadiul de a nu mai putea să ţină în mână un stilou fără să-l cuprindă spaima.

După ce mama lui murise subit, de infarct, se întorsese acasă şi avusese grijă de tatăl lui care, pentru prima oară, avea nevoie de unicul său fiu. Liam intenţionase mereu să plece din nou, dar apoi o întâlnise pe Mikaela...

Mike.

Cu ea, în sfârşit, îşi găsise locul în lume.

Acum era la spital, aşteptând să i se spună dacă Mike avea să trăiască...

Veniseră numai de câteva ore, dar el avea senzaţia că trecuse o veşnicie. Copiii lui erau în sala de aşteptare – şi-i putea imagina înghesuiţi împreună, plângând, parcă o vedea pe Jacey ştergând lacrimile frăţiorului ei – şi, deşi îşi dorea să fie cu ei, ştia că dacă s-ar fi uitat atunci la copiii lui, ar fi cedat, iar lacrimile care îi curgeau din ochi i-ar fi înecat pe toţi.

– Liam?

S-a răsucit în direcţia din care venea vocea. S-a lovit cu şoldul de un cărucior, iar obiectele de pe el au zăngănit. A întins mâna ca să le echilibreze.

Doctorul Stephen Penn, şeful Secţiei de neurologie, stătea în faţa lui. Deşi era de vârsta lui Liam – tocmai împlinise cincizeci de ani –, Stephen părea bătrân şi obosit. Jucaseră golf împreună ani de-a rândul, dar nimic din relaţia lor nu-i pregătise pentru acest moment.

A atins umărul lui Liam.

– Vino cu mine.

Au mers alături pe coridorul auster și au intrat în Secția de terapie intensivă. Liam a observat că asistentele nu se uitau la el. Acum înțelegea cum trebuia să se simtă aparținătorul unui pacient aflat în stare gravă.

În cele din urmă au intrat într-un salon cu pereți de sticlă, unde Mikaela era întinsă pe un pat îngust, în spatele unei draperii despărțitoare de culoare deschisă. Arăta ca o păpușă ruptă, legată la aparate – ventilatoare, perfuzii, monitoare care înregistrau totul, de la ritmul cardiac, la presiunea intracraniană. Ventilatorul respira în locul ei, fiecare răsuflare scoțând un șuierat ritmic în încăperea liniștită.

– Creierul ei... funcționează, dar, din cauza medicamentelor, nu știm în ce măsură.

Stephen a scos un ac și a împuns talpa mică și dezgolită a Mikaelei, necomentând în nici un fel lipsa de reacție. A mai făcut câteva teste, pe care știa că Liam le putea evalua odată cu el. Apoi a spus, cu glas scăzut:

– Neurochirurgul este pus la curent și pregătit, pentru orice eventualitate, dar nu am identificat nimic care să necesite tratament chirurgical. O hiperventilăm, îi controlăm tensiunea și temperatura. Cu excepția apariției unei sângerări... ei bine, știi că facem tot ce putem.

Liam a închis ochii. Pentru prima oară în viața lui, și-a dorit să nu fi fost doctor. Nu voia să înțeleagă realitatea stării ei. Aveau un centru medical la nivel de ultimă generație și unii dintre cei mai buni medici la nord de San Francisco, cu toții fiind atrași în acel loc de calitatea vieții. Dar adevărul era că, în momentul de față, nu se putea face nimic pentru ea.

Nu intenționase să vorbească, dar nu s-a putut abține și a spus:

– Nu știu cum să trăiesc fără ea...

Stephen s-a întors către Liam, aruncându-i o privire tristă și înțelegătoare. Pentru o fracțiune de secundă nu a mai fost specialist, ci doar bărbat, doar soț și a înțeles.

– O să știm mai multe mâine...

Nu și-a terminat fraza, nu era nevoie.

„Dacă trece peste noapte."

– Mulțumesc, Steve, a răspuns Liam cu o voce abia perceptibilă în zumzetul aparatelor și al scurgerii constante a lichidelor din perfuzii.

Stephen a dat să plece, dar s-a oprit în prag.

– Îmi pare rău, Liam.

Fără să aștepte răspuns, a ieșit din salon și s-a întors, apoi, însoțit de mai multe asistente. Împreună, au luat-o Mikaela de acolo ca să îi facă încă niște teste.

Curajul, și-a spus Liam în sinea lui, nu era o emoție înflăcărată, arzătoare, accesibilă numai bărbaților care se înrolau în forțele speciale, săreau din avioane și se cățărau pe munți fără nume. Curajul era un lucru discret, rece ca gheața, de cele mai multe ori; acea mică fărâmă pe care o găseai atunci când credeai că totul era pierdut. Era confruntarea cu propriii copii într-un astfel de moment, ținându-i de mână și ștergându-le lacrimile, deși în adâncul sufletului erai sigur că nu aveai puterea s-o faci. Era hotărârea de a-ți sufoca propria suferință și de a merge mai departe, o respirație superficială și îndârjită urmând alteia la fel.

Și-a alungat propria frică. Nu ar fi putut spune unde, dar a reușit cumva s-o anihileze și s-o dea deoparte. S-a concentrat asupra lucrurilor care trebuiau făcute. Aflase că tragedia venea la pachet cu detalii – formulare de asigurare care trebuiau completate, valize care trebuiau făcute pentru orice eventualitate, programe ce trebuiau modificate. A reușit să ducă la îndeplinire toate astea fără să crâcnească; iar că le făcuse fără a privi nici o altă ființă omenească în ochi, ei bine, așa trebuia să fie. A sunat-o pe Rosa Luna – mama Mikaelei, care locuia în estul statului – și i-a lăsat pe robotul telefonic mesajul „Sună-mă!", a rostit pe un ton stăruitor. Apoi, incapabil să mai amâne, a străbătut coridorul aglomerat, îndreptându-se către sala de așteptare a spitalului.

Jacey ședea pe unul dintre scaunele de vinil roșii de lângă magazinul de cadouri, citind o revistă. Bret era pe podea, jucându-se, absent, cu jucăriile pe care personalul spitalului le ținea în cutii de plastic.

Lui Liam au început să-i tremure mâinile. Și-a încrucișat brațele și a rămas pe loc, legănându-se ușor.

„Ajută-mă, Doamne!“ s-a rugat el, iar apoi și-a lăsat brațele să-i atârne pe lângă corp și a intrat în sală.

– Bună, copii, a spus el cu blândețe.

Jacey a sărit în picioare. Revista pe care o citea a căzut pe pardoseală. Fata avea ochii umflați și roșii; buzele îi erau strânse într-o linie tremurată. Era îmbrăcată cu un hanorac roz, mototolit, și cu pantaloni largi.

– Tati? Bret nu s-a ridicat. A împins jucăriile și și-a șters ochii umezi, înălțându-și bărbia. A murit, nu-i așa? a spus el pe un ton atât de sec și de învins, încât Liam a simțit cum suferința îl năpădea din nou.

– Nu a murit, Bretster, a răspuns el, sâcâit de înțepătura fierbinte a lacrimilor.

La naiba, își interzisese să plângă, cel puțin, în fața lor. Acum aveau nevoie de puterea lui; trebuia să suporte frica de unul singur. S-a forțat să deschidă ochii larg și s-a ciupit o secundă de baza nasului, apoi a îngenuncheat lângă fiul lui, l-a luat în brațe și l-a strâns cu putere. Își dorea din tot sufletul să poată spune ceva, o ciudățenie magică, într-un limbaj articulat, prin care să le risipească frica. Dar nu rămăsese nimic altceva în afară de o atitudine prin care îi îndemna să aștepte alături de el și să vadă ce urma să se întâmple, adică o alinare aproape nefolositoare.

Jacey a îngenuncheat lângă Liam și și-a sprijinit obrazul de umărul lui, iar el și-a petrecut un braț în jurul ei.

– Este într-o stare proastă acum, a spus el cu glas șoptit, căutându-și fiecare cuvânt pentru că nu era capabil să le spună copiilor lui că mama le-ar fi putut muri. Are o rană destul de gravă la cap. Și mare nevoie de rugăciunile noastre.

Bret s-a strecurat mai aproape de Liam. Corpul a început să-i tremure; halatul de protecție al tatălui s-a umezit de lacrimi. Liam și-a ridicat capul și a văzut că Bret își sugea degetul.

Liam nu știa ce să facă. Bret nu-și mai sugea degetul de ani de zile, iar acum stătea ghemuit lângă taică-său ca un băiețel care ar fi avut doar jumătate din vârsta lui, încercând cu disperare să se aline singur.

Liam a știut că de atunci înainte copiii lui aveau să cunoască acel adevăr sumbru, groaznic, cel pe care Mike se străduise din răsputeri să-l ascundă de ei: lumea putea fi un loc înfricoșător. Uneori un singur moment putea să schimbe totul, iar oamenii – oricât de mult i-ai fi iubit – puteau muri.

Orele așteptării lor s-au scurs una câte una și au devenit o zi. În sfârșit, s-a făcut seară. Liam stătea în sala de așteptare împreună cu copiii lui, urmărind cu toții pe cadranul ceasului de perete piruetele metodice și lente ale limbilor negre. Trecuseră ore bune de când vorbise cineva. Cuvintele, își dăduse el seama, aveau densitatea plumbului, fiecare dintre ele părând să te împovăreze. Așa că stăteau împreună și totuși erau singuri.

La ora opt, au auzit pe coridor un zgomot de pași venind spre ei. Liam s-a încordat instantaneu și s-a aplecat în față.

„O, Doamne, te implor, dă să nu fie vești proaste..."

Prietenul lui Jacey, Mark Montgomery, a intrat în încăpere, aducând cu el o undă de energie.

– Jace? a spus el cu o voce prea stridentă. Stătea în ușă, îmbrăcat cu o geacă de sportiv roșu cu alb și cu pantaloni de trening largi, negri. Abia am aflat...

Jacey a fugit și i s-a aruncat în brațe, și-a lipit capul de pieptul lui și a început să suspine. După un timp, s-a tras în spate și s-a uitat la el.

– Încă nu... am putut s-o vedem.

Mark a susținut-o cu brațul și a condus-o la canapea. S-au așezat amândoi. Jacey s-a sprijinit de el. Reverberația slabă a șoaptelor lor a plutit prin încăpere.

Liam s-a dus la Bret și l-a îmbrățișat, strângându-l tare, apoi l-a dus să se așeze pe scaun. Și au urmărit în continuare ceasul.

Chiar înainte de ora nouă, a apărut Stephen.

Liam l-a lăsat pe Bret pe podea. Apoi s-a ridicat și s-a dus la Stephen.

– La fel, a spus acesta cu glas scăzut. Nu mai avem ce să facem pentru ea în seara asta. Trebuie doar să așteptăm.

Apoi și-a coborât vocea și mai mult, vorbind pe tonul îngrijorat al unui prieten:

– Du-ți copiii acasă, Liam. Încearcă să dormi. Dacă... se întâmplă ceva, te sun.

Liam știa că Stephen avea dreptate. Ar fi trebuit să-și ducă acasă copiii, dar gândul de a intra în acea casă goală, goală...

– Du-i acasă, a repetat Stephen.

Liam a oftat.

– Bine.

Stephen i-a pus mâna pe umăr, iar apoi s-a întors și a plecat.

Liam a tras aer adânc în piept.

– Haideți, copii. Este timpul să mergem acasă. Ne întoarcem dimineață.

Jacey s-a ridicat.

– Acasă?

Arăta îngrozită, iar Liam și-a dat seama că nici ea nu voia să intre în acea casă.

Mark s-a uitat la ea, apoi la Liam.

– Câțiva dintre noi ne ducem la casa bântuită. Poate... poate că vrei să vii?

Jacey a clătinat din cap.

– Nu, trebuie să rămân...

– Du-te, Jace, a spus Liam cu blândețe. Ia-ți numai pagerul cu tine. Te sun dacă se întâmplă ceva.

Fata s-a dus la el.

– Nu, tată...

Liam a luat-o în brațe și a ținut-o strâns, șoptindu-i:

– Du-te, Jace. Gândește-te la altceva vreme de o oră sau două. Nu o ajutăm în felul ăsta.

Ea s-a retras. Liam vedea războiul care se dădea înlăuntrul ei; voia să plece și voia să rămână. Până la urmă, s-a întors către Mark.

– Bine. Numai câteva minute, poate.

Mark s-a apropiat, a luat-o de mână pe Jacey și a condus-o afară din încăpere.

– Tati! a spus Bret după ce au plecat. Mi-e foame.

– O, Doamne, Bretster, îmi pare rău. Haide să mergem acasă.

Bret şi-a băgat din nou degetul în gură şi s-a ridicat în picioare. Arăta mic şi amărât. Liam a observat pentru prima oară hainele pe care le purta fiul lui. Cămaşă ecosez de flanel, vestă de piele artificială, cu o mică insignă de şerif prinsă de ea, blugi Wrangler noi şi cizme de cowboy. Un costum. Casa bântuită.

„La naiba!"

Era aproape nouă şi jumătate. În ultimele câteva ore, în tot oraşul, copii costumaţi în astronauţi, prinţese şi extratereştri se îngrămădiseră urcând şi coborând în şi din dubiţe. Părinţii lor, obosiţi şi cu dureri de cap chiar înainte ca totul să înceapă, dădeau muzica mai tare - de cele mai multe ori, rock-and-roll din tinereţea lor - şi-şi conduceau maşinile spre cartierul de locuinţe unifamiliale din Last Bend. Într-un oraş în care vecinul cel mai apropiat se afla deseori la o distanţă de şapte sute de metri, colindatul de Halloween era ceva ce trebuia planificat cu mare grijă.

Liam s-a uitat la fiul lui. Brusc, şi-a amintit că Mike stătuse trează până noaptea târziu ca să termine de cusut pantalonii de călărie pentru costum.

– Vrei să mergem la valea Angel pentru colindat?

Obrajii lui Bret s-au umflat în timp ce-şi sugea degetul, apoi a dat uşor din cap.

Liam a înţeles. Mami era cea care organiza întotdeauna Halloweenul.

– Bine, puştiulică. Haide să mergem.

Au ieşit din spital şi s-au lăsat învăluiţi de noaptea rece, pură, de octombrie. Aerul mirosea a frunze moarte şi a pământ negru, bogat.

Au urcat în maşină şi s-au dus acasă. Atunci când s-a deschis uşa garajului, zgomotul ei a tăiat un gol scârţâitor, ascuţit, în coconul de tăcere în care se refugiaseră.

Liam l-a luat de mână pe fiul lui şi l-a condus în casă. Au vorbit cu intermitenţe – Liam nu ar fi putut spune despre ce. A aprins toate luminile dinăuntru, chiar pe toate, până când casa a fost scăldată într-o strălucire falsă.

Dacă n-ar fi fost, naibii, atât de multă linişte!

„Pregăteşte-i cina lui Bret!" şi-a zis el, concentrându-se, apoi, la asta.

A sunat telefonul. Mormăind ceva către Bret, Liam s-a împleticit prin bucătărie, iar apoi a răspuns.

– Bună, Liam. Sunt Carol. Tocmai am auzit... îmi pare atât de rău...

Şi a început.

Liam s-a sprijinit de peretele clădit din buşteni, auzind fără să asculte. L-a urmărit din priviri pe Bret cum s-a dus în camera de zi şi s-a aşezat pe canapea. Apoi s-a auzit, asurzitor de tare, sonorul televizorului. *The Rugrats*[1]. Cu ochii uscaţi, Bret a început să se uite la desenul animat care îi plăcea cel mai puţin, cel despre care cu numai o săptămână în urmă spusese că era „pentru bebeluşi". S-a făcut covrig şi s-a apucat să-şi sugă degetul.

Liam a pus receptorul în furcă. Carol vorbea în continuare, şi-a dat el seama o secundă prea târziu, după care şi-a propus să-şi ceară scuze cât de curând.

Apoi a rămas în bucătăria goală, întrebându-se ce naiba să-i pregătească lui Bret pentru cină. A deschis frigiderul şi s-a uitat la o aglomerare derutantă de borcane şi de cartoane. A găsit un recipient de plastic plin cu un rest de sos de spaghete, dar nu avea idee cât de vechi era. În congelator se aflau zeci de recipiente similare, pe fiecare dintre ele fiind scrise data şi conţinutul, dar fără instrucţiuni de pregătire.

Telefonul a sunat din nou. De data asta era Marion, de la clubul local 4-H. Liam a îngăimat o explicaţie, i-a mulţumit lui Marion pentru rugăciuni, iar apoi a închis.

Nu a apucat să facă nici cinci paşi şi telefonul a sunat din nou. De data asta l-a ignorat şi s-a dus în camera de zi, unde a îngenuncheat lângă fiul lui.

– Ce zici, să comandăm pizza?

Bret şi-a scos degetul din gură.

– Jerry nu livrează de Halloween. Nu după ce, anul trecut, fraţii Monroe i-au tapetat camionul cu hârtie igienică.

– Aoleu!

– Oricum, e seara prăjitului. Eu şi cu mama am pus aseară puiul în sos. Se marinează.

---

[1] *Aventuri în patru labe* – serial de animaţie american

– Prăjit. Pui și legume. Cât de greu poate să fie? Vrei să mă ajuți să gătesc?

– Nu știi cum.

– Pot să tai abdomenul unui om, să-i scot apendicele și să-l cos la loc. Sunt sigur că pot găti cina pentru un băiețel.

Bret s-a încruntat.

– Nu cred că trebuie să știi toate astea ca să prăjești.

– De ce nu te așezi pe unul dintre scaunele din bucătărie? O să gătim puiul împreună.

– Dar nici eu nu știu cum.

– Ne dăm noi seama. O să fie distractiv. Haide!

L-a ajutat să se dea jos de pe canapea și l-a urmat în bucătărie. După ce Bret s-a așezat pe scaun, Liam s-a dus la frigider și a scos pungile de plastic pline cu legume și cu puiul marinat. După ce a căutat o vreme, a găsit tocătorul și cuțitul.

A început cu ciupercile.

– Mami nu pune ciuperci în mâncare. Nu-mi plac.

– Of!

Liam a pus ciupercile înapoi în pungă și s-a întins ca să ia conopida.

– Nu!

Bret începea să aibă un aer speriat.

– Ți-am zis că nu'ș cum să faci...

Liam a apucat o bucată de broccoli.

– Asta e bună?

– Îhî. Mulți copăcei!

Liam a început să taie.

– Taie-le mai mici! a strigat Bret.

Taică-său nu și-a ridicat privirea. A tăiat buchețelele de broccoli în bucăți mici, dar i-a fost greu să le dea forma potrivită.

– Tre' să pui ulei în wok.

A sunat telefonul. Liam a răspuns fără tragere de inimă. Era prietena lui Mike, Shaela, de la clubul de echitație, întrebând dacă putea să ajute cu ceva.

Liam a găsit wokul electric.

– Mulţumesc, Shaela, a spus, întrerupând-o la mijlocul frazei. Doamne, nu-mi vine să cred, a continuat el să îngaime, spunând acele cuvinte sau ceva asemănător, iar apoi a închis.

Pe urmă a băgat wokul în priză şi a turnat o cană de ulei înăuntru.

– Asta e o tonă de ulei, a spus Bret, încruntându-se.

Telefonul a început să sune din nou.

– Îmi place crocant, l-a lămurit Liam în timp ce ridica receptorul din furcă.

Era Mabel, de la programul de salvare a cailor. Liam i-a repetat ceea ce le spusese tuturor. Pe când Mabel începuse pentru a patra oară să spună „Îmi pare rău“, Liam aproape că a ţipat. Aprecia telefoanele – cu adevărat –, dar ele făceau ca totul să fie prea real. Iar acum nenorocitul de ulei împroşca şi scotea fum.

– Tati...

Liam a întrerupt convorbirea la jumătatea unui cuvânt.

– Îmi pare rău, Bretster, îmi pare rău.

A turnat puiul şi marinata în uleiul încins, care a împroşcat peste tot. Mici picături de ulei fierbinte i-au atins şi înţepat obrajii.

Înjurând, s-a întors la broccoli.

Telefonul a sunat din nou, iar Liam s-a tăiat la deget. Sângele a curs peste legume şi a pătat bufetul.

Bret a ţipat.

– Tati, sângerezi!

Ţââârrr... ţââârrr...

Detectorul de fum s-a declanşat, *bâzzz!* Liam s-a întins după telefon şi a dărâmat wokul cu şoldul. Puiul plin de grăsime, uleiul încins şi fumul au zburat în toate direcţiile.

Era Myrna de la Lou's Bowl-o-Rama, întrebând dacă putea să ajute cu ceva.

Când Liam a închis telefonul, gâfâia atât de tare încât ameţise. L-a văzut pe Bret, cu spatele lipit de frigiderul rece, tremurând din toate încheieturile, cu degetul în gură.

Liam nu ştia dacă ar fi trebuit să strige, să plângă sau să o ia la fugă. În loc de toate astea, a îngenuncheat în faţa lui Bret. Alarma de fum urla în continuare, iar sângele continua să îi picure din deget.

– Îmi pare rău, Bretster. Dar e în ordine.

– Nu așa gătește mama.

– Știu.

– O să murim de foame.

Liam a pus o mână pe ceafa lui Bret și și-a privit fiul în ochi, ca și cum, printr-un simplu efort de voință, ar fi putut să-l facă să se simtă în siguranță.

– N-o să murim de foame. Iar acum, ce zici să ieșim și să mâncăm în oraș?

Bret s-a uitat la el.

– Mă duc să mă schimb, da?

Liam l-a îmbrățișat din nou. Era singurul lucru la care se putea gândi ca să umple acele momente.

Acum Bret plângea încetișor, iar Liam simțea că inima avea să i se frângă din cauza tăcerii jalnice care însoțea acele lacrimi.

Capitolul 3

Jacey s-a întors acasă mai devreme decât se așteptase Liam, cu un aer obosit și epuizat. Abia dacă a scos un cuvânt; în loc de asta, l-a sărutat pe obraz și s-a dus la ea în cameră.

După ce a fost destul de sigur că ambii copii adormiseră, Liam s-a dus în biroul Mikaelei. A deschis ușa și a aprins lumina.

Primul lucru pe care l-a observat a fost mirosul ei, delicat și dulce precum aerul imediat după ploaie. Biroul era acoperit cu teancuri de hârtii împrăștiate peste tot. Dacă închidea ochii, Liam și-o putea imagina stând la birou, cu o cană de cafea French Roast aburindă în mână și privirea ațintită la ecranul monitorului, în timp ce scria scrisoare după scrisoare în numele animalelor care erau neglijate.

Într-o zi obișnuită, ea și-ar fi ridicat capul și l-ar fi privit, cu colțurile gurii lăsate și cu frumoșii ei ochi plini de compasiune.

„Am aflat despre o iapă din Skykomish, atât de lihnită, că nu se poate ridica în picioare... putem să mai luăm una?"

Liam s-a dus la birou și a împins jos de pe scaun un teanc de ziare. Acestea au aterizat pe podea cu o bufnitură. El a deschis computerul și a intrat pe internet, unde a dat o căutare pentru „leziuni la cap".

În următoarea oră a citit despre suferința altor oameni. A umplut aproape o pagină întreagă de notițe cu frânturi de informații – cărți, specialişti, medicamente. Orice ar fi putut să ajute. Dar, la sfârşit, şi-a dat seama că ştia doar ce ştiuse şi la început. Nu avea nimic altceva de făcut decât să aştepte...

A închis computerul fără ca măcar să se deranjeze să iasă din program, iar apoi a plecat din cameră.

După ce a ajuns la parter, şi-a turnat o porţie dublă de tequila – ceva ce nu mai făcuse de la petrecerea Tex-Mex de la Legion Hall, cu două veri în urmă. A băut totul dintr-o singură înghiţitură. Dezamăgit de faptul că lumea părea în continuare remarcabil de stabilă, şi-a turnat şi a mai băut un pahar. Măcar acum s-a ales cu o uşoară ameţeală, iar nodul din gât i-a dispărut, în sfârşit.

S-a dus la fereastra largă ce încadra pajiştea întunecată care se întindea dedesubt. În acea noapte întunecată nu se vedeau caii, dar ei erau acolo. O duzină de cai pe care Mikaela îi salvase; veniseră din toată jumătatea vestică a statului, de la persoane particulare, din herghelii şi de la ferme falimentare. Sosiseră lihniţi, vătămaţi şi neîngrijiţi, dar Mike îi vindecase pe rând, iar apoi le oferise găzduire bună. Avea o inimă atât de blândă! Era unul dintre lucrurile pe care Liam le preţuia cel mai mult la ea.

Dar oare când fusese ultima dată când el îi spusese asta? Nu-şi mai amintea, asta era nenorocirea.

Niciodată nu se pricepuse la vorbe. El îşi arăta iubirea iar şi iar, dar ştia că şi cuvintele erau importante.

Îşi dorea al naibii de tare să-şi aducă aminte când anume îi spusese ultima oară că ea era soarele şi luna lui, întreaga lui lume.

Şi-a mai turnat un pahar şi s-a prăbuşit pe canapea.

„Ar putea muri..."

Nu. Nu voia să-şi lase mintea să rătăcească pe acea cale. Mike avea să se trezească în curând, în orice clipă, şi aveau să râdă împreună de cât de speriat fusese el.

Dar calea aceea l-a atras oricum; simţea izul disperării care ieşea din asfaltul cu care era pavată, auzea teama ce îi foşnea pe lângă umeri asemenea crengilor unor copaci clătinaţi de vânt.

A închis ochii, amintindu-şi totul despre ea. După ce i-a deschis, a văzut că Mikaela era acolo, alături de el, pe canapea. Purta perechea de blugi vechi şi uzaţi pe care el ameninţa întotdeauna că avea să-i arunce și puloverul negru, cu decolteu la baza gâtului, care i-ar fi fost bun și unei femei de două ori mai mare decât ea. S-a sprijinit de spătar și s-a uitat la el.

Liam și-a dorit să se întindă, să atingă puloverul ei preferat, să-i sărute buza de jos, care era atât de plină, dar știa că Mike nu era cu adevărat acolo. Era în el, umplându-l până la refuz.

„Ai fi râs dacă m-ai fi văzut în bucătărie în seara asta, iubito."

Nu mai putea ține durerea în interior; nu putea să fie puternic. În cele din urmă, s-a lăsat pe spate, pe canapea, și a plâns.

– Tati? Vocea subțire, ezitantă, s-a auzit din susul scării. Cu cine vorbești?

Viziunea lui Mike s-a risipit.

– Nu vorbesc cu nimeni.

El și-a șters ochii și s-a ridicat, nesigur, în picioare. A traversat camera și a urcat treptele.

Bret era în capul scării, îmbrăcat în pijamaua lui improvizată – un tricou imprimat cu imaginea unui triceratops mov, fosforescent, și pantalonași de flanel. Undeva, în talmeș-balmeșul din comoda lui cu sertare, existau mai multe pijamale adevărate, dar numai Mike putea găsi ceva în toată harababura aceea.

– Nu am putut să adorm, tati.

Liam l-a luat pe Bret în brațe, l-a dus în dormitorul matrimonial și l-a culcat în patul care era prea mare fără Mike în el. Apoi s-a cuibărit lângă fiul lui.

– Ea se uita la mine, tati.

Liam l-a strâns mai tare. Culmea, chiar săptămâna trecută îi dăduse prin gând că Bret creștea prea repede. Acum băiețelul din brațele lui părea incredibil de mic, iar, începând de dimineață, chiar regresase. Era o chestiune de care trebuia să se ocupe... mai târziu.

– Atunci când ai văzut-o pe mami, ea avea ochii deschiși. Asta vrei să spui?

– Se uita chiar la mine, dar... nu era acolo. Nu era mami.

– Era prea vătămată ca să închidă ochii, iar acum e prea vătămată ca să-i deschidă.

– Pot s-o văd mâine?

Liam s-a gândit la felul în care arăta Mike – cu fața rănită, umflată și fără culoare, cu un tub nazo-gastric furișându-i-se într-o nară, cu toate acele înfipte în vene, cu aparatele... O asemenea imagine îngrozea un copil, fără doar și poate. Liam cunoștea genul acela de amintiri. Și el le avea, legate de tatăl lui. Unele lucruri, odată văzute, nu puteau fi niciodată uitate și aveau capacitatea de a întina imaginea cuiva pe vecie.

– Nu, puștiule, nu cred. Spitalul nu permite accesul copiilor în Secția de terapie intensivă. Poți s-o vezi... imediat ce este mutată într-o secție obișnuită.

Bret a spus în șoaptă:

– Așa arată morții în filme.

– Nu a murit. Doar... se odihnește puțin. Precum Frumoasa din Pădurea Adormită.

– Ai încercat s-o săruți?

A durat ceva vreme până când Liam a reușit să răspundă. Știa că avea să țină minte pe vecie acel moment și că avea să-l doară tot pentru restul vieții.

– Da, Bretster. Am încercat.

Liam a rămas în pat până când Bret a adormit, apoi s-a ridicat de acolo, a plecat în liniște din dormitor și a coborât la parter. De data asta și-a făcut o cană de ceai. Era clar că tequila nu funcționase.

„Ai încercat s-o săruți?"

Liam s-a uitat în sus, la tavanul înclinat, de lemn.

„Ai auzit asta, iubito? A vrut să știe dacă am încercat să te sărut."

A sunat telefonul.

L-a ignorat. După ce a sunat a patra oară, s-a cuplat robotul telefonic. Liam nu era pregătit să audă înregistrarea vocii melodioase, guturale, a lui Mike. A strâns din pleoape.

„Ați sunat la familia Campbell și la sediul de iarnă al programului Whatcom County de salvare a cailor. Nu vă putem răspunde acum..."

După ce s-a terminat mesajul, s-a auzit o altă voce:

– *Hola*, doctore Liam. Sunt Rosa. M-ai sunat...

Liam a ridicat receptorul.

– Bună, Rosa.

– Doctore Liam, tu ești? Îmi cer scuze că nu am sunat mai devreme, dar în seara asta era tura mea la cina...

– Mike a avut un accident, a spus el cu glas scăzut, cât încă avea curajul să articuleze cuvintele.

Apoi, trăgând aer adânc în piept, i-a povestit soacrei lui tot ce se întâmplase.

O pauză s-a strecurat în conversație.

– Sosesc mâine la voi.

– Mulțumesc, a răspuns el, dându-și seama abia în acel moment că avea o nevoie disperată de ajutorul ei ca să se descurce în toată noua situație. O să-ți cumpăr un bilet de avion.

– Nu. Ajung mai repede cu mașina. O să plec dis-de-dimineață. O să...

„...supraviețuiască până dimineață?"

– Așa sperăm, a răspuns el întrebării neterminate. Dacă pleci de dimineață, e bine... Mulțumesc, Rosa.

– Doctore Liam?

Încă o pauză, apoi s-a auzit o șoaptă:

– Roagă-te pentru ea. Mai mult decât de medicamente și de doctori, acum are nevoie de Dumnezeu. Să te rogi pentru ea.

– În fiecare clipă, Rosa. Apoi, mai tare: În fiecare clipă!

După ce a încheiat convorbirea, s-a dus în dormitor. A avut nevoie să-și adune toate puterile ca doar să treacă pragul. Atunci când intrase, mai devreme, Bret fusese cu el, iar copilul din brațele lui acționase ca un talisman. Acum Liam s-a simțit nespus de vulnerabil și de singur. Mike aparținea acelui loc; acelei camere, cea pe care la un moment dat o zugrăvise în roșu aprins numai ca să se distreze; cea care acum avea imprimate luni și stele aurii pe pereții netezi, de culoare alb-gălbuie, și care mai avea un pat cu baldachin, despre ale cărui draperii de șifon ea obișnuia să spună că o făceau să se simtă precum Candice Bergen în filmul *Leu în deșert*[1]. Din păcate, acele draperii îl făceau și pe el să se simtă tot precum Candice Bergen, dar ce dacă? Mike iubea camera lor, așa că în fiecare seară

---

[1] *The Wind and the Lion* – film american de război din 1975

Liam se întindea în pat mulțumindu-i Domnului că soția lui îl dorea acolo. Pe el, un bărbat obișnuit, care nu se apropia de extraordinar decât prin profunzimea iubirii pentru o femeie.

Rosa Elena Luna s-a îndreptat cu pași măsurați spre micul altar din camera ei de zi și a aprins cu grijă două candele votive cu lumânări de ceară înăuntru. Două mici puncte de lumină ce licăreau liniștitor în interiorul sticlei roșii.

S-a lăsat în genunchi pe linoleumul crăpat și și-a împreunat mâinile, uitându-se la statueta Fecioarei Maria în timp ce a început să se roage. Mai întâi, „Tatăl nostru".

Dar cuvintele familiare nu ușurau durerea care îi cuprinsese pieptul. Lacrimile îi încețoșau privirea, dar nu cădeau. Învățase cu mult timp în urmă că lacrimile nu erau decât niște picături de apă care nu aveau puterea de a vindeca.

S-a prins cu mâna de piciorul șubred al mesei și s-a ridicat în picioare. După o seară lungă petrecută servind la restaurant, genunchii ei scoteau niște sunete precum floricelele de porumb în timp ce se prăjeau.

Pentru prima dată după mulți ani, ar fi vrut să-l sune pe William Brownlow. S-a uitat cu jind la telefonul de pe perete.

Nu ar fi folosit la nimic, bineînțeles. Nu-l văzuse de ani întregi. Sunville era doar un orășel, dar, chiar și într-un loc atât de mic, ei doi se mișcau în cercuri diferite. William era doar proprietarul unei livezi de meri, așa că, după standardele oricui, nu era un ins avut sau influent, însă în comparație cu Rosa ar fi putut la fel de bine să facă parte din familia Kennedy. Deși era tatăl Mikaelei, nu-i fusese niciodată părinte. Avea o altă familie, una impecabilă. Își petrecuse cincisprezece ani în patul Rosei, dar fiecare clipă fusese furată de la soția și copiii lui legitimi.

Nu ar fi venit în ajutorul fiicei lui bastarde.

Rosa a rămas în picioare în încăperea cufundată în beznă. Lumina fluidă a lunii pătrundea ici-colo prin draperia uzată, argintând canapeaua cumpărată la mâna a doua, măsuțele acoperite cu imitație de furnir și tablourile cu teme religioase de pe pereți. Mikaela și Liam încercaseră de multe ori s-o convingă pe Rosa să se mute din acea casă, sau să accepte banii de care avea nevoie pentru a o renova, dar ea îi refuzase întotdeauna. Îi era teamă că, dacă ar fi plecat de acolo, ar fi uitat greşelile pe care Dumnezeu voia ca ea să le ţină minte.

Totul începuse aici, în casa pe care n-ar fi trebuit s-o accepte. La vremea respectivă păruse un aranjament suficient de sigur, un cadou de la bărbatul care o iubea. La vremea aceea, Rosa încă credea că el avea să-şi părăsească soţia.

Lumina candelelor se reflecta în dârele de condens care alunecau pe geamul prea subţire al ferestrei.

Pe când era mică, Mikaela iubea acel condens. Obişnuia să-i strige Rosei: „Uite, mamă, plouă în casă!"

Rosa se întreba acum dacă Mikaela înţelesese de ce mama ei nu venise niciodată să stea alături de ea la fereastră. Rosa văzuse acolo lacrimi, nu picături de ploaie, ştiuse mereu că acea casă jelea tristeţea căreia îi fusese martoră.

Iubire nepotrivită.

Acea iubire fusese inima acelei case; cumpărase şi ultimul cui şi plătise majoritatea facturilor. Era amestecată cu vopseaua de pe pereţi. Plantase gardul viu şi îl făcuse să crească; meşterise aleea aşternută cu pietriş, care ducea la uşa din faţă, concepută astfel încât să ascundă acea iubire de toţi cei care ar fi recunoscut-o; era împletită în ţesătura draperiilor de la ferestre.

Rosa ştiuse întotdeauna că avea să plătească pentru acele păcate. Nici toată spovedania din lume n-ar fi putut să-i spele sufletul, dar asta... nu-şi imaginase niciodată *asta*.

– Te rog, Doamne, a spus ea, salveaz-o pe *mi hija*[1]...

Tăcere din nou. Rosa ştia că, dacă ar fi ieşit din casă, ar fi auzit foşnetul salciei desfrunzite, care ar fi sunat precum jelania unei bătrâne. Cu un suspin obosit, a intrat în micul ei dormitor, a scos din dulap singura valiză pe care o avea şi a început să împacheteze.

---

[1] Fiica mea (în limba spaniolă în original)

Capitolul 4

În dimineața următoare, telefonul de pe noptieră a sunat la ora șase. Liam tocmai avea un vis frumos, în care el și Mikaela, așezați în leagănul de pe verandă, ascultau râsul îndepărtat al copiilor. Pentru o clipă, a simțit căldura mâinii ei într-a lui... apoi l-a observat pe băiețelul care dormea liniștit alături de el și dintr-odată și-a amintit totul.

Când s-a întins către telefon, inima îi bătea în piept precum o veche mașină de tuns iarba.

Era Sarah, o asistentă de la spital. Mikaela supraviețuise nopții.

Liam s-a aplecat cu grijă peste Bret și a pus receptorul în furcă. S-a dat jos din pat, a făcut duș – și abia după ce a terminat și-a dat seama că nu folosise șampon sau săpun –, iar apoi s-a dus să-i trezească pe copii.

Peste o oră, plecau toți trei la spital. Liam i-a lăsat pe copii în camera de așteptare, apoi s-a dus în Secția de terapie intensivă.

S-a dus la patul Mikaelei, sperând – în mod absurd – s-o găsească în capul oaselor, zâmbind...

Dar camera era macabru de liniștită; Mike nu se mișca deloc.

Arăta mai rău. Partea dreaptă a feței îi era umflată într-un mod care aproape că o desfigura. Amândoi ochii îi erau ascunși sub niște pleoape umflate și palide.

Tuburi de plastic transparent îi invadau nările, iar gura îi era moale. O urmă subţire de salivă i se scurgea dintre buzele decolorate şi se aduna pe pernă, într-o pată cenuşie. Pătura subţire îi era trasă peste piept; fusese pliată cu precizie matematică şi îndesată pe lângă trupul ei într-un fel care îl făcea pe Liam să se gândească la moarte.

Apoi a sosit echipa de specialişti. Au examinat-o, au testat-o şi au vorbit între ei. Liam a aşteptat în tăcere, urmărind cum preaiubita lui soţie pica test după test.

– Adevărul e, Liam, că nu ştim de ce nu se trezeşte.

Erau unii dintre cei mai buni doctori din ţară, iar ăsta era singurul lucru pe care puteau să-l spună. Nu ştiau de ce nu se trezea.

– Nu ai altceva de făcut decât să aştepţi şi să speri. Roagă-te să mai trăiască o zi, apoi încă una şi încă una. Roagă-te să se trezească de una singură...

Deşi Liam nu se aşteptase cu adevărat la un miracol medical, cu siguranţă că sperase să se întâmple unul. Chiar şi o intervenţie chirurgicală radicală ar fi fost mai bine decât acel... nimic.

Atunci când Liam s-a uitat din nou la ceas, era ora unsprezece dimineaţa. A văzut lumina trandafirie pătrunzând prin crăpătura dintre draperii.

Venise vremea să le spună copiilor lui... ceva.

A mers încet spre sala de aşteptare.

Ce glumă proastă era denumirea acelei săli! Ca şi cum aşteptarea ar fi fost rezervată acelui loc în mod particular. De acum încolo, orice încăpere avea să fie una de aşteptare. Aveau s-o poarte cu ei, el şi copiii lui. Acasă, aveau să vadă spaţiile pustii la fel de clar cum îşi vedeau mâinile. Un scaun gol la cină, un loc gol pe canapea. Liam a făcut o pauză înainte de a se duce în spaţiul de dincolo de biroul de asistenţă medicală.

Sala avea o dimensiune potrivită, fiind suficient de mare ca să le permită familiilor să se adune ca să sufere sau să sărbătorească. Era de un alb aseptic, cu scaune Naugahyde maro şi mese acoperite cu imitaţie de furnir, pe care erau împrăştiate reviste şi câteva biblii bine amplasate. Ca orice cameră de genul acela, părea să amplifice ticăitul ceasului de pe perete.

Jacey stătea la fereastră, cu spatele la Liam. Părea să studieze cu atenție parcarea, dar Liam se îndoia că vedea altceva în afara imaginii mamei ei, frântă și plină de sânge, pe podeaua murdară a manejului.

Bret stătea pe canapeaua aurie, cu trupul chircit în poziție fetală și cu ochii închiși. Numai Dumnezeu știa ce imagini îi treceau prin cap. Își sugea din nou degetul.

Liam a avut suficientă putere doar ca să rămână acolo unde era. Poate că așa aveau să stea lucrurile cu el de atunci înainte: să funcționeze doar pe modul „suficient".

– Hei, copii, a spus el în cele din urmă, pe un ton atât de scăzut încât, pentru o clipă, nu a fost sigur că vorbise suficient de tare.

Jacey s-a răsucit cu fața la el. Părul lung și negru – aranjat astfel încât să corespundă standardelor de perfecțiune ale adolescenților – îi atârna, inert, de-a lungul brațelor. Era îmbrăcată cu o pereche de pantaloni largi, cu șnur, și cu un pulover tricotat, lălâu. Urme argintii de lacrimi îi brăzdau obrajii. În ochii umflați și roșii i se citea întrebarea chinuitoare.

– Încă trăiește, a spus Liam.

Jacey și-a dus mâna tremurândă la gură. Liam a văzut cât de tare se străduia să nu plângă în fața fratelui ei mai mic.

– Mulțumesc lui Dumnezeu!

Liam s-a dus la canapea și l-a luat pe Bret în brațe. Băiețelul era atât de nemișcat, încât părea să nu mai respire.

– Stai jos, Jace, a spus Bret.

Jacey s-a așezat pe scaun, lângă el, întinzând brațul ca să-l apuce de mână.

Bret s-a cuibărit mai aproape și a deschis ochii. Lacrimile i s-au scurs pe obraji.

– Putem s-o vedem azi?

Liam a tras aer adânc în piept.

– Nu încă. Ieri v-am spus că are o lovitură la cap, dar... e ceva mai mult decât atât. E cufundată într-un somn foarte profund. Se numește „comă" și este modalitatea corpului de a se vindeca singur. Știți cum atunci când ai o formă foarte severă de gripă, dormi tot timpul ca să te faci bine? E la fel.

Buzele palide ale lui Jacey au tremurat.

– O să se trezească?

Liam a tresărit. Orice răspuns – toate răspunsurile – ar fi părut o minciună.

– Așa sperăm.

El s-a uitat la Jacey și a văzut revelația tristă, disperată, din ochii ei. Era fiică de doctor; știa că nu toată lumea se trezea din comă.

Liam nu putea spune nimic pentru a o feri de adevăr. Putea să-i dea speranță, dar nu putea să-i garanteze ceva anume.

– Are nevoie să credem în ea, a spus el, să ne păstrăm speranța vie și puternică. Când o să fii pregătită, o să se trezească.

Bret s-a șters la ochi.

– Vindec-o tu, tati.

– Doctorii fac tot ce pot acum, Bretster, dar e adormită...

– Ca Frumoasa din Pădurea Adormită...

– Ca Frumoasa din Pădurea Adormită, i-a repetat Jacey frățiorului ei.

Bret a izbucnit în plâns.

– Frumoasa din Pădurea Adormită a dormit o sută de ani!

Liam l-a tras pe Bret în brațe și l-a ținut strâns. Jacey a venit mai aproape și i-a îmbrățișat pe amândoi.

Când Liam a simțit cutremurarea trupușorului lui Bret și lacrimile fierbinți ale fiicei lui, și-a îngropat fața în părul roșu, aspru, al fiului său.

Și s-a rugat.

Erau prea multe mașini în parcarea spitalului. În mod absurd, acela a fost primul gând al Rosei atunci când a ajuns la Centrul Medical Ian Campbell în acea după-amiază. A durat câteva minute până să găsească un loc liber de parcare. Până la urmă, s-a strecurat între o camionetă Ford rablagită și un vechi Impala, după care a oprit motorul.

A inspirat adânc și și-a descleștat mâinile de pe volan, deget cu deget. După ce a terminat, și-a dat seama că transpira, deși încălzirea mașinii nu mai funcționa de ani buni, iar afară nu aveau cum să fie mai mult de patru grade.

S-a uitat la mica statuetă a Fecioarei Maria, care era fixată pe bordul de plastic bej al mașinii. Apoi a coborât și s-a îndreptat spre spital.

Ușile automate s-au deschis; a fost asaltată de mirosul aerului stătut, acru, astringent și cu iz de medicamente.

Rosa a șovăit. Și-a lipit de trupul subțire poșeta de vinilin negru și s-a concentrat la podeaua de sub tălpile ei. Era un obicei vechi, de care nu reușise să scape. Ori de câte ori era emoționată, număra pașii care o despărțeau de locul în care voia să ajungă.

S-a oprit la recepție, abia ridicându-și privirea atunci când a salutat-o recepționera.

– Am venit la doctorul Liam Campbell, a spus ea.

– Îi trimit un mesaj, a răspuns domnișoara. Vă rog să luați loc.

Rosa a dat din cap și s-a întors. Și-a ținut privirea în pământ și a numărat pașii până la șirul de scaune de plastic gri. Paisprezece scaune, mai exact.

A auzit numele ginerelui ei răsunând în sală. Câteva minute mai târziu, l-a văzut îndreptându-se spre ea.

Arăta așa cum s-ar fi așteptat, obosit și frânt. Ginerele ei era un bărbat înalt, deși în cea mai mare parte a timpului nu observai asta la el. De-a lungul anilor se întâmplase de mai multe ori ca Rosa să se întoarcă pentru a-i vorbi sau a-i da ceva, și să fie luată prin surprindere de înălțimea lui. În mod obișnuit, el nu părea să ocupe atât de mult spațiu. Dar avea o inimă de leu. Rosa nu cunoscuse niciodată pe cineva care să se dedice complet iubirii, așa cum o făcea ginerele ei.

– *Hola*, doctore Liam, a spus ea ridicându-se în picioare.

– Bună, Rosa!

Preț de câteva clipe stânjenitoare ea a așteptat, uitându-se în sus, ca el să spună ceva. În ochii lui verzi a văzut o tristețe sfâșietoare, care i-a spus tot ce ar fi vrut să știe.

– Trăiește?

Vocea ei era abia o șoaptă.

El a clătinat din cap în semn că da.

– Of... mulțumesc lui Dumnezeu! Mă duci s-o văd acum? a întrebat ea, în timp ce se juca, nervoasă, cu închizătoarea de alamă a poșetei.

Liam s-a uitat în altă parte. Părul blond, nisipiu, îi era ciufulit și gras, ca și cum ar fi uitat să se spele pe cap.

– Aș vrea... Vocea lui, întotdeauna liniștită și atent modulată, era acum slabă precum un fir subțire de mătase. Tonul acela șoptit i-a dat Rosei fiori pe șira spinării. Aș vrea să te scutesc de asta, Rosa, a terminat el fraza, iar la sfârșit a încercat să zâmbească.

Acea încercare disperată a fost ceea ce a speriat-o pe Rosa mai mult decât spusele lui.

– Să mergem, au fost singurele cuvinte pe care ea le-a putut rosti.

Au străbătut mai multe coridoare, timp în care Rosa și-a ținut capul plecat, numărându-și pașii. Prezența lui Liam alături de ea era precum un parapet care o ținea pe linia de plutire.

Până la urmă, Liam s-a oprit în dreptul unei uși închise.

Apoi a făcut cel mai remarcabil lucru: a atins-o pe umăr. A fost o atingere scurtă, liniștitoare, care a surprins-o. Între ei nu existase niciodată o intimitate atât de mare. Rosa nu-și amintea ca el s-o fi atins vreodată.

A mișcat-o profund faptul că Liam voise s-o consoleze în timp ce el însuși suferea.

A vrut să-i zâmbească, sau, chiar mai bine, să-l atingă și ea, dar degetele îi tremurau și gâtul îi era uscat.

– Nu arată bine, Rosa. Vrei să intri singură?

Ar fi vrut să spună „da“, a crezut că a spus „da“, dar s-a auzit spunând:

– Nu!

Liam a dat din cap, arătându-i că înțelesese, iar apoi a urmat-o în încăpere.

Văzându-și fiica, Rosa s-a oprit și a tras, scurt, aer în piept.

– *Dios mio!*[1]

Mikaela zăcea într-un pat îngust, unul ca de copil, cu grilaje argintii. Peste tot în jurul ei, aparatele șuierau și bipăiau. Camera era cufundată în semiobscuritate, slavă Domnului! Rosa nu știa dacă ar fi suportat s-o vadă pe Mikaela într-o lumină dură, fluorescentă.

Nouă. De atâția pași a fost nevoie ca să ajungă lângă patul fiicei ei.

---

[1] Doamne! (în limba spaniolă în original)

Fața frumoasă a Mikaelei era zgâriată, lovită și tumefiată, iar ochii îi erau ascunși sub pliuri de carne negre și buhăite.

Rosa s-a aplecat peste grilaj și a atins obrazul fiicei ei. Pielea i se simțea umflată și tare la atingere, ca un balon umplut cu prea mult aer. A rămas tăcută preț de câteva minute.

– Fetița mea, a spus ea în cele din urmă, te-am văzut și într-o stare mai bună, nu-i așa? Trebuie să fi încasat o căzătură zdravănă.

S-a tras în spate. Mâna îi tremura atât de tare, încât se temea ca nu cumva Mikaela să îi audă zăngănitul degetelor pe grilajul patului.

– Nu știm cât poate auzi... sau dacă aude, a spus Liam. Nu știm... dacă se va trezi.

Rosa l-a privit. La început, cuvintele lui au durut-o, dar apoi și-a dat seama că erau ale doctorului din el. Nu putea să se schimbe mai mult decât putea ea însăși. Era un om de știință; credea în dovezi. Rosa era o femeie credincioasă; o viață lungă și grea o învățase că adevărul nu i se revelează aproape niciodată ochiului omenesc.

– Îți aduci aminte de vacanța voastră în Hawaii, vara trecută?

El s-a încruntat.

– Bineînțeles.

– După ce ați ajuns acasă, m-a sunat Jacey. Făcuse surf, nu-i așa?

– Da.

– Și a dat de necaz. Placa a lovit-o în cap, iar, atunci când a fost aruncată sub apă, s-a speriat. Nu știa unde se afla.

Rosa a observat cum degetele lui Liam începeau să strângă grilajul patului. Ea a înțeles.

– Să nu-ți fie frică, doctore Liam. Mikaela e ca Jacey. Este pierdută într-un loc pe care nu-l înțelege. Are nevoie s-o ghidăm spre casă. Singurul lucru pe care îl avem sunt vocile noastre, amintirile noastre. Trebuie să le folosim ca pe... niște lanterne cu care să-i luminăm calea.

Privirea lui Liam s-a îmblânzit.

– Îmi pare bine că ești aici, Rosa.

– *Si*. Este greu să fii singur într-un astfel de moment.

Liam a tresărit la auzul cuvântului „singur", iar ea a știut la ce se gândea: la faptul că, fără soția lui, îl aștepta o viață de singurătate. Îi avea pe copii, da, pe care îi iubea, dar, chiar și așa, ar fi suferit de acel gen de singurătate pe care numai un iubit ar fi putut s-o uşureze. Rosa ştia asta foarte bine.

Iar ea mai ştia un lucru despre Liam, ceva ce înţelesese de prima oară când îl văzuse, cu aproape doisprezece ani în urmă: o iubea pe Mikaela a ei. O iubea în felul acela „până în măduva oaselor", după care tânjeau toate femeile, dar de care numai câteva ajungeau să aibă parte.

Rosa nu putea să nu se întrebe dacă Mikaela ştia asta, dacă înţelegea norocul pe care îl avea. Sau dacă nu cumva, în cine ştie ce colţişor întunecat, secret, al inimii ei, nu trăiau rămăşiţele neîmblânzite ale unei iubiri vechi, nefaste.

Rosa ştia cât de adânc pătrunseseră în inima fiicei ei rădăcinile acelei iubiri. Şi mai ştia şi că, uneori, o primă iubire făcea lăstari şi creştea într-o dezordine absolută, până când nu mai rămânea loc pentru nimic sau nimeni altcineva.

Rosa şi-a petrecut aproape o oră alături de fiica ei, iar apoi l-a lăsat pe Liam la căpătâiul Mikaelei şi s-a dus să-şi caute nepoţii.

Jacey şi Bret erau în sala de aşteptare, aşezaţi unul lângă altul pe canapea, îmbrăţişaţi.

Rosa a avut nevoie de un moment pentru a-şi găsi vocea.

– Copii!

Cu un ţipăt, Jacey s-a desprins de fratele ei şi s-a repezit s-o îmbrăţişeze pe Rosa.

– O să fie bine, iubito, a repetat Rosa ţinându-şi în braţe nepoata.

Bret a rămas pe canapea, tăcut, sugându-şi degetul.

Rosa a plecat de lângă Jacey şi s-a dus la canapea. Ajungând în faţa lui Bret, a îngenuncheat.

– *Hola*, mititelule!

Ochii roşii ai lui Bret păreau uriaşi pe fundalul obrajilor palizi, brăzdaţi de lacrimi.

– E moartă, bunico.

– Trăieşte, Bret, iar acum are nevoie de noi.

Rosa l-a apucat încetişor pe Bret de mâna dreaptă, trăgând cu blândeţe până când degetul mare i-a ieşit copilului din gură. Apoi i-a cuprins palmele într-ale ei, într-o împreunare de rugă.

– Aceste mâini ale noastre sunt pentru rugăciune!

Jacey și-a așezat palmele peste ale lor.

Rosa și-a plecat capul și a început să se roage, lăsând cuvintele să-i umple inima îndurerată. Era o rugăciune pe care o rostise în fiecare zi, începând de la prima împărtășanie, cu mai bine de cinci decenii în urmă.

În cele din urmă, Bret și Jacey și-au unit glasurile cu al ei.

Casa era liniștită acum, nu așa cum ar fi trebuit să fie la ora nouă și jumătate seara, ci așa cum devenise după accident.

Jacey era în biroul lui Mike, căutând pe internet o notă de la școală. Liam a venit în spatele ei.

– Cum merge? a întrebat el, strângând-o delicat de umăr.

Ea s-a uitat în sus. Avea în continuare ochii puțin umflați; tatăl ei știa că era în aceeași stare în care erau cu toții, predispusă la un acces neașteptat de lacrimi.

– Bine, cred.

– Am putea să mutăm computerul în camera de zi, dacă...

– Nu, îmi... place să stau în biroul ei. Aici pot s-o simt. Câteodată uit și mi se pare că o să-și vâre capul pe ușă și o să spună: „Gata, copiliță, am nevoie de computer!“ Jacey a încercat să zâmbească. E mai bine decât liniștea.

Liam înțelegea despre ce vorbea ea.

– Atunci, să nu stai prea târziu.

– OK.

A lăsat-o acolo, în acea încăpere impregnată de prezența Mikaelei ca de un parfum preferat, iar apoi s-a îndreptat spre camera lui Bret.

A bătut la ușa fiului său. Dinăuntru s-a auzit un zgomot, apoi un „Intră!“ înfundat.

A deschis ușa. Camera era cufundată în întuneric, cu excepția unei veioze în formă de Batman, ce arunca un triunghi de lumină aurie înspre pat, și a unei lucarne tăiate în acoperișul ascuțit, prin care se vedea o noapte înstelată. Tot acel joc de lumini și imagini făcea ca încăperea să semene cu o capsulă de astronaut.

– Hei, copile!

– Bună, tati!

Din întuneric s-a auzit vocea unui copilaş, nici pe departe vocea unui băiat de nouă ani, care înscrisese prima lui lovitură câştigătoare la baseball în primăvara trecută. Sunetul vocii lui Bret l-a făcut pe Liam să se oprească locului.

Când şi-a dat seama că nu se mişca, a încercat să salveze situaţia forţându-se să râdă pe înfundate.

– Scuze, cred că am călcat pe Han Solo.

– Oricum nu mai avea picioare. I le-a smuls Joe Lipsky vara trecută. Liam s-a aplecat cu stângăcie peste patul îngust şi a dat la o parte o şuviţă de păr roşcat din ochii lui Bret, spunând: Ştii că poţi dormi cu mine oricând vrei.

Bret a dat din cap, dar nu a răspuns.

– Obişnuiai să te urci la noi în pat de fiecare dată când aveai un coşmar. Poţi face asta în continuare... chiar dacă n-ai avut un coşmar şi doar ai chef să stai cu mine.

– Ştiu.

Conversaţia nu ducea nicăieri. Mike fusese cea care îi făcuse întotdeauna pe copii să vorbească despre orice lucru; Liam nu prea ştia cum să abordeze problema.

– Mami nu e acolo, în dormitor.

Bineînţeles. Patul de două persoane i se părea lui Bret la fel de mare şi de gol pe cât i se părea şi lui Liam.

– Dar eu sunt încă aici, Bret, şi vrei să-ţi spun ceva?

– Ce?

– Este un secret. Promiţi să nu spui nimănui?

Ochii albaştri ai lui Bret păreau imposibil de mari pe faţa lui micuţă.

– Promit.

– Uneori mă sperii destul de tare... mai ales noaptea, când sunt singur. M-ar ajuta foarte mult să mă cuibăresc lângă tine. Aşa că poţi veni de fiecare dată când vrei, bine?

Bret şi-a sprijinit capul de umărul lui Liam şi s-a tras mai aproape.

Au stat aşa mult timp, atât de mult încât stelele au sclipit şi s-au stins una câte una. Liam a început să se tragă de lângă Bret, crezând că băieţelul adormise, dar, în clipa în care s-a mişcat, fiul lui a spus:

– Nu pleca, tati...

Liam s-a oprit.

– Nu mă duceam nicăieri.

S-a răsucit spre dreapta și a scos o carte cartonată din buzunarul de la spate al pantalonilor.

– M-am gândit că aș putea începe să-ți citesc în fiecare seară, așa cum făceam împreună cu ma... mami. Știu că acum ești suficient de mare ca să citești singur, dar m-am gândit că ți-ar plăcea. Poate că te-ar ajuta să adormi.

– M-ar ajuta.

– Am adus una dintre cărțile preferate ale mamei. *Leul, Vrăjitoarea și dulapul*[1].

– E înfricoșătoare?

– Nu.

Liam s-a sprijinit de tăblia patului și l-a tras pe fiul lui lângă el. A deschis cartea la prima pagină și a început să-i citească lui Bret cu voce tare:

– „Erau odată patru copii, pe nume Peter, Susan, Edmund și Lucy..."

Cuvintele i-au adus aproape pe tată și pe fiu, i-au transportat într-o lume în care copiii puteau intra într-un dulap și descoperi un tărâm magic.

În cele din urmă, Liam a ajuns la finalul primului capitol și a închis cartea. Ceasul de la capul patului arăta ora zece și jumătate, cu mult după ora de culcare a lui Bret.

– Pare un moment destul de bun pentru a ne opri în seara asta. Continuăm mâine-seară de unde am rămas.

Bret s-a uitat la el.

– Crezi în magie, tati?

Liam a zâmbit.

– De fiecare dată când mă uit la tine sau la Jacey, sau la mami, știu că există magie.

– Spune-mi din nou cum a fost când m-am născut.

Era o legendă uzată, o pătură țesută din povești spuse des, una care putea să-i încălzească în nopțile cele mai reci.

---

[1] *The Lion, the Witch and the Wardrobe*, roman din seria „Cronicile din Narnia", de C.S. Lewis

– Mami a plâns, a povestit Liam. A plâns şi a spus că erai cel mai perfect şi frumos bebeluş pe care îl văzuse vreodată.

Bret a zâmbit.

– Iar tu ai spus că arătam ca şi cum aş fi fost gătit doar pe jumătate.

Liam i-a atins băiatului pielea nespus de fină a obrazului.

– Erai atât de mic...

– Dar aveam plămâni mari, iar când mi se făcea foame ţipam atât de tare că zăngăneau ferestrele.

– Iar asistentele de la maternitate erau nevoite să-şi acopere urechile.

Zâmbetul sincer al lui Bret i-a încălzit inima lui Liam.

– Tati, copiii care intră în... dulapul ăla se mai întorc?

Liam nu era surprins că Bret voia un final garantat fericit.

– Da, se întorc. Uneori se rătăcesc, dar, mai devreme sau mai târziu, se întorc în lumea reală.

– Îmi citeşti mâine-seară? Promiţi?

– Poţi să fii sigur.

S-a aplecat şi l-a sărutat pe frunte. În timp ce făcea asta, şi-a amintit de „sărutul mamei". Mike îl inventase pe când Bret avea trei ani. Un sărut magic, ce ţinea coşmarurile la distanţă.

– Ce zici, să încercăm un „sărut al tatei"? Şi eu deţin puţină magie, să ştii.

– Nu.

Liam a înţeles. Bret voia să păstreze acel sărut numai pentru mama lui. Dacă l-ar fi schimbat, ar fi fost ca şi cum ea nu s-ar mai fi întors niciodată acasă.

Bret s-a uitat în sus. Lacrimile i-au inundat ochii albaştri.

– Mă gândesc tot timpul la ea.

– Ştiu, iubitule, a spus Liam, trăgându-l pe Bret mai aproape. Ştiu.

Pentru o clipă, poate că nu mai mult decât o bătaie de inimă, viaţa s-a aşezat pe un făgaş mulţumitor. Liam a adulmecat izul dulce al părului fiului său, a simţit strânsoarea delicată a braţelor lui în jurul gâtului, iar asta a fost suficient. Zeci de imagini dragi l-au invadat, amintiri pe care le adunase de-a lungul anilor vieţii lor împreună. Şi amintindu-şi ceea ce se întâmplase, a găsit forţa de a se ruga pentru ceea ce avea să vină.

Capitolul 5

Rosa s-a mutat în cabana mică de lângă casa principală. Și-a așezat cele câteva obiecte de toaletă în baia îmbrăcată în faianță roz și a umplut frigiderul cu ceai la gheață, la care a adăugat și o bucată de pâine albă. Nu avea nici un rost să facă mai mult de-atât; își plănuise să-și petreacă tot timpul împreună cu Mikaela sau cu copiii.

În dimineața următoare, după ce Liam a plecat la spital, Rosa le-a pregătit copiilor un mic dejun cald și a încercat să-i ducă la școală.

– Nu încă, bunico, te rugăm...

Nu avea inima să-i refuze. Le-a îndeplinit dorința de a se mai duce încă o zi împreună la spital, dar după aceea, a spus ea, trebuia ca amândoi să meargă la școală. Sala de așteptare nu era un loc pentru copii, nu oră după oră, zi după zi.

S-au urcat cu toții în mașină și au străbătut cei câțiva kilometri până la centrul medical. Odată ajunși acolo, Rosa i-a dus pe copii în sala de așteptare.

Apoi a mers în pas alert pe coridorul aglomerat, cu capul plecat și cu geanta lipită de corp, numărând cei trei sute unsprezece pași care o despărțeau de salonul Mikaelei de la Secția de terapie intensivă.

Cămăruța aceea dotată cu draperii despărțitoare continua s-o sperie, fiindcă acolo erau foarte multe zgomote și aparate necunoscute. Ajunsă la capul patului, Rosa s-a uitat la frumoasa, vătămata ei fiică.

– Presupun că nu contează câți ani ajungi să ai, sau că, la rândul tău, ai copii. Tu o să fii întotdeauna fetița mea, *si, mi hija*?

A mângâiat cu blândețe obrazul lipsit de leziuni al Mikaelei. Pielea continua să fie umflată și întinsă, dar Rosa avea impresia că era puțin mai moale decât fusese cu o zi în urmă.

A luat peria de pe noptieră și a început să pieptene părul scurt al fiicei ei.

– O să-ți spăl părul azi, *hija*. S-a forțat să zâmbească și a continuat să vorbească: Încă nu sunt obișnuită cu părul ăsta scurt al tău, chiar dacă e tuns astfel de mulți ani. Ori de câte ori închid ochii, o văd în continuare pe fiica mea cu un păr care i se scurgea pe spate precum un val de cerneală neagră.

Gândurile Rosei s-au întors către zilele mohorâte în care fiica ei fusese atât de nefericită, încât își ciopârțise singură părul cu o foarfecă obișnuită. Mikaela îl așteptase pe el. Așteptase și așteptase un bărbat care nu avea să mai vină nicicând, iar atunci când își dăduse seama că el nu nutrea nici cea mai mică intenție de a se întoarce, își tăiase frumosul ei păr. Adică tăiase ceea ce lui îi plăcuse cel mai mult la ea.

„Nu poți să te urâțești!“ spusese Rosa după ce văzuse isprava Mikaelei, dar, de fapt, ea voise să spună: „Nu merită să ai inima frântă din cauza lui!“

Însă nu o spusese; era ultima femeie din lume care să desconsidere iubirea unei femei pentru bărbatul nepotrivit.

Crezuse că Mikaela urma să-l uite, iar, după ce ar fi făcut-o, și-ar fi lăsat din nou părul să crească.

Cu toate astea, părul ei era în continuare scurt ca al unui băiat.

– Nu, a spus Rosa cu voce tare. N-o să mă gândesc la el. Nu a meritat gândurile noastre atunci și nu merită cuvintele mele acum. O să mă gândesc, în schimb, la fetița mea. Erai atât de deșteaptă, de frumoasă și de amuzantă! Întotdeauna mă făceai să râd. Aveai niște visuri de-a dreptul mărețe. Îți aduci aminte? Obișnuiai să prinzi pe peretele dormitorului tău toate acele fotografii, imagini ale unor locuri îndepărtate. Visai să mergi la Londra, sau în Franța, sau în China. Obișnuiam să te întreb: „De unde ai visurile astea atât de îndrăznețe, Mikita?“ Și îți aduci aminte de răspunsul tău? A mângâiat cu blândețe părul fiicei ei. Mi-ai răspuns: „Trebuie să am visuri îndrăznețe, mamă... le am pentru amândouă!" Mi s-a frânt inima atunci când ai spus asta.

Mâna Rosei s-a oprit. Nu putea să nu-și amintească de felul în care visurile mari ale fiicei ei se ofiliseră sub fierbintele soare californian. Se întâmplase cu ani în urmă, atât de mulți încât izul lor se risipise. Și totuși, iată-l din nou acolo.

– Acum eu sunt cea cu visuri mari, iubito. Visez că o să te ridici în capul oaselor pe patul ăsta și că o să deschizi ochii... că o să te întorci la noi. Vocea i s-a frânt, devenind o șoaptă guturală: Acum am un vis. Așa cum ți-ai dorit întotdeauna. Port visurile mele acum... și pe ale tale, Mikita. Visez pentru amândouă.

Mai târziu în acea după-amiază, Stephen i-a chemat pe Liam și pe Rosa în cabinetul lui.

– Vestea bună este că s-a stabilizat. Am scos-o de pe ventilator și respiră singură. Nu a fost nevoie să facem o traheotomie. Este hrănită intravenos. Am scos-o din Secția de terapie intensivă și am mutat-o într-un salon privat, din aripa Doi Vest.

Liam abia dacă auzea cuvintele lui Stephen. Știa că, întotdeauna când un doctor își începea fraza cu „Vestea bună este", urma o veste al naibii de proastă.

Rosa stătea lângă ușă.

– Respiră. Asta înseamnă viață, nu?

Stephen a dat din cap.

– Da. Problema e că nu știm de ce nu se trezește. Este sănătoasă, stabilă. Activitatea cerebrală este bună. Conform tuturor măsurătorilor, ar trebui să fie conștientă.

Rosa a întrebat:

– Cât timp poate un om să doarmă așa?

Stephen a ezitat.

– Unii oameni se trezesc în câteva zile, iar alții... stau în comă ani de-a rândul și nu se mai trezesc niciodată. Aș vrea să vă pot spune mai multe.

– Mulțumesc, Steve, a spus Liam.

Stephen nu a zâmbit.

– Este în aripa Doi, camera 46.

Liam s-a ridicat în picioare și s-a dus la Rosa, pe care a apucat-o cu blândețe de braț.

– Haide să mergem la ea.

Rosa a dat din cap în semn că era de acord. Au plecat împreună din cabinetul lui Stephen și s-au îndreptat spre noul salon al Mikaelei.

Odată ajunși înăuntru, Liam s-a dus la fereastră și a deschis-o, scoțându-și capul în aerul rece al după-amiezii. Apoi s-a întors și s-a dus lângă pat, unde a mângâiat obrazul umflat al soției lui.

– Este iarnă, iubito. Ai căzut în somnul ăsta toamna, și deja e iarnă. Cum se poate una ca asta, în nici trei zile?

Liam a înghițit cu noduri. Viața i-a trecut prin fața ochilor, o grămadă nesfârșită de zile pline de agitație și de nopți cumplit de pustii. Un calendar de săptămâni fără ea. Ziua Recunoștinței, Crăciun, Paște.

Rosa a venit lângă el.

– Nu trebuie să abandonezi speranța, doctore Liam. Ea o să fie unul dintre norocoșii care se trezesc.

Liam își ferise soacra de povara certitudinii. Îi spusese că un deznodământ nefericit era posibil, dar făcuse ca acea afirmație să sune improbabil. Acum nu avea puterea de a găsi un subterfugiu. Leziuni cerebrale, paralizie, chiar și o viață întreagă de comă: acelea erau posibilitățile. Știa că a doua zi de dimineață avea să fie mai puternic, mai capabil să se agațe de acea încredere firavă. Așa fuseseră ultimele zile – întinderi nesfârșite de speranță, punctate de momente de frică paralizantă.

Stătea perfect nemișcat, încercând să nu-și imagineze cum ar fi fost să aștepte zi de zi, săptămână de săptămână ca Mikaela să se trezească. A tras aer adânc în piept și a expirat încet, ca să se calmeze.

– N-o să renunț niciodată, Rosa. Dar am nevoie de... ceva de care să-mi agăț credința, iar în clipa asta colegii mei nu-mi oferă mare lucru de care să mă agăț.

– Credința în Dumnezeu va fi sprijinul tău, doctore Liam. Nu te teme să te folosești de el.

Liam a ridicat o mână.

– Nu acum, Rosa. Te rog...

– Dacă nu poți vorbi cu Dumnezeu, atunci măcar vorbește cu Mikaela. Are nevoie să i se amintească faptul că o așteaptă o viață aici. Acum iubirea este cea care poate s-o aducă înapoi.

Liam s-a întors către Rosa.

– Și dacă iubirea mea nu o aduce înapoi, Rosa?

– O s-o aducă.

Liam a invidiat-o pe Rosa pentru credința ei simplă. A căutat în profunzimile sufletului lui o certitudine similară, dar nu a găsit decât frică.

Rosa l-a privit.

– Are nevoie de tine acum... mai mult decât a avut vreodată. Are nevoie să fii lumina care s-o ghideze spre casă. Ăsta este singurul lucru la care ar trebui să te gândești acum.

– Ai dreptate, Rosa. Apoi, mai tare: Ai dreptate.

– Și ceea ce-i spui este important, da? Vorbește-i despre lucrurile care contează. S-a apropiat de el. Buzele i-au tremurat în timp ce a spus: Mi-am dormit viața, doctore Liam. Nu o lăsa pe fiica mea să facă același lucru.

Bret a trecut de prânz fără să țipe, dar acum simțea cum se apropia criza de nervi, crescând înlăuntrul lui. La început fusese doar țâfnos, apoi smulsese capul figurinei lui de plastic și aruncase la gunoi cel mai recent număr al revistei *People.*

Obosise să stea în acea sală de așteptare, obosise să fie ignorat.

Nimănui nu părea să-i pese că el era lăsat întotdeauna de unul singur în acea încăpere infectă, dezgustătoare. Prietenii lui Jacey veneau la vremea prânzului – aveau carnete de conducere –, iar pe ea nu o deranja nici un pic să-l părăsească pe frățiorul ei și să se ducă împreună cu „gașca“ la cantina spitalului. Până și bunica și tati păreau să fi uitat de el.

Singurele persoane care îi vorbeau erau asistentele. De fiecare dată când îl priveau, aveau acea expresie care spunea „Bietul de tine!“ și care îl făcea să-i vină să vomite.

Bret s-a dus din nou la canapea și a încercat să-și distragă atenția desenând, dar nu a reușit. Avea în stomac acea senzație neplăcută care, cu trecerea timpului, devenea din ce în ce mai deranjantă. Era destul de sigur că urma să înceapă să ţipe.

În loc de asta, a luat cel mai apropiat creion – unul negru – şi s-a dus la perete. Nici măcar nu s-a deranjat să se uite în jur ca să verifice dacă era singur. Nu-i păsa. De fapt, chiar voia să-l vadă cineva. A scris pe peretele zgrunţuros URĂSC SPITALUL ĂSTA. După ce a terminat, s-a simţit mai bine. Apoi s-a întors şi a văzut-o pe Sarah, asistenta-şefă, stând în prag şi ţinând în braţe un teanc de cărţi de benzi desenate.

– O, Bret, a spus ea încet, aruncându-i privirea „Bietul de tine!"

A aşteptat ca ea să mai spună ceva, poate să intre în sală şi să ţipe la el, dar Sarah nu a făcut altceva decât să se întoarcă şi să plece. Câteva minute mai târziu, a auzit numele tatălui său sunând în sistemul de mesagerie sonoră al spitalului.

A aruncat creionul pe pardoseală şi s-a întors la canapea. A luat în mână figurina fără cap şi a început să se joace cu ea.

– Bretster!

Vocea tatei.

Obrajii lui Bret ardeau. S-a întors încetişor.

Tata stătea acolo, cu o găleată şi cu un burete în mână. A aşezat jos găleata şi a traversat încăperea din câţiva paşi mari, iar apoi s-a aşezat pe măsuţa de cafea din faţa lui Bret.

– Ştiu, tati.

A încercat să nu plângă, dar nu s-a putut abţine. De fiecare dată când trăgea aer în piept, îşi simţea lacrimile.

– Îmi pare rău. Tata i-a şters lacrimile. Îmi pare rău că te-am lăsat singur, Bretster. Se întâmplă atât de multe lucruri... Îmi pare rău!

Bret a tras cu nesaţ aer în piept.

– Nu ar fi trebuit să scriu pe pereţi, tati. Îmi pare rău.

Tata aproape că a zâmbit.

– Ştiu că vrei s-o vezi pe mama, copile. Doar că... nu arată bine. Faţa ei e destul de vătămată. M-am gândit că o să ai coşmaruri.

Bret s-a gândit la felul în care arătase ea imediat după accident, cu un ochi deschis, îndreptat către el, şi s-a cutremurat. S-a şters la ochi şi a şoptit:

– Atunci când morţii au ochii deschişi, te văd, tati?

– Nu a murit, Bret. Îți jur. Liam a oftat din greu. Vrei s-o vezi?

– Nu mă lasă regulile.

– Am putea încălca regulile. Dacă vrei.

Bret și-a tras nasul și și-a șters ceea ce-i cursese pe buza de sus. Imaginea mamei după accident i-a trecut din nou prin minte, iar, atunci când a văzut-o, inima i-a tresăltat puțin în piept.

– Nu, a spus el în șoaptă. Nu vreau s-o văd.

Tata l-a strâns în brațe, iar Bret a simțit cum se relaxa încetul cu încetul. Îmbrățișarea a fost atât de plăcută! S-a simțit aproape în siguranță. A stat agățat de tatăl lui vreme îndelungată.

Apoi, în sfârșit, tati a spus:

– Ei bine, prietene, cred că e timpul să începi să speli peretele ăla. Nu cred că e corect să-l lași pe îngrijitor s-o facă.

Bret s-a tras în spate. S-a ridicat în picioare, bălăbănindu-se, și s-a dus la găleată. De cum a ridicat-o, apa cu săpun a sărit peste buza găleții și i-a aterizat pe cracul pantalonilor. Ținând mânerul de metal cu ambele mâini, Bret a dus găleata lângă perete și a pus-o jos. A cufundat buretele în apă, l-a stors aproape complet și a început să curețe mizeria.

Nu a trecut nici măcar un minut, și tati a venit lângă el și s-a așezat pe vine. A luat un al doilea burete, l-a băgat în apă și l-a stors.

Tati i-a zâmbit de la nivelul ochilor lui.

– Presupun că asta e un fel de mizerie a întregii familii, nu crezi?

La ora cinei, Rosa i-a dus pe copii acasă. Liam a știut că ar fi trebuit să plece împreună cu ei, dar nu putea s-o lase pe Mikaela. Pur și simplu nu putea s-o facă.

S-a uitat la soția lui. Acum era așezată pe-o parte; asistentele o întorseseră.

– Am angajat-o pe Judy Monk ca să aibă grijă de caii tăi, i-a spus el. Tuturor pare să le meargă foarte bine. Chiar și iapa aia nebună – cum o cheamă, Sweetpea? – a ronțăit din stinghia de sus a gardului de la padoc, dar, în afară de asta, e bine. Iar veterinarul spune că lui Scotty i-au trecut colicii de tot.

S-a întins către cutia de carton pe care o adusese de acasă.

– Ți-am adus câteva lucruri.

A ridicat cutia de pe scaun şi a pus-o pe noptieră. A scos din ea un săculeţ legat cu o panglică, plin cu potpuri.

– Myrtle de la farmacie mi-a spus că asta era firma ta preferată.

Liam a răsturnat bucăţelele multicolore într-un mic bol de sticlă, iar din el s-a ridicat un miros delicat de vanilie. Apoi a scos o colecţie de fotografii de familie şi le-a aşezat de-a lungul pervazului – pentru cazul în care ea ar fi deschis ochii la un moment dat, iar nici unul dintre ei nu ar fi fost de faţă.

A aşezat un casetofon pe altă masă şi a băgat o casetă în el. „Crazy for you"[1], de Madonna – ca să-i aducă aminte de vremurile de demult. Ultimul obiect din cutie era un pulover al lui Bret, unul care îi rămăsese mic de multă vreme. Liam i l-a întins Mikaelei peste umeri şi a aşezat micuţele mâneci de lână Shetland în jurul ei. Dacă era ceva ce ar fi putut ajunge la ea, acela era mirosul de neuitat al băieţelului ei.

Amintirile au intrat tiptil în camera cufundată în tăcere. Liam şi-a rememorat momentul în care o văzuse pe Mikaela pentru prima dată. Se întâmplase chiar acolo, în acel spital. El se întorsese acasă pentru înmormântarea mamei lui şi-şi găsise tatăl – pe marele Ian Campbell – suferind de Alzheimer. Boala care, încet şi metodic, nimicise fiecare trăsătură măreaţă a personalităţii lui Ian.

După ce începuse inevitabila alunecare către moarte, Ian fusese mutat în centrul medical care îi purta numele.

Atunci o întâlnise Liam pe Mikaela. Era tânără – nu avea mai mult de douăzeci şi cinci de ani – şi era cea mai frumoasă femeie pe care o văzuse el vreodată.

– Ştii cât de mult îmi doream să vorbesc cu tine? a întrebat el cu glas scăzut, aplecându-se spre ea. Stăteai la capul patului tatălui meu. Îţi aminteşti acea zi? Nu am spus nimic. M-am mulţumit să rămân în prag, ascultând cum vorbeai cu tata.

S-a aşezat pe scaunul de lângă pat şi i-a apucat mâna stângă, petrecându-şi degetele în jurul degetelor ei.

– Încă îmi amintesc de momentul în care te-ai uitat prima oară la mine. Mă mai văzuseşi, bineînţeles, dar nu mi-ai acordat niciodată

[1] Nebun după tine

atenție cu adevărat înainte să îți spun că acela era tatăl meu. Era primăvară... îți aduci aminte? Îi deschiseseşi fereastra şi îi aduseseşi o mică azalee care era, de fapt, o inflorescență de mici flori rozii. Am văzut imediat tristețea dinlăuntrul tău. Oare era atât de aproape de suprafață? Acum mă întreb asta. Pe urmă am crezut că eram special fiindcă văzusem acea tristețe, ca şi cum noi doi am fi fost soldații aceluiaşi război. Răniții ambulanți. Singurul lucru la care mă puteam gândi era cum m-aş fi simțit dacă aş fi fost cel care te-ar fi făcut să zâmbeşti. Îți aduci aminte ce mi-ai spus? „Vorbeşti cu el?" m-ai întrebat. Eram atât de ruşinat! Am răspuns: „Nimeni nu mai vorbeşte cu adevărat cu tatăl meu". Iar tu ai spus: „Atunci, ar trebui să vorbeşti. Nu contează ce spui, contează numai că eşti aici. Are nevoie să ştie că ai grijă de el". Grijă. Un cuvânt atât de mic! Precum „iubire" sau „ură". Aceste cinci litere au o semnificație atât de mare!

Până în acea clipă, Liam şi tatăl lui nu-şi petrecuseră prea mult timp având grijă unul de celălalt.

– Mi l-ai dat înapoi, să ştii, a continuat el. Nu l-am cunoscut niciodată cu adevărat la vremea la care era puternic şi curajos, la vremea la care absorbea toată lumina soarelui. Dar atunci când a ajuns bătrân, scofâlcit şi înfricoşat, a devenit în cele din urmă tatăl meu. Tu m-ai învățat să vorbesc cu el. În acele ultime săptămâni, au existat momente în care m-a văzut, momente în care a ştiut cine eram şi de ce eram acolo. În ziua de dinaintea morții lui, m-a ținut de mână şi, pentru prima şi singura dată în viața mea, mi-a spus că mă iubea. Tu mi-ai oferit asta, Mikaela, şi nu ştiu dacă ți-am mulțumit vreodată.

Liam s-a ridicat şi s-a sprijinit de grilajul patului. Uşurel, a dat drumul mâinii ei și i-a atins obrazul umflat.

– Te iubesc, Mike, cu toată ființa mea. O să fiu aici, aşteptându-te, pentru tot restul vieților noastre. Eu și copiii... Întoarce-te la noi, iubito. Vocea i s-a frânt. A lăsat să treacă un minut, iar apoi a sărutat-o pe frunte, şoptindu-i, cu buzele lipite de pielea ei: Pe vecie...

Apoi s-a aşezat înapoi pe scaun, ținând-o în continuare de mână.

PARTEA A DOUA

Stelele încă își împart lumina lor
Celor ce sunt prin noapte călători.

WILLIAM CARTWRIGHT

Capitolul 6

Timp de patru săptămâni, Mikaela nu a văzut nimic altceva decât întuneric.

La sfârșitul primei săptămâni, Liam și copiii au aflat un adevăr vechi de când lumea: viața mergea înainte. Oricât de mult și-ar fi dorit ca universul să se oprească în loc pentru ei, asta nu s-a întâmplat. Zi după zi, viața obișnuită și-a croit loc în cercul lor steril, scăldat în suferință, solicitându-i, mânându-i de la spate. În mod uimitor, soarele răsărea în continuare într-o lume fără Mikaela, iar, câteva ore mai târziu, apunea. Ziua Recunoștinței a venit și a trecut. În ultima săptămână din noiembrie, a căzut prima ninsoare.

Liam a învățat că era posibil să pară că mergeai înainte, când, în realitate, nu făceai altceva decât să stai pe loc. În timp ce coma continua, el nu a avut încotro. Copiii s-au întors la școală; Rosa a tricotat suficiente pulovere și pături cât să îmbrace și să învelească pe toată lumea din oraș. Liam a angajat oameni care să aibă grijă de cai; a plătit facturile. Și, în cele din urmă, a început să primească din nou pacienți. La început nu a avut decât câțiva, dar treptat a ajuns la un program de jumătate de zi. Pleca zilnic de la cabinet la ora două și stătea la căpătâiul Mikaelei până la ora cinei. În unele zile venea și Jacey, iar în altele nu venea. Bret încă nu găsise curajul de a o vizita pe mama lui, dar Liam știa că asta urma să se întâmple.

Pacienţii îl ţineau ocupat pe Liam câteva ore pe zi, lucru pentru care el îi mulţumea lui Dumnezeu. Asta, pentru că atunci când nu muncea, aştepta, privind-o pe frumoasa, pe preaiubita lui soţie, cum zăcea într-un pat în care stătuse altcineva cu o lună în urmă şi în care aveau să stea alţii în viitor.

Acum Liam stătea la fereastra cabinetului său, uitându-se afară. În vecini, zăpada începuse să se aşeze pe gardul domnului Peterson. În câteva ore, ultimul clopoţel de la şcolile primare avea să sune; copiii aveau să înceapă să se adune la Turnagain Hill, trăgându-şi după ei săniile şi camerele de roţi pneumatice de-a lungul străzilor acoperite de zăpadă. Apoi, cu respiraţia tăiată, aveau să alunece în josul dealului, călătorind până la buza iazului cu broaşte al domnului Robbin.

Liam ştia că aceiaşi copii aveau să se trezească devreme a doua zi de dimineaţă şi să dea năvală la ferestrele dormitoarelor, sperând să-şi vadă curţile albe. Părinţii aveau să urmărească ştirile de dimineaţă alături de copiii lor zgomotoşi, rugându-se în gând ca autobuzele să funcţioneze în continuare. Dar rugăciunile lor aveau să fie anulate de cele făcute de nişte voci mai tinere şi mai entuziaste, iar şcoala avea să fie întreruptă. Până la prânz, doamna Sanman de la patiserie avea să fiarbă pe plită o groază de ibrice cu lapte integral, oferindu-le ciocolată caldă tuturor celor suficient de curajoşi pentru a se aventura până la colţul ei de stradă, iar pompierii aveau să toarne apă de-a lungul curbei din capătul străzii Sasquatch, creând cel mai grozav patinoar din stat.

Gândindu-se la toate astea, Liam a uitat pentru o clipă ce se alesese de viaţa lui. S-a simţit năpădit de nevoia de a ridica receptorul telefonului şi de a-şi suna soţia ca să-i spună: „Hei, Mike, vino repede, ninge!" Dar şi-a revenit la timp.

Mikaela lui iubea zăpada, iubea gustul răcoros, pur, al unui fulg de zăpadă, precum şi vălul fin de apă îngheţată care îi rămânea pe faţă ori de câte ori intra în casă. Iubea mănuşile cu căptuşeală de imitaţie de blană şi glugile de angora neagră, care transformau o casnică obişnuită în Grace Kelly. Iubea să-i vadă pe copiii ei mâncând supă la masa din bucătărie, în timp ce zăpada din bretoane li se topea şi le aluneca pe obrajii îmbujoraţi.

Liam a tras draperiile, s-a întors la birou și s-a așezat, punând ultimele dosare medicale într-un teanc ordonat. Știa că, în numai câteva minute, asistenta lui, Carol Audleman, avea să vină să-i spună cât era ceasul. Ca și cum nu ar fi știut, ca și cum nu ar fi așteptat și nu ar fi fost îngrozit exact de acel minut toată ziua.

S-a auzit o bătaie în ușă.

– Doctore! Carol a împins ușa întredeschisă și a pășit în camera mică și întunecată. Este ora unu. Marian a fost ultima pacientă pe ziua de azi. V-am făcut astăzi un program scurt pentru că... S-a uitat în altă parte. Ei bine, știți de ce.

Liam i-a aruncat un zâmbet obosit, știind că ea avea să observe îngrijorarea de pe fața lui și să-și dorească să i-o alunge.

– Midge a sunat în jurul orei douăsprezece. V-a lăsat o lasagna și o salată pe masa din bucătărie.

Acela era un alt lucru pe care îl aflase Liam. Oamenii nu cunoșteau o altă modalitate de a ajuta – așa că găteau. Locuitorii acelui oraș se aliaseră pentru a ajuta familia Campbell în vremurile îngrozitoare prin care trecea, și aveau să rămână pregătiți să ajute pentru mult timp. Liam le era recunoscător, dar uneori, noaptea, în timp ce scria bilețele de mulțumire, durerea pe care o încerca era atât de profundă și de intensă încât trebuia să lase stiloul din mână. Fiecare farfurie de mâncare și bol de salată le amintea tuturor celor din familie că Mikaela nu era acasă... că nu putea face lucrurile pe care le făcuse cândva.

– Mulțumesc, Carol.

Liam s-a ridicat de pe scaun și s-a întins ca să-și ia din cuier jacheta căptușită cu puf de gâscă. S-a dezbrăcat de halatul alb, l-a așezat cu grijă pe spătarul scaunului și a urmat-o pe Carol afară din cabinet, trecând prin salonul de așteptare pustiu. Odată ajunși în dreptul ușii, el a bătut-o pe umăr, iar apoi a ieșit în frig.

Mergând cu mașina către spital, a trecut pe lângă indicatorul cioplit și pictat manual, pe care scria: LAST BEND VĂ UREAZĂ LA REVEDERE. AICI ESTE CĂMINUL URȘILOR GRIZZLY ȘI AL CAMPIONILOR DE FOTBAL LA CAMPIONATELE STATALE B-8 DIN 1982. Un banner atârna deasupra străzii, făcând reclamă

Zilelor Gheţarului, festivalul anual de iarnă: VINE ÎN CURÂND... NU UITAŢI...

Liam a tras în parcarea spitalului. Centrul medical era neobişnuit de liniştit în acea zi. Zăpada acoperea totul acum, transformând maşinile în moviliţe albe. El a parcat pe locul lui şi a băgat mâna sub scaun ca să ia cele două lucruri pe care le adusese: albumul de fotografii şi o cutiuţă ambalată. Fără să se întindă după haină, şi-a ridicat gulerul cămăşii de flanel şi s-a îndreptat spre spital.

Uşile automate de sticlă s-au deschis. Înăuntru, câteva asistente care făceau voluntariat aşezau primele ornamente de Crăciun.

Liam s-a oprit în prag, iar apoi s-a forţat să pătrundă în mediul aseptic care obişnuise să fie la fel de primitor pentru el precum propria-i cameră de zi, dar care acum îl aducea instantaneu într-o stare de disperare.

A dat din cap în semn de salut către feţele bine cunoscute, dar nu s-a oprit, nu a încetinit pasul. Prea mulţi dintre doctori şi asistente nu îl priveau în ochi.

Aceia nu mai credeau că Mikaela avea să se trezească... sau dacă s-ar fi întâmplat asta, credeau, după cum îşi şopteau unii altora noaptea, în mijlocul unei ture surprinzător de liniştite, că nu avea să mai fie Mikaela. În cel mai bun caz, îşi imaginau o palidă imitaţie a ceea ce fusese ea, sau, mai rău... ei bine, nimeni nu voia să se gândească la ce era mai rău.

Liam a trecut de salonul asistentelor şi i-a făcut lui Sarah, asistenta-şefă, un semn scurt cu mâna. Ea a zâmbit, iar el a văzut în ochii ei o speranţă pe măsura speranţei lui: zdrenţuită, puţin uzată pe la colţuri, dar, chiar şi aşa, prezentă.

S-a oprit în faţa uşii închise a salonului Mikaelei, adunându-şi puterile, apoi a răsucit mânerul şi a intrat. Draperiile erau trase; indiferent de cât de des le-ar fi deschis în timpul vizitelor lui, întotdeauna le găsea închise atunci când se întorcea. A mers la patul ei şi a tras de ţesătura albastră.

În sfârşit, s-a întors către soţia lui. Ca întotdeauna, prima imagine a ei era dificilă; îl făcea imediat să respire greu sau deloc. Mikaela zăcea în patul cu grilaj metalic, nemişcată de parcă ar fi fost moartă. O singură şuviţă de păr îi căzuse peste un ochi şi i se lipise de buze. Pieptul i se înălța și îi cobora cu o regularitate înșelătoare; respira. Singurul semn că era în viață. Liam își dădea seama că fusese spălată recent pe păr, fiindcă acesta încă era puțin umed. Asistentele o îngrijeau în mod deosebit pe Mikaela; fusese una dintre ele. Chiar îi schimbaseră obișnuitul halat furnizat de spital cu o versiune delicată, cusută de mână.

Liam s-a așezat pe scaunul de lângă ea. Plasticul dur, de culoarea vomei, căpătase forma lui în ultimele săptămâni și devenise aproape confortabil.

– Hei, Mike, a spus el, turnând un nou potpuri în vasul de lângă pat.

În săptămâna aceea îi aducea cătină, pentru ca mirosul ei să-i amintească de trecerea timpului. Ca s-o anunțe că se apropia Crăciunul.

Încetul cu încetul, Liam și-a îndeplinit ritualul zilnic: umplerea vasului cu un nou potpuri, așezarea cu grijă a cămășii unuia dintre copii pe pieptul ei, muzica ce se prelingea delicat din casetofonul din colț. Cele mai mari hituri The Eagles, ca să-i amintească de liceu. „Fantoma de la operă", ca să-i amintească de excursia pe care o făcuseră la Vancouver ca să vadă acel spectacol. Până și coloana sonoră de la Rocky Horror Picture Show... numai ca s-o facă să zâmbească. El făcea orice și totul pentru a-i stimula simțurile și a-i aduce aminte că viața exista în continuare, că ei existau în continuare, familia ei iubitoare așteptând-o să deschidă ochii și să li se alăture.

În colț, micul iaz electric pe care îl așezase pe o cutie de lemn, răspândea în încăpere sunetul unei cascade.

– Hei, Mike...

A apucat-o de laba piciorului și a început s-o maseze cu blândețe, așa cum îl învățaseră fizioterapeuții. După ce a făcut toate exercițiile cu ambele picioare, cu gleznele, cu toate cele zece degete, el s-a întins după o sticlă de loțiune de corp parfumată și scumpă și a început să i-o întindă Mikaelei pe gambe.

Apoi s-a apucat să lucreze la mâna stângă, începând de la degetul mare. O mișcare atentă, precisă: îndoaie, întinde... îndoaie, întinde... îndoaie... întinde.

Și-a coordonat mișcările cu ritmul vocii lui.

– A fost o zi liniştită la cabinet, a spus el pe un ton gutural, singurul de care părea să fie capabil atunci când era lângă ea. Jimmy McCracken a venit iarăşi, de data asta – cu o bilă înfiptă într-o nară, iar bătrâna doamnă Jacobsen a mai avut o migrenă. Bineînţeles, de fapt nu voia decât să stea de vorbă. De când Robbie şi Janine s-au mutat la Chelan, este singură. Dar mi-a adus una dintre prăjiturile ei grozave cu afine şi rom. Îţi aminteşti cât de repede le vindea pe toate la târgurile de prăjituri de la şcoală?

În capătul celălalt al camerei, casetofonul a pocnit, iar caseta s-a întors. Acum Barbra Streisand cânta despre oameni care aveau nevoie de oameni.

Liam şi-a strâns soţia de mână.

– Îţi aduci aminte când anume am dansat pe melodia asta, Mike? Era la Center Hall, la aniversarea de cincizeci de ani a căsătoriei soţilor Minor, unde a cântat formaţia aceea locală. Îţi aduci aminte cum vocalistul a încurcat cuvintele şi a cântat despre „voyeuri care aveau nevoie de alţi voyeuri"? Râdeam atât de tare, încât ne-au dat lacrimile, iar tu ai spus că, dacă vocalistul mai rostea o singură dată cuvântul ăla, făceai pe tine garantat! Erai atât de frumoasă în seara aceea, în fusta de blugi şi cu bluza în stil western! Cred că fiecare bărbat de acolo şi-ar fi dorit să fii a lui. La sfârşitul cântecului, te-am sărutat atât de prelung încât m-ai lovit pe spate şi mi-ai spus: „O, Doamne, Lee, nu suntem adolescenţi!", dar am simţit cum te-ai înfiorat... şi, pentru o fracţiune de secundă, am fost din nou puştani...

În felul acela se desfăşurau serile acum. Într-un şir blând de cuvinte, Liam îi oferea Mikaelei inima şi sufletul lui. Ca şi cum ea ar fi fost o floricică aflată pe moarte, una care avea nevoie numai să guste puţină apă ca să capete puterea de a se ridica din nou către soare.

Liam a vorbit şi a tot vorbit, căutând tot timpul un semn, o mişcare, o fluturare a pleoapelor sau o zvâcnire a mâinii, orice semn care să-i spună că fierbinţeala vocii lui ajunsese în bezna rece a lumii ei.

– Hei, Mike, pun pariu că ai crezut că am uitat de aniversarea noastră.

A început să se întindă după albumul de fotografii de pe noptieră, dar şi-a retras mâna în ultima secundă.

Era o colecție de poze de la Crăciunul trecut, pe care și-l petrecuseră la Schweitzer. Mike alesese cu mare grijă fiecare fotografie, ca să construiască o reprezentare cât mai fidelă a acelei vacanțe.

Fusese un neghiob să creadă că ar fi putut deschide albumul doar ca s-o ia pe calea amintirilor. Acum îl vedea drept ceea ce era de fapt: o rană care, odată deschisă, nu ar fi făcut nimic altceva decât să se infecteze și să provoace și mai multă durere. În loc de asta, Liam s-a uitat la cutia îngustă și plată de lângă album.

O ambalase în urmă cu aproape două luni și o ascunsese în sertarul cu mostre din biroul lui. Fusese atât de entuziasmat în ziua în carc se hotărâse ce anume să-i ofere lui Mike drept cadou la aniversarea de zece ani a căsătoriei lor! Împreună cu asistenta lui, Carol, aranjase să aibă un program de jumătate de zi la cabinet, pentru ca restul acelei zile speciale să și-l petreacă alături de soția lui – numai ei doi.

– Tocmai am cumpărat bilete pentru Concorde, Mike. La Paris... de Anul Nou.

Vocea i s-a frânt. Vorbiseră ani în șir despre Paris, visaseră împreună la petrecerea de Anul Nou de la hotelul Ritz. Oare de ce amânase el atât de mult cumpărarea biletelor? Nu era vorba despre bani, nu era vorba nici măcar despre timp. Foarte mulți prieteni se oferiseră să aibă grijă de copii vreme de două săptămâni, în timpul vacanței de iarnă. Așa era... viața. Activitățile clubului de echitație al lui Mike și antrenamentele ei de călărie; voleiul lui Jacey, orele de schi și recitalurile ei de vioară; antrenamentele de hochei și Liga Mică ale lui Bret; pacienții lui Liam.

Pur și simplu, viața. În repetate rânduri își puseseră visurile deoparte, nepăsători, și nu se aleseseră decât cu ocazii pierdute și cu oportunități ratate. De ce nu realizaseră cât de prețios era fiecare moment? De ce nu-și dăduseră seama că o cădere de pe un cal – care, în mod normal, era blând – putea să le răpească viitorul?

Liam s-a ridicat în picioare și a apucat grilajul patului, pe care l-a coborât. Grilajul a căzut cu un zăngănit și s-a fixat în poziția cea mai de jos. Liam s-a urcat încetișor în pat, alături de soția lui. Așezându-și brațul pe după capul ei, a tras-o mai aproape, atent să nu-i smulgă acele de la perfuzii. Corpul ei era inert și părea plăpând, deși de la accident încoace nu slăbise decât cel mult un kilogram.

A ținut-o de mâna ce părea fără viață, strângând-o cu blândețe, ca să știe că el era acolo.

– Ajută-mă, Mike! Strânge-mă de mână, clipește! Fă ceva! Arată-mi cum să ajung la tine...

A stat acolo aproape o oră. Atunci când a încercat să vorbească din nou, nu a putut articula nimic altceva decât numele ei, însoțindu-l de un geamăt spart, răgușit.

– Tată?

Pentru o clipă, Liam a crezut că soția lui fusese cea care vorbise, dar mâna ei era inertă ca de mort, iar ochii îi rămăseseră închiși. El s-a întors încetișor și a văzut-o pe Jacey în pragul ușii. Ținea în mână un tort.

– Bună, iubito!

Jenat, s-a dat jos din pat și s-a prăbușit pe scaun.

Jacey s-a apropiat de el. Părul lung, negru, i se legăna ușor pe lângă bluza largă, de flanel, care îi ascundea trupul mlădios, de adolescentă de șaisprezece ani. Avea fața palidă precum zăpada, iar puțina tentă de roz pe care ar fi putut s-o mai aibă obrajii ei dispăruse atunci când își văzuse mama.

– Este aniversarea de zece ani a căsătoriei voastre. Tu și mama sărbătoreați întotdeauna cu atât fast...

Cuvintele i s-au stins pe buze, iar Liam a știut că Jacey aștepta confirmarea în privirea lui.

Era greu, dar a dat din cap și a zâmbit.

– Ai dreptate. Ea ar fi vrut să sărbătorim.

Jacey a așezat tortul pe masa de lângă pat. Tortul era rotund, cu două etaje și cu glazură roz, de unt, același tort pe care li-l făcea în fiecare an Suzie Sunman de la Lazy Susan Bake Shop[1]. Numai că acum obișnuitul text „Aniversare fericită, Mike și Liam!" lipsea și nu fusese înlocuit cu nimic. Liam s-a întrebat cât timp petrecuse Suzie încercând să se gândească la o urare festivă plină de speranță, înainte să renunțe.

---

[1] Brutăria Suzie cea Leneșă

Jacey s-a apropiat de pat și s-a aplecat deasupra mamei ei.

– Aniversare fericită, mamă! A întins o mână tremurândă și i-a luat o șuviță de păr de pe față. Poți crede că au trecut zece ani de când ne-am căsătorit cu Liam?

S-a întors și i-a zâmbit lui Liam. În acea clipă, a avut din nou șase ani, o fetiță știrbă, de clasa întâi, care căzuse la locul de joacă și-și luxase degetul. El și-a dorit să îi alunge durerea și acum, dar nici o cantitate de plasturi colorați sau de glume nu ar mai fi putut să-i aducă zâmbetul pe buze în momentul de față.

– Cum este azi? a întrebat Jacey.

– La fel.

Fata și-a trecut un deget peste partea laterală a tortului, luând o grămăjoară de glazură roz. A ținut-o sub nasul Mikaelei.

– Poți să simți mirosul tortului, mamă? Este cea mai bună cremă de vanilie a lui Suzie, care are încorporat Grand Marnier autentic. Exact așa cum îți plăcea... cum îți place.

Mica ezitare din vocea ei aproape că a fost mai mult decât putea suporta Liam.

– Uite, ia un scaun. Cum a fost azi la școală?

Jacey și-a pus după ureche o șuviță lungă de păr.

– Bine. Am luat zece la testul de matematică.

– Bravo!

Jacey l-a privit, iar apoi s-a uitat în altă parte. Liam a observat felul grăbit, nervos, în care ea și-a mușcat buza de jos – un obicei pe care îl moștenise de la mama ei.

– Ce s-a întâmplat, Jace?

A trecut un minut înainte ca ea să răspundă.

– Se apropie balul de iarnă. Mark m-a întrebat dacă vreau să merg.

– Știi că e în regulă. Orice ai vrea să faci, poți să faci.

– Știu, dar...

Liam s-a întors către ea.

– Dar ce?

Jacey i-a ocolit privirea.

– Eu și mama am vorbit mult despre balul ăsta. Făcuserăm planuri să mergem la Bellingham ca să cumpărăm o rochie. Ea... Vocea fetei a fost înecată de emoție și s-a transformat într-o șoaptă:

A spus că nu a fost niciodată la un bal de absolvire și că voia ca eu să arăt ca o prințesă.

Liam nu și-o putea imagina pe frumoasa lui soție stând acasă în seara balului de absolvire. Cum de nu știa asta despre ea? Iată încă unul dintre nenumăratele secrete ale Mikaelei.

– Haide, Jace! O să i se frângă inima dacă o să afle că nu te-ai dus.

– Nu e corect, tată.

Jacey s-a uitat din nou în altă parte. Apoi, foarte încet, a spus: *Dacă* se trezește.

Liam voia ca măcar o dată s-o țină în brațe pe Jacey și să-i spună: „Și mie mi-e frică. Dacă asta a fost totul... sau dacă se trezește și nu ne recunoaște... sau dacă nu se trezește deloc?"

Dar acestea erau temerile lui. Datoria era cu totul altceva: el trebuia să întrețină speranța familiei.

– Jacey, mama o să se trezească. Trebuie să credem asta. Ea are nevoie ca noi să credem. Acum nu e momentul s-o abandonăm. Suntem o familie de luptători și nu ne ferim de luptă. Nu-i așa?

– Devine... tot mai greu.

– Nu s-ar numi test de credință dacă nu ar fi greu.

Jacey s-a uitat la el.

– Te-am auzit aseară. Vorbeai cu bunica despre mama. Ai spus că nimeni nu știe de ce nu se trezește. După ce a plecat bunica, te-am văzut ducându-te lângă pian. Voiam să-ți spun ceva, dar te-am auzit plângând.

– Of!

Liam s-a lăsat să cadă pe scaun. Nu avea nici un rost s-o mintă. Fusese o noapte grea, una în care armura i se rupsese ca și cum ar fi fost făcută din celofan. Amintirea aniversării lor îl distrusese. Stătuse așezat la elegantul pian Steinway din camera de zi, jinduind să cânte din nou, dorindu-și să recupereze muzica ce trăise la un moment dat în el. Dar de la accident încoace se simțea pustiit; muzica ce îl susținuse în atâtea momente dificile din viața lui pur și simplu se evaporase. Deși nu-i spusese niciodată asta lui Jacey, ea știa; poate c-o observase chiar înaintea lui. Casa, care fusese cândva plină de acordurile muzicii lui Bach, Beethoven și Mozart, era la fel de tăcută în acele zile precum o cameră de spital.

Muzica fusese întotdeauna modul lui de eliberare. În Bronx, pe vremea când se simțise ca și cum și-ar fi pierdut sufletul, cântase cu furie, interpretând o muzică ce îi striga lumii că era nedreaptă, iar în zilele sumbre în care tatăl lui se transforma într-un străin, cântase muzică liniștită, melodii elegiace care îi aminteau de dulceața vieții, de plenitudinea promisiunilor făcute. Dar acum, când avea nevoie de acea consolare mai mult decât oricând, în el nu era nimic altceva în afară de acel gol dureros.

I-a oferit lui Jacey singurul adevăr de care s-a simțit capabil:

– Uneori, realitatea mă ajunge din urmă și trage atât de tare de mine, încât abia îmi mai amintesc să respir. E ca și cum... aș cădea printre scândurile de la dușumeaua pe care o reprezintă frica mea, dar întotdeauna ajung aici, la capul patului ei, ținând-o de mână și iubind-o.

Jacey s-a uitat la Liam cu o tristețe care, cu numai câteva săptămâni în urmă, nu ar fi fost posibilă.

– Vreau să-i spun că îmi pare rău pentru toate dățile în care a părut tristă, iar mie nu mi-a păsat.

– Vă iubește pe tine și pe Bret cu toată inima și din tot sufletul, Jacey. Știi asta. Iar după ce o să se trezească, o să vrea să vadă pozele de la bal. Dacă nu te duci, vreme de luni întregi o să ne hrănim cu paste cu brânză cumpărate de la magazin. Nimeni nu e capabil să poarte ranchiună precum mama ta. A zâmbit cu blândețe. Acum, poate că nu știu multe lucruri despre cumpărături la Bellingham pentru fete, dar știu despre stil, fiindcă Mike îl are în cantități industriale. Îți aduci aminte de rochia pe care a purtat-o mama ta la Balul Polițiștilor, anul trecut? S-a dus tocmai la Seattle pentru rochia aceea. Sincer să fiu, a costat mai mult decât prima mea mașină. O să arăți perfect în ea.

– Rochia Richard Tyler. Am uitat cu totul de ea.

– A purtat-o cu agrafa aceea strălucitoare în păr. Ai putea face la fel. Bunica ar putea să te ajute. Sau, poate, Gertrude de la salonul Sunny and Shear. Știu că nu sunt la fel de bun la asta ca mama ta, dar...

Jacey și-a petrecut brațele în jurul lui.

– Nu ar fi putut să se descurce mai bine, tati! Sincer!

Liam s-a întors către soția lui, forțându-se să zâmbească.

– Vezi ce se întâmplă, Mike? Mă obligi să dau sfaturi de modă fiicei noastre de şaisprezece ani. La naiba, ultima dată când mi-am ales singur hainele, erau la modă pantalonii evazaţi!

– Tati, iar sunt la modă.

– Vezi? Iubito, dacă nu te trezeşti curând, s-ar putea să-i dau voie să-şi pună cercel în sprânceană, după cum ne-a tot cerut!

Liam şi Jacey au stat împreună, vorbind unul cu altul şi cu femeia care zăcea nemişcată în patul din faţa lor. Au vorbit ca şi cum ar fi fost o zi normală, sperând în tot acel timp ca o frântură din conversaţia lor, un cuvânt, un sunet sau o atingere să se strecoare în bezna Mikaelei, amintindu-i că nu era singură.

La ora trei a sunat telefonul de la capul patului, întrerupând una dintre poveştile lui Jacey.

Liam s-a întins şi a răspuns la telefon.

– Alo!

– Bună, Liam. Îmi cer scuze că te deranjez. Sunt Dawn, de la şcoală.

Liam a ascultat timp de un minut, apoi a spus:

– Vin imediat.

După care a închis şi s-a întors către Jacey.

– Este vorba despre Bret. Iar a dat de belele. Trebuie să mă duc la şcoală. Vrei să vii?

– Nu. Bunica vine să mă ia de aici după ce-şi termină treburile.

– Bine.

Liam s-a tras în spate cu scaunul, urând sunetul ca de unghie pe tablă al picioarelor metalice ce zgâriau linoleumul. S-a ridicat în picioare şi s-a aplecat deasupra soţiei lui.

– Trebuie să plec, Mike, dar mă întorc cât de repede pot. Te iubesc, draga mea. Apoi el i-a sărutat buzele moi, şoptind: Pe vecie.

„Viaţa e de rahat!"

La asta se gândea Bret Campbell în timp ce stătea pe banca tare din cabinetul asistentei medicale. Ochiul drept, în care îl lovise Billy McAllister, îl durea ca naiba. Avea de gând să facă tot posibilul ca să nu plângă. Toată lumea ştia că numai fetele şi bebeluşii plângeau, iar el nu era nici una, nici alta.

Doamna DeNormandie l-a bătut pe mână.

– Hei, bătăuşule, de ce nu te întinzi? O să-ţi dau un pachet cu gheaţă pentru ochiul ăla. Doamna Town tocmai l-a sunat pe tăticul tău la spital. Vine imediat.

S-a întors spre micul frigider de sub geam şi a scos o pungă cu gheaţă. Era fleşcăită precum o pungă cu mazăre decongelată şi avea aceeaşi culoare ca fluorura pe care i-o punea lui pe dinţi doctorul Edwards, stomatologul, în timpul consultaţiilor periodice pe care i le făcea.

– Poftim.

Bret s-a sprijinit cu grijă de peretele denivelat. Nu voia să se întindă. Dacă l-ar fi văzut Miranda sau Katie? Ar fi râs de el la nesfârşit şi deja o făceau pentru că mânca sendvişuri cu şuncă şi pentru că avea o cutie cu Goosebumps în care îşi ţinea pachetul de mâncare. În dimineaţa aceea se hotărâse ca, de îndată ce Katie i-ar mai fi spus ceva despre sendvişul lui, s-o ciupească exact de acea parte mai grăsuţă a braţului. Bineînţeles, hotărâse asta înaintea bătăii cu Billy. Acum, când îşi imagina că avea să încaseze o morală zdravănă de la tati, nu îndrăznea să mai adauge o ciupitură la toate celelalte infracţiuni ale lui.

A închis ochii şi şi-a apăsat gheaţa peste ochiul care îl durea. O auzea pe doamna D mişcându-se prin camera mică, reorganizând materiale, deschizând şi închizând uşi. Suna exact ca atunci când mami punea masa pentru cină.

„NU TE GÂNDI LA ASTA!"

Dar Bret nici nu voia să se gândească la mămica lui. Dacă o făcea... dacă îşi amintea în mod accidental lucruri, cum ar fi fost modul în care ea obişnuia să-l scarpine pe spate atunci când se uitau la televizor, sau felul în care striga prea tare atunci când el prindea o minge la un meci din Liga Mică, sau cum se cuibărea în pat, lângă el, cu zece minute înainte să vină ora de culcare... dacă se gândea prea mult la toate astea, era rău. El nu mai plângea atât de mult – nu până să vină seara, în orice caz. Era doar... paralizat. Uneori treceau minute bune fără să mai reacţioneze în vreun fel, până când cineva îl scotea din starea aceea lovindu-l peste spate sau ţipând la el, sau altceva asemănător. Atunci clipea ca să-şi revină şi se simţea foarte stânjenit fiindcă se lăsase să cadă pe gânduri.

Asta i se întâmplase şi în acea zi, în timpul recreaţiei.

Ieşise în curtea plină de zăpadă a şcolii, ceea ce fusese suficient să-i declanşeze un val de amintiri.

Nu se putuse gândi decât la mama lui şi la cât de mult îi plăcea ei zăpada. Următorul lucru de care fusese conştient a fost Billy McAllister stând în faţa lui şi ţipând:

– Care e nenorocita ta de problemă, Brat[1]?

– Îmi pare rău, Billy, îngăimase el, fără să ştie sigur ce făcuse ca să-l enerveze.

– Haide, Billy, spusese Sharie Lindley, n-a făcut nimic. În afară de asta, doamna Kurek ne-a cerut să fim drăguţi cu Bret. Îţi aduci aminte?

Încruntarea nu dispăruse de pe faţa lui Billy.

– O, da. Am uitat. Mama lui e legumă. Îmi pare rău, Brat.

Singurul lucru pe care şi-l amintea Bret era felul în care ţipase: „Mama mea nu e legumă!" Apoi se aruncase asupra lui Billy. Următorul lucru de care îşi dăduse seama fusese prezenţa domnului Monie, directorul şcolii, care venise ca să-i despartă şi care sufla de zor din fluier. Iar acum Bret se afla în cabinetul asistentei, simţindu-se ca un „fraieraptor" şi întrebându-se cum avea să mai dea ochii cu prietenii lui.

– Bretster?

Bret a tresărit din cauza vocii bine cunoscute şi s-a întors încetişor.

– Bună, tată.

Liam stătea în pragul uşii. Era atât de înalt, încât trebuia să se aplece puţin în faţă, şi din cauza asta părea... îndoit. Părul lui blond-argintiu ajunsese prea lung – mami obişnuia să i-l tundă – şi îi cădea puţin peste ochelarii cu ramă de sârmă. Dar Bret nu putea fi păcălit de acele bucăţi de sticlă. Aflase cu mult timp în urmă că ochii verzi ai lui tati vedeau totul.

Doamna DeNormandie a ridicat capul de la ceea ce făcea, adică de la aşezatul unor spatule într-un borcan de sticlă.

– O, doctore Campbell!

---

[1] Răsfăţat – poreclă care se bazează pe asemănarea de pronunţie cu numele de „Bret"

În vremurile de dinainte de accident, tati i-ar fi zâmbit doamnei DeNormandie, iar ea i-ar fi întors zâmbetul, dar acum nici unul dintre ei nu zâmbea.

– Hei, Barb, a spus Liam cu glas scăzut, ai putea să ne acorzi câteva minute?

– Bineînțeles.

A pus deoparte spatula și a părăsit repede încăperea, închizând ușa în urma ei.

S-a lăsat tăcerea, acel gen neplăcut de tăcere care prevestea probleme.

– Cum e ochiul? a întrebat tati în cele din urmă.

Bret s-a întors către tati, pentru ca acesta să vadă de unul singur. A dat drumul pe podea pachetului de gheață și a spus:

– Nu mă doare.

Tata s-a așezat lângă el.

– Serios? a întrebat el pe tonul *noi-nu-mințim-în-această-familie*.

– Bine, bine, mă doare mai rău decât atunci când m-a călcat pe picior vaca lui Jacey, la târgul ăla.

Tati i-a aruncat o privire blândă, iar el aproape că a început să plângă din nou. Dacă mami ar fi fost acolo...

„NU TE GÂNDI LA ASTA!"

– Presupun că ai învățat prima regulă a bătăii: doare. A doua regulă: nu schimbă nimic. Cine a început?

– Eu.

Tata a părut surprins.

– Asta nu mi se pare un lucru pe care să-l faci tu.

– Eram furios.

Bret s-a pregătit pentru oribilele cuvinte „Sunt dezamăgit de tine, fiule!" Deja îi venea să plângă, iar tata încă nu spusese nimic.

Și nici nu a spus. În schimb, și-a trecut brațul pe după umerii lui Bret și l-a tras mai aproape. Băiatul s-a urcat în poala lui cea mare și confortabilă. De data asta nu-i mai păsa dacă arăta ca un bebeluș.

Tata i-a dat la o parte părul care îi căzuse peste față.

– O să ai o vânătaie serioasă. Mai urâtă decât cea pe care și-a făcut-o Ian Allen anul trecut, de 4 iulie. De ce l-ai lovit pe Billy?

– Este un bătăuș!

– Dar tu nu ești.

Bret știa că tatăl lui avea să afle. Mătușa lui Sharie, Georgia, era prietenă bună cu Ida Mae de la restaurant, care îi servea prânzul în fiecare zi lui Carol, care lucra în cabinetul lui tati. Într-un orășel precum Last Bend, faptul că Bret Campbell îl lovise pe Billy McAllister și îi spărsese dintele din față avea să fie o știre importantă. Singura întrebare rămasă ar fi fost de ce.

– Billy a spus că mama e legumă.

S-a părut că tatei îi trebuia mult timp ca să poată răspunde.

– Am vorbit și am tot vorbit despre asta, Bret. Mama ta e în comă. Doarme. Dacă ai veni și ai vedea-o...

– Nu vreau s-o văd!

– Știu. Tata a oftat. Ei bine, băiete, haide să mergem.

L-a ajutat să se îmbrace cu geaca pufoasă de iarnă și apoi l-a luat în brațe. Bret s-a agățat de el și și-a îngropat fața în îndoitura caldă a gâtului lui, în timp ce ieșeau din școală în ninsoarea care cădea liniștită. Au ajuns la mașină, iar Liam l-a lăsat pe Bret să alunece jos, până pe trotuarul înghețat.

Bret a stat lângă mașină, așteptând ca tăticul lui să descuie portierele. Avea mâinile reci, așa că le-a băgat în buzunar, căutându-și mănușile, dar nu le-a găsit.

Mama era cea care obișnuia să înfunde niște mănuși în buzunarele lui Bret, pentru orice eventualitate, iar acum buzunarele erau goale.

Tata s-a așezat pe locul șoferului, apoi a deschis ușa pasagerului și Bret a intrat în mașină. Tata a pornit motorul și s-a aprins și radioul. S-a auzit primul cântec de Crăciun al anotimpului, „Silent Night.

Tati a stins repede radioul.

Fulgii de zăpadă se loveau de parbriz, estompând lumea exterioară. Ștergătoarele au pornit și au format două movilițe de zăpadă. Bret se uita la ele – orice ar fi fost mai bine decât să se uite la tatăl lui în acele clipe. *Ta-dam*, *ta-dam*, *ta-dam*. Ștergătoarele se mișcau la stânga și la dreapta, scoțând exact același sunet ca o inimă care bătea.

Tata a pus mașina în marșarier și a ieșit încet din parcarea școlii. A luat-o pe Glacier Way, apoi din nou pe Main Street, apoi pe Cascade Avenue. Au trecut în liniște pe lângă cafeneaua Bean

There, Done That[1], pe lângă vitrina goală a salonului de înfrumusețare Sunny & Shear și pe lângă intrarea aglomerată a restaurantului Zeke's Feed and Seed.

– Pun pariu că Zeke e mai ocupat decât cel care lipește afișe cu un singur braț, a comentat tati.

Era una dintre expresiile lui preferate. Nimeni nu putea fi doar ocupat. Trebuia să fie mai ocupat decât un om cu un singur braț, care lipea afișe. Ce o mai fi însemnat și asta!

– Îhî, a spus Bret.

– Mulți vor fi luați prin surprindere de o vreme ca asta. E destul de devreme pentru prima ninsoare.

În timp ce străbăteau alți câțiva kilometri, tata nu a mai spus nimic. Pe când au ieșit din oraș, drumul asfaltat s-a transformat într-un pietriș acoperit de zăpadă și nu s-a mai văzut nici o camionetă. Tata a trecut Explorerul pe tracțiune integrală și a micșorat viteza. Bret și-a dorit ca tata să nu fi pomenit nimic despre vizita la mama. Simplul gând îi făcea rău lui Bret. De obicei, el se prefăcea că ea era plecată în Canada, la un concurs de cai.

Ura să i se aducă aminte că era în spital. Era suficient de rău că își amintea ZIUA ACCIDENTULUI. A strâns din pleoape, dar amintirile au apărut oricum, cele pe care le ura, cele care trăiau cuibărite în roțile patului lui în formă de Corvette și care veneau peste el imediat ce tata stingea lumina și închidea ușa.

„Așteaptă, mami! Obstacolul e în locul greșit. Cineva trebuie să-l fi mutat..."

Bret s-a întors ca să se uite la tatăl lui.

– Juri că mama o să se trezească?

Tata nu a răspuns imediat. Atunci când, în sfârșit, a făcut-o, a vorbit cu glas scăzut:

– Nu pot jura că o să fie bine, fiule. Nu pot jura nici măcar că o să se trezească. Dar cred asta din tot sufletul, iar ea are nevoie ca și tu s-o crezi.

– Cred.

---

[1] Parafrază care pornește de la expresia în limba engleză „Been there, done that" – „Am fost acolo, am făcut asta", numele localului înlocuind primul cuvânt al expresiei cu omonimul „bean" (fasole)

A spus-o prea repede; tati știa că mințise.

După aceea, Bret și-a sprijinit capul de fereastră și a închis ochii. Nu voia s-o vadă pe mămica lui zăcând în patul de spital. Îi plăcea mai mult când se prefăcea că ea încă trăia. Uneori închidea ochii și și-o imagina stând lângă patul lui, cu părul ei scurt și țepos încadrându-i fața și cu brațele încrucișate. Ea îi zâmbea și arăta ca de obicei, adică fără zgârieturi sau tăieturi. Și întotdeauna spunea același lucru: „Ce face băiețelul meu, care mi-e cel mai drag din întreaga lume?"

Dar era numai un vis prostesc și nu însemna nimic. Poate că Bret era mic și poate că nu știa întotdeauna ce se face cu cifra pe care o puneai deoparte la o împărțire cu multe cifre, dar nu era prost. Știa că basmele și desenele animate nu erau adevărate. Toată lumea știa că Wile E. Coyote nu putea să cadă cu adevărat dintr-un avion și să supraviețuiască, precum și că prințesele care mâncau mere otrăvite și dormeau în sicrie de sticlă nu se mai puteau trezi.

Iar mămicile care cădeau de pe cai și-și loveau capetele de stâlpul de lemn de la capătul manejului erau, de fapt, moarte.

Capitolul 7

Şezând în maşină, Liam se uita la corespondenţa pe care o ţinea în poală. Aproape toate scrisorile îi erau adresate Mikaelei. Facturi de la Country Corner General Store şi de la magazinul alimentar, cecuri de la cele douăsprezece familii care îşi cazaseră caii în grajdurile Campbell şi care luaseră lecţii de călărie, cărţi poştale, pliante şi fluturaşi. Una dintre cărţile poştale anunţa reducerile finale de preţ de la magazinul Nordstrom.

În vremuri obişnuite, Liam s-ar fi dus la bucătărie şi ar fi aruncat cartea poştală pe masă, spunând: „O, nu, încep reducerile de preţ de Crăciun..." Ea ar fi râs uşurel, întorcându-se dinspre cuptor, sau frigider, sau maşina de spălat, în timp ce ar fi spus: „O să vindem câteva acţiuni Microsoft ca să am bani suficienţi..."

– Tati, de ce stăm lângă cutia poştală?

– O, scuză-mă, Bretster. Mă gândeam la ceva.

Aruncând teancul de scrisori în fanta dintre ei, Liam a luat piciorul de pe pedala de frână şi a apăsat cu grijă pe acceleraţie. Cauciucurile Explorerului s-au învârtit pe marginea mocirloasă a drumului, apoi s-au proptit bine în pietriş şi s-au avântat înainte. În faţa lor, drumul pustiu era ca un râu întortocheat, aşternut cu zăpadă. Brazi înalţi şi arţari cu crengile atârnând în jos, pudrate cu alb, mărgineau fâşia îngustă de drum pe care, cu aproape cincizeci de ani în urmă, Ian Campbell o croise pornind din pădure.

Pe drum mai erau presărate câteva ferme, iar cutiile lor poştale înclinate şi îndoite, proptite pe picioare subţiri de lemn, făceau unghiuri fanteziste cu solul.

– Poate că am putea face un om de zăpadă după cină, a spus Liam, stânjenit, întrebându-se unde pusese Mikaela mănuşile şi ciorapii de lână.

Ştia că exista undeva o cutie, pe care probabil că scria *Haine de iarnă*, dar nu-şi putea aduce aminte unde o înghesuiseră anul trecut. Poate că era în pod, în spatele mormanului de decoraţiuni de Crăciun.

– O, bine!

– Sau poate că putem merge cu maşina la Turnagain Hill, ca să ne dăm cu sania. Domnul Robbin ne-a invitat să venim la el oricând dorim, ca să cinăm împreună.

– O, bine!

Liam nu s-a putut gândi să spună nimic altceva. Amândoi ştiau că nu avea să fie nici un dat cu sania, nici un patinat, nici un om de zăpadă şi nici o ciocolată caldă. Nu acum. Aveau să se gândească la astfel de lucruri, poate chiar să vorbească despre ele, dar, în cele din urmă, aşa cum făcuseră în ultimele patru săptămâni, aveau să se strângă în acea casă mare din mijlocul câmpului acoperit de zăpadă şi să-şi vadă fiecare de treaba lui.

Aveau să cineze împreună, în timp ce fiecare dintre ei arunca frânturi de conversaţie inutile şi fără sens.

După cină, aveau să spele vasele împreună. Apoi, tot împreună, aveau să încerce să se uite la televizor, la canalul Wild Discovery, sau la un serial de comedie, poate. Dar, încetul cu încetul, aveau să se depărteze unul de altul. Jacey avea să se închidă în camera ei şi să vorbească la telefon. Bret avea să se aşeze în faţa computerului şi să joace jocuri zgomotoase, a căror viteză îi solicita întreaga atenţie, iar Rosa avea să tricoteze.

Lui Liam nu-i mai rămânea decât să plutească dintr-o cameră într-alta, fără nici o ocupaţie şi încercând să nu se gândească la nimic. De cele mai multe ori, avea s-o sfârşească în faţa pianului celui mare din camera de zi, privind clapele, dorindu-şi ca muzica să fie în continuare în inima şi printre degetele lui, dar ştiind că asta nu mai era cu putinţă.

A încetinit și a virat la stânga, trecând pe sub arcada cioplită pe care tatăl lui o construise cu ani în urmă la intrarea pe aleea de acces, mărginită de un gard acoperit de zăpadă. Într-un ungher îndepărtat al minții lui, auzea clinchetul delicat al indicatorului metalic ce atârna de grinda transversală a arcadei, cel pe care era scris FERMA CASCADA ANGEL. Sau poate că acel sunet era numai în imaginația lui, și singurul lucru pe care îl auzea cu adevărat era tăcerea țiuitoare care se așternuse între el și fiul lui.

A băgat mașina în garaj și a oprit motorul. Bret și-a desprins imediat centura de siguranță, și-a luat rucsacul și s-a grăbit să intre în casă.

Liam a rămas locului, cu mâinile pe volan. Nu se uita la albumul foto și nici la biletele de avion în ambalaj de cadou, pe care le azvârlise pe scaunul din spate. Dar știa că erau acolo.

Până la urmă, s-a dat jos din mașină și s-a îndreptat spre casă, trecând prin antreul aglomerat de obiecte. La capătul coridorului, o lumină portocalie licărea slab.

„Îi mulțumesc lui Dumnezeu că mi-a trimis-o pe Rosa!"

Se simțea în continuare cam stânjenit în preajma ei. Era așa de al naibii de silențioasă, precum unul dintre spionii din timpul Războiului Rece, care învățaseră să meargă fără să scoată nici un sunet. Uneori o surprindea uitându-se la el, iar în ochii ei negri vedea o tristețe care îl pătrundea până în măduva oaselor. Uneori își dorea să fi fost genul de bărbat care să se ducă la ea, zâmbind, și să spună: „Ia spune-mi, Rosa, cum stă treaba cu tine?" Dar nu așa se purtau ei unul cu celălalt. Dacă Liam i-ar fi pus Rosei o întrebare personală, ea nu i-ar fi răspuns. Așa că se mișcau unul pe lângă celălalt, însă nu se apropiau niciodată suficient.

Acum, în timp ce umbla prin casă, Liam a aprins luminile. Indiferent de câte ori i-ar fi spus Rosei că electricitatea era ieftină, ea aprindea numai luminile de care avea nevoie.

Nu ca Mike, care ura o casă cufundată în întuneric.

Ajuns în pragul camerei de zi, Liam a stat în umbră, urmărind cum Rosa și Bret se pregăteau să joace Yahtzee. În câteva minute, jocul i-a prins cu totul. Liam și-a dorit să nu fi remarcat cât de liniștit juca Bret. Nu se auzea nici o bătaie din palme, nici o fluierătură, nici o exclamație plină de încântare, așa cum obișnuia fiul lui să facă ori de câte ori juca.

Băiatul liniștit, cu un ochi vânăt, și bunica lui la fel de solemnă alcătuiau o pereche tăcută.

Rosa era o femeie foarte mică, doar cu o lățime de palmă mai înaltă decât nepotul ei, iar felul în care se mișca – mereu cu capul plecat și cu umerii adunați – o făcea să pară și mai mică. În seara aceea, ca de obicei, era îmbrăcată în negru din cap până-n picioare. Hainele mohorâte îi accentuau albul de zăpadă al pielii și părului. Era o femeie a contrastelor puternice. Negru și alb, cald și rece, spiritual și cu picioarele pe pământ.

Rosa a ridicat capul și l-a văzut.

– *Hola*, doctore Liam!

O rugase de zeci de ori să-i spună, simplu, „Liam", dar ea nu voia. Zâmbind, el s-a dus la ei.

– Cine câștigă?

– Nepotul meu, bineînțeles. Profită de vederea mea tot mai slabă.

– Să nu te iei după ea, Bret. Bunica ta vede totul.

– Ai vrea să ni te alături?

– Nu prea cred.

I-a ciufulit părul lui Bret – ceea ce era un substitut pentru intimitate și timp petrecut împreună –, acela fiind singurul lucru de care se simțea capabil.

– Ești sigur că nu vrei să joci, tată?

Dezamăgirea lui Bret era evidentă.

– Sunt sigur, puiule. Mai târziu, poate.

Bret a oftat.

– Da, sigur.

Liam s-a îndreptat spre scară.

– Doctore Liam, așteaptă! Rosa s-a ridicat dintr-o singură mișcare sigură și grațioasă și l-a urmat în camera de zi. Acolo, în încăperea întunecată și liniștită, s-a uitat la el. Ochii ei erau negri precum două picături mari de cerneală, și la fel de impenetrabili.

– Copiii... sunt mult mai tăcuți azi. Cred că se întâmplă ceva...

– Este aniversarea nunții noastre. A rostit toată propoziția dintr-o răsuflare, iar apoi a vorbit mai răspicat: Copiii... știau despre biletele de avion pentru călătoria la Paris, pe care le cumpărasem pentru Mike.

– Aha... *Lo siento*[1]. O grimasă asemănătoare unui zâmbet i-a contractat buzele, apoi a dispărut. Mikaela e norocoasă că te are, doctore Liam. Nu știu dacă ți-am spus asta vreodată.

Liam s-a simțit profund impresionat de confesiunea simplă a acelei femei care vorbea atât de puțin.

– Mulțumesc, Rosa, eu...

A încercat să mai spună ceva – ce anume, nici el nu știa –, dar dintr-odată cuvintele i s-au stins pe buze.

– Doctore Liam... Vocea ei blândă a prelungit vocalele și i-a transformat numele în muzică. Vino să joci Yahtzee cu noi. Asta o să te ajute.

– Nu. Am nevoie să... Erau atât de multe lucruri de care avea nevoie! Am ceva de făcut la etaj. Lui Jacey îi trebuie una dintre rochiile lui Mike, pentru balul de iarnă.

Rosa s-a apropiat de el. Liam a avut senzația ciudată că ea mai voia să spună ceva, dar până la urmă s-a întors cu spatele și i s-a alăturat nepotului ei la joc.

Liam s-a dus la bucătărie și și-a turnat ceva de băut. Whisky-ul Crown Royal i-a ars gâtlejul și stomacul. Ținând strâns paharul în mână, a urcat scările spre etaj. A auzit muzică strecurându-se de sub ușa închisă a camerei lui Jacey. Fiica lui numea „muzică" acea bubuială discordantă de tobe și de chitare.

Aruncând o privire pe coridor, s-a dus în dormitorul lui și a aprins lumina. Camera, chiar și în halul de dezordine în care se afla, cu patul nefăcut, cu pantofi, haine și prosoape împrăștiate pe podea, era primitoare ca întotdeauna. Totul era ca întotdeauna: pereții de culoarea untului, pictați cu stele și cu luni, baldachinul vaporos, covorul berber de culoare crem. Dacă închidea ochii, Liam și-o putea imagina pe Mike stând în fața ușilor franceze și privind ninsoarea. O vedea îmbrăcată în cămașa de noapte făcută dintr-o mătase de culoarea piersicii, care îi cădea în falduri pline de grație pe lângă trupul mlădios.

[1] Îmi pare rău (în limba spaniolă în original)

A refuzat să închidă ochii, deşi era atât de tentat s-o facă! În loc de asta, a privit drept înainte.

Uşa debaralei de haine a lui Mike părea să se mărească sub ochii lui Liam. El nu se aventurase acolo din ziua accidentului, când îi împachetase, mânat de un optimism naiv, o valiză cu lucruri de care ar fi putut să aibă nevoie la spital.

A traversat camera şi s-a oprit în faţa debaralei, iar apoi a întins mâna către mâner şi l-a răsucit. Uşa de lemn de stejar a scârţâit şi s-a deschis cu uşurinţă către interior, ca şi cum ar fi aşteptat acel moment de săptămâni întregi.

O oglindă mare până la podea, amplasată pe peretele din faţă, a surprins şi reflectat imaginea încadrată de ţesături multicolore a unui bărbat înalt, deşirat, cu păr neîngrijit şi haine lălâi. De-o parte şi de alta, hainele aranjate după culoare – precum vopselele de pe paleta unui pictor – erau atârnate pe umeraşe de plastic special comandate. Husele de plastic fildeşiu ale departamentului creatorilor de modă de la magazinul Nordstrom erau adunate laolaltă. Înăuntrul lor se găseau ţinutele ei de seară.

Lui Liam i-a luat un minut ca să-şi mişte picioarele. A început să descheie fermoarele huselor, unul câte unul, căutând rochia pe care o purtase Mike la Balul Poliţiştilor. Ajuns la a şasea husă, a băgat mâna înăuntru şi, în loc să găsească o rochie de mătase sau de catifea, aşa cum se aşteptase, a dat peste o faţă de pernă atârnată pe un umeraş pentru pantaloni.

Încruntându-se, a scos-o din husă. Era un obiect elegant, de mătase albă, nefiind deloc genul de feţe de pernă pe care le foloseau ei. Pe una dintre margini era cusută o monogramă: *MLT.*

Mikaela Luna... sau ceva de genul ăsta.

Inima i-a tresărit. Obiectul acela făcuse parte din viaţa ei de dinainte.

Ar fi trebuit să-şi întoarcă faţa, să închidă fermoarul şi să uite de existenţa acelei feţe de pernă. A ştiut asta fiindcă mâinile au început să-i transpire, iar pe şira spinării a simţit un fior.

De-a lungul anilor, Liam adunase atât de multe întrebări, dar şi le înăbuşise în minte de fiecare dată când ea spusese: „Haide să nu vorbim despre asta, Liam. Trecutul nu mai contează“. De fiecare dată când văzuse cum tristețea îi întuneca ochii lui Mike, sau când știuse că un anumit lucru îi transforma râsul într-un geamăt de durere, el se întrebase de ce.

Trecutul conta, bineînțeles. Liam fusese dispus să pretindă contrariul doar pentru că-și iubea soția și pentru că se temea de evenimentul sau de persoana care îi provocase lui Mike o asemenea suferință adâncă. Dar în clipa în care a atins fața de pernă, făcută dintr-un material atât de scump, încât nimeni dintre cunoscuții lui n-ar fi știut de unde să cumpere așa ceva – cu siguranță că Mike nu ar fi știut – și a văzut misterioasa monogramă *MLT*, Liam s-a simțit pierdut. Trecutul pe care îl ignoraseră cu toții era acolo, trăind împreună cu ei în toți acei ani, ascuns într-o husă Nordstrom din debaraua de haine a soției lui. Și, precum Pandora, el nu trebuise decât să se uite.

Odată ce a luat în mână fața de pernă, Liam a văzut clar că era umplută cu ceva. S-a simțit ciudat de detașat în timp ce s-a înapoiat în dormitor, s-a așezat pe patul matrimonial cu baldachin și a pus fața de pernă lângă el. S-a uitat la ea mult timp, cântărind pericolul, știind că uneori nu exista nici o modalitate de a desface un lucru odată făcut și că unele secrete erau făcute din acid, care, odată vărsat, ar fi putut arde straturile fragile ale unei relații.

Cu toate astea, tentația faptului de a ști, în sfârșit, era prea mare pentru a putea fi ignorată. Liam tânjise ani întregi să deschidă borcanul ei cu secrete. Crezuse întotdeauna că, dacă i-ar fi cunoscut durerea, ar fi înțeles. Ar fi putut s-o ajute.

Acelea erau minciunile pe care și le spunea în timp ce răsturna fața de pernă cu fundul în sus și urmărea cum fotografii, articole decupate din ziare și documente ce păreau oficiale, îndoite și îngălbenite, se împrăștiau pe cuvertură. Ultimul obiect care a căzut a fost un inel de logodnă, împodobit cu un diamant mare cât o monedă de zece cenți. Liam s-a uitat la el până când i s-a încețoșat privirea, iar apoi a văzut un alt inel, o verigă subțire, de aur.

„Fără diamante, Liam“, îi spusese ea cândva, cu blândețe.

Iar el, deși auzise cu ce voce sugrumată rostise ea acele cuvinte, nu se tulburase defel, ci doar se gândise că era mișcător ca ei să nu-i pese de astfel de lucruri.

Adevărul era că Mike deja avusese diamante.

Luându-și privirea de la inelul de logodnă, Liam a descoperit o fotografie color, lucioasă, de douăzeci pe douăzeci și cinci de centimetri. Era pe jumătate acoperită; singurul lucru pe care îl vedea era Mikaela, îmbrăcată într-o rochie de mireasă. Mirele era bine ascuns de un articol de ziar, atent decupat. Liam a vrut să dea la o parte acel articol, dar îi tremurau prea tare mâinile. S-a gândit, nebunește, că, dacă nu l-ar fi atins, dacă nu ar fi dat la o parte bucata de ziar, bărbatul din cealaltă jumătate de fotografie nu ar fi existat.

Abia o recunoștea pe Mikaela. Părul ei negru, ondulat, era ridicat într-un coc elegant, sofisticat, care strălucea de diamante, iar machiajul îi accentua ochii migdalați, ca de pisică, și îi transforma buzele palide, pline, în genul de gură care alimenta mii de fantezii masculine. Rochia fără mâneci pe care o purta era de un alb blând, opalescent – complet diferită de costumul sobru, crem, pe care îl purtase la cea de a doua nuntă a ei. Nenumărate perle și mărgele erau cusute pe materialul mătăsos al rochiei, atât de multe încât aceasta părea făcută din diamante pisate și din frânturi de nori, părând un lucru cu totul nepământesc.

Ea, soția lui, era, în acea fotografie, o femeie pe care nu o mai văzuse niciodată, iar asta era nimic în comparație cu durerea pe care el o simțea văzându-i zâmbetul. O, Doamne, lui nu-i zâmbise niciodată în acel fel, ca și cum lumea ar fi fost o bijuterie strălucitoare care tocmai fusese așezată în palma ei.

A întins mâna încetișor și a ridicat fotografia. Bucățica de ziar a căzut, iar Liam a văzut, în sfârșit, fața mirelui.

Julian True.

Preț de un moment amețitor, Liam nu a putut respira. A simțit, literalmente, cum i s-a frânt inima.

– O, Doamne, a șoptit el, fără să știe dacă rostise o înjurătură sau o rugăciune.

Mike fusese măritată cu Julian True, unul dintre cele mai celebre staruri de cinema din lume.

Capitolul 8

– Taatăă! E gata cina!

Clătinându-se, Liam s-a ridicat în picioare și s-a îndepărtat de fotografiile de pe pat. Închizând ușa în urma lui, a luat-o din loc numai după ce a auzit sunetul înfundat al încuietorii. Nu avea nici un rost să stea acolo. Lucrurile pe care le văzuse nu aveau să se schimbe, iar el urma să poarte pe vecie în inimă acele imagini arzătoare.

S-a agățat de balustrada netedă, de lemn de stejar, și a coborât scările, trăgând aer adânc în piept înainte să intre în sufragerie.

Bret deja ședea la masa cea mare și părea chiar mai mic, așezat cum era în jilțul masiv de lemn de stejar, pe care bunicul lui îl cioplise de mână. Jacey era lângă el, despăturindu-și în poală șervetul în carouri albastru cu alb.

– Bună, tati, a spus ea zâmbind.

Semăna atât de mult cu Mike, încât Liam aproape că s-a împiedicat.

Rosa a venit de după colț, ducând în mâini un bol de sticlă plin cu salată și ținând sub braț o sticlă de sos. Văzându-l pe Liam, ea s-a oprit, iar apoi i-a zâmbit cu blândețe.

– Bun, bun, ai venit! Stai jos, doctore Liam, a spus ea în timp ce punea bolul de salată pe masă și se așeza, la rândul ei.

Ca de obicei, nimeni nu se uita la scaunul gol din celălalt capăt al mesei.

Liam s-a purtat la cină precum unul dintre roboții Disney. Simțind felul în care Jacey și Rosa se uitau la el, și-a forțat gura uscată să zâmbească. A încercat să se comporte ca și cum cina ar fi fost una obișnuită – cel puțin, obișnuită în felul în care deveniseră obișnuite cinele lor din ultima lună –, dar era obosit, iar prefăcătoria îl epuizase.

– Tată!

Și-a ridicat privirea din farfurie, dându-și seama că reușise să adune bucățile de pui din *enchilada* într-un morman portocaliu, deloc îmbietor.

– Da, Jace?

– Ai găsit rochia aceea pentru mine?

– Da, iubito. Am găsit-o. Ți-o dau după cină. Poate că bunica o să vadă cum poate să-ți aranjeze părul.

Jacey a zâmbit.

– Mulțumesc, tati.

Tati.

Cuvântul era o rană din care curgea sânge.

Jacey îi spusese așa aproape de la început. Pe vremea aceea era numai o fetiță, un copilaș de patru ani, cu dinți de lapte, codițe negre ca smoala și urechi atât de mari, încât nu păreau că aveau să ajungă vreodată proporționate cu restul capului ei.

Liam încă putea să-și amintească ziua în care Mike apăruse la clinică, ducând-o pe Jacey în brațe. Asta se întâmplase la numai câteva luni după ce murise tatăl lui, iar el căutase o scuză ca să vorbească din nou cu Mikaela.

Jacey avusese o febră periculos de mare și se zdruncina toată de la convulsii. Într-o clipă era încordată și tremura, iar în clipa următoare era inertă precum o păpușă de cârpă și ochii ei căprui se încețoșau, privind în gol.

– Ajută-ne, îl rugase Mikaela, în șoaptă.

Liam contramandase programările care nu erau urgente în ziua respectivă și le dusese la Secția de urgențe a spitalului. Stătuse în sala de operații și îl urmărise pe chirurg în timp ce opera cu blândețe abdomenul lui Jacey și îi îndepărta apendicele perforat. Fața lui fusese ultima pe care o văzuse copila înainte ca anestezia să-și facă efectul, și prima pe care o văzuse atunci când se trezise în salonul de terapie intensivă. Liam își transferase pacienții la doctorul Granato și-și petrecuse următoarele trei zile în spital, împreună cu Mikaela și Jacey. Chiar urmăriseră împreună, de la fereastra pătrată a salonului 320, jocurile de artificii de la sărbătoarea de 4 Iulie.

Stătuse ore întregi cu Mike la cantina spitalului, ascultând-o cum vorbea, trecând de la un subiect la altul. La un moment dat, ea se uitase la ceasul de pe perete și începuse să plângă. El se întinsese peste masă, peste resturile prânzului ei, și o luase de mână. „O să fie bine!", îi spusese el. „Crede-mă..." Mike a lui îl privise cu ochii ei căprui ce înotau în lacrimi, iar gura îi tremurase. „Te cred..."

Acela fusese începutul.

Jacey îi spusese „tată" atât de mult timp, încât el uitase că undeva exista un alt tată, un alt bărbat, și încă unul care ar fi putut să ridice pretenții asupra inimilor soției și fiicei lui.

– Tată! Tată! Bret se uita la el. Fața îi părea diformă din cauza ochiului vânăt. Mă duci la preselecție la baschet, nu-i așa?

– Sigur că da, Bretster.

Bret a dat din cap și a început să vorbească cu Jacey despre ceva. Liam a încercat să fie atent, dar nu a putut. O singură propoziție i se învârtea în cap:

„A fost măritată cu Julian True."

Atunci când și-a ridicat din nou privirea, a văzut că Rosa se uita la el cu ochii îngustați și cercetători.

– Vrei să-mi spui ceva, Rosa?

Ea a tresărit, evident surprinsă de tonul lui. Liam știa că ar fi trebuit să și-l îmblânzească, să pretindă că totul era în ordine, dar nu avea putere s-o facă.

– *Si*, doctore Liam. Aș vrea să vorbesc cu tine... între patru ochi.

Liam a oftat. Perfect.

– Sigur că da. După ce se duc la culcare Jacey și Bret.

Liam știa că Rosa aștepta „discuția" lor, dar încă nu se simțea pregătit. Își petrecuse aproape o oră citindu-i lui Bret, apoi o sărutase pe Jacey de noapte bună și făcuse un duș lung și fierbinte.

Acum Jacey era baricadată în camera ei, vorbind la telefon, probabil, cu unul dintre nenumărații ei prieteni și probând rochia Mikaelei. Liam nu se dusese la ea de teama că, dacă ar fi văzut-o îmbrăcată cu acea rochie frumoasă, arătând ca mama ei, s-ar fi pierdut cu firea.

Acum nu voia decât să se ascundă în dormitor, ca într-un spațiu de grație. Pentru numele Domnului, ar fi dat aproape orice ca să se poată duce la parter, să se așeze la pian și să cânte până la epuizare o piesă tristă.

Voia să fie furios, să țipe, să înjure și să se simtă de-a dreptul revoltat. Dar nu era acel gen de om. Iubirea lui pentru Mikaela era mai mult decât o simplă emoție; îl reprezenta cu totul.

De un lucru era conștient mai mult decât de orice altceva: o iubea prea mult pe Mikaela. Lucru care, în felul lui, era la fel de rău ca a nu iubi pe cineva suficient.

Mergând cu pași măsurați, s-a dus la parter.

În camera de zi pustie, pianul arăta precum o dragoste uitată.

Liam a închis ochii și și-a amintit de o vreme în care sunetul muzicii se învolbura prin acea încăpere seară de seară. Aproape că putea auzi scârțâitul banchetei din fața pianului, atunci când Mike se așeza lângă el. „Poți să-l răsplătești pe pianist", spunea el, exact așa cum spusese de o mie de ori într-o mie de seri. „Uite un pont pentru tine, pianistule: du-ți soția la culcare, sau îți ratezi șansa."

Când a deschis ochii, încăperea era goală și cufundată în liniște.

Nu se gândise niciodată prea mult la liniște, dar acum îi cunoștea cu exactitate forma și conturul. Era un borcan ieftin de sticlă, care păstrase vechile voci, menținându-le proaspete.

S-a dus la pian și s-a așezat pe bancheta veche, tapițată cu stofă brodată. A atins o singură clapă. Aceasta a scos un sunet surd, ca o bufnitură.

Doamna Julian True.

– Doctore Liam?

El a sărit în sus, iar mâinile i s-au lovit de clape, într-o explozie de sunete discordante.

Rosa stătea sub arcada ce separa camera de zi de sufragerie.

În acel moment, Liam nu voia să stea de vorbă cu soacra lui. Dacă ar fi deschis o poartă către confidențe, ar fi putut pune întrebarea care îl chinuia: „M-a iubit ea vreodată, Rosa?“ Și, o, Doamne, nu era pregătit pentru răspuns!

– *Lo siento*, nu vreau să te deranjez.

A studiat-o, i-a observat tremurul nervos al mâinilor, felul aproape insesizabil în care dădea din piciorul drept, și a fost cuprins de teama subită că ea știa ce descoperise el, că avea să vorbească imediat despre trecutul Mikaelei, să-i spună mai multe decât voia el să știe. S-a ridicat încet în picioare și s-a dus la ea. În lumina slabă a încăperii, Rosa părea foarte fragilă, cu pielea ei ridată care era aproape translucidă. O rețea fină de vinișoare albastre îi străbătea obrajii delicați.

– Da, Rosa?

Ea l-a privit cu ochii ei negri, plini de suferință, iar Liam a știut că Rosa înțelegea durerea unei inimi frânte.

– Aniversarea... trebuie să fie foarte grea pentru tine. M-am gândit că... poate, dacă nu consideri că-mi bag nasul meu de femeie bătrână acolo unde nu-mi fierbe oala, ai vrea să ne uităm împreună la un film. Bret mi-a împrumutat filmul lui preferat, *Tăntălăul și Gogomanul*. Zice că o să mă facă să râd.

Ideea că Rosa ar fi putut să se uite la *Tăntălăul și Gogomanul* i-a adus un zâmbet pe buze lui Liam.

– Mulțumesc, Rosa, a răspuns el, impresionat de bunătatea ei. Dar nu în seara asta.

– Mai e ceva în neregulă, a spus ea cu glas scăzut, uitându-se la el.

Liam a încercat să zâmbească din nou.

– Ce altceva ar mai putea fi în neregulă? Iubirea o să răzbată până la soția mea, nu-i așa, Rosa? Nu asta îmi spui mereu, că iubirea o s-o trezească? Dar au trecut patru săptămâni, iar ea e în continuare adormită.

– Nu renunța, te rog.

Liam s-a uitat la ea preț de un lung și disperat minut, iar apoi a șoptit:

– Simt că mă prăbușesc.

Era adevărat. Viața soției lui atârna de un fir subțire precum cel dintr-o pânză de păianjen, iar acum, dintr-odată, părea că toată viața lui atârna alături de a ei.

– Nu, doctore Liam. Ești cel mai puternic bărbat pe care l-am cunoscut vreodată.

Nu se simțea puternic. De fapt, nu se simțise niciodată atât de aproape de a ceda. Știa că dacă ar mai fi stat acolo o secundă în plus, simțind empatia Rosei ca pe o flacără puternică într-o noapte foarte, foarte rece, ar fi pus întrebarea: „M-a iubit ea vreodată, Rosa?"

– Nu pot să fac asta acum.

A trecut pe lângă un scaun și l-a împins, iar acesta a scârțâit și apoi a căzut pe podea. Liam s-a răsucit și și-a văzut imaginea reflectată în luciul argintiu al unei oglinzi vechi. Rețeaua de linii fine din jurul ochilor dădea feței lui aparența întunecată și aspră a unei gravuri în cerneală.

Riduri de la râs.

Așa le numise Mike. Numai că Liam nu-și mai putea aduce când râsese ultima dată.

Imaginea s-a estompat și s-a deformat sub ochii lui până când, pentru o clipă, nu mai era chipul lui cel pe care îl vedea în oglindă. Acolo se afla acum un bărbat mai tânăr, orbitor de frumos, cu un zâmbet care putea vinde milioane de bilete la film.

– Trebuie să mă duc la spital, a spus el.

– Dar...

Liam a trecut pe lângă ea.

– Acum, a adăugat el, luându-și haina din cuierul de pe perete. Trebuie s-o văd pe soția mea.

Camera de gardă era aglomerată în seara aceea; coridoarele luminate răsunau de ecoul vocilor și al pașilor. Liam s-a grăbit să ajungă la camera lui Mike.

Zăcea acolo, precum o prințesă frântă, într-un pat străin, în timp ce pieptul i se ridica și-i cobora în mod constant.

– A, Mike, a șoptit el apropiindu-se de ea.

Ritualul simplu pe care îl construise cu atât de multă grijă – bolurile cu potpuri, pernele, muzica – era cu totul depășit acum.

Liam s-a uitat la ea.

Era în continuare frumoasă. În unele zile, Liam se putea amăgi prefăcându-se că ea, de fapt, dormea. Și că urma să se trezească din clipă în clipă și să-l atingă. Totuși, nu în seara aceea.

– M-am îndrăgostit de tine din clipa în care te-am văzut, a spus el cuprinzându-i mâna cu degetele și simțindu-i căldura.

Chiar și atunci știuse că fugea de ceva... sau de cineva. Era evident. Dar ce-i păsa lui? Știa ce voia: pe Mikaela, pe Jacey și o viață nouă, în Last Bend. O iubire care să dureze o viață întreagă. Nu știuse cine era ea – cine fusese la un moment dat. Cum ar fi putut să afle așa ceva? Nu fusese niciodată genul care să citească revistele cu vedete. Și chiar dacă ar fi fost, ar fi citit despre Kayla True, o femeie al cărei nume nu însemna nimic pentru el.

De îndată ce Jacey își revenise după operație, Mike începuse să se retragă. Liam văzuse cât de obosită era, cât de speriată și de epuizată, și se strecurase în viața ei, ca să-i fie alături. „Lasă-mă să fiu eu cel care te protejează de vânt“, îi șoptise el. „Lasă-mă să te încălzesc.“

Liam știuse de ce se apropiase de el, de ce se cuibărise în patul lui și îl lăsase s-o sărute. Fusese o mică pasăre fragilă și singură, iar el îi construise un cuib. În timp, Mike învățase din nou să zâmbească. Iar fiecare zi pe care și-o petrecuse alături de el fusese o binecuvântare.

A închis ochii și și-a umblat prin amintiri, dându-le pe unele la o parte, savurând altele. Prima dată când o sărutase, într-o zi luminoasă și însorită, la cascada Angel... Felul în care pufnea atunci când râdea foarte tare și felul în care plângea la o reclamă Hallmark... Ziua în care se născuse Bret și i-l puseseră în brațe, iar ea șoptise că viața era frumoasă. Ziua în care o ceruse în căsătorie...

Acea amintire era cea mai dureroasă.

Fusese anul în care filmul *Batman* explodase în toate cinematografele din țară, iar petrolierul *Exxon Valdez* naufragiase în strâmtoarea Prince William.

Merseseră la cascada Angel, unde se întinseseră pe o pătură, lângă un ochi de apă verde și liniștit. Cu lacrimi în ochi, Mike îi mărturisise că era însărcinată.

Liam se purtase cu toată precauția de care era în stare. Îi fusese greu s-o facă, fiindcă n-ar fi vrut decât să-și dea capul pe spate și să râdă de bucurie. Dar nu făcuse altceva decât să îi mângâie obrazul și s-o întrebe dacă voia să se mărite cu el.

„Am mai fost măritată", răspunsese ea în timp ce o singură lacrimă i se scurgea pe obraz.

„Bine!" se mulțumise el să răspundă.

De fapt, acela fusese singurul lucru pe care îl spusese.

„Este important", îl prevenise ea.

Liam știa asta, bineînțeles.

„L-am iubit din toată inima", îi mărturisise ea. „Mi-e teamă că am să-l iubesc până în ceasul morții."

„Înțeleg."

Dar el știuse că ea era cea care putea înțelege. Mike fusese conștientă de faptul că îi frângea inima. Se răsucise și îngenunchease alături de el.

„Există lucruri pe care nu ți le pot spune... niciodată. Lucruri despre care n-o să vorbesc."

– Nu mi-a păsat de toate astea, nu-i așa, Mike? Aveam patruzeci de ani și văzusem lucruri pe care nici o ființă omenească nu ar trebui să le vadă. Până să te întâlnesc pe tine, renunțasem la iubire, știi asta? Crescusem în umbra unui bărbat măreț; știam că toți cei pe care îi întâlneam mă comparau cu faimosul Ian Campbell și, pe lângă el, eram ca o agată pe lângă un diamant. Apoi te-am întâlnit pe tine, care nu îl cunoscuseși niciodată cu adevărat pe tatăl meu. M-am gândit că, cel puțin, găsisem pe cineva care să nu mă compare tot timpul... dar tu aveai deja un diamant, nu-i așa, Mike? Iar eu eram în continuare numai o agată obișnuită.

Dar nu-i spusese nimic din toate astea atunci când o ceruse de nevastă, când ea îi spusese că deja găsise – și pierduse – iubirea vieții ei. Liam nu făcuse decât să-i spună că o iubea și că, dacă ea ar fi putut să-i ofere chiar și numai o parte din acea iubire, ar fi putut să fie fericiți.

Liam știuse că ea își dorise ca spusele lui să se adeverească, la fel cum știuse că nu crezuse pe de-a-ntregul.

„N-o să te mint niciodată, Liam, și n-o să-ți fiu necredincioasă. O să fiu o soție cât o să pot de bună."

„Te iubesc, Mike", spusese el, privind-o cum plângea.

„Și eu te iubesc pe tine."

Liam crezuse că, de-a lungul anilor, Mike învățase să-l iubească, dar acum era chinuit de îndoieli. Poate că ținea la el. Atât și nimic mai mult.

– Ar fi trebuit să-mi mărturisești, Mike, a spus el, dar, chiar în timp ce rostea cuvintele, a simțit minciuna răsunând în ele.

Ea nu ar fi putut să-i spună. Măcar din acel punct de vedere, avusese dreptate. Certitudinea ar fi fost insuportabilă.

În orice caz, ea îl iubise îndeajuns de mult încât să nu-i spună.

– Am găsit fața de pernă, Mike, a spus el aplecându-se mai aproape de ea. Fotografiile... articolele din ziare. Știu despre... el. A strâns-o de mână. Cred că înțeleg de ce nu mi-ai spus. Dar mă doare, Mike. O, Doamne, doare atât de mult! Și nu știu ce să fac cu toată această durere. S-a apropiat de ea. M-ai iubit vreodată, Mike? Cum pot merge înainte fără să știu răspunsul la întrebarea asta? Presupun că nici nu ar fi trebuit să te întreb, a continuat el. Ar fi trebuit să văd în ochii tăi, ar fi trebuit să știu cumva că întotdeauna mă comparai cu altcineva. Dumnezeu știe că aveam destulă experiență ca să-mi dau seama, așa că de ce n-am văzut? Cum aș putea vreodată să mă ridic la înălțimea lui Julian True?

Ea a clipit.

Liam a icnit, strângând-o atât tare de mână, încât oasele ei fragile s-ar fi putut frânge.

– Mike... mă auzi? Clipește dacă mă auzi!

Cu cealaltă mână, el a apăsat pe butonul de alarmă pentru asistente.

În câteva secunde, Sarah a dat buzna înăuntru, cu răsuflarea tăiată.

– Doctore Campbell, a...

– A clipit!

Sarah s-a apropiat de pat, mai întâi studiind-o pe Mike, iar apoi pe Liam.

Mike zăcea perfect nemișcată, cu ochii complet închiși.

– Haide, Mike! Clipește dacă mă auzi!

Sarah a verificat fiecare aparat pe rând, iar apoi s-a dus lângă Liam.

– Cred că a fost un reflex. Sau poate...

– Nu mi-am imaginat, la naiba! A clipit!

– Poate că ar trebui să-l chem pe doctorul Penn.

– Fă-o, a spus el fără să-şi ridice privirea.

A dat drumul mâinii lui Mike numai atât cât a fost nevoie ca să apese pe butonul de start al casetofonului. Muzica a invadat încăperea, cântece de pe albumul *Tapestry* al lui Carole King.

Liam a luat-o din nou de mâini, de amândouă, de data asta, și i-a vorbit, spunându-i aceleași lucruri iar și iar. A continuat să vorbească atunci când Stephen a intrat în salon. El a examinat-o pe Mike, iar apoi a plecat fără să scoată o vorbă.

Liam a vorbit până când i s-a uscat gura și a epuizat toate rugămințile. Apoi s-a prăbușit pe scaun și și-a plecat capul. „Te rog, Doamne, ajut-o!"

Dar, în sinea lui, știa. Nu Dumnezeu fusese cel care o ajutase pe Mikaela să clipească. Fusese un nume, un simplu nume. Auzindu-l, ea răspunsese.

Julian True.

Plutește într-o mare de cenușiu și negru... simte un miros... de flori... aude o muzică pe care aproape că o poate recunoaște.

Jinduiește să atingă muzica, dar nu are brațe... nici picioare... nici ochi. Singurul lucru pe care poate să-l simtă sunt bătăile inimii ei. Rapide precum cele ale unui pui de pasăre. Simte gustul metalic al fricii.

„– Ar fi trebuit să-mi spui."

Asta e vocea pe care a ajuns s-o cunoască, blândă și liniștitoare. Ea știe că, la un moment dat, undeva, a cunoscut-o, dar aici nu există „înainte", nu există „acum", ci numai întunericul, frica, năzuința neputincioasă după ceva...

„– Julian."

„Julian". Cuvântul pare să coboare mult, mult în adâncul ei; îi face inima să bată mai tare și vrea să se întindă după el, să-l țină la piept.

Julian. În ruinele întunecate ale vieții ei, acel cuvânt reprezintă conexiunea cu o altă lume, cu una pe care și-o amintește.

Iubirea.

Capitolul 9

În dimineața următoare, Rosa tocmai termina de spălat ultimele vase de la micul dejun, când a sunat telefonul... și a sunat... și a sunat. Încruntându-se, a mers până la baza scărilor și i-a strigat doctorului Liam să răspundă.

În cealaltă încăpere, s-a cuplat robotul telefonic. Pentru o clipă, Rosa a auzit, uluită, vocea fiicei ei. Timp de o fracțiune de secundă, a simțit speranță... dar apoi și-a dat seama că era vorba doar de un mesaj înregistrat.

– Rosa? Ești acolo? Ridică receptorul, la naiba! Sunt eu, Liam!

Rosa și-a aruncat pe umăr cârpa de vase udă și s-a grăbit să meargă la bucătărie, ca să răspundă.

– *Hola*, a spus ea, cu răsuflarea întretăiată.

– Copiii au plecat la școală? a întrebat el.

– *Si*. Autobuzul lui Bret tocmai a plecat.

– Bun. Vino la spital.

– Mikaela...

– E la fel. Grăbește-te. El a făcut o pauză, apoi a adăugat: Te rog, Rosa, grăbește-te!

– Plec acum.

Liam nici nu și-a mai luat rămas-bun, ci Rosa a auzit doar sunetul tonului, fiindcă el închisese.

Ea a înșfăcat cheile mașinii din cuiul de lângă telefon și și-a luat poșeta.

Afară cădea o ninsoare uşoară; nu era mare lucru, dar suficient cât s-o facă pe o femeie bătrână ca ea să conducă încet. De-a lungul întregului drum prin oraş, iar apoi afară, spre spital, ea a încercat să fie plină de speranţă. Dar doctorul Liam păruse supărat. Era un bărbat atât de puternic şi de tăcut, încât o asemenea emoţie, venită din partea lui, era înfricoşătoare. Deja rămăsese neclintit în mijlocul unui noian de veşti proaste.

Rosa a parcat pe unul dintre locurile rezervate vizitatorilor şi s-a întins după haină. Atunci şi-a dat seama că avea în continuare pe umăr cârpa udă cu care ştersese vasele... şi că încă nu se pieptănase în acea dimineaţă. Arăta ca o sperietoare de ciori nebună, cu părul alb ca zăpada plutindu-i peste tot în jurul capului. O femeie ca ea, bătrână şi nemăritată, nu-şi putea permite să arate atât de rău.

S-a pieptănat în timp ce traversa parcarea. Fără să fie prins cu un elastic, părul nu avea să-i stea locului, dar era mai bine decât nimic.

A străbătut în grabă coridoarele spitalului. În faţa uşii închise a salonului Mikaelei, s-a oprit ca să-şi tragă respiraţia, a rostit în gând o scurtă rugăciune către Fecioara Maria, iar apoi a deschis uşa.

Totul arăta la fel. Mikaela stătea întinsă în pat, de data asta, pe spate. O rază de soare se strecura printre draperiile parţial trase şi colora în galben o fâşie din linoleumul de pe jos.

Liam stătea pe scaunul de lângă pat. Purta aceleaşi haine de ziua trecută – pantaloni kaki şi un hanorac negru. Doar că acum hainele îi erau atât de mototolite, încât arătau de parcă ar fi fost călcate în picioare. Ochii obosiţi îi erau tiviţi cu cearcăne.

– Ai dormit aici azi-noapte, a spus ea, încruntându-se. De ce... Privirea din ochii lui era atât de rece şi de străină, încât i-a întrerupt fraza la jumătate. Doctore Liam?

– Julian True.

Rosa a icnit şi s-a prins cu mâna de grilajul metalic al patului. Dacă nu s-ar fi ţinut de ceva, cu siguranţă că ar fi căzut. Îşi simţea picioarele ca pe nişte batoane de unt care se topeau.

– *Perdon?*

– M-ai auzit. I-am rostit numele.

Rosa şi-a dus o mână tremurândă la piept.

– De ce...

Avea gâtul uscat ca iasca; nu mai putea rosti nici un cuvânt. A dat drumul grilajului și s-a întins după carafa cu apă de pe noptieră, iar apoi și-a turnat în pahar. A băut apa din trei înghițituri uriașe, lipsite de eleganță, apoi a pus paharul jos. Nu s-a uitat nici o clipă la Liam.

– De ce îmi spui acest nume acum?

– Aseară, pe când căutam rochia Mikaelei, am găsit o față de pernă ascunsă în debaraua ei de haine. Era umplută cu poze și cu tăieturi din ziare... Mai era acolo și un inel cu un diamant uriaș. S-a ridicat de pe scaun și s-a dus la ea. Îi știam numele, bineînțeles, toată lumea îl știe, dar n-am avut habar că însemna ceva pentru mine.

Rosa s-a forțat să zâmbească.

– Și... și tu trebuie să fi iubit o femeie înainte de Mikaela.

– Nu pe Sharon Stone.

În cele din urmă, Rosa l-a privit.

– Uită de asta, doctore Liam. Totul s-a întâmplat cu multă vreme în urmă. Știai că a mai fost măritată.

– Watergate s-a întâmplat cu multă vreme în urmă, Rosa. Asta e altceva – și știi cum mi-am dat seama?

– Cum?

– I-am spus numele ăsta Mikaelei. N-am făcut decât să-l rostesc, iar ea a clipit. E drept că s-ar putea să nu însemne nimic, dar, după toate aceste săptămâni, mă îndoiesc profund că totul ar putea să fie doar o coincidență, nu crezi?

– A clipit?

– Da.

Într-o clipită, Rosa a văzut cum furia s-a stins în privirea ginerelui ei. Fără ea, a părut dintr-odată bătrân, obosit și înfricoșat.

– Am vorbit cu ea în tot acest timp, a spus el cu glas scăzut, am ținut-o de mână, am pieptănat-o și i-am cântat cântece de dragoste. De ce? Pentru că tu m-ai făcut să cred că iubirea mea avea să ajungă până la ea. Dar nu iubirea mea a fost cea care a ajuns la ea, Rosa. Și nici a ta. A fost doar numele unui bărbat.

– *Madre de Dios!*[1]

[1] Maica Domnului (în limba spaniolă în original)

Rosa s-a prins din nou cu mâna de grilajul patului și s-a uitat la fiica ei care dormea.

– Mikita, ne auzi, *querida*[1]*?* Dacă ne auzi, clipește!

Liam a oftat.

– Ne aude. Doar că am spus cuvintele nepotrivite.

Rosa ar fi vrut să-și acopere urechile. Nu voia să audă ceea ce urma să spună Liam. Totuși, nu putea să nu întrebe.

– Ce crezi că ar trebui să-i spunem?

Liam s-a strecurat lângă Rosa, atât de aproape încât ea putea să-i simtă căldura trupului.

– Poate că nu este vorba despre iubirea noastră pentru ea. Ci de iubirea ei... pentru el.

– Nu...

– Vreau să-i vorbești despre Julian. Spune-i tot ce știi despre el. Amintește-i cât de mult l-a iubit. Poate că asta o va ajuta să se întoarcă la noi.

Rosa s-a răsucit și l-a privit. Își simțea tremurul gurii, același cu cel al mâinilor, dar nu se putea controla.

– Asta este foarte periculos.

– Crede-mă că dacă se trezește datorită lui Julian...

Liam și-a trecut o mână prin părul ciufulit și a închis ochii.

Rosa nici nu-și putea imagina cât de dureroasă era toată situația pentru el, pentru acel bărbat foarte, foarte bun, care o iubea atât de profund pe Mikaela. I se părea că, dacă ar fi ascultat cu atenție, ar fi auzit sunetul inimii lui frângându-se.

– Este vorba despre viața ei, a adăugat el în cele din urmă. Trebuie să facem orice putem pentru a ajunge la ea.

Rosa și-a dorit să-l poată contrazice.

– O să încerc asta, să-i povestesc cine a fost ea și pe cine a iubit, dar numai dacă o să îți amintești întotdeauna că s-a măritat cu tine.

Liam arăta ca și cum ar fi fost pe punctul de a spune ceva; până la urmă, s-a întors și s-a dus la fereastră.

Rosa l-a privit.

---

[1] Iubito (în limba spaniolă în original)

– O... o să stai aici în timp ce fac asta, doctore Liam? O să fie foarte dureros.

El nu s-a întors. Vocea lui, atunci când și-a regăsit-o, era joasă și hârâită, de nerecunoscut.

– Rămân aici. Cred că a venit momentul s-o cunosc pe femeia pe care o iubesc.

Rosa stătea în picioare lângă pat, strângând în mână medalionul pe care îl avea la gât, unul de argint, care îl reprezenta pe Sfântul Cristofor.

Încet de tot, a închis ochii.

Timp de cincisprezece ani, nu își permisese să-și amintească acele vremuri. Așa le numea acum, „acele vremuri" – în care *el* apăruse în viețile lor sufocante și schimbase totul.

În acea clipă și-a dat seama cât de accesibile fuseseră amintirile în tot acel răstimp. Unele lucruri nu puteau fi niciodată uitate. Unii oameni, de asemenea.

I-a venit în minte imaginea Mikaelei la vârsta de douăzeci și unu de ani, cu ochi căprui, luminoși, cu părul lung și negru. Ea fusese o floare strălucitoare într-un oraș agricol ars de soare și dezolant, unde imigranții trăiau câte opt într-o singură încăpere, înghesuiți în niște cocioabe fără canalizare. Un oraș în care linia despărțitoare dintre „oamenii buni" și mexicani era săpată în piatră. Iar Mikaela – un copil nelegitim, pe jumătate mexican – nu era primită pe de-a-ntregul în nici una dintre cele două lumi.

Acel moment în care el intrase în viețile lor fusese o zi fierbinte de vară. Mikaela tocmai își încheiase cel de al doilea și ultimul an de studii la colegiul local. Primise o bursă la Universitatea Western Washington din Bellingham, dar Rosa știa că fiica ei își dorea ceva mai substanțial de-atât.

Cambridge. Harvard. Sorbona. Acelea erau școlile care o atrăgeau pe Mikaela, dar amândouă știau că fetele ca ea nu reușeau să ajungă la astfel de școli.

Era vina Rosei că Mikaela se simțise atât de singură în copilărie. Ani întregi, Mikaela așteptase ca tatăl ei s-o recunoască în mod public. Apoi veniseră anii întunecați și plini de furie în care ea îi urâse pe el și copiii lui perfecți, de rasă albă. Anii în care scrisese mizerii despre el în toaletele publice din tot orașul, în care se rugase la Dumnezeu ca măcar una dintre fiicele lui majorete, cu ochi albaștri și păr blond, să știe ce însemna să-ți dorești ceva. Acea fază trecuse, cu timpul, lăsând-o pe Mikaela cu un sentiment de singurătate și mai profund.

Își dorea să meargă într-un loc în care să nu mai fie copilul din flori al unei chelnerițe mexicane. Obișnuia să-i spună Rosei că obosise să privească prin geamuri murdare la viețile altor oameni.

Ea și Mikaela lucraseră la restaurant în ziua aceea de vară fierbinte, și tocmai se apropia sfârșitul turei...

– Mikita, dacă mai ștergi mult masa, o să dispară!

Mikaela a trântit cârpa, zgomotos, pe masa gălbuie, pătată.

– Știi că domnul Gruber vrea să aibă mesele curate, mamă, și că trebuie să ajungă din clipă în clipă aici, pentru prânz. Îi spun lui Joe să se apuce de sendvișul cu carne de vită...

Cuvintele Mikaelei au fost acoperite de un zgomot infernal, precum cel dintâi bubuit al unui cutremur. În spatele tejghelei, în mica bucătărie a restaurantului, Joe și-a ridicat privirea de la grătar.

– Ce naiba mai e și asta? a mârâit el, ștergându-se la gură cu dosul palmei.

Mikaela s-a dus, grăbită, la fereastra mare care dădea spre Brownlow Street. Era amiaza unei zile din prima săptămână a lunii iulie și toate vitrinele aveau aspectul crăpat și decolorat al epuizării. Era prea cald ca să stai afară.

Zgomotul s-a apropiat, a devenit mai puternic. Pe strada părăsită, praful s-a învolburat într-un nor maro, gros, care a pus stăpânire pe frunzele înnegrite și le-a ridicat în aer.

Dintr-odată, trei elicoptere argintii au apărut deasupra acoperișurilor, precum niște gloanțe pe fondul cerului senin, apoi au dispărut dincolo de farmacia Bennet. S-a lăsat o tăcere ciudată, iar geamurile s-au oprit din zăngănit.

Furtuna de praf a fost străpunsă de o limuzină ce părea din altă lume, o limuzină neagră, elegantă și incredibil de strălucitoare în acel aer fierbinte și murdar. Nici o mașină nu ar fi putut ajunge atât de curată în Sunville, nu dacă ar fi venit pe drumurile lăturalnice din Yakima. Geamurile fumurii ale limuzinei captau și reflectau imaginea obosită a orașului.

Mikaela s-a aplecat în față, apropiindu-se de geam. Poliesterul portocaliu al uniformei i se lipea de piele. Deasupra capului, ventilatorul cu palete de lemn se învârtea fără să facă altceva decât să împrăștie mirosul de costiță prăjită.

În fața primăriei au parcat trei limuzine. Nimeni nu a coborât din ele, iar motoarele au mers în continuare. Fumul cenușiu s-a ridicat, leneș, din țevile de eșapament.

Oamenii ieșeau unul câte unul din magazine și se adunau pe trotuare, făcând speculații și arătând cu degetul către mașini, care în acel oraș erau la fel de străine și de neașteptate precum niște navete spațiale.

Rosa și Mikaela s-au înghesuit în pragul îngust al restaurantului.

Sunetul încuietorii de la portiera uneia dintre mașini a redus mulțimea la tăcere, apoi ușile s-au deschis, cu toatele în același timp, precum niște uriași cărăbuși emailați care își întindeau aripile. Din limuzine au ieșit, unul după altul, străini care purtau costume negre și ochelari de soare. Iar apoi a apărut el.

Un fior a străbătut mulțimea.

– O, Doamne, este Julian True, a șoptit cineva.

Avea postura lejeră, elegantă, neafectată, a unui om obișnuit cu privirile străinilor. Înalt și zvelt, cu părul lung, decolorat de soare, care îi acoperea jumătate din față, arăta ca un înger rebel alungat din rai. Era îmbrăcat cu un tricou negru, larg, și cu o pereche de blugi Levi's zdrențăroși, care erau rupți la genunchi. Oricare ar fi fost vopseaua albastră imprimată vreodată în țesătură, aceasta se decolorase de mult într-un alb ca de spumă.

Mulțimea s-a îndreptat către el, țipând. Un singur sunet, un singur nume, s-a ridicat deasupra zăpăcelii generale:

– Julian True... el este... Julian True la Sunville!

Apoi au apărut cererile:

– Aici! Dă-mi un autograf pe cămașă... pe agendă... pe șervețel!

Rosa s-a întors ca să-i șoptească ceva Mikaelei, dar vorbele i s-au oprit pe buze. Fiica ei părea... vrăjită. Mikaela a intrat înapoi în local și s-a uitat în jur. Rosa știa că fiica ei observa pardoseala crăpată, corpurile de iluminat sparte, pojghița permanentă de grăsime ce acoperea totul. Vedea localul prin ochii unui străin și se simțea rușinată.

Rosa a plecat de lângă ușă și s-a întors la muncă. Mikaela s-a îndreptat spre tejghea și a început să umple borcanele cu zahăr.

Dintr-odată, a sunat clopoțelul de deasupra ușii, iar el a apărut acolo, în localul Get-It-While-It's-Hot[1] *al lui Joe, sub ventilatorul care zumzăia leneș.*

Mikaela a scăpat pe tejghea borcanele de zahăr pe jumătate goale. S-a îmbujorat toată.

Julian i-a aruncat un zâmbet cum Rosa nu mai văzuse niciodată. Era precum în vechiul clișeu, soarele ieșind dintre nori. O pereche de ochi de culoarea turcoazului se uitau la Mikaela de parcă ea ar fi fost singura femeie din lume.

– P... pot să vă ajut?

Zâmbetul lui avea un aer vecin cu epuizarea.

– Ei bine, drăguțo, a spus el cu faimosul accent tărăgănat din Texas, la fel de dens precum siropul dulce de porumb, am călătorit ore întregi pe cea mai mizerabilă bucată de drum pe care am văzut-o de când am plecat din Lubbock. Mai mult decât atât, în orice clipă de acum încolo ușa aia va fi plină cu toate fetele de treisprezece ani de aici și până la Spokane. Speram că o fată micuță și drăguță, așa, ca tine, ar putea să-mi servească o bere și un sendviș și să-mi arate unde aș putea mânca în liniște.

Acela fusese începutul.

Rosa a deschis ochii. Îl simțea pe Liam în spatele ei, îi auzea respirația măsurată și și-a dat seama că tăcuse prea mult timp.

– *Hola*, Mikita, a spus ea cu blândețe. *Mama estoy aqui.*[2] A tras aer adânc în piept și a început: *Querida*, îți aduci aminte de ziua în care l-ai întâlnit pe Julian True al tău?

Mikaela a tras iute aer în piept; pleoapele i s-au zbătut.

Rosa s-a simțit străbătută de un val de speranță, pur și limpede precum apa de izvor.

– Eram amândouă la local, în tura de prânz. S-a auzit un zgomot cum eu nu mai auzisem vreodată. Elicoptere în orășelul nostru!

[1] Ia-o cât e fierbinte

[2] Mama este aici (în limba spaniolă în original)

Apoi a apărut el. A, felul în care s-a uitat la tine, ca și cum ai fi fost singura femeie din lume! Până și eu i-am simțit atracția. Nu mai văzuserăm pe nimeni ca el... nu aveam să mai vedem niciodată pe nimeni ca el.

Credeai că eram prea bătrână ca să înțeleg la ce te gândeai, Mikaela mea, dar am văzut-o în ochii tăi. Ție ți se părea că erai Cenușăreasa, acoperită de funingine, de mizerie, și iată-l... iată-l pe prințul tău!

Ți-a spus „fată micuță și drăguță", îți aduci aminte? *Dios*, nu văzusem niciodată un zâmbet atât de strălucitor pe fața ta. A început să-ți spună Kayla aproape imediat. „Kayla cu părul negru ca miezul nopții", asta a fost porecla pe care ți-a dat-o, *recuerdes*[1]? Uram faptul că îți dăduse un nume de *gringa*[2] și că tu l-ai acceptat pur și simplu..., dar nu conta ce credeam eu, nu odată ce-l întâlniseși pe el.

Când te-a sărutat pentru prima oară, mi-ai spus că te-ai simțit ca și cum ai fi sărit de pe un zgârie-nori. Ți-am spus că o căzătură de la o asemenea înălțime ar fi putut omorî o fată. Îți amintești răspunsul tău? Ai spus: „O, mamă, dar uneori merită să zbori".

Rosa s-a aplecat și a atins fața albă, nemișcată a Mikaelei.

– Te-am urmărit îndrăgostindu-te de el, de acel bărbat cu față de înger. Am știut că la început aveau să fie focuri de artificii – cum ar fi putut să se întâmple altfel? Am mai știut și că avea să fie durere la sfârșit. Suficientă cât pentru o viață de om. Ți-am spus că nu era bun pentru tine, dar tu ai râs și mi-ai spus să nu-mi fac griji. Ca și cum unei mame i-ar fi fost atât de ușor să nu se mai îngrijoreze. Rosa i-a zâmbit slab, trist, fiicei ei. Ai promis că nu aveai să-mi repeți greșeala. Dar am știut, *querida*, am văzut în ochii tăi. Deja o repetaseși.

---

[1] Îți aduci aminte? (în limba spaniolă în original)

[2] De altă etnie decât spaniolă sau latino-americană

Capitolul 10

Durerea produsă de fiecare nouă frază a Rosei era ascuțită și neașteptată, ca o piatră aruncată în geamul unei ferestre înalte. Liam stătea nemișcat pe scaunul lui, încercând să dea sens fiecărei pauze, încercând să audă și povestea care nu era spusă.

Iubirea pe care Mikaela o simțise pentru Julian True nu fusese una obișnuită. Asta nu era ceva surprinzător. Cum ar fi putut acel bărbat să provoace vreo emoție obișnuită?

Diamante și agate, din nou.

Liam s-a întrebat de ce o lăsase pe Mikaela să păstreze asemenea secrete. Nu era vorba numai despre identitatea lui Julian; era vorba și despre sute de alte mici detalii. Balul de absolvire la care ea nu se dusese, amintirile pe care nu i le împărtășise. Era *ea.* Iar el se mulțumise cu atât de al naibii de puțin! Se gândise că ceea ce conta era faptul că o iubea, că o făcuse să zâmbească și să râdă din nou. De ce nu se întrebase niciodată ce anume alimenta visurile Mikaelei?

Probabil că în adâncul sufletului, îi fusese frică de răspunsul ei. Și astfel, temându-se de adevăr, înaintase mai departe în tăcere, alinat de blândețea cuvintelor nerostite, a întrebărilor care nu fuseseră puse.

Dar cum stăteau lucrurile acum, când aflase? Nu știa dacă putea crede în iubirea ei. Nu acum, când ceea ce ascunsese ea ieșise la iveală. Nu știa dacă senzația corpului ei alături de al lui ar mai fi generat vreun pic de căldură.

Rosa s-a întors dintr-odată, iar Liam şi-a dat seama că se oprise din vorbit. Acum în încăpere domnea o tăcere mormântală; singurul sunet care se auzea era zumzetul constant al monitoarelor.

– Nu a mai clipit, doctore Liam.

El s-a ridicat în picioare şi a parcurs distanţa scurtă care îl despărţea de pat. De data asta, atunci când şi-a privit soţia, a văzut o străină. Kayla. I-a ridicat mâna şi i-a susţinut-o cu delicateţe.

– Niciodată nu mi-a spus nimic din toate astea, Rosa. Oare de ce am lăsat-o eu să păstreze asemenea secrete?

Rosa s-a ridicat şi a stat alături de el, iar capul ei alb s-a înclinat către umărul lui.

– Provii dintr-o familie cu bani, a spus ea, simplu. Eşti medic şi ai studiat la Harvard. Nu poţi înţelege cum este viaţa pentru oameni ca noi. Mikaela a avut nişte visuri foarte îndrăzneţe, dar nici o modalitate de a şi le îndeplini. Nici măcar tatăl ei nu i-a arătat vreun pic de dragoste. S-a întors cu faţa la el. Eram doar o fetiţă atunci când am venit la Sunville pentru prima oară, ca să culeg mere. *Mi padre* a murit pe când aveam unsprezece ani. De o infecţie cu herpes. Nu aveam bani să cumpărăm medicamente şi nu s-a găsit nici un doctor care să-l ajute. Încă îmi amintesc taberele de culegători, mai ales atunci când aerul miroase a fructe coapte. Simt încă mirosul barăcilor cu acoperişuri de tinichea, fără instalaţii sanitare înăuntru, în care locuiam zece oameni într-o încăpere la fel de mare ca asta. Îmi aduc aminte de atingerea saltelelor vechi şi de căldură. De asta îmi aduc cel mai bine aminte. De căldură.

Am reuşit să ies din tot acel iad cu ajutorul unui bărbat. Nu era bărbatul meu – ăsta a fost marele meu păcat –, dar nu mi-a păsat. Îl iubeam. *Madre de Dios*, l-am iubit în felul disperat în care femeile ca mine iubesc întotdeauna bărbatul altei femei.

S-a aplecat peste grilajul patului şi s-a uitat la Mikaela.

– Mi-e teamă că am învăţat-o pe fiica mea că o femeie îl va aştepta pe vecie pe bărbatul pe care îl iubeşte.

Liam şi-a dat seama, după tristeţea notei finale a frazei Rosei, că ea terminase de vorbit. Rosa s-a întors încet şi l-a privit din nou.

– *Lo siento*, a spus ea, jenată, dându-şi la o parte părul de pe faţă. Sunt sigură că este mai mult decât voiai să ştii. Poate că acum o să ai o părere proastă despre mine...

– Of, Rosa, crezi că nu ştiu cum este să iubeşti pe cineva care aparţine altui om?

– S-a măritat cu tine.

– Da, şi a stat cu mine, şi am construit ceva împreună. Cu timpul am uitat... lucruri pe care ar fi trebuit să mi le amintesc. Dar am ştiut mereu, în adâncul sufletului, am ştiut. Era o parte a inimii lui Mike la care nu aveam acces. Dar îi iubeam atât de mult pe ea, pe Jacey şi pe Bret! Iar ea părea fericită. Poate că chiar era, într-un fel, ceva de genul am-pierdut-totul-şi-asta-e-ceea-ce-mi-a-mai-rămas.

– Fericirea ei era mai mult de atât. Ştiu asta.

Liam a privit-o pe frumoasa lui soţie.

– Nici măcar n-am cunoscut-o.

Rosa n-a spus nimic.

– Mike? Liam i-a rostit numele fără obişnuita duioşie. De data asta, a vorbit cu ea ca şi cum ar fi fost o străină. E destul. Întoarce-te la noi. Eu şi cu tine avem multe lucruri despre care trebuie să stăm de vorbă.

– *Nada*, a spus Rosa, împreunându-şi mâinile. Poate că ne-am înşelat în legătură cu clipitul. Poate că a fost vorba numai despre ceva ce ne-am dorit noi să fie un semn bun.

– Crede-mă, aş vrea ca ea să fi clipit la auzul numelui meu. S-a aplecat mai mult. Julian True. Julian True. Julian True.

– *Nada*.

– Vorbeşte în continuare cu ea, Rosa. Ai rămas la momentul în care s-a îndrăgostit de el.

Rosa s-a încruntat.

– Restul poveştii este plin de durere pentru ea. Poate că o să-i înrăutăţească, Doamne fereşte, coma.

– Durerea este un stimul puternic. Mai puternic, poate, chiar decât iubirea. Încă nu putem renunţa. Vorbeşte cu ea.

Rosa a tras aer adânc în piept. Să vorbească despre acele lucruri era împotriva tuturor principiilor ei – mai ales de faţă cu doctorul

Liam. Dar apoi s-a gândit la faptul că fiica ei clipise. Un lucru atât de minor, care poate că nu însemna absolut nimic, dar poate că...

– L-ai iubit atât de mult, Mikita. L-ai iubit în felul în care numai fetele tinere pot să iubească. Te-a copleşit – nici nu era greu, nu când îţi doreai atât de mult să-ţi iei zborul. Ţi-a furat inima şi virginitatea... iar apoi te-a părăsit.

Rosa a dat la o parte părul de pe fruntea fiicei ei, lăsându-şi degetele să zăbovească pe pielea palidă şi rece.

– Te-am urmărit aşteptându-l, zi de zi, noapte de noapte. Ai stat la fereastra împăclită a localului, aşteptând să se apropie o anumită maşină.

Rosa şi-a amintit acele zile, cu toate detaliile lor înfiorătoare. De fiecare dată când se uitase în ochii fiicei ei, văzuse palida reflexie a propriului trecut. Ştiuse ce avea să se întâmple; încetul cu încetul, înainte să ştie că ar fi trebuit să se ferească de asta, Mikaela prinsese să se micşoreze. Fiica ei deja începuse să ţină capul plecat atunci când mergea, deja se dădea la o parte, tăcută, ori de câte ori cineva se apropia prea mult. Rosa ştiuse că procesul lent de erodare a încrederii în sine urma să continue până când Mikaela nu avea să mai rămână decât o umbră a ceea ce fusese. Rosa văzuse asta cu multă claritate, dar nu ştiuse cum să-i pună capăt.

Încercase.

„Durerea asta o să dispară, dacă şi tu vrei", îi spusese ea fiică-sii.

Mikaela se întorsese către ea, plimbându-şi privirea peste părul împletit strâns al Rosei, peste ridurile din jurul gurii ei, care erau orice în afară de riduri provocate de râs, şi peste uniforma pătată, de chelneriţă.

„O să treacă, mamă? Chiar aşa?"

– Atunci când m-ai întrebat, ţi-am spus că acea iubire a ta avea să treacă, dar amândouă ştiam că spusesem o minciună. Te-am urmărit transformându-te în mine, puţin câte puţin. Iar apoi s-a întâmplat. O *milagro*[1]. El s-a întors după tine.

În anii din urmă, atunci când se gândise la trecut, Rosa se întrebase cum de nu existaseră semne că asta avea să se întâmple, nu

[1] O minune (în limba spaniolă în original)

existase nici sare aruncată în calea Mikaelei pentru noroc, nici o rază de soare care să străpungă norii. Rosa era în local, încărcând mașina de spălat vase. Joe plecase deja acasă, iar localul era închis. Rosa încerca să țină ochii deschiși suficient timp cât să termine treaba. N-o vedea pe Mikaela, dar o auzea în sala de mese, împingând scaunele la locurile lor și adunând scrumierele.

Apoi a auzit un sunet cu totul nelalocul lui. Clinchetul banilor căzând în tonomat. Era un sunet atât de ciudat! Nimeni nu prea mai punea muzică la Joe's. S-a auzit zgomotul aparatului căutând printre discuri, iar apoi a început muzica. Coloana sonoră a filmului *Ofițer și gentleman*[1].

Rosa a pus cârpa jilavă deoparte și s-a împins cu șoldul în ușa mașinii de spălat, ca s-o închidă. A luat-o din loc, trecând pe lângă marea mașină de gătit. Odată ajunsă lângă ușa închisă, s-a oprit din nou și și-a înclinat capul, ascultând. A întredeschis ușa, încetișor. La început nu a văzut decât întuneric. Luminile erau stinse. Nu se vedea decât pâcla albastră de la neoanele reclamei de afară.

Apoi l-a văzut pe Julian stând în colțul cel mai îndepărtat al încăperii. Mikaela stătea în fața lui, nemișcată.

La fel de sigură cum era de faptul că se afla în restaurantul care mirosea a visuri lăsate pe un cuptor încins, Rosa a fost sigură că Mikaela și-ar fi ipotecat sufletul pentru încă o zi cu el.

– Nu mi-a venit să cred când te-a cerut de nevastă, *mi hija*. Am știut că-ți legaseși inima de o stea, sau mai rău, de soare, și că dacă te-ai fi uitat prea mult timp la el, ai fi fost orbită. Te-a scos din Sunville și ți-a oferit lumea. În clipa aceea, ai devenit cineva care conta.

Apăreai în toate ziarele și tot timpul la televizor; te transformaseră într-o femeie pe care n-o văzusem niciodată, acea „Kayla cu părul negru precum miezul nopții". Atunci când am mers la nunta ta, în California, a fost ca și cum m-aș fi dus pe Lună – oamenii te urmau peste tot. Îmi doream atât de mult să-ți croiesc rochia de mireasă – visaserăm împreună la asta vreme de mulți ani. Dar bineînțeles că așa ceva nu mai era posibil... nu pentru Kayla.

Vocea Rosei s-a stins. Ea s-a întors către Liam.

---

[1] *An Officer and a Gentleman*, film american din 1982

– După asta au venit anii despre care nu ştiu nimic. Mikaela a ţinut secrete şi faţă de mine. Am citit în tabloide despre problemele cu alcoolul ale lui Julian, despre cealaltă femeie, dar fiica mea nu mi-a spus nimic din toate astea. Singurul lucru pe care mi-l amintesc este că m-a sunat a doua zi după prima aniversare a lui Jacey. Fetiţa mea părea obosită şi frântă; mi-a spus că se terminase.

Rosa a oftat.

– Mikaela avea numai douăzeci şi trei de ani, dar sunetul vocii ei mi-a spus că ea nu mai era tânără. Iubirea pentru Julian îi frânsese ceva pe dinăuntru, mai mult decât doar inima.

Liam a scos un sunet care era pe jumătate suspin şi pe jumătate geamăt, un sunet încărcat de atâta tristeţe...

Rosa şi-a dorit să fi fost genul de femeie care să meargă la el şi să-l ia în braţe în acel moment sfâşietor.

– Îmi pare atât de rău, Liam..., a spus ea, strângând atât de tare din degetele cu care se ţinea de grilajul patului, încât pielea de pe ele i s-a albit.

Liam s-a ridicat de pe scaun şi s-a dus lângă pat.

– Ajută-ne, Mike, a spus el. Fă-ne să ştim că eşti încă aici. Tuturor ne e dor de tine – mie, Rosei, lui Jacey, lui Bret... lui Julian.

Vede ceva plutind în apa tulbure. Este ceva mic, rotund şi alb. Iese la suprafaţă, ridicându-se şi alunecând pe valuri. Sunetul mării lovindu-se de corpul ei este atât strident, încât nu poate auzi nimic altceva. Undeva în subconştientul ei, pluteşte în derivă gândul că ar trebui să audă glasuri de păsări, pescăruşi sau raţe, dar liniştea este nesfârşită şi neîntreruptă.

Ştie că dacă ar putea să se relaxeze, ar pluti la suprafaţa apei şi asta ar calma-o. Asta e ceva ce a învăţat în lunile pe care le-a petrecut pe mare.

Astăzi simte mirosul de scorţişoară şi de pin – familiar şi liniştitor –, iar acum mai e ceva. Inspiră adânc şi, în loc de mare, simte mirosul unui parfum de femeie, un miros pe care aproape că şi-l poate aminti. Încearcă să se concentreze pe asta, imaginea concretă a ceea ce a fost înainte, dar amintirea nu e legată de nimic.

– *Ajută-ne,* Mike. Fănesăştim căîncăeştiaici.

Vocea, cunoscută și străină în același timp, pune în continuare întrebări la care ea nu poate răspunde, folosind cuvinte pe care ea nu le poate înțelege cu adevărat.

Dar apoi se aude iar acel sunet.

„Julian."

Se străduiește cu disperare să extragă o singură amintire perfectă, numai una, dar terenul lunecos, stâncos, al minții ei, nu-i oferă nimic.

Măcar dacă ar putea deschide ochii...

„...Mi-e dor de tine..."

Astea sunt cuvinte pe care le înțelege și care sunt dureroase. Dorul. Este despre a fi singur și înfricoșat... da, înțelege.

„Te rog, Doamne, ajută-mă..."

Nu-și aduce aminte dacă ar trebui să existe un răspuns pentru aceste cuvinte, dar, fiindcă nu primește nici unul, se scufundă în apa agitată. Este prea obosită ca să se mențină la suprafață și îi e dor... atât de dor...

– Plânge, pentru numele Domnului! Liam s-a întins ca să ia o batistă și i-a șters, cu blândețe, lacrimile. Mike, iubito, mă auzi?

Ea nu a răspuns, dar acele lacrimi argintii, îngrozitoare, au continuat să curgă. O mică pată cenușie a apărut pe pernă. Liam a apăsat pe butonul de alarmă pentru asistente și a fugit la ușă. Văzând-o pe Sarah, a urlat la ea să se ducă și să-l aducă pe doctorul Penn.

Apoi a intrat înapoi în salon și s-a aplecat deasupra soției lui, mângâindu-i obrajii umezi, șoptindu-i aceleași cuvinte iar și iar:

– Haide, iubito, întoarce-te la noi!

Stephen Penn a apărut în ușă, cu răsuflarea tăiată.

– Ce este, Liam?

Liam s-a uitat la prietenul lui.

– Plânge, Steve.

Stephen s-a dus lângă pat și s-a uitat la Mikaela. Era complet nemișcată, cu obrajii palizi, dar urma umedă lucea în lumina scăzută, ca o promisiune. Doctorul a scos un ac din buzunar. Ridicând cu blândețe în palmă piciorul gol, a înfipt vârful ascuțit în carne.

Mikaela și-a tras piciorul înapoi. Un geamăt sacadat i-a ieșit dintre buze.

Stephen i-a pus laba piciorului înapoi pe pat și a acoperit-o cu pătura. Apoi s-a uitat la Liam.

– Coma slăbește. Asta nu înseamnă neapărat... A făcut o pauză. Știi ce înseamnă și ce nu înseamnă. Dar poate că... poate că ceva a ajuns la ea. Orice ar fi ceea ce faceți – continuați să faceți!

Trecuse cu mult de ora de culcare atunci când Bret a auzit o bătaie în ușă. Stătea pe podeaua dormitorului, jucând curse Diddy Kong pe Nintendo 64.

A crezut că a spus „Intră!“, dar nu putea fi sigur, pentru că se concentra să-l țină pe Diddy pe pistă.

Ușa s-a deschis și tata și-a vârât capul înăuntru.

– Hei, Bretster!

Bret și-a ridicat privirea atât cât era nevoie. Pilotul lui s-a lovit de zid și a generat o pată fără formă pe ecranul colorat.

– Bună, tată. Vrei să joci?

Tata s-a așezat lângă el, apucând al doilea set de comenzi.

– Știi că sunt foarte prost la asta. Îmi place mai mult jocul cu *Războiul stelelor.*

Bret a chicotit. Îi plăcea să-l urmărească pe tatăl lui jucând Diddy Kong, pentru că nu reușea să-și țină pilotul pe pistă, așa că el, Bret, îl bătea întotdeauna. Au început un nou joc și, în următoarea jumătate de oră, s-au întrecut.

Până la urmă, tata a aruncat comanda pe jos.

– Asta a fost, Mario! Ai câștigat. Mă dau bătut.

– Mario e un joc diferit, tată!

Tata s-a ridicat, stângaci, în picioare, atârnându-se de tăblia patului lui Bret, ca și cum ar fi fost pe punctul de a cădea.

– Haide, puștiule, e vremea să te culci! Închide jocul și spală-te pe colți.

Bret a închis televizorul și s-a grăbit să iasă pe coridor. Odată ajuns în baie, s-a spălat pe dinți cu multă grijă (tata era faimos pentru mania de a-l trimite să se spele din nou dacă nu făcuse o treabă bună) și a făcut pipi. Apoi s-a întors la el în cameră.

Tata era deja în pat, întins sub pături, cu o carte deschisă în brațe. Veioza de pe noptieră era aprinsă.

Lui Bret îi plăcea ca tata să stea în patul lui, fiindcă nimic nu mai părea înfricoşător. S-a grăbit să ajungă la pat şi a început să urce.

– Stai aşa, amice. Pune-ţi pijamaua!

Bret a făcut o mutră acră.

– Of, tată...

– Nu! A zâmbit. Te cunosc. O să dormi în hainele astea, iar apoi o să te trezeşti şi o să te duci la şcoală îmbrăcat cu ele. Şi ia spune-mi, când ai făcut duş ultima oară?

– Bunica m-a obligat să fac unul ieri.

– Bine. Dar fără blugi în pat!

Bret s-a dezbrăcat de blugii murdari şi i-a aruncat într-o grămadă din colţ – de unde ştia că avea să-i ia a doua zi şi să-i îmbrace din nou pentru şcoală. Apoi s-a târât peste tatăl lui şi s-a băgat în pat, cuibărindu-se aproape de el.

– Asta e cartea cu leul?

– Normal că e.

Bret s-a încolăcit alături de tatăl lui şi a ascultat povestea. Se calma când îi asculta vocea joasă, egală.

I s-a părut că nu trecuseră decât câteva minute până ca tata să închidă cartea şi s-o pună pe noptieră, lângă veioză.

Liam l-a cuprins în braţele lui mari şi puternice şi l-a strâns tare.

– Cred că ar trebui s-o vizitezi pe mami. Este... important acum.

Nu mai spusese asta înainte – că era important ca el s-o vadă. În tot acel timp, Bret crezuse că el nu conta...

Tata a spus, repede:

– Nu este un loc înfricoşător. Doar o cameră simplă, cu un pat simplu. Nu te-aş minţi, Bret. Mama ta arată exact la fel cum arăta înainte... numai că doarme.

– De ce la început nu m-ai lăsat s-o văd?

– Sincer? Pentru că avea răni pe faţă. Nu arăta foarte bine, iar aparatele erau înfricoşătoare. Acum totul e în regulă. Nu o să te sperie s-o vezi, Bret. Îţi promit. S-ar putea să te întristeze, poate chiar să te facă să plângi, dar uneori, atunci când băieţeii devin băieţi mari, trebuie să-şi permită să plângă.

– Juri că trăieşte?

– Jur.

Bret voia să-l creadă pe tatăl lui.

– Are nevoie să-ți audă vocea, Bretster. Știu că i-a fost dor de băiețelul ei, care îi e cel mai drag din întreaga lume.

Pentru prima oară, Bret s-a întrebat dacă nu cumva el ar fi putut s-o trezească pe mama. La urma urmei, era băiețelul ei, care îi era cel mai drag din întreaga lume. Întotdeauna îi spusese asta.

– Aș putea să-i cânt, a spus el în șoaptă. Cântecul ăla din *Annie*, poate... Mai ții minte când m-a dus la spectacol? Cântecul ăla, „Tomorrow", mi-l cânta mereu când nu puteam să adorm.

Tata a început să cânte, foarte încet:

– „Soarele o să răsară... mâine..."

– „Poți să pui pariu pe ultimul dolar că mâine..."

Bret i s-a alăturat și au cântat tot cântecul împreună, iar după ce au terminat, nu-i mai venea atât de tare să plângă.

– Aș putea să merg la ea mâine, înainte de școală.

Acum vocea tatei era calmă și puțin nesigură.

– Ar fi minunat. Hei, vrei să dormi cu mine în seara asta?

– Aș putea?

– Sigur.

Împreună, ținându-se de mână, s-au ridicat din pat și au ieșit din cameră. Tot timpul cât au mers, Bret a continuat să se gândească la acel cântec; i s-a tot învârtit în cap până când a început să zâmbească.

În dimineața următoare, Bret s-a trezit devreme și a făcut un duș – fără ca măcar să-i ceară asta cineva. S-a îmbrăcat cu grijă în hainele lui cele mai bune: o pereche de blugi negri și o cămașă de flanel în carouri.

Apoi s-a dus în grabă în dormitorul tatei și a stat lângă pat.

– Tati! a strigat, împungându-l în braț. Tati, trezește-te!

Tata s-a rostogolit pe-o parte și a deschis un ochi.

– Hei, Bretster, a spus el cu o voce răgușită. Ce...

– Haide să mergem s-o vedem pe mami.

Tata i-a zâmbit.

– Bine, copile. Dă-mi cinci minute ca să mă pregătesc.

Bret s-a mutat, nervos, de pe-un picior pe celălalt. S-a grăbit să coboare la parter și a aprins toate luminile. Și-a apucat rucsacul din antreu, iar apoi și l-a pus în spate.

Ținându-se de cuvânt, tata a coborât în cinci minute, pregătit de plecare. S-au urcat în Explorer și au plecat spre oraș.

Tot drumul până la spital, Bret s-a foit pe banchetă. Noaptea trecută o visase pe mămica lui pentru prima dată. În vis, ea s-a trezit atunci când Bret îi dăduse „sărutul mamei". Asta era ceea ce așteptase ea în tot acel timp. „Sărutul mamei."

La spital, l-a ținut de mână pe tata și l-a tras după el pe coridoare, spre salonul mamei. Dar de îndată ce au ajuns în fața ușii închise, Bret a simțit cum toată încrederea i-a dispărut. Dintr-odată, îi era frică.

– Liniștește-te, Bretster. Ține minte, e firesc să fii trist. Mami o să înțeleagă. Trebuie doar să vorbești cu ea!

Bret a intrat pe ușă. Primul lucru pe care l-a văzut a fost patul de copil, cu grilaje argintii. Nu arăta deloc precum un pat de adult. Nu erau lumini aprinse; camera era zugrăvită în nuanțe mohorâte de gri.

Iar acolo se afla mami, întinsă în pat. Cu pași înceți, Bret s-a dus la ea.

Arăta frumos, nu părea deloc vătămată. Și-o putea imagina trezindu-se... Pur și simplu, s-ar fi ridicat în capul oaselor, ar fi deschis ochii și l-ar fi văzut pe Bret. „Ce face băiețelul meu preferat din întreaga lume?" ar fi spus ea, desfăcându-și brațele pentru o îmbrățișare.

– Poți vorbi cu ea, Bret.

A dat drumul mâinii tatei și s-a dus mai aproape de pat, urcându-se pe grilajul argintiu până când a ajuns să atârne deasupra ei. Apoi, foarte încet, i-a dat „sărutul mamei", exact în felul în care îl săruta ea întotdeauna: un sărut pe frunte, unul pe obraz, apoi un mic sărut pe bărbie. La sfârșit, în timp ce o săruta pe muchia nasului, i-a șoptit:

– Fără vise urâte.

Ea continua să zacă fără să se miște.

– Haide, mami, deschide ochii! Sunt eu, Bret.

A tras aer adânc în piept și s-a forțat să cânte, exact așa cum își promisese că avea să facă. A cântat „Tomorrow" de trei ori.

Tot nimic.

A alunecaț de pe pat și s-a întors, uitându-se la tatăl lui printre lacrimi.

– Nu s-a trezit, tati.

Tata arăta ca și cum l-ar fi încercat plânsul. Asta l-a speriat pe Bret.

– Știu, a spus tata, dar trebuie să încercăm în continuare.

Capitolul 11

Valoarea unui om se măsoară în momente, răspândite precum punctele de vopsea pe întinderea pânzei vieții lui. Tot ce ai fost, tot ce o să ajungi într-o bună zi, stă în micile, aparent lipsitele de importanță alegeri ale vieții de zi cu zi. Această procesiune aleatorie de decizii începe devreme. Să încerc să intru în Liga Mică, să învăț pentru acest test, să-mi pun această centură de siguranță, să beau această băutură?

Fiecare decizie pare la fel de lipsită de importanță ca o cotitură la stânga pe un drum necunoscut, atunci când nu ai nici o destinație în minte. Dar hotărârile se acumulează până când, într-o bună zi, îți dai seama că te-au făcut omul care ești.

Liam lăsase să fie umbrit de tatăl lui.

Decizie.

Se dusese tocmai până la Harvard, aflase cât de multe căi i se deschideau din punctul în care se găsea... și se întorsese în Last Bend, unde era în siguranță.

Decizie.

Se îndrăgostise de Mikaela și-și clădise întreaga viață pe fundația fragilă a acelei emoții. Știa că iubirea lor nu era echilibrată, dar zi de zi, oră de oră, pe măsură ce viața lor se desfășura într-o serie de momente mai mari și mai mici – zile de naștere, aniversări, vacanțe cu familia, nopți petrecute ghemuiți pe canapea, uitându-se la televizor – se lăsase scufundat în bazinul plin cu drogul dulce al uitării.

Decizie.

În acea zi se confrunta cu o altă hotărâre majoră. Se luptase cu ea încă de când Mikaela clipise pentru prima dată. Nu avea nici o îndoială că hotărârea pe care avea s-o ia urma să stabilească fundamentul viitoarei lor vieţi.

S-a ridicat de la biroul pe care se găsea un teanc de fişe medicale şi de mesaje ce aveau, cu toatele, nevoie de atenţia lui imediată. Nu-i păsa. Nu acum. În loc de asta, şi-a luat jacheta căptuşită cu puf de gâscă, s-a îmbrăcat cu ea şi a ieşit din birou. Chiar în faţa recepţiei, Carol i-a ţâşnit în faţă, ieşind din camera în care se făceau radiografiile, şi s-a ciocnit de el.

– O, doctore! a strigat ea, chicotind.

El a zâmbit. Era primul moment normal de care aveau parte de săptămâni întregi.

– Presupun că ar trebui să fiu fericit că nu duceai mostre de urină.

Chicotelile lui Carol s-au transformat în râs.

– Sau bisturie!

– O să plec mai devreme, a spus Liam.

– Bravo ţie! Soacra ta a sunat acum câteva minute. La şcoală nu a fost curent electric azi, aşa că s-au anulat orele. Ai tăi ţi-au transmis că se duc la iaz, ca să patineze. Dacă vrei, poţi să li te alături.

Carol şi-a împins ochelarii mai sus pe nas şi a mijit din ochi, privindu-l.

Liam s-a încordat, ştiind foarte bine ce urma.

– Cum e? a întrebat Carol.

El spera să nu arate atât de iritat pe cât era.

– La fel.

O, Doamne, ura acele cuvinte! După ce se termina toată povestea asta, avea de gând să nu le mai rostească niciodată. Ca şi în cazul lui „Îmi pare rău!"

– Transmite-i toate cele bune din partea mea.

– Sigur că da, Carol. Mulţumesc.

În timp ce mergea prin sala de aşteptare goală, s-a străduit din răsputeri să zâmbească. Şi-a adus aminte cum Mikaela redecorase acel spațiu mic. „Nu te poți aștepta ca pacienții tăi să stea pe plastic... Și ce e culoarea aia maro de pe pereți – diaree de bebeluș?" Acum sala de așteptare era un amestec vesel de culori primare: pereți galbeni, completați de o pictură murală reprezentând un câmp de floarea-soarelui, scaune tapițate cu stofă albastru-cobalt și un covor berber de un roșu îndrăzneț.

Și-a amintit-o pe Mikaela cocoțată pe o scară, cu fața și cu părul brăzdate de vopsea galbenă, strigând la el: „Hei, pianistule, mâinile tale sunt prea prețioase ca să țină o bidinea?"

Atunci se dusese la ea, o dăduse jos de pe scară și o ținuse în brațe, sărutându-i buzele moi...

A ieșit din cameră.

Scăderea bruscă de temperatură pe care a resimțit-o ieșind din clădire, a fost exact ceea ce-i trebuia lui Liam ca să-și limpezească mintea. S-a uitat la ceasul de mână. Era 1.38.

Dintr-odată, nu a mai vrut să meargă la spital și să stea lângă patul soției lui. Fusese alături de ea timp de trei zile lungi, ținând-o de mână, repetând iar și iar numele lui Julian. Ea nu răspunsese în nici un fel.

Liam și-a ridicat gulerul căptușit cu lână și a apucat-o pe stradă. Era una dintre acele zile umede de iarnă în care cerul împâclit și cenușiu îmbrățișa acoperișurile caselor și îți dădea impresia că ți se încurca în păr. Munții se înălțau deasupra pâclei, iar vârfurile lor acoperite de zăpadă erau greu de distins printre nori.

Liam s-a dus la cafeneaua Bean There, Done That și a comandat o cafea fără cofeină, cu mult lapte. Irma a vorbit cu el despre una și alta, în timp ce laptele se transforma într-o spumă albă, iar apoi nu a vrut să-i ia bani pentru cafea. Nici una dintre pledoariile lingușitoare ale lui Liam nu a reușit s-o facă să accepte banii. Până la urmă, el i-a mulțumit și a plecat.

Cineva ieșise de la Lazy Susan Bake Shop, iar mirosul de scorțișoară a plutit prin ușa deschisă. A fost tentat să cumpere ceva pentru micul dejun de a doua zi, dar gândul că avea să audă iar întrebarea „Ce mai face?" și că trebuia să răspundă „La fel" a fost mai mult decât putea să suporte.

Sunetul râsetelor de copii se ridica în aerul curat, nemişcat, de munte. L-a urmat până la ferma de lame a domnului Robbin. Iazul lui cu broaşte, aşezat confortabil pe un petic plat de păşune, fusese transformat de către Mama Natură într-un frumos şi argintiu patinoar natural. Deja în jurul iazului erau parcate câteva maşini, astfel încât după lăsarea întunericului proprietarii lor să se poată folosi de faruri pentru a arunca raze de lumină pe gheaţă. Dintr-un casetofon se auzea muzică. Garth Brooks cânta „I've Got Friends in Low Places"[1]. Suzie Sunman era aşezată la masa de picnic, încălzind căni cu lapte pe o plită electrică, iar primarul Comfort rumenea hotdogi pe un grătar.

Liam l-a văzut pe Bret. Patina împreună cu o gaşcă de prieteni. Rosa stătea pe una dintre băncile de lângă iaz, de una singură.

Liam şi-a salutat prietenii şi vecinii în timp ce şi-a croit drum prin mulţime, prefăcându-se că nu le observa mirarea că îl vedeau acolo. S-a aşezat lângă Rosa. Fără să spună o vorbă, ea s-a tras într-o parte ca să-i facă loc.

– Tati, tati, uită-te la mine! a strigat Bret fluturându-şi braţele.

Liam şi-a ridicat privirea, iar Bret a început să patineze frenetic cu spatele, până când s-a ciocnit de Sharie Lindley şi au căzut împreună pe jos, râzând.

– Viaţa merge înainte, nu, Rosa? a spus Liam cu glas şoptit, urmărind încercările fiului său de a-şi perfecţiona arta de a patina cu spatele.

În urmă cu un an, acelaşi băieţel abia dacă fusese capabil să patineze cu faţa.

– *Si.*

Liam şi-a încolăcit degetele în jurul paharului de cafea din carton; umezeala fierbinte i-a dat o senzaţie plăcută. Începând să se încălzească, şi-a dat seama că până atunci nu realizase cât de frig îi era. Dar poate că la asta se rezuma întreaga lui experienţă de viaţă.

– Nu e bine, Rosa.

– *Si. Yo se*[2].

---

[1] „Am prieteni rău famaţi"

[2] Ştiu (în limba spaniolă în original)

– Vorbim deja de zile întregi cu ea. Am rostit numele lui Julian de atâtea ori, încât mi-e teamă că o să-l spun din greşeală în timpul cinei. M-am gândit că Bret ar fi putut să fie cheia problemei, dar a fost la ea în fiecare zi, după şcoală, şi... nimic.

– Poate că are nevoie de încă puţin timp.

– Timpul nu e prietenul ei acum. Starea i se degradează. La naiba, o văd cum dispare între acele aşternuturi cenuşii. Mi-am sondat sufletul şi mi-am dat seama că nu există decât o singură hotărâre care pare potrivită. Cred...

Pagerul i-a sunat, ţârâind de la locul lui, de pe curea. Liam i-a aruncat Rosei o privire febrilă şi îngrijorată, iar apoi a apucat şi a scos micul obiect negru.

Era un mesaj urgent de la Stephen Penn. 911 – codul pentru apeluri de urgenţă.

– O, Doamne, e vorba de Mike!

Rosa i-a aruncat cheile.

– Ia maşina mea. E chiar acolo.

Liam a apucat cheile.

– Maşina mea e în parcarea cabinetului. Cheile sunt sub parasolar. Ia-i pe Bret şi pe Jacey şi haideţi la spital. Asta ar putea fi...

– Venim chiar în urma ta.

– Stop cardiac.

Liam s-a prăbuşit pe scaunul lui. Abia dacă avea puterea de a-şi ridica bărbia.

Stephen nu şi-a ferit privirea.

– Nu ştiu ce să-ţi spun, Liam. Inima ei pur şi simplu s-a oprit. Am repornit-o imediat, dar asta ar putea fi un semn. S-ar putea ca trupul ei să cedeze. Cred... cred că trebuie să te pregăteşti şi să-i pregăteşti şi pe copii pentru sfârşit.

Sfârşitul. Liam îşi dorise să nu fi spus niciodată asta vreunui pacient al lui, dar o făcuse, de bună seamă.

Stephen a oftat.

– Vreme de câteva zile, a părut că situaţia se îmbunătăţea.

Liam ştia că Stephen se gândea la propria soţie, care probabil că acum era acasă şi făcea oameni de zăpadă împreună cu cei mici.

Putea citi în ochii prietenului său revelația îngrozitoare a ceea ce ar fi însemnat s-o piardă pe femeia pe care o iubea.

– Cum îi spui unui copil de nouă ani că a venit momentul să-și ia adio de la mămica lui? Iar dacă nu-i spui – cum, pentru numele Domnului, îi spui a doua zi că e prea târziu ca să mai spună ceva?

– O, Doamne, Lee!

Stephen s-a aplecat și și-a sprijinit antebrațele de birou.

Liam își dădea seama că Stephen căuta cuvinte care să aline cu adevărat, nu platitudinile obișnuite în astfel de situații. A văzut și că lui Stephen nu-i venise, până la urmă, nici o idee. Bineînțeles că nu avea ce să spună. Acum era vremea credinței, a lui Dumnezeu și a religiei; știința era neputincioasă în mod iremediabil.

Înainte ca Stephen să poată să spună ceva, Liam s-a ridicat în picioare și a părăsit biroul.

Coridorul era prea luminat, iar acea lumină îi înțepa lui Liam ochii acoperiți de o pojghiță de lacrimi. În sala de așteptare, Jacey stătea la fereastră, cu Mark alături. Rosa ședea pe marginea canapelei. Bret, îmbrăcat în continuare cu jacheta de patinaj și cu salopeta Gore-Tex, era lipit de peretele de lângă televizor. Obrăjorii îi erau ca niște mere roșii. Din șuvițele înghețate ale bretonului îi picura apa, care apoi cădea în stropi pe nasul cârn.

Văzându-l pe Liam, Jacey a dat drumul mâinii lui Mark și a făcut un pas precaut către el.

– Tati!

Nu le putea spune. Cel puțin nu acolo, nu sub razele reci de lumină fluorescentă. S-a hotărât să le spună copiilor adevărul a doua zi. Poate că avea să se întâmple un miracol între acel moment și ziua următoare. Iar dacă Mikaela nu ar fi supraviețuit nopții... el ar fi trebuit să sufere consecințele hotărârii pe care o luase.

Asta ar fi devenit o altă decizie între cele care îi modelaseră limitele sufletești.

Liam a spus, fără să se uite la Rosa:

– Este bine. Mama este bine. A avut o mică problemă cu inima, asta-i tot. A sărit peste câteva bătăi, dar totul e în ordine acum.

– Pot s-o văd? a întrebat Jacey.

– Sigur că da, dar numai un minut sau două. Ironia sorții face ca ea să trebuiască să se odihnească.

Jacey a dat din cap și s-a îndreptat spre ușă. Atunci când a trecut pe lângă Liam, el s-a întins și a apucat-o de încheietură. Jacey s-a oprit și s-a întors către el.

– Nu arată prea bine, scumpo.

Jacey a pălit.

– Bine, tată. Mă întorc în câteva minute.

Liam s-a forțat să zâmbească și a lăsat-o să plece. Ce altceva ar fi putut face? Era suficient de mare ca să-și găsească singură drumul pe acea cale a disperării.

Bret s-a uitat la el. O picătură de apă i-a alunecat pe obraz și i-a aterizat pe jacheta bleumarin de schi. Gura îi tremura, nesigură, iar lacrimile i-au inundat ochii.

– Este bine?

Liam a atins obrazul rece al fiului său.

– Nu, iubitule, nu e.

S-a luptat cu tentația de a spune „Nu încă", dar nu putea oferi speranță ca pe bomboane. Era prea târziu pentru asta.

Bret a dat cu spatele până când s-a lovit de perete.

– Nu vreau s-o văd acum. Nu... așa.

Liam și-a dat seama că nu știa ce să facă.

– Salut, Bretster, a spus Mark, apropiindu-se de el. Ți-am promis să-ți cumpăr un suc de portocale și niște ursuleți gumați. Ce-ai zice să facem asta acum?

Pe fața lui Bret s-a așternut un zâmbet de ușurare.

– Ar fi grozav. Pot, tată?

Liam s-a simțit ca un laș fiindcă alegea calea ușoară, dar a dat din cap în semn de încuviințare. Nu avea nici un rost să pretindă că nu era ușurat. S-a ridicat în picioare, a băgat mâna în buzunar și a scos două bancnote de un dolar.

– Poftim, dar să nu lipsiți mult. Trebuie să mergem acasă.

Bret a înhățat banii și i-a strâns în pumn.

– Bine.

Apoi l-a urmat pe Mark și amândoi au ieșit din sală.

În sfârşit, Liam s-a întors către Rosa. După privirea îngrijorată a ochilor ei negri, şi-a dat seama că ea aşteptase acel moment. Stătea ţeapănă ca un stâlp de gard, cu genunchii strânşi unul lângă celălalt şi cu mâinile făcute ghem în poală.

– Este rău, *si*?

Liam s-a aşezat alături de ea pe canapea dură, îmbrăcată în vinilin. Genunchii îndoiţi i s-au lovit de măsuţa de cafea Formica. Un număr vechi al revistei *People*, cu colţurile îndoite, a alunecat, desfăcut, pe podea. Liam a făcut o pauză, încercând să-şi exprime gândurile în cuvinte. Până la urmă, a spus, simplu:

– I s-a oprit inima.

Rosa a tras scurt aer în piept şi şi-a făcut cruce.

– *Dios mio!*

– Au resuscitat-o cu uşurinţă – şi repede, ceea ce e important...

– Trebuie să existe ceva ce poate fi făcut. Un medicament...

Liam i-a zâmbit trist.

– Ai încredere în medicină, Rosa?

Ea nu a putut zâmbi.

– Ce ne facem?

El ştiuse că aveau să se întoarcă la acea întrebare, care era, de fapt, începutul.

– Singurul moment de speranţă în toată nenorocirea asta a apărut atunci când am rostit numele lui Julian.

Era surprins că vocea îi suna atât de normal.

– *Si*. Poate a fost o coincidenţă.

– O dată, poate. De două ori – în nici un caz. Plânsul a fost o reacţie. Sunt sigur de asta.

– Dar i-am rostit numele de multe ori. I-am spus de atâtea ori Mikaelei povestea căsătoriei cu acel bărbat, că aş putea s-o repet şi în somn. Chiar şi aşa, *nada*.

Liam a oftat. Acelea fuseseră dilemele care îl ţinuseră treaz noaptea şi îl făcuseră să se zvârcolească fără somn în patul lui pustiu. Îl urmăriseră şi după răsăritul soarelui, chinuindu-l întreaga zi.

Măsura unui om. La asta se reducea totul. Cel puţin asta era fundătura de la capătul gândurilor lui.

– Va trebui să încercăm altceva, Rosa. Ceva mai extrem. Ea nu reacţionează la vocile noastre. Şi nu cred că mai avem prea mult timp la dispoziţie.

A simţit cum Rosa s-a întors către el, dar nu a privit-o. S-a uitat, în schimb, la mâinile lui, care se odihneau în poală, la mica verigă de aur pe care o purtase vreme de zece ani.

– La ce te gândeşti? a întrebat ea.

Liam i-a auzit îngrijorarea din voce, a băgat de seamă mica pauză de la mijlocul propoziţiei şi şi-a dat seama că ea ştia ce avea de gând să spună.

– O să-l sun pe Julian True şi o să-l rog să vină s-o vadă. Şi să îi vorbească.

Rosa a icnit.

– Nu poţi să faci aşa ceva!

În sfârşit, s-a întors spre ea. Rosa avea obrajii albi ca foaia de hârtie; ochii ei negri arătau ca nişte găuri arse în acea bucată de hârtie.

– Ştii că nu am de ales.

Rosa a râs. Era un sunet fragil, precum cel al unui vechi ornament de Crăciun, de sticlă, care se spărgea.

– Este... periculos.

– Crezi că a fost violent fizic cu ea?

– Nu, nu. Bineînţeles că nu. Pericolul stă în cât de mult îl iubeşte – l-a iubit.

Liam s-a prefăcut că nu a fost rănit de greşeala ei.

– Crezi că el o mai iubeşte?

– Cred că n-a iubit-o niciodată. S-a întors cu faţa la Liam. Nu trebuie să faci asta. Dumnezeu o va trezi pe Mikaela, dacă ăsta e planul Lui. Tu trebuie să ai grijă de *su familia*. Acel bărbat ar putea distruge totul. Mikaela a ales cu mult timp în urmă. Nu trebuie să faci asta, Liam.

El s-a întrebat dacă Rosa îşi dădea seama că îi spusese pe nume. În mod ciudat, acea mică dovadă de intimitate l-a alinat mai mult decât ar fi putut să-l aline vreo atingere plină de compasiune.

– Noi doi, Rosa, nu suntem nişte copii. Ştim cât de uşor este să greşeşti. În acest moment văd lucrurile mai clar decât le-am văzut în toţi cei cincizeci de ani pe care i-am trăit. Pot să-l sun pe Julian și să-i ofer soției mele o șansă la viață. Sau pot să nu-l sun pe Julian și să știu că mi-a fost atât de frică să nu pierd iubirea Mikaelei, încât am lăsat-o să moară.

Ochii Rosei s-au umplut de lacrimi.

– Nu aş putea să mă privesc în oglindă şi nu mi-aş putea privi copiii în ochi, a adăugat el, dacă aş lăsa frica să mă oprească din a face ceea ce trebuie. O să-l sun pe Julian True. În fața de pernă există o hârtie pe care e notat un număr de telefon al agentului lui.

Rosa și-a pus mâinile peste mâinile lui Liam.

– Mă întreb dacă știe, a spus ea în șoaptă, privindu-l cu ochii plini de lacrimi. Oare Mikita mea știe ce norocoasă este să te aibă?

Liam știa că nu ar fi trebuit să întrebe, dar nu s-a putut abține.

– M-a iubit, Rosa?

Ea l-a strâns de mâini.

– Bineînțeles.

– La fel ca pe el?

Rosa a făcut o pauză și, în acea ezitare de o fracțiune de secundă, Liam a văzut adevărul sfâșietor.

– *Si*, a răspuns ea prea repede, cu un zâmbet prea luminos pe față.

Liam a oftat.

– Atunci, presupun că nu avem pentru ce să ne facem griji.

PARTEA A TREIA

Soarta iubirii este ca întotdeauna să pară
prea multă sau prea puțină.

AMELIA BARR, *THE BELLE OF BOWLING GREEN*

Capitolul 12

Beverly Hills. Două cuvinte, fiecare nu suficient de remarcabil de unul singur, dar care, precum șampania și caviarul, se combinau perfect pentru a forma definiția supremă a vieții trăite în lux. În acea enclavă discretă din Los Angeles, totul era legat de fantezie; praful de stele ce plutea dinspre învecinatul Hollywood poleia până și lucrurile cele mai banale. Imaginile din Beverly Hills erau faimoase în toată lumea: hoteluri roz, cu telefoane lângă piscină, parcare cu valet la oficiul poștal, mese la restaurante la care nu se puteau face rezervări pentru nici o sumă de bani – ei, dar o șoaptă despre faimă îți aducea instantaneu un loc. Era un oraș în care numele de familie nu erau necesare atunci când venea vorba despre puținii aleși ai sorții. Harrison. Goldie. Brad. Julian.

Chiar și în perfecțiunea rarefiată a acelui oraș mai fasonat, mai aranjat și mai seducător decât toate celelalte, Julian True era special. Nu era numai un star, ci un superstar, o cometă ce nu dădea nici un semn că urma să ardă și să se epuizeze.

Venise la Hollywood la fel ca mii de alți bărbați înaintea lui, cu nimic mai mult decât un chip frumos și un vis. Își dorise să fie cineva important și știuse că asta avea să se întâmple. Întotdeauna obținuse cu ușurință ceea ce-și dorise – atenție, femei, invitații, totul – și luase lucrurile ușor.

În acea zi era în al nouălea cer. Ăsta era lucrul pe care îl iubea cel mai mult la faimă. Îți dădea aripi. A luat piciorul de pe accelerație.

Ferrari-ul a răspuns imediat, încetinind. Julian a oprit în faţa unui restaurant la modă. Înainte de a atinge mânerul portierei, un valet deja apăruse lângă maşină.

– Bună ziua, domnule True, a spus băiatul, fără îndoială, un actor.

Julian i-a aruncat un zâmbet.

– Mulţumesc, băiete.

Fără să se uite în spate, s-a îndreptat spre uşa restaurantului, care, la sosirea lui, a fost deschisă de asemenea automat.

– Bună ziua, domnule True.

Şeful de sală era deja acolo, zâmbind larg.

– Bună ziua, domnule True. Ea este deja la masa dumneavoastră.

– Mulţumesc, Jean Paul. După ce vine nota, adaugă câte cincizeci de dolari pentru valet şi portar şi o sută pentru tine. Revista *People* îşi permite.

– Mersi.

Julian l-a urmat pe Jean Paul spre masă. Ştia că întârziase, nu că ar fi avut vreo importanţă. Oamenii – mai ales reporterii – erau obişnuiţi să-l aştepte.

A făcut o pauză uitându-se în jur, căutând feţe faimoase, agenţi puternici, directori de studio.

Din păcate, chiar atunci era nenorocitul de interval de la mijlocul zilei: după prânz, dar cu mult înainte de cină. Locul era aproape gol.

Păcat.

Avea chef de puţină linguşeală. La naiba, o merita! Vizionarea din acea zi a noului său film, *The Bad Boys of C Company*, decursese mai bine decât sperase. Mai bine decât sperase oricine. Julian îşi meritase cele douăzeci de milioane pe care le câştigase. Îi oferise studioului un succes sigur.

Un succes. Două dintre cele mai dulci cuvinte cu putinţă.

A văzut-o pe reportera revistei *People* – o femeie (foarte bine!) aşezată la cea mai bună masă din restaurant. În mod evident, ea îi spusese şefului de sală că venise să se întâlnească acolo cu Julian.

El a traversat restaurantul cu paşi degajaţi, auzind cele câteva şoapte răzleţe de recunoaştere. Odată ajuns la masă, s-a oprit.

– Salut, Sara Sandler!

Sarei i s-a tăiat respirația, apoi i-a pornit din nou, în aceeași clipă, la fel ca a unui nou-născut. S-a îmbujorat.

– Bună ziua, domnule True, a răspuns ea, în timp ce se străduia în mod evident să se adune.

Și-a dat după ureche câteva șuvițe rebele și și-a rearanjat ochelarii.

– Vă mulțumesc pentru întâlnire.

El i-a aruncat Zâmbetul.

– Spune-mi Julian, a rugat-o, așezându-se pe scaunul din fața ei.

A întins în față un picior, proptindu-și bocancul pe canapeaua de lângă șoldul ei. Și-a trecut o mână prin părul lung până la umeri și și-a aprins o țigară, privind-o prin ceața fumului.

– Deci, Sara, ce moare să știe America despre mine?

– T... te deranjează dacă înregistrez?

El a râs.

– Sigur că nu, scumpo. Dar aș aprecia dacă nu ai spune nimic despre fumat. Înainte, fumătorii erau considerați sexy și periculoși, dar în puritanii ani '90 părem doar proști. Ca și cum nu am avea autocontrolul să renunțăm la un obicei care a omorât milioane de oameni.

Zâmbetul pe care i l-a aruncat a fost lent și intim, menit să dezarmeze. Învățase de mult timp cum să agațe și să atragă în mrejele lui o femeie. Acum îi venea la fel de ușor ca respiratul.

– Ai apucat să vezi *Boys*?

– A fost minunat.

Ea s-a aplecat în față, cu onestitatea unei școlărițe.

– Vai, mulțumesc! Asta înseamnă mult pentru mine.

Sara s-a străduit să-și înăbușe un zâmbet și a băgat mâna în servietă, de unde a scos niște foi de hârtie, o agendă și un pix. Apoi a inspirat profund și s-a uitat la el.

– Deci, când ai știut că vrei să devii actor?

El a râs ușor. Era o întrebare familiară, una la care răspundea tot timpul. Interviul acela avea să fie foarte ușor. S-a aplecat spre ea și i-a aruncat o privire conspirativă.

– O să-ți spun un secret, Sara. Nu mi-am dorit niciodată să fiu actor. „A juca“ este un verb. Asta implică muncă. Actorii își petrec cea mai mare parte a timpului pândind pe Broadway, deprinzându-și arta și mâncând macaroane cu brânză din cutii cumpărate de la magazin. Dar un star de cinema... S-a lăsat înapoi pe spătarul scaunului, uitându-se la ea ca și cum ar fi fost cea mai frumoasă femeie din lume. A, ei, bine, asta este cu totul altceva. Reușită nesperată. Faima e drogul cel mai puternic din lume. Toți oamenii vor să-ți fie prieteni. Asta am vrut să fiu. Am știut-o atunci când am văzut prima dată cum era tratat un star de cinema.

Ei nu a părut să-i placă răspunsul.

– Dar ești un actor foarte bun. Așa spun toți criticii de cinema.

Julian a tăcut preț de un minut, a tras un fum lung din țigară, iar apoi a expirat lent.

– Știu ce sunt, dragă, și nu sunt actor. Dar ești al naibii de drăguță să spui asta.

Ea și-a privit notițele.

– Julian True este numele tău adevărat?

Altă întrebare cu care era obișnuit. I-a mai aruncat reporterei un zâmbet de Hollywood.

– Nimic din ceea ce vezi pe ecranul de cinema nu este real, Sara, a spus el cu glas scăzut, rostindu-i din nou numele, pentru a o seduce. Și, în același timp, este la fel de real precum viața însăși. Tot ce sunt, tot ce am fost vreodată, se vede acolo, în Technicolor, într-o imagine de doisprezece metri lățime. Nimic din ceea ce s-a întâmplat înainte nu contează.

– Este un mod frumos de a spune „Fără comentarii!"

– Este?

Ea a scris ceva, iar apoi s-a uitat din nou la el.

– Cum rămâne cu dragostea? Ea contează?

– Am fost însurat de patru ori. Aș spune că pentru mine contează.

– Și ai divorțat tot de patru ori, a răspuns ea, susținându-i privirea.

Întrebarea s-a scurs de pe el precum apa călduță.

– Sunt un romantic incurabil, presupun. Doar că nu am găsit femeia potrivită. Poate că ea o să citească articolul ăsta. Iar acum, ce zici să vorbim despre filmul meu? Putem să revenim la toate acele aspecte personale mai târziu... la un pahar, poate?

A zâmbit, știind că mai târziu nu avea să se întâmple nimic, nu avea să fie nici un cocktail. Adevărul era că nu avea multe de spus despre viața adevărată. Nu asta era lumea în care trăia el.

***

Julian a micşorat viteza pe o stradă cu locuinţe, pe unde mergea mult prea repede. Pe când se apropia de intrarea impozantă a cartierului Bel Air, a văzut un cuplu care stătea la marginea drumului.

Femeia a icnit, arătând cu degetul.

– O, Doamne, Sidney, este...

Julian i-a zâmbit femeii în stilul lui caracteristic, apoi a apăsat acceleraţia, urmând traficul şerpuit şi aglomerat care ducea spre Century City. Acolo a oprit în faţa unui zgârie-nori impozant, pe un loc de parcare cu plată.

Un portar a ieşit în grabă şi i-a ţinut uşa deschisă.

– Bună seara, domnule True.

Julian şi-a pipăit buzunarul şi a descoperit că era gol. La naiba! Era atât de obişnuit ca alţii să-i achite nota de plată, încât în mod obişnuit îşi lăsa portofelul acasă.

– Nu am bani la mine, băiete. O să-i spun lui Val să-ţi dea bacşiş, bine?

– Si... sigur, domnule True... Şi mulţumesc!

Julian l-a urmat pe portar în vestibulul placat cu marmură, până la lift.

Uşile liftului s-au deschis atunci când cabina a ajuns la ultimul etaj. Agentul lui Julian, Val Lightner, stătea într-o postură degajată în faţa uşilor deschise ale apartamentului său.

Fără îndoială că îşi aştepta cel mai faimos dintre clienţi ca să deschidă o şampanie împreună.

– Hei, Juli, a spus Val, ridicând paharul de martini într-un salut care i-a deranjat echilibrul precar. S-a sprijinit de tocul uşii. Cum a mers interviul? Am auzit că ţi-au trimis o copiliţă care nu a putut vorbi timp de o oră după ce s-a întors la birou.

Julian a rânjit.

– Cred că vrea să-mi poarte copiii.

– Telefoanele au sunat fără încetare după vizionare. Dacă ai fi mai fierbinte decât eşti, ai avea nevoie de lenjerie din azbest.

Julian şi Val fuseseră prieteni dintotdeauna; erau făuriţi din acelaşi material. Val îşi câştigase reputaţia în domeniu cu mult timp în urmă, cu ajutorul faimosului Angel DeMarco, un actor care fusese numit ani de zile „un Robert De Niro tânăr“ și care, la apogeul carierei, abandonase totul, creând în lipsă o legendă mai măreață decât orice ar fi putut obține apărând pe ecran. Val mânuise puterea lui Angel DeMarco ca să creeze o carieră internațională pentru Julian.

Val a rânjit leneș în timp ce și-a îndepărtat de pe față o șuviță lungă, de culoarea mătăsii de porumb.

– Intră, superstarule! Avem o puicuță cu numele tău scris pe frunte.

Julian l-a urmat pe Val în apartament, unde o petrecere zgomotoasă era în plină desfășurare. Staruri de cinema se amestecau cu aspiranții la faimă; îi deosebeai din expresia feței. Starurile aveau un aer stăpân pe sine; aspiranții păreau disperați, hămesiți, ca și cum s-ar fi aflat la un banchet unde nu aveau să fie niciodată serviți.

Locul era decorat cu bunul-gust al unei case a vreunei frății studențești. Nu existau tablouri, bibelouri, covoare. Val cumpărase apartamentul, alesese câteva obiecte de mobilier pe care se putea ședea, și îl numise „casă“. Pe de altă parte, Val nu avea nevoie de ornamente. În acel oraș, eșecul de a face ceea ce ți-ai fi putut permite cu ușurință avea un farmec aparte.

– Am nevoie de o băutură, a spus Julian fără să i se adreseze cuiva anume.

În câteva secunde, cineva i-a înmânat o băutură. Nu conta ce era în pahar, atât timp cât era alcool tare. Julian a dat paharul peste cap și a pătruns în cameră. Știa că toți ochii erau ațintiți asupra lui. Bărbații își doreau să fie el, femeile își doreau să fie cu el. Și de ce nu? Era la apogeu. Nu exista nici un parfum precum succesul. S-a mișcat prin mulțime, râzând, vorbind, căutând în mod constant cu privirea prin cameră.

A văzut, pe canapeaua din camera de zi, o blondă superbă, îmbrăcată într-o rochie albă, aproape invizibilă. Perfect. S-a apropiat și s-a așezat lângă ea.

Mâna i-a alunecat în mod familiar pe lângă coapsa ei. Și, la naiba, a fost o senzație plăcută.

– Salutare, scumpo. Ești cea mai frumoasă femeie de aici, dar presupun că știi asta.

Ea a chicotit, iar atunci când s-a mișcat, sânii ei ca două grepfruturi – cei mai buni care se puteau cumpăra de pe piața chirurgiei plastice – au amenințat să iasă din decolteul adânc.

– Sunt Margot, a tors ea. Margot LaMere. Îți place numele? Val mi l-a inventat. A adulmecat și și-a frecat vârful roz al nasului, iar apoi s-a aplecat și și-a luat băutura atât de repede, încât lichidul de culoarea chihlimbarului a sărit peste buza paharului și a stropit-o pe rochie. Am avut niște cronici fabuloase la spectacolul meu de la liceu, *Our Town*.

Julian a simțit o neașteptată – și nedorită – milă pentru fată. Erau atât de multe femei ca ea în Los Angeles.

Când s-a uitat mai de aproape, a văzut că nu era chiar atât de drăguță. Părul îi fusese decolorat de atât de multe ori, încât arăta ca un mănunchi de paie, și mai era și periculos de slabă. Clavicula îi ieșea mult în afară pe sub pielea bronzată și trasă. Și, sub zeci de straturi de rimel, ochii ei căprui mărturiseau o disperare de-o viață. În fiecare zi veneau la Hollywood fete ca ea, fluturi în căutarea florii aurii a faimei. În câțiva ani, probabil că avea să fie distrusă, singură și dependentă de droguri sintetice.

Nu era genul de realitate la care lui Julian să-i placă să se gândească. Și-a tras mâna în spate și a sărit în picioare.

– Mă întorc imediat, păpușă.

Ea a oftat și, după greutatea cu care respira, Julian și-a dat seama că înțelesese: el nu avea să mai vină înapoi.

S-a întors cu spatele la ea și și-a croit drum prin mulțime, trecând pe lângă un cuplu care făcea sex pe coridor.

L-a găsit pe Val în dormitor, trăgând pe nas o liniuță de cocaină de pe masa de lângă pat. Lângă el era o femeie care nu purta nimic altceva decât o pereche de chiloței roșii de dantelă.

Când s-a întors cu fața, Val i-a aruncat un rânjet somnoros.

– Hei, Jules, salut-o pe May Sharona. Voia să-ți vorbească despre un rol în... A luat unul dintre sânii ei perfecți în mână. De ce film erai interesată, păpușă?

Acum femeia vorbea. Julian îi vedea buzele rujate mișcându-se, dar nu asculta. Auzise toate astea înainte.

– Mă duc la altă petrecere, a spus el. Asta e moartă.

Julian și-a dat seama o secundă prea târziu că ignorase cu desăvârșire toată litania aceea în care femeia vorbise despre visurile ei.

Val nu a părut să observe că May Sharona – ce mai nume! – se făcuse roșie la față ca o pătlăgică și părea să aibă nevoie de aer. S-a aplecat spre ea și a întrebat:

– Ce s-a-ntâmplat? Mai am coca în baie.

– Nu, mulțumesc.

– Nu? Chiar nu vrei?

Val s-a desprins de femeie și a luat paharul de martini de pe noptieră. S-a mișcat, nesigur, prin încăpere. Petrecându-și un braț în jurul lui Julian, a rămas atârnat de acesta din urmă, legănându-se și zâmbind printr-o șuviță de păr blond.

– Hei, înainte să pleci, am un mesaj pentru tine. Un doctor. A spus că trebuie să vorbiți despre Mikaela Luna. Ce zici de răbufnirea asta a trecutului?

A dus paharul de martini la gură și a băut.

– Glumești?

– Nu.

Val s-a încruntat, ca și cum ar fi uitat deja despre ce vorbeau.

– Un doctor! O, Doamne, este rănită?

– Nu'ș. Doctorul ăla voia să-l suni.

Julian a simțit o fluturare ciudată în piept. Kayla. Dintre toate femeile pe care le cunoscuse, pe ea o iubise cel mai mult.

– Unde e numărul?

Val a dat din mână și aproape că s-a prăbușit pe jos.

– I-am spus lui Susan să-l lase pe robotul telefonic.

– Mulțumesc, a răspuns Julian, distras de un atac brusc de amintiri.

Prima lui iubire. Kayla. Trecuse atât de mult timp de când nu mai auzise nimic despre ea, încât aproape că uitase că exista. Aproape.

Val s-a dezlipit de Julian și a apucat-o spre pat, prăbușindu-se grămadă într-un capăt.

– Chiar că ar fi o chestie s-o găsești. Dispăruta doamnă True! Presa a iubit-o. A făcut o pauză și s-a uitat, cu ochii încețoșați, la Julian. Și tu la fel.

***

Odată ajuns la intrarea locuinței lui, Julian a vorbit într-un mic interfon negru. Porțile cu ornamente sofisticate s-au deschis imediat, dând la iveală o alee scurtă, ce ducea către un bungalou spaniol care se desfășura pe orizontală. Cel puțin, așa îl definise proiectantul. Aici ar fi putut locui cinci familii. Chiar și așa, în inima pădurii, era un bungalou.

Julian locuise acolo zece ani, doi dintre ei cu Priscilla-din-Deșert, patru cu Dorothea-Scorpia și unul cu Anastasia. Nici unul alături de Kayla.

Nici una dintre soțiile lui nu adăugase nimic interiorului, vreo fotografie, vreo veioză sau vreun tablou. Fiecare venise acolo fără nimic, nu adăugase nimic și plecase cu câteva milioane de dolari din banii lui Julian. El presupunea că ăsta era un indiciu al problemei lui: îi păsa mai mult de acel cămin decât de femeile cu care se însurase și pe care le adusese să locuiască acolo.

Nu, nu era complet adevărat. Acela nu era un cămin. Era o casă pe care el și-ar fi dorit-o să fie un cămin. Julian nu avusese niciodată timp pentru un cămin.

A pășit pe aleea construită din lespezi și mărginită de copaci stufoși ca niște tufe, plantați în ghivece de teracotă. Chiar și în acel anotimp liniștit al anului, ei emanau un iz delicat, de citrice. Lumina reflectoarelor de pe proprietate proiecta pe cărare un păienjeniș de umbre aurii. O cascadă de bougainvillea roz, care înflorea târziu în an, se boltea deasupra intrării principale. Aleea era luminată de nenumărate lanterne de ceramică în stil japonez.

Ușa s-a deschis, iar menajera lui Julian, Teresa, s-a ivit în prag. Ca de obicei, uniforma îi era albă și apretată ca o velă nou-nouță și nici un fir de păr cărunt nu-i era în neorânduială.

– *Buenas noches, señor* True. Cum a fost filmul?

Julian era prea distras ca să zâmbească.

– Alt succes.

Încruntându-se, a trecut de Teresa și a intrat în casa spațioasă și răcoroasă. Era un loc al contrastelor puternice – pereți albi, decorați cu stuc şi cu lemn de nuc aproape negru, scaune supradimensionate, tapiţate cu serj alb, şi mese de lemn masiv, sculptate. Pardoseala era placată în întregime cu plăci de teracotă uriaşe, pătrate sau rectangulare, care permiteau să fii neglijent cu băutura şi cu mâncarea.

Julian a intrat în bucătăria imaculată, a turnat două shoturi de tequila într-un pahar Waterford şi le-a dat peste cap, fără să se deranjeze să le combine cu sare sau cu lămâie. Punându-şi sticla sub braţ, a început căutarea. Undeva în casă trebuia să fie o fotografie a Kaylei. A mers din cameră în cameră şi a ridicat fiecare poză, până când a găsit ceea ce căuta. Acolo, în camera de muzică, exilată pe un raft aşezat la o înălţime prea mare ca să ajungi uşor la el, Julian a găsit o fotografie înrămată a Kaylei.

S-a lăsat încet în genunchi pe covorul Aubusson gros, uitându-se la fotografie. Era poza lor de nuntă.

Lui Julian nu i se mai făcuse de mulţi ani o asemenea poză. Acum ştia că era frumos – arăta mai bine la patruzeci de ani decât arătase la douăzeci şi patru –, dar în instantaneul acela era vorba de mai mult de-atât. Şi-a dat seama, şocat, despre ce era vorba: onestitate. Acolo, în acea fotografie, era surprinsă ultima licărire adevărată a bărbatului care-şi dorise Julian la un moment dat să fie.

A închis ochii, amintindu-şi-o. În luna de miere fuseseră pe un iaht, în Caraibe.

– Spune-mi numele tău adevărat, îi şoptise ea, zâmbind.

Julian îi întorsese zâmbetul, dar era cel hollywoodian, iar el ştiuse că asta o rănise.

– Nu, nu spun asta nimănui.

– O s-o faci. La un moment dat... când o să fii pregătit.

El îi atinsese faţa şi îi îndepărtase şuviţele care îi căzuseră peste ea.

– Băiatul ăla e mort, Kay. Nu se mai întoarce. Îmi place să fiu Julian True. Ăsta trebuie să fiu eu pentru tine.

– Nu înţelegi, Jules? Ai putea fi oricine, oriunde, şi tot te-aş iubi până la moarte.

Acum Julian a deschis ochii şi a privit fotografia.

Ea îl iubise aşa cum nu îl mai iubise nimeni vreodată, până atunci sau după aceea. Îl iubise pe el, nu imaginea bidimensională, de celuloid, a unui bărbat care se numea Julian True. Kayla spusese deseori că, atunci când Julian se tăia, sângera ea. Până și în amurgul încețoșat al unei vieți deja trăite pe jumătate și cincisprezece ani mai târziu, el știa că acea convingere a Kaylei era corectă. Ea îl iubise.

Capitolul 13

Liam şedea la biroul lui. Nu s-a deranjat să aprindă luminile, sau să uşureze tăcerea ascultând muzică de pe vreunul dintre CD-urile stivuite în spatele combinei muzicale.

A sunat interfonul. Vocea monotonă a lui Carol s-a auzit din cutiuţa neagră:

– Doctore? Sunteţi acolo?

El a apăsat pe buton.

– Sunt aici, Carol. Poţi pleca acasă. Am terminat pe ziua de azi.

– Nu o să credeţi una ca asta, doctore. Vă caută la telefon un ins care spune că este Julian True.

Liam a simţit că i-a stat inima în loc.

– O să preiau apelul.

– Credeţi că este adevăratul...

– Transferă-l, Carol, şi du-te acasă. Am terminat pe ziua de azi.

– Da, doctore.

Luminiţa roşie a liniei unu a început să clipească. Liam a tras aer adânc în piept, a apăsat pe buton şi a ridicat receptorul.

– Doctorul Campbell la telefon.

La celălalt capăt a fost o pauză, iar apoi s-a auzit:

– Sunteţi doctorul Liam Campbell?

Chiar şi trecută prin filtrul impersonal al liniilor telefonice, Liam tot ar fi recunoscut vocea.

– La telefon.

– Sunt Julian True. Ați lăsat un mesaj la agentul meu, Val Lightner, despre Mikaela Luna...

– A fost rănită.

– O, Doamne! Cât de rău?

– Este în comă.

A urmat o altă pauză. Liam și-a dat seama că Julian vorbea de la telefonul din mașină.

– Comă! O, Doamne... Ce pot să fac? O să plătesc facturile pentru spital și pentru cei mai buni doctori din țară – nu vreau să spun că dumneavoastră nu sunteți bun, doctore Campbell, dar...

– Nu are nevoie de banii dumneavoastră, domnule True. V-am sunat pentru că... ei bine, are un fel de reacție atunci când aude numele dumneavoastră. Eu... noi ne-am gândit că dacă ar auzi vocea dumneavoastră...

– Credeți că se va trezi pentru mine?

Liam nu era pregătit pentru durerea pe care i-a provocat-o acea simplă întrebare.

– Credem că există o șansă.

– Am un interviu în această după-amiază, dar pot veni mâine. Unde se află ea?

– La Centrul Medical Ian Campbell din Last Bend, Washington. Cam la nouăzeci de kilometri est de Bellingham.

– OK, o pun pe Antoinette să facă aranjamentele pentru călătorie.

– De îndată ce ajungeți la centrul medical, întrebați de mine. Mă găsiți în cabinetul meu.

– Bine.

Liam a așteptat ca Julian să încheie conversația, dar el rămăsese pe fir, respirând, fără să spună nimic. Până la urmă, Liam a rupt tăcerea:

– Mai este ceva?

– Da. Aaa... cum arată? Adică, am nevoie să mă pregătesc.

Iată o întrebare perfect umană, nu era nimic greșit în ea, așa că de ce a simțit Liam un brusc acces de furie? Răspunsul lui abia s-a auzit printre zgomotele de pe fir:

– Este la fel de frumoasă precum, probabil, v-o amintiți.

***

Biroul lui Val era un spaţiu uriaş, înghesuit în colţul nord-estic al unui zgârie-nori de pe Wilshire Boulevard. Colţul era placat cu geamuri mari de sticlă, surprinzând o panoramă a celorlalte clădiri. Mai jos de ele plutea un strat subţire de smog cafeniu.

Câteva scaune lucioase erau adunate în jurul unei măsuţe de cafea confecţionate din sticlă. Pereţii erau înfrumuseţaţi de afişe ale unor filme şi de anunţuri ale unor spectacole de teatru, fiecare dintre ele reprezentând câte un client. Un televizor uriaş, flancat de cincisprezece ecrane mai mici, domina un colţ. Acum pe fiecare ecran rula câte un clip muzical.

Biroul lui Val era o bucată rectangulară, imensă, de sticlă verde. Val stătea trântit pe scaunul lui, ţinându-şi capul în mâini.

Julian nu avea nevoie să i se spună să vorbească încet. De-a lungul anilor, fusese cu Val la suficiente petreceri ca să ştie când anume cel mai bun prieten al lui suferea de o mahmureală cumplită. A traversat camera şi s-a aşezat pe scaunul de piele neagră din faţa biroului.

– Mai încet, a gemut Val.

– Uite, ştiu că te simţi ca naiba, dar chiar am nevoie să vorbesc cu tine.

– Şopteşte, te rog.

– L-am sunat pe doctorul ăla din Podunk, Washington. Era vorba despre Kayla. A avut un accident. Este în comă.

Val şi-a ridicat capul încetişor. Avea ochii umflaţi şi roşii.

– Deci ce, au nevoie de bani pentru facturile de la spital?

– Nu. Doctorul a spus că a reacţionat la numele meu. Par să creadă că ar putea ajuta dacă aş vorbi cu ea.

Val şi-a trecut o mână prin păr. Şuviţele blonde, murdare, i-au căzut înapoi pe faţa palidă. Colţurile gurii i s-au ridicat într-un zâmbet care se înfiripa încetul cu încetul. Julian a recunoscut acea grimasă: era expresia putem-face-bani-din-asta.

– Este ca un basm pentru gagici. Sărutul iubirii adevărate, care o trezeşte – înţelegi? Dragostea adevărată o trezeşte. Asta da, titlu!

– Asta e ceva serios, Val. Ea e într-o stare foarte proastă. Ar putea muri.

– Aoleu...

Zâmbetul lui Val a dispărut.

Julian s-a uitat la prietenul lui. Val putea fi citit atât de ușor! Acum se gândea că nici titlul DRAGOSTEA ADEVĂRATĂ UCIDE nu ar fi fost atât de bun.

– Deci, ce ai de gând să faci? a întrebat Val în cele din urmă.

Julian s-a lăsat pe spate, făcând ca scaunul să se flexeze un pic, scârțâind. Imagini și amintiri i-au plutit prin minte precum norii într-o zi de vară.

– Ea era aleasa, Val. Chiar m-a iubit.

– Cu toatele te iubesc, Julian.

– Kay era diferită. Și eu am iubit-o.

– Am văzut filme care au durat mai mult decât dragostea ta.

Julian a resimțit împunsătura.

– Mă duc acolo. Imediat după interviul pentru revista *Rolling Stone*.

– Ce? Nenorocitul ăsta de film va fi mare, Julian. Mare. Avem programate o grămadă de întâlniri cu presa...

Julian a zâmbit. Nimic nu-i plăcea mai mult decât să-l surprindă pe Val; era ceva al naibii de greu de făcut.

– Doar nu dispar de tot! Doar plec pentru o zi sau două. Te plătesc cu două milioane și jumătate pe an. Aranjează lucrurile.

Val a dat din cap.

– Bine, Jules. Du-te și joacă-te de-a Făt-Frumos. Dar vino înapoi în două zile. Vorbesc serios.

– Și fără presă. Vreau să fac asta de unul singur.

Val i-a aruncat o privire dură.

– O, Doamne, Juli, niciodată nu faci nimic singur.

– Există întotdeauna o primă oară.

Luminile din bucătărie erau stinse, dar Liam vedea două flăcări albastre aprinse la mașina de gătit. Aroma delicioasă de *arroz con pollo*[1] gătit de Rosa se ridica din oale. În salon, masa era pregătită

[1] Fel de mâncare tradițional în America Latină, pregătit din orez și carne de pui

pentru cină. Un vas cu frunze de ferigă și crengi de pin alcătuia un ornament elegant.

În camera cea mare erau lumânări aprinse pe fiecare pervaz și masă. Candelabrul de pe pian era o vâlvătaie de lumini aurii, strălucitoare.

Liam a auzit sunetul înăbușit și ritmic al papucilor Rosei pe trepte.

– *Buenas noches*, Rosa, a spus el.

Ea a ajuns la baza scărilor și s-a întors către el.

– *Buenas noches*, doctore Liam.

– Ce e cu toate lumânările astea, Rosa?

– Nu te deranjează, sper? Știu că nu e treaba mea...

– *Mi casa es su casa*[1], a răspuns el. Doar m-am întrebat de ce... dintr-odată...

Rosa a intrat în camera mare, îndreptându-se, grăbită, spre pian. Suprafața de abanos îi reflecta imaginea și o puncta cu lumina lumânărilor.

El a urmat-o și s-a oprit în spatele ei.

– Toate astea sunt pentru Mike?

Ea a dat din cap în semn că da. Vârful cozii ei albe de păr i s-a frecat de șold. S-a întors încetișor și l-a privit.

Liam i-a văzut îngrijorarea zugrăvită pe față.

– Și pentru tine am aprins lumânările astea, doctore Liam. Pentru tine și pentru copii. Am vorbit azi cu Carol. Mi-a spus că te-a sunat Julian True. Asta e bârfa momentului în oraș.

– Bârfa, a repetat el, distras. Bârfa momentului. Iar Julian True o să vină mâine aici.

Gura Rosei s-a schimonosit a dezaprobare, dar ea nu a spus nimic.

– Crezi că nu ar fi trebuit să-l chem.

– Nu contează ce crede o femeie bătrână.

El i-a cerut:

– Urmează-mă.

A condus-o la canapea.

Rosa s-a așezat, țeapănă, cu genunchii și gleznele lipite și cu privirea ațintită în poală.

[1] Casa mea e și a ta (în limba spaniolă în original)

El a luat loc alături și s-a aplecat în față, sperând s-o facă să-l privească.

– Și mie mi-e frică de el, Rosa. Mai frică decât mi-a fost vreodată în viața mea. Dar o iubesc. Și nu pot să-i dau drumul, nu pot s-o las să plece fără să încerc tot ce e omenește posibil.

Rosa a oftat din greu.

– Nu poți înțelege iubirea nepotrivită. Biata mea Mikita a crescut văzând cu ochii ei acest fel de dragoste... și bănuiesc – care e cuvântul? – că am infectat-o cu tristețea mea.

– Julian True s-a însurat cu ea, Rosa. Trebuie s-o fi iubit.

– Există iubire... și iubire. Iubirea frumoasă, așa cum simți tu față de Mikaela mea, nu lasă o fată tânără să fugă, ducând cu ea un bebeluș. Nu stă ascunsă ani și ani de zile. Nu te lasă singur iarna, în patul rece.

Liam s-a uitat în altă parte. Lumina lumânărilor se reflecta în toată încăperea, o mie de mici picături aurii plutind pe fundalul ferestrelor întunecate.

– Când am cerut-o de soție pe Mike, a spus el cu glas scăzut, fără să se uite la Rosa, mi-a mărturisit că mai fusese măritată... și că-i era frică... se temea de faptul că nu mai putea să iubească vreodată în felul acela.

– Bineînțeles că-i era frică. Pentru o femeie ca ea, iubirea este un lucru înfricoșător. Pe atunci, ea cunoștea un singur fel de iubire: cea înflăcărată, care arde totul în jurul ei. Și mă văzuse pe mine, singură atât de multă vreme, așteptând un bărbat care nu a venit niciodată. Cum putea Mikita mea să se simtă altfel decât speriată atunci când i-ai spus că o iubeai? Dar îmi aduc aminte de vorbele ei în ziua în care mi-a povestit prima dată despre tine. „Un doctor, mamă“, a spus ea. „Și mă iubește la nebunie“. Eu i-am răspuns: „Fii deșteaptă, iubește-l și tu!“ Iar ea mi-a spus că o inimă frântă nu mai iubește bine. Îmi amintesc întotdeauna de vorbele acelea, pentru că m-au făcut să plâng.

Cu mâinile ei bătătorite de atâta muncă, Rosa i-a atins cu blândețe fața lui Liam.

– Pe măsură ce au trecut anii, am vorbit cu ea de multe, multe ori. Atunci când s-a născut Bret... nu am văzut-o niciodată pe Mikita atât de bucuroasă. Cred că nu s-a mai gândit la lucrurile care se duseseră. Te iubește, doctore Liam. Știu asta din toată inima mea de mamă.

– Mă iubește suficient? a întrebat el.

Privirea Rosei s-a abătut într-o parte. A scos un suspin stins, precum adierea aerului care iese dintr-un cauciuc vechi și uzat.

– Ai auzit cuvintele cu care am depănat povestea Mikaelei, dar poate că ele nu au creat imaginea potrivită. Era o fată tânără – cu numai câțiva ani mai mare decât Jacey – atunci când l-a întâlnit pe Julian. Avea o mamă obosită, săracă, și un tată care nu i se adresa niciodată în public. Locuia în cartierul rău famat al orașului, într-o casă pe care nu trebuia s-o vadă nimeni. Într-o zi, a dat cu privirea de un zeu. S-a îndrăgostit de el, în felul în care numai tinerele fete se pot îndrăgosti. S-au căsătorit... dar el nu era un zeu. Era doar un bărbat tânăr și egoist, care nu voia nimic altceva de la viață decât să se distreze. Voia să i se ofere totul, dar iubirea nu e lucru ușor, nu-i așa? Iar el a frânt chiar inima pe care, la un moment dat, o umpluse de iubire.

Rosa s-a aplecat și a atins mâinile lui Liam.

– Atunci când Julian o să fie aici, nu poți să-i spui lui Jacey cine este el. Asta e *muy importante*. Nu-l putem lăsa s-o rănească pe iubita noastră fată.

Liam știa că a nu-i spune lui Jacey adevărul însemna să aleagă calea ușoară. Dar și-a mai spus și că Mikaela era cea care ar fi trebuit să i se destăinuie lui Jacey.

– Ai dreptate, Rosa. N-o să spunem nimic deocamdată.

Totuși, chiar în timp ce rostea acele cuvinte, știa că asta era alegerea greșită.

Liam a urcat scările încet. Știa că n-ar fi trebuit să stea de vorbă chiar atunci cu Jacey. S-a gândit că șansele de a-i spune cuvintele potrivite erau cam la fel de mari ca șansele de a escalada muntele Everest în costum de baie. Dar trebuia să îi fie alături, s-o țină de mână și s-o privească în ochi. Simțea vinovăție, bineînțeles, dar întreaga situație presupunea mult mai mult de-atât. Pentru prima oară în viață, îi era teamă să nu piardă iubirea fiicei lui.

S-a oprit în fața ușii dormitorului ei, iar apoi a ciocănit discret.

– Intră!

A deschis uşa şi a găsit-o exact aşa cum se aştepta: la telefon. Jacey şi-a luat rămas-bun a pus capăt convorbirii.

– Bună, tati!

Tati.

– Bună, copilă.

– Cum e mama?

– La fel. Liam s-a aşezat lângă ea şi a apucat-o de mână cu blândeţe. Cum eşti?

Ea a schiţat, curajoasă, un zâmbet care i-a luminat faţa palidă.

– Sunt bine.

Liam nu ştia ce altceva ar mai fi putut spune. Singurul lucru la care se putea gândi era ce anume li s-ar fi putut întâmpla dacă Julian True ar fi intrat în vieţile lor. Ca şi Liam, Jacey ştia că Mike, la o vârstă prea necoaptă, se măritase cu un bărbat care nu fusese pregătit să se aşeze la casa lui. Un copil... o căsnicie care nu funcţiona. Mike plăsmuise o poveste cât se poate de obişnuită. Nu exista loc în ea pentru posibilitatea ca unul dintre eroii acelei poveşti să fi fost Julian True.

Liam ştia că în toate zilele, săptămânile şi anii care urmau, el avea să-şi împartă viaţa în două părţi separate. Înainte de comă şi după.

Însăşi tragedia era aşa, o lamă care spinteca timpul, separând prezentul de trecut, extrăgând ceea-ce-ar-fi-putut-fi din realitate cu la fel de multă precizie precum bisturiul unui chirurg. Chiar dacă Mikaela şi-ar fi revenit, vieţile lor ar fi fost schimbate. Liam se temea că secretele pe care Mike le păstrase aveau să fie permanent prezente înlăuntrul lui, cristalizate în ceva malign, urât, acel ceva rămânând aşezat suficient de aproape de inima lui ca să-i perturbe ritmul. Şi, deşi un astfel de lucru ar fi putut să fie îndepărtat, scos, aveau să existe întotdeauna cicatrici. Fărâme din acel lucru i-ar fi rămas în sânge, întinându-l cumva, astfel încât, dacă şi-ar fi perforat pielea, sângele ar fi curs – pentru o fracţiune de secundă – negru precum cerneala, înainte ca el, sângele, să-şi aducă aminte că ar fi trebuit să fie roşu.

Acum, în timp ce se uita în ochii căprui, trişti, ai lui Jace, ştia că ar fi trebuit să-i spună adevărul despre Julian. Ştia, de asemenea, că nu avea s-o facă. Ar fi renunțat la propria viață înainte să-i provoace o asemenea durere.

– Ești bine, tati?

Îi era imposibil să zâmbească.

– La fel ca ploaia în Seattle.

S-a aplecat în față, spre ea, și a îmbrățișat-o. Jacey s-a agățat de el și, preț de o scurtă și minunată clipă, totul a fost uitat, mai puțin iubirea pe care o avea pentru ea... și de iubirea ei pentru el.

După ce s-a retras, Liam a văzut în ochii ei acel amestec de suferință și de teamă, care îi schimbase pe toți.

– Tată!

Brusc, Liam s-a simțit fragil; o singură atingere, și s-ar fi sfărâmat în zeci de bucăți.

– Te iubesc, Jacey. Asta am venit să-ți spun.

Ea a zâmbit spontan, ușurată.

– Și eu te iubesc, tati. Îți aduci aminte când am avut apendicită?

El a mângâiat-o pe păr.

– Mi-ai dat o bomboană și mi-ai spus că urma să faci să-mi treacă durerea... și asta ai făcut.

– Aș vrea ca acum să fie la fel de simplu.

Lui Jacey i-a pierit zâmbetul.

– Aș vrea să fiu mică din nou.

Liam a îmbrățișat-o iarăși.

Dacă Jacey s-a întrebat de ce el a ținut-o un pic prea strâns, ea nu a spus nimic.

Capitolul 14

Orașul arăta ca un nenorocit de platou de filmare. Pleasantville[1] noaptea.

Julian privea prin geamurile fumurii ale limuzinei. Nu-și amintea să fi văzut vreodată un loc atât de... drăguț. Se aștepta ca din clipă în clipă să apară pe trotuare personaje Disney.

A coborât geamul despărțitor ca să poată vorbi cu șoferul.

– Căutăm Country Haus Bed and Breakfast. Probabil că e chiar lângă Drift On Inn.

– Am adresa, domnule.

– Ce bine! Într-un oraș de dimensiunea asta, am putea rata cu cât... o stradă, două?

Șoferul a ieșit de pe Main Street și a intrat pe Glacier. La jumătatea drumului, au întâlnit un obstacol. Mai multe mașini erau parcate în mijlocul drumului, în spatele separatoarelor portocalii. Șoferul a oprit și a încercat să întoarcă mașina.

– Așteaptă!

Julian a apăsat pe butonul de control al ferestrei. Geamul a început să coboare încet. Pasagerul limuzinei a scos capul pe fereastră, ca să vadă pentru ce naiba fusese blocată strada. Frigul i-a înțepat nasul și ochii.

---

[1] Nume fictiv, care s-ar traduce prin „Orașul Plăcut“

În partea dreaptă se vedea un câmp uriaș, acoperit cu zăpadă. În mijlocul lui era un iaz înghețat. Mașinile încercuiau perimetrul patinoarului improvizat; farurile lor aurii transformau locul într-un Madison Square Garden exterior. Erau oameni peste tot, copii și adulți, patinând cu toții în aceeași direcție.

Julian a observat o mică tarabă montată chiar la câțiva metri de limuzină. Câțiva bărbați prăjeau cârnați la un foc deschis.

– O, Doamne, singurul care mai lipsește de aici este Jimmy Stuart! Julian și-a vârât capul în mașină și a ridicat geamul. Haide, du-mă la hotel.

Limuzina a întors și a intrat din nou pe Main Street.

– Nu mai vezi multe orașe ca ăsta, a spus șoferul, aruncând o privire agitată în oglinda retrovizoare.

Au parcat lângă o uriașă vilă în stil victorian, cu acoperișul încărcat de zăpadă, amplasată la colțul străzii. Un gard alb separa o porțiune mică și frumos amenajată, de bucata mare de teren. Lângă poarta deschisă se afla un indicator de lemn pe care erau gravate cuvintele: BINE AȚI VENIT LA CONACUL NOSTRU DE LA ȚARĂ.

Julian a ieșit din mașină. Răsuflarea i s-a prefăcut într-un nor de abur. Doamne, ce frig era! Spera că Teresa îi împachetase un palton. Și-a scos ochelarii de soare din buzunar și i-a pus la ochi.

– Adu bagajele înăuntru, a spus el din mers, în timp ce tenișii îi scârțâiau pe crusta dură de zăpadă.

Ușa s-a deschis înainte ca Julian să ajungă pe verandă. O femeie masivă, cu părul cărunt, îmbrăcată cu o rochie cu imprimeu floral și cu un șorț ecosez, stătea în prag.

– Tu ești! Eu și fetele nici nu am îndrăznit să sperăm. Într-un oraș ca ăsta...

Vorbele i s-au transformat într-un chicotit.

La mențiunea „fetelor“, Julian și-a imaginat o turmă de antilope. Îmbrăcate, cu toatele, în bumbac înflorat. Deși era obosit, i-a aruncat Zâmbetul. Nu strica niciodată să-i lingușească pe fani.

– Bună, scumpo.

Ea și-a împreunat palmele; un mic nor de făină s-a ridicat în jurul lor.

– „Scumpă". Vai de mine! Pe asta o să i-o spun neapărat lui Gertrude! Ți-am făcut fursecuri, pentru orice eventualitate. Am citit în *Enquirer* că sunt preferatele tale.

– Ești un înger coborât din rai, a spus el, deși, cinstit vorbind, nu-și amintea ce naiba erau fursecurile. Acum, dacă nu te superi, află că am avut o călătorie lungă și sunt obosit ca naiba. Aș aprecia dacă m-ai conduce în camera mea.

– Sigur că da.

Mișcându-se precum un gândac de bălegar, femeia a urcat pe scara îngustă. Julian îl auzea pe șofer trăgând de valize în spatele lor.

La etajul al doilea, gazda a mers până în capătul coridorului și a deschis o ușă, dezvăluind privirii un dormitor spațios, în care era depășită cantitatea maxim admisă de volănașe. Laura Ashley, chiar aflată sub influența drogurilor, nu ar fi găsit utilizare pentru atât de multe volănașe.

– Este apartamentul pentru luna de miere, a spus femeia, încântată. Apoi i-a întins lui Julian mâna ei bondoacă. Eu sunt Elizabeth, apropo, dar poți să-mi spui Lizbet.

– Liz... bet. Ce nume încântător! El și-a băgat capul în cameră și s-a încruntat. Te rog să-mi spui, Lizbet, unde e baia mea?

– Pe coridor. A treia ușă la stânga.

Julian s-a întors, încet, cu fața la ea.

– Vrei să spui că trebuie să împart o baie cu alți oameni?

– În mod normal, da, numai că încă nu a început sezonul de schi. Ești singurul nostru oaspete. Așa că, de fapt, e ca și cum ai avea o baie personală.

– Numai că trebuie să-mi pun merinde în traistă pentru drumul până acolo.

Ea a pufnit:

– Da, ei bine, de fapt...

– Scuză-mă, am glumit. Camera e în ordine. Dă-i și șoferului meu una, da? De preferat, la alt etaj. Apoi o să rezerv tot restul. Îmi place să am tot locul pentru mine.

– Bineînțeles.

Lizbet a roşit încântător şi a dat din cap în semn de aprobare. S-a îndepărtat mergând de-a-ndoaselea, zâmbind până în ultimul moment, iar apoi s-a răsucit pe călcâie şi a dispărut.

Julian s-a aşezat la unul dintre capetele patului. Arcurile au scârţâit sub greutatea lui.

– Desfă-mi bagajul, te rog, i-a cerut el şoferului, lăsându-se pe spate.

O urgenţă minoră l-a ţinut pe Liam la cabinet până aproape de ora cinci. Atunci când a închis cabinetul şi a pornit-o spre spital, afară era complet întuneric. Ieşind în aerul rece, a auzit sunetele ascuţite, îndepărtate, ale râsetelor de copii. În seara aceea se patina pe iaz.

S-a urcat în maşină şi a condus prin oraşul pustiu. Odată ajuns la spital, s-a dus în micul birou de pe colţ, pe care îl împărţea cu Tom Granato, un medic generalist din Deming.

A ştiut din prima clipă că Julian True ajunsese. O avalanşă de zgomote s-a auzit dincolo de uşă: paşi grăbiţi, şoapte sonore. Liam a aşteptat să-i sune interfonul.

În loc de asta, Sarah a deschis uşa fără să fi bătut la ea şi s-a ivit în prag. Era roşie în obraji şi zâmbea.

– Doctore Campbell, a venit un bărbat care vrea să vă vadă...

– Julian True.

Ea oftat, surprinsă:

– De unde aţi ştiut?

– Am aflat cu ajutorul magiei.

– Spune că a venit s-o vadă pe Mikaela.

– Pofteşte-l înăuntru.

Sarah a dat din cap şi a dispărut.

Şi aşa a început. Liam a încercat să-şi calmeze nervii. De dimineaţă, se spilcuise cât putuse de bine. Se îmbrăcase cu pantalonii negri şi cu cămaşa albastră de flanel pe care Mike i-o dăduse la Crăciunul trecut, dar acum îşi dădea seama de inutilitatea acţiunii. Halatul alb pe care îl purta avea să devieze doar o parte dintre lovituri.

Uşa s-a deschis.

Liam s-a răsucit spre vizitator.

Bărbatul care stătea în prag a zâmbit – nimic mai mult –, iar lui Liam i s-a făcut rău. Fotografiile nu îl avantajau pe Julian; nici o lentilă nu putea să capteze puterea magnetică a chipului său.

– Sunt Julian True, a spus el, deși nu era necesar.

Liam și-a dat seama că îi plăcea să se poarte de parcă pe planetă ar fi existat oameni care nu știau cine era.

Liam s-a ridicat în picioare încetișor. Și-a dat jos ochelarii – ca și cum asta ar fi ajutat la ceva – și i-a băgat în buzunarul halatului.

– Bună seara, Julian. Mă bucur că ai putut veni. Eu sunt Liam Campbell. Voiam...

– Pot s-o văd acum?

Liam a oftat. Nu știa de ce voia să amâne întâlnirea; oricum, Julian nu avea de gând să plece. Cu toate astea, gândul de a-i aduce împreună pe el și pe Mike îi făcea rău.

– Urmează-mă.

L-a condus pe Julian pe coridor, spre salonul Mikaelei și a deschis ușa, încet.

Julian a trecut de el și s-a dus la pat. S-a uitat la Mikaela mult timp.

– Ce s-a întâmplat?

– A căzut de pe cal și s-a lovit cu capul de un stâlp din gard.

– De cât timp este în starea asta?

– De o lună și câteva zile.

Julian i-a dat la o parte o șuviță de pe fața lui Mike.

– Hei, Kayla! Sunt Jules.

Apoi s-a uitat în sus.

– Poate să mă audă?

Liam a privit-o pe Mikaela.

– De asta ești aici.

– Ce să fac?

Liam s-a simțit atunci ca bunicul Walton dându-i sfaturi lui Robert Redford despre cum să abordeze o femeie.

– Doar vorbește cu ea. Vocea i-a devenit o șoaptă. Uneori reacționează la... amintiri... povești despre trecut.

– Și la numele meu. A reacționat la numele meu, nu-i așa?

Liam a făcut un efort incredibil ca să răspundă:

– Da.

Julian a tras un scaun lângă pat şi s-a aşezat.

– Lasă-ne singuri o vreme, da, doctore? Hei, Kayla. Sunt eu, Jules.

Ea nu a reacţionat.

Liam a expirat şuierător. Şi-a dat seama că se temuse ca nu cumva Mike să se trezească, pur şi simplu, la auzul vocii lui Julian.

Julian a apucat-o de mână.

– Kayla, scumpo!

Liam nu suporta să-l vadă atingând-o, aşa că s-a întors şi a ieşit din cameră. Ajuns pe coridor, s-a sprijinit de perete.

Abia după ce a trecut un minut, şi-a dat seama ce făcuse... sau nu făcuse.

Nu-i spusese lui Julian că era soţul Mikaelei.

Julian nu fusese niciodată bun la improvizaţie.

I-a trecut prin cap s-o cheme pe asistentă şi să-i ceară un scaun mai acătării pentru el, dar apoi a renunţat la idee. Nu era complet idiot; ştia că asta era doar un pretext pentru a nu se gândi la femeia care zăcea în faţa lui.

Era frumoasă precum o prinţesă adormită. O parte din el se aştepta ca ea să se ridice, să zâmbească şi să spună: „Hei, Jules, de ce a durat atât de mult până să vii?"

Când şi-a imaginat sunetul vocii ei, anii au dispărut. Julian nu se mai gândise la ea de ani de zile, dar acum, privind-o, îşi putea aduce aminte cu multă claritate senzaţia de a o iubi... şi de a fi iubit de ea. Dintre toate femeile pe care le cunoscuse în viaţa lui, era singura care îi oferise un refugiu sigur, un loc în care să simtă că ajunsese la liman.

A închis ochii; amintirile s-au ridicat la suprafaţă.

– Îţi aminteşti începutul, Kay? Prima oară când te-am sărutat, am crezut că aveam să mor. Nu în felul în care o spun adolescenţii, ci într-un fel cu adevărat înfricoşător. Inima îmi bătea atât de tare, încât n-am mai putut să respir şi m-am gândit: „Asta e, o să mor!" Aveai gust de apă de ploaie – ştiai asta?

M-am îndrăgostit atât de tare de tine, încât am simţit că mă înecam. Îţi aduci aminte de prima dată când am făcut dragoste?

Eram într-o livadă, așezați pe o pătură de lână. Îl trimisesem pe asistentul meu tocmai până la Yakima, ca să cumpere o sticlă de Dom Perignon. Voiam să fiu primul bărbat care să-ți arate ce gust avea lumina stelelor. Nu am știut că eram și primul tău iubit.

Când ai gustat șampania, ai râs. Ți-ai pus mâinile sub cap, te-ai uitat la cer și m-ai rugat să-ți povestesc despre mine. Am încercat să-ți servesc povestea prefabricată pe care o inventase Val, dar tu ai spus: „Timpul este atât de prețios! Nu vreau să ajung să știu despre tine doar lucrurile publicate în *Enquirer.* Vreau să știu că te-am atins pe tine, pe cel adevărat".

Julian s-a oprit din vorbit și a încercat să-și aducă aminte cum anume li se stinsese iubirea. Se scufundaseră atât de adânc în acea fântână a sentimentelor împărtășite! Cum, oare, ajunseseră s-o sece? Totuși, deși se întreba, el cunoștea deja răspunsul.

Ea își dorise ca el să se maturizeze. Suna absurd de simplu, dar, dacă analiza adevărul în profunzime, trebuia să recunoască pe loc că la asta se redusese totul. Kayla își dorise ca el să facă sacrificii pentru familia lor. Dar avea doar douăzeci și trei de ani! Abia dacă era pregătit să fie soț și era complet nepregătit să fie tată. Tot ce-și dorea era să se distreze... Așa că se retrăsese, o apucase pe calea fără griji pe care o cunoștea atât de bine, pe drumul presărat cu femei ale căror nume nu și le putea aminti și cu petreceri care nu se terminau niciodată.

Acum simțea că înlăuntrul lui se deschisese o poartă prin care vedea o frântură din sine, dincolo de omul de succes, dincolo de star, până la băiatul singuratic ce fusese cândva. În toți anii care se scurseseră de atunci, nu iubise cu adevărat pe nimeni. Acea femeie, Kayla, fusese cea care se apropiase cel mai mult de poarta inimii lui. Iubirea pentru ea fusese cea mai frumoasă iubire pe care el o avusese vreodată. Și tocmai ei îi întorsese spatele.

S-a uitat la fața ei, studiindu-i curbura adorabilă a genelor negre și buzele palide, pline. Ce i-ar fi putut spune acelei femei pe care o cunoștea atât de bine și pe care, de fapt, nu o cunoștea deloc, acelei femei a cărei inimă o frânsese cu ușurința unui copil care spărgea o jucărie ce îi ieșise din grații?

Lacrimile i-au ars ochii. Nu-i venea să creadă. Nu mai plânsese de ani buni. Bineînțeles, cu excepția situațiilor în care era plătit pentru asta.

– Ți-ar plăcea să vezi așa ceva, Kay. Pe mine plângând.

S-a aplecat peste ea, proptindu-și bărbia de grilajul argintiu, rece, al patului.

– Îți aduci aminte de prima noastră ceartă? S-a întâmplat la una dintre petrecerile lui Val, după o vizionare. El îmi spusese că avea un rol pentru mine – un filmuleț numit *Platoon*. Am spus: „Cui naiba îi pasă de războiul ăla?“, iar tu m-ai lovit – în fața tuturor. Mi-ai spus să nu mai fiu un nenorocit de star și să încerc să joc cu adevărat.

Atunci începuse sfârșitul relației lor – conținut în însuși începutul acelei relații, acum Julian vedea asta cât se poate de limpede –, iar el fusese prea egoist ca să observe.

– Întotdeauna ai cerut atât de mult de la mine, Kayla, a spus el cu glas șoptit, clătinând din cap. Nu am avut niciodată genul acela de talent... de ce nu ți-ai dat seama de asta?

A privit-o, observând pentru prima dată verigheta simplă de aur de pe inelarul mâinii ei stângi.

– O, Doamne, a șoptit el, ești măritată?

Capitolul 15

Liam a mers cu maşina prin Last Bend. Oraşul strălucea ca o diademă de diamante aşezată pe o fâşie de catifea albă. În spatele ei, un fundal de creste muntoase se înălţa spre cerul luminat de stele.

Liam a parcat în faţa pensiunii Country Haus Bed and Breakfast. În tăcerea întreruptă numai de murmurul liniştit al radiatorului maşinii, el a avut nevoie de un minut pentru a-şi aduna gândurile.

Ultimul lucru pe care şi-l dorea în acea clipă era să stea de vorbă cu Julian True, dar nu avea de ales. Şi-a ridicat capul şi l-a văzut pe Julian stând lângă maşină. Idiotul era îmbrăcat cu un tricou negru şi cu blugi. Probabil că era îngheţat bocnă.

Liam s-a întins şi a deschis uşa. Julian s-a strecurat pe locul pasagerului şi s-a lăsat pe spate.

– O, Doamne, ce frig e aici! S-a întors către Liam, zâmbind. Mă bucur că ai sunat. Gândul de a-mi petrece seara în camera aia fără baie, uitându-mă la unul dintre cele trei programe de televiziune cu semnal prost, a fost mai mult decât puteam suporta. Ce zici, bem ceva?

Chiar şi luat pe nepregătite, Liam s-ar fi putut gândi la cel puţin trei mii două sute de lucruri pe care ar fi preferat să le facă în loc să bea un pahar împreună cu Julian True.

– Sigur că da.

A pornit din nou maşina şi au început să meargă prin oraş. Nu-i venea nici o idee despre vreun subiect de conversaţie, iar Julian nu s-a deranjat să vorbească.

Liam a parcat în faţa localului Bowl-O-Rama al lui Lou şi a ieşit din maşină.

– Vino cu mine.

La Bowl-O-Rama încă nu începuse să se servească cina, aşa că localul era pustiu şi liniştit. Nimeni nu folosea vreuna dintre cele patru piste de bowling. Ca de obicei, locul mirosea a grăsime prăjită şi a fum de ţigară. Proprietarul, Lou Padinsky, stătea în spatele tejghelei, pe care o ştergea cu o cârpă cenuşie, udă. Văzându-l pe Liam, a rânjit într-un fel care a făcut să i se încline ţigara din colţul gurii. Scrumul a căzut pe tejghea şi a fost repede şters.

– Salutare, doctore!

Liam a dat din cap în semn de răspuns.

– Lou, adu-ne două beri, te rog.

– Desigur, doctore!

Lou şi-a aruncat cârpa pe umăr şi s-a întors către dozatoarele de bere.

Liam l-a condus pe Julian spre o canapea Naugahyde roşie, aşezată în spatele pistelor de bowling.

După ce s-au aşezat faţă în faţă, Liam s-a bucurat că veniseră acolo. În primul rând, lumina era slabă şi Dumnezeu ştia că nu-şi dorea să vadă într-o lumină bună faţa bărbatului mai tânăr decât el. În al doilea rând, în local nu erau o grămadă de oameni care să se zgâiască şi să se agite din cauza unui star de cinema adevărat care venise în Last Bend. Spera că Julian se simţea stingher într-o cârciumă ca asta, dar, sincer vorbind, îşi dădea seama că un bărbat ca Julian nu se simţea niciodată stingher.

Liam ştia că manevra lui era o copilărie, dar avea nevoie de un avantaj, chiar şi de unul atât de firav precum iluminarea slabă.

S-a uitat la bărbatul mai tânăr, amintindu-şi toate lucrurile pe care le aflase despre el. Internetul era o sursă de documentare minunată. Ştia, de exemplu, că soţia lui, Kayla True, „dispăruse" într-o zi. Mai aflase şi că, la început, Julian şi Kayla fuseseră foarte fericiţi împreună, un adevărat cuplu hollywoodian de superstaruri, dar că apoi ceva anume – unii reporteri vorbeau despre droguri, alţii, despre o altă femeie, iar alţii, despre extratereştri – le compromisese relaţia. Şi că Julian True, care se însurase de patru ori, era cel mai bine plătit actor din lume.

Mergând legănat, Lou a venit la masa lor şi a aşezat pe ea două halbe, împroşcând puţin cu berea dinăuntru.

Julian i-a aruncat lui Lou un zâmbet strălucitor.

– Mulţumesc!

Lou a început să răspundă, apoi s-a oprit.

– Hei, arăţi ca tipul ăla...

Zâmbetul lui Julian era atât de strălucitor, încât aproape că l-a orbit pe Liam, care a scos un mormăit dezaprobator.

– ...Julian True. Ţi se spune des asta?

– Tot timpul.

Lou i-a tras un cot actorului.

– Ar trebui să te ajute cu gagicile, ha?

Apoi s-a întors către Liam.

– Şi ce mai face soţia aia frumoasă a ta?

– E bine. Mulţumesc, Lou.

Omul a dat din cap şi a plecat spre tejgheaua lui, fredonând un cântec despre ţopârlanii de la ţară.

Liam a luat o gură de bere.

Julian s-a lăsat pe spate, cu braţele pe spătarul canapelei. Lui Liam îi dădea impresia unui leu de aur, care se tolănea la soare.

– Nu m-am aşteptat... să fie atât de...

Julian nu şi-a terminat spusele.

– E mai bine decât a fost.

– O, Doamne!

Julian a mijit din ochi. Se uita pentru prima dată la Liam.

– Acum câteva zile, săptămâna asta, a clipit.

– A clipit, ceea ce e de bine, nu?

– E mai bine decât nimic.

– Oricum, ai făcut al naibii de bine că m-ai chemat. Cu siguranţă că nu avem nişte doctori ca tine la Cedars-Sinai – mă rog, poate că Liz şi Michael au, dar noi, ceilalţi, nu avem.

– Sunt soţul ei.

– Tu?

Liam nu s-a lăsat deranjat de tonul întrebării.

– Suntem căsătoriți de zece ani. Desigur că ai remarcat verigheta...

Julian și-a dat ochii peste cap.

– Să-mi bag picioarele!

Liam nu s-ar fi atins de replica aceea nici cu o prăjină de trei metri.

Julian a ridicat mâna.

– Hei, Lou, adu-mi un pachet de Marlboro, te rog!

Lou a rânjit, a luat un pachet, s-a grăbit să-l aducă la masă și i l-a pus în față lui Julian, împreună cu o cutie de chibrituri.

– E plăcut să mai vezi un fumător în Last Bend. Suntem pe cale de dispariție.

– Ce vorbe optimiste, Lou! Mulțam.

Julian a deschis pachetul, a scos o țigară și a aprins-o, iar fumul s-a răsucit și s-a împrăștiat, ascunzându-i fața. Dar Liam a văzut, prin tot acel nor, că ochii albaștri ai actorului îl studiau. Julian a luat berea și a sorbit îndelung, iar apoi a așezat-o între ei.

– Înseamnă că o iubești foarte mult. Dacă ai hotărât să mă chemi pe mine, vreau să spun.

– O iubesc, a adeverit Liam cu glas scăzut.

Julian s-a lăsat din nou pe spate.

– Locul ăsta îmi aduce aminte de maghernița aia în care lucra Kayla.

– Chiar așa?

Julian a zâmbit.

– Doamne, era atât de frumoasă! Iar creștinii ăia cumsecade din Sunville o tratau ca naiba.

– Mi-a povestit că nu s-a integrat niciodată.

– Cine naiba ar fi vrut să se integreze? Orașul ăla era ca o conjunctivită în ochiul Domnului. Dar, știi, respingerea asta o rănea. Îi era atât de teamă să n-o sfârșească la fel ca mama ei! Kay ar fi făcut orice ca să-și găsească locul în altă parte.

– Vrei să spui că ăsta a fost motivul pentru care s-a măritat cu tine?

De data asta, Julian nu a mai zâmbit.

– Sau cu tine. Îmi dau seama de ce a venit în orașul ăsta. Probabil că avea nevoie de cineva ca tine... după experiența cu mine.

Liam nu s-a putut opri să pună întrebarea care îl ardea pe limbă și îi lăsa un gust amar:

– Ce s-a întâmplat între voi?

Julian a oftat.

– Știi cum e. Am fost îndrăgostiți... și pe urmă nu am mai fost. La naiba, aveam douăzeci și trei de ani! Nu știam cine voiam să fiu, dar știam că nu-mi doream deloc să devin un burghez onorabil. S-a uitat în altă parte, a mai tras un fum lung din țigară, iar apoi a expirat. Nu am vrut nici măcar să încerc. Plecând, Kayla mi-a spus că avea de gând să aștepte să vin după ea. *Pe vecie* – atât de mult timp a spus că era dispusă să mă aștepte.

Liam și-a dorit să nu creadă spusele lui Julian, deși și-a dat seama pe loc că erau adevărul curat. A luat o gură de bere, studiindu-l pe Julian peste marginea înghețată a halbei.

– Și cum a rămas cu fiica ta? De ce nu ai contactat-o niciodată?

Julian a tresărit, iar Liam s-a gândit: „Doamne, nici măcar nu s-a gândit la Jacey! S-a urcat în avion, s-a grăbit să vină și nu și-a amintit nici măcar o dată că are un copil aici".

– Era atât de mică atunci când am văzut-o ultima oară! Ca să fiu sincer, nu știu ce simt în privința ei. Sunt sigur că o să găsim o soluție de îndată ce ne vedem.

Liam știa că oamenii bogați erau diferiți, iar cei bogați și faimoși, chiar mai diferiți, dar nu-și putea imagina genul de om care să fie atât de nepăsător față de sentimentele unei fetițe. Nu și-a abătut privirea de la fața lui Julian, care, după părerea lui, ar fi putut măcar să pară rușinat.

– Nu știe că ești tatăl ei.

– Poftim? Kay nu i-a spus? Aș fi crezut că era mândră de asta...

– Ai rănit-o, Julian.

– Ei bine, la naiba!

– Vrei să-i spui tu asta fiicei tale?

– Eu? Nu.

Liam s-a simțit ușurat și a oftat:

– Orașul ăsta e mic. Nu vreau ca ea să afle...

– Eu n-o să-i spun nimic. Dacă se aude ceva, o să pretextez că am venit pentru fundația Make-a-Wish. Te rog, Liam, haide să aşteptăm şi să vedem ce se întâmplă cu Kayla, bine? Adică, dacă nu se trezeşte...

– Bine, s-a învoit Liam, urmărindu-l stăruitor din priviri pe Julian. Aşteptăm.

Liam a ajuns acasă şi şi-a dat seama că Rosa îi pândise venirea. Ea şi-a pus broderia deoparte şi a traversat camera de zi ca să-l întâmpine, începând să zică ceva.

– Îmi pare rău, Rosa, nu acum, a rugat-o Liam, trecând pe lângă ea.

Orice ar fi vrut Rosa să spună, el nu voia să audă.

În loc de asta, a urcat scările şi a intrat tiptil în camera lui Jacey.

Ea dormea adânc, având un braţ întins în stânga, ca şi cum chiar şi în somn s-ar fi întins după telefonul de la capul patului.

– O să fii întotdeauna fiica mea, a şoptit Liam.

În dimineaţa următoare, Liam s-a trezit devreme şi a coborât cu grijă din pat, fiind atent să nu-l trezească pe Bret, care dormea liniştit lângă el. A făcut repede un duş, a luat nişte haine din dulap, le-a înfundat într-un rucsac şi a coborât scările. Pe masa goală din bucătărie, a lăsat pentru Rosa şi copii un bileţel în care scrisese: *Să aveţi o zi bună!*

Zorile se furişau prin Last Bend precum o invazie lentă. Fâşii subţiri de roz-deschis încununau copacii. Vitrinele magazinelor încă erau întunecate.

Liam s-a dus cu maşina la spital, a parcat şi a mers drept în camera Mikaelei. A aprins lumina şi apoi s-a dus imediat să tragă draperiile într-o parte.

Apoi, foarte încet, s-a întors.

Ea era la fel de nemişcată ca de obicei, cu faţa palidă, slăbită, şi cu braţele aşezate pe lângă corp. Pătura trasă peste pieptul ei nu avea nici o cută.

Abia după ce a expirat brusc, Liam şi-a dat seama că-şi ţinuse respiraţia. Se temuse ca Julian să n-o fi trezit deja.

Acum, pentru prima dată, i se părea foarte important, chiar esenţial, ca el să fie cel care să ajungă până la ea şi să o trezească.

– Hei, Mike, a şoptit, pornind muzica.

Alesese o înregistrare a lui Andrea Bocelli, ca să-i amintească de dulceaţa tristă, dureroasă, a vieţii.

A lăsat rucsacul lângă pat şi a descheiat fermoarul, scoţând din el un pulover de caşmir bleumarin, cel pe care ea i-l cumpărase în timpul ultimei lor călătorii la Vancouver. Cu multă delicateţe, i l-a pus pe piept.

– Îmi simţi mirosul, Mike? Mirosul meu?

Ştia că, dacă ar fi închis ochii, şi-ar fi amintit ultima zi a excursiei lor. Trecuseră graniţa canadiană pentru a urmări un spectacol itinerant al piesei *Rent* şi, în acea sală de teatru întunecată, în mijlocul unei mulţimi de străini, se ţinuseră de mâini ca doi adolescenţi.

– Mi-ai cumpărat puloverul a doua zi, îţi aminteşti? Am încercat să-ţi spun că era prea scump, că un pulover de bumbac de la Eddie Bauer era suficient de bun pentru mine.

Vocea i-a devenit dogită.

– Iar tu ai spus că nimic nu era suficient de bun pentru mine. A luat-o de mână. Dar nu asta am venit să-ţi spun, nu-i aşa? A coborât grilajul patului şi s-a urcat pe saltea, lângă ea. Nu ştiu de ce nu m-am gândit până acum să-ţi aduc un pulover al meu. Azi-noapte m-am trezit lac de o transpiraţie rece, cu întrebarea asta în minte. M-am gândit la toată lumea, numai la mine nu... la toţi cei pe care i-ai iubit, cu excepţia mea. Întotdeauna ai spus că asta e cea mai mare putere a mea – că mă gândesc la toată lumea înainte să mă gândesc la mine. Dar este şi punctul meu slab, şi amândoi ştim asta.

I-a ridicat braţul, urând lipsa oricărei rezistenţe pe care acel braţ să i-o fi opus, şi i-a sărutat dosul palmei.

– I-am lăsat pe toţi ceilalţi să îţi vorbească despre amintiri şi eu n-am făcut-o, fiindcă îmi era teamă de puterea pe care ele o au. Îmi era teamă... să nu mă frângă. Cred că mi-e în continuare teamă, dar nu pot lăsa să mai treacă încă o zi fără să înfrunt temerea asta. Se pare că singurul lucru la care mă pot gândi sunteţi tu şi Julian. El s-a îndrăgostit de o tânără fată cu visuri mari şi care părea să se simtă în largul ei trăind la turaţie maximă, o fată care a fermecat o ţară întreagă. Nu-mi pot imagina deloc acea femeie. Eu m-am îndrăgostit de o asistentă cu ochi îndureraţi şi cu o inimă nespus de sensibilă.

O mare parte din tine mi-a rămas necunoscută, iar faptul că acum știu asta mă face să mă simt... pierdut. Ca și cum viața noastră împreună nu ar fi fost reală. A inspirat adânc. Când mă gândesc la noi, mă gândesc la lucrurile mărunte. Cum ar fi Crăciunul trecut, când ne-am dus cu toții la ski pe muntele Schweitzer, iar tu ai spus că singurul lucru pe care îl puteai aștepta de la un sport care îți îngheța firele de păr din nas era să-l abandonezi.

Liam a zâmbit acelei amintiri. Pentru prima dată, cuvintele i-au revelat-o pe ea. Nu pe soția împietrită în somn, ci pe femeia veselă, exuberantă, cu care se însurase.

– Când am ajuns acasă, era vremea Zilelor Ghețarului. Ca de obicei, erai marele guru, organizând pe toată lumea.

O amintire neașteptată i-a venit în minte, făcându-l să râdă cu voce tare.

– Îți aduci aminte ce s-a întâmplat în sala de sport? Am ajuns ultimul, încercând să-mi dau seama cum să pun pe mine nenorocitul ăla de costum păros. Toată lumea era afară, pregătindu-se pentru cursa cu sania. A zâmbit. Ai venit să mă cauți. Erai îmbrăcată cu acel costum ridicol de prințesă de gheață pentru carul alegoric de salvare a cailor și ai spus: „Întotdeauna mi-a plăcut un bărbat în costum de Big Foot!" Te-am apucat de mână și te-am tras în vestiarul băieților. Ai încuiat ușa.

Râsese împreună cu el.

„Liam, nu aici...!"

O luase în brațe, ridicând-o până când nu mai putuse să atingă podeaua cu picioarele. Sărutul pe care i-l dăduse ea fusese profund și sexy, părând să extragă și ultima fărâmă de aer din plămânii lui.

Liam îi sfâșiase rochia de poliester albă și vaporoasă, apoi colanții de mătase albi, de dedesubt...

– Erai la fel de nebună ca și mine. Mi-ai desfăcut fermoarul costumului și mi l-ai scos... Liam a râs, scoțând un sunet profund, gutural, pe care nu-l auzise vreme de săptămâni întregi. O, Doamne, mă simțeam ca unul dintre operatorii de la liniile erotice. Îți aduci aminte ce s-a întâmplat pe urmă, Mike? Îți aduci aminte? Am făcut dragoste chiar acolo – noi, un cuplu căsătorit, cu doi copii și cu un oraș întreg așteptându-ne afară, ne-am pus pe treabă ca un cuplu de adolescenţi excitaţi. Pe când eram chiar în mijlocul acţiunii, Myrtle a bătut la uşa vestiarului. Rămăseserăm acolo, întinşi pe podeaua vestiarului băieţilor, dezbrăcaţi, transpiraţi şi cu trupurile îmbârligate precum o acadea cu două arome. A trebuit să-ţi pun o mână pe gură ca să taci. Dar tu râdeai atât de tare, încât îţi tremurau umerii şi aveai lacrimi în ochi.

Liam a oftat.

– O, Doamne, erai atât de frumoasă! N-o să uit niciodată cât de frumoasă erai atunci, şi nici senzaţia trupului tău în braţele mele, fără nici un obstacol între noi. După ce a plecat Myrtle, ai râs atât de tare, încât am crezut că o să te audă tot nenorocitul de oraş. Ai spus: „S-a dus reputaţia noastră!“, iar eu am râs alături de tine. Am răspuns: „Vorbeşte în numele tău. Asta o să-i facă foarte bine reputaţiei mele!“

I-a mângâiat părul, observând cum îi tremura mâna.

– Ăştia eram, Mike. Cei care putem fi din nou, dacă doar o să deschizi ochii şi o să mă priveşti. Te iubesc! Acum şi întotdeauna. Te iubesc! S-a aplecat, foarte încet, şi a sărutat-o pe frunte, şoptindu-i: Pe vecie.

Capitolul 16

Julian s-a trezit cu o mahmureală ucigătoare. Asta fusese inevitabil, bineînțeles. Nu era nimic altceva de făcut în acel oraș care semăna cu o ilustrație de Norman Rockwell[1], decât să stai în camera ta, să urmărești unul dintre cele trei canale de televiziune și să bei. Noaptea trecută își petrecuse cel puțin două ore încercând să-l prindă pe Val la telefon. De fiecare dată când se auzise tonul de ocupat, Julian luase o gură de whisky.

Amețit, s-a întors pe-o parte și a format numărul biroului lui Val. Susan a răspuns atunci când telefonul a sunat a doua oară.

– Lightner și Asociații.

În sfârșit! Julian s-a ridicat în capul oaselor.

– Val este?

– Bună, Julian! Numai puțin.

S-a auzit vocea lui Val:

– Juli, cum e treaba în măreţul nord alb?

– Unde naiba ai fost? Am încercat să te sun aseară.

– Of, omule, dacă aș fi vrut să aud pe cineva vorbindu-mi așa, m-aș fi însurat! A râs la propria glumă. Am vizionat *On Mystic Lake* aseară – ultimul film siropos cu Annette Bening și Richard Gere. După aia... ei, bine... știi cum merg lucrurile astea. Nu am ajuns acasă decât pe la patru dimineața. Deci, care-i treaba?

---

[1] Desenator, ilustrator și pictor american din secolul X

– Am văzut-o pe Kayla.

– Mi-am cam închipuit asta. Cum e?

Julian a încercat să descrie în cuvinte felul în care se simțise, dar, ca de obicei, acel gen de sinceritate nu-i era la îndemână.

– A fost ciudat, Val. Zăcea pe patul ăla, inconștientă. Nu am știut ce să fac. Au spus că reacționase la amintiri, așa că am început să-i vorbesc despre noi.

A râs.

– Mă cunoști, nu-mi amintesc nici ziua de ieri, iar, stând lângă ea, mi-am amintit prima dată când am sărutat-o. Am simțit... ceva.

– Juli, mă simt obligat moral să subliniez conotațiile necrofile îngrijorătoare.

– Foarte amuzant!

– Deci, care-i treaba? Vrei să stai mai mult, despre asta e vorba?

Julian era vag dezamăgit. Își dorea să poată vorbi, numai de data asta, despre ceva important.

– Chiar m-a iubit, Val. Presupun că asta este ceea ce-mi amintesc cel mai mult. Senzația de a fi iubit.

– Toate femeile pe care le-ai întâlnit te-au adorat.

– Asta nu-i același lucru, nu-i așa? a întrebat el în șoaptă.

Val era tăcut. Julian se întreba dacă agentul lui ascultase vreo vorbă din tot ce îi spusese.

– Nu, presupun că nu. Și, deci, ce ai de gând să faci cu această emoție nestăpânită?

Julian nu se gândise la asta. Fusese atât de ocupat să simtă, încât nu se deranjase să gândească prea mult.

– Ei bine, cred că nimic. E măritată.

– Este ce?

Julian și-a smuls telefonul de la ureche. Tonul lui Val era atât de ridicat, încât câinii începuseră să latre, probabil, prin tot orașul.

– M-ai auzit. E măritată... cu doctorul care m-a sunat.

Pe fir s-a auzit sunetul inconfundabil al unei țigări aprinzându-se, apoi al unui nor de fum expirat în receptor.

– O iubește?

– Da. Salonul ei de la spital e un altar dedicat vieţii lor împreună şi asistenta mi-a spus ieri că stă lângă ea ore întregi – zilnic, de la accident încoace. Uneori chiar doarme cu ea.

– Deci, e treabă serioasă, cu pelerină şi cu tot tacâmul. Un afurisit de supererou care-şi iubeşte soţia suficient de mult încât să te sune pe tine – primul ei soţ – ca s-o ajuţi să se trezească din comă. O, Doamne, presa ar fi în delir! Val a tăcut timp de un minut, o demonstraţie atipică de consideraţie. Ai face bine să fii foarte atent, Jules.

Julian ştia că Val avea dreptate. Kayla era o parte a trecutului lui. Acum ea avea o viaţă nouă, una din care el nu făcea parte, dar atunci când o atinsese îşi amintise iubirea lor, iar acea amintire îl făcuse să se simtă... singur.

– Julian? Te întorci acum, nu-i aşa? Adică ştii că mâine eşti programat la Leno...

Julian a închis telefonul. Dintr-odată, Hollywoodul şi cariera lui i s-au părut ceva foarte îndepărtat, o fotografie în tonuri de sepia – dacă era pusă alături de amintirile în culori vii ale primei lui iubiri.

A închis ochii. Deşi era ultimul lucru pe care voia să-l facă, s-a trezit navigând prin suferinţa tinereţii lui...

Mama lui, Margaret Jameson Atwood Coddington, spusese de la început că era blestemat, iar asta păruse să fie adevărat. La opt luni după naşterea lui Julian, tatăl lui murise. Margaret nu irosise nici o ocazie de a-i spune fiului ei că nu-şi dorise niciodată un copil. Îl învăţase să-i spună „doa'nă" şi să poată fi văzut, dar nu şi auzit. De cum ajunsese la o vârstă suficient de mare, îl trimisese la un internat din Elveţia, timp în care ea îşi croise drum printre soţi, operaţii estetice şi dineuri. Îi trimitea fiului ei cecuri, dar nu şi scrisori.

La vârsta de şaisprezece ani, el băgase într-un rucsac lucrurile de care avea nevoie şi plecase în America, luându-şi un şir de slujbe fără rost, până când ajunsese la Lubbock, în Texas.

Tocmai împlinise nouăsprezece ani, când îşi întrezărise viitorul. Bineînţeles, revelaţia venise sub forma unei femei. Încă îşi aducea aminte de frumuseţea ei uluitoare. Îl alesese ca şi cum ar fi fost o poşetă la care nu putea renunţa. „Îl iau pe el", spusese ea. Aflase mai târziu că era o actriţă faimoasă, venită în oraş pentru nişte filmări. Înainte să-și dea seama ce i se întâmpla, ajunsese să joace într-un film, iar apoi – de-a dreptul la Hollywood, devenind, peste noapte, o senzație. Își schimbase numele și viața. Val îl acceptase drept client și îi construise un trecut fictiv elaborat, care includea doi părinți morți. Val fusese cel care îl numise „Julian True".

Julian așteptase ani întregi să descopere cineva adevărul despre el, dar nimeni nu o făcuse.

Kayla fusese singura care insistase să-l cunoască pe el, omul din spatele ambalajului faimei. Ei îi mărturisise totul, cu excepția numelui lui adevărat.

„O, Doamne, acum mă gândesc la mama! De ajuns!"

Și-a trecut picioarele peste marginea patului, s-a ridicat și, cu pași nesiguri, a ieșit pe coridor și s-a dus la baie.

S-a spălat în cea mai mică dintre cabinele de duș cu pereți de fibră de sticlă pe care o văzuse vreodată (ar fi putut funcționa și ca sicriu), iar apoi s-a îmbrăcat cu blugii Levi's decolorați și cu un tricou negru. A apucat paltonul pe care îl cumpărase cu o zi în urmă – de la acel paratrăsnet al stilului, Zeke's Feed and Seed. L-a tras pe el, i-a ridicat gulerul și a ieșit din cameră, grăbindu-se în jos pe scări. A bătut în ușa camerei în care era cazat șoferul.

– Haide, să mergem!

Lizbet a apărut din bucătărie și i-a tăiat calea pe coridor. Arăta ca și cum ar fi fost tăvălită prin făină, gata să fie prăjită.

– La revedere, domnule True. Vă vedem la prânz?

– Nu știu. Pa, Lizbet!

Julian a deschis ușa din față și a văzut o duzină de adolescente care stăteau pe trotuarul din spatele gardului de lemn alb. În secunda în care a apărut, ele au început să-i strige numele.

Se părea că bârfa se răspândea destul de repede la Pleasantville.

Lui i s-a înfiripat un zâmbet pe chip.

– Ei bine, salut, doamnelor! Mă bucur să vă văd.

S-au înghesuit împreună, ca un miriapod îmbrăcat în haine de majoretă, cu picioarele goale și care chicotea.

Julian a coborât treptele dintr-un salt.

– Ce avem noi aici, comitetul de întâmpinare din Last Bend? Ce fete drăguțe! Sunt onorat.

– Îmi semnați carnetul cu autografe, domnule True? a întrebat una dintre fete, ai cărei obraji rotunzi, ca niște farfurii, erau de un roșu aprins.

– Ar fi o mare onoare.

Julian a scos un stilou din buzunar și a început să semneze autografe. Fetele vorbeau cu toatele deodată, chicotind și împingându-se una pe cealaltă către el.

– În seara asta este balul de iarnă, domnule True... nu v-ar plăcea să treceți pe acolo? a întrebat una dintre fete, transformând cuvintele într-un hohot de râs înainte de a termina fraza.

El și-a pus o mână în dreptul inimii. Doamne, cât îi plăcea asta!

– Ei, pun pariu că o fată atât de drăguță cum ești tu are deja un partener.

– Da, Serena, a strigat cineva, ai deja un partener! Ce-ar fi să mergeți cu mine, domnule True?

Era pe punctul de a răspunde acelei întrebări prostuțe, când a văzut-o, deoparte, în spatele grupului, zâmbind fără să chicotească, fără să-i ceară autograful.

Inima lui blazată s-a oprit în loc pentru o clipă. Pentru două, poate.

Era frumoasă – frumoasă ca la Hollywood – acea fată înaltă, subțire, cu părul negru și cu ochi la fel de blânzi ca ciocolata dulce-amăruie. Părul negru ca miezul nopții îi cădea pe spate ca o cascadă de cerneală. Trebuia să fie ea...

Julian și-a scris numele greșit și i-a întins bucata de hârtie unei fete cu părul roșu, care rânjea la el expunând un aparat dentar multicolor.

A trecut ușurel prin mulțime și s-a oprit lângă fata cu părul negru. Inima îi zvâcnea năvalnic în piept.

– Și tu cine ești, drăguță?

– Sunt Jacey.

Juliana Celeste. J.C.

Fiica lui. Era prea uluit ca să vorbească. Pentru prima dată, ea era reală; nu o imagine estompată a unui bebeluș în leagăn, ci o tânără fată care crescuse fără el.

Julian nu a vrut să închidă ochii, dar, cumva, asta s-a întâmplat. În întuneric, a văzut o imagine de demult cu el și Kayla împreună în pat, având așezat cu grijă între ei un bebeluș orăcăitor.

„Nu-i așa că e perfectă?" întrebase Kayla...

A deschis ochii și s-a uitat la fiica lui.

– Domnule True? Ea a roșit în chip fermecător. C... ce faceți în Last Bend?

– Sunt... ăă... aici... pentru fundația Make-a-Wish, vizitând oamenii bolnavi la spital.

– Mama mea e bolnavă. Este în comă. Poate... poate că ați putea s-o vizitați.

– Aș fi fericit. Știi ce, o să fac asta chiar acum!

– Sunt aici, domnule True.

Vocea puternică a șoferului s-a ridicat peste chicoteli.

Fetele s-au retras instantaneu, dând dovadă de un respect pe care Julian nu-l văzuse de mult timp la Hollywood. Toate, cu excepția lui Jacey. Ea stătea acolo, uitându-se la el cu o căutătură care devenise tristă.

Julian a privit-o încă o clipă, încercând să-i memoreze fața, iar apoi a intrat în limuzină. Nu voia să privească în urmă, dar s-a întors, totuși, și a privit-o prin geamul fumuriu.

O emoție nouă și necunoscută s-a dezlănțuit în pieptul lui Julian, îngreunându-i respirația.

Rușinea.

Noaptea s-a lăsat precum orbirea bruscă, ștergând urma ultimelor raze trandafirii ale soarelui la apus. Liam s-a întors de la fereastră și s-a uitat la fiica lui.

Jacey stătea în fața unei oglinzi care o înfățișa din cap până-n picioare și-și privea reflexia. Își pieptănase părul pe spate și îl răsucise într-un coc voluminos, negru, pus în valoare de patru fluturi strălucitori de cristal roz. Rochia elegantă, de culoarea lavandei, îi venea perfect. Arăta atât de matură! Liam nu a putut să nu simtă o umbră de tristețe, ca și cum deja ar fi pierdut-o pe fetița lui.

În ochii ei negri licăreau lacrimi, iar Liam a știut că se gândea la maică-sa.

– Ar fi atât de mândră de tine! a spus el. Ești frumoasă.

– Mulțumesc, tată.

– Știi ce anume îmi amintesc acum? Primul tău Halloween în Last Bend. Aveai cinci ani și te-ai costumat în Zâna Măseluță. Mike s-a dus tocmai până la Bellingham ca să cumpere cel mai potrivit satin roz. Iar apoi a cusut mii de paiete roz pe rochița ta.

Liam s-a dus către ea; pentru o clipă, a văzut-o așa cum fusese cândva, o mică prințesă cu diademă cumpărată de la magazinul care vindea produse de un dolar bucata.

– Pe atunci, eu și Mike nu eram căsătoriți, dar aceea a fost noaptea... Liam a înghițit cu noduri. În care m-ai întrebat dacă puteai să-mi spui „tati".

– Îmi aduc aminte.

– Dacă acum mama ta ar fi aici...

Jacey i-a luat mâna și a strâns-o.

– Știu.

El s-a forțat să zâmbească.

– Ei bine, doamnă, e timpul!

Ținându-se de mână, s-au dus la parter. Câteva minute mai târziu, Rosa l-a poftit pe Mark în camera de zi.

El purta un smoching bleumarin, o cămașă cu jabou și un papion de culoarea lavandei. Părul negru ca abanosul îi era pieptănat pe spate.

– O, Jacey, a spus Mark venind către ea, arăți minunat!

Ea a zâmbit.

– Mulțumesc, Mark.

La etaj, Bret și-a băgat capul printre zăbrelele balustradei și a început să cânte din toți bojocii:

– „Vine mireasa, grasă și lată...!"

– Bret! a strigat Liam, înăbușindu-și râsul. Oprește-te!

Bret s-a pornit pe râs și a coborât treptele în fugă, alunecând până lângă sora lui. Jacey i-a tras un cot în umăr.

– Mulțumesc frumos, șobolan ce ești!

Bret și-a ridicat capul și a privit-o. Rosa îi frecase fața nepotului ei până când mutrița lui ajunsese să strălucească.

– Serios vorbind, ești foarte drăguță.

– Mulțumesc, băiețaș!

Mark i-a întins lui Jacey o cutie de plastic transparent. În ea se afla o orhidee pentru prins la încheietură, împodobită cu panglicuțe de culoarea lavandei.

– Asta este pentru tine. Norma, care vinde la seră, mi-a garantat că e cea mai frumoasă.

Mark s-a chinuit ceva timp ca să deschidă cutia, dar apoi a renunțat și i-a dat-o lui Jacey.

Ea a scos floarea și și-a trecut elasticul peste încheietură.

– Mulțumesc. Bunico, vrei să scoți din frigider floarea pentru butoniera lui Mark?

Rosa a dat din cap în semn de încuviințare și s-a grăbit să meargă la bucătărie. O clipă mai târziu, s-a întors aducând o garoafă mică, albă, cu marginile de culoarea lavandei.

– Poftim.

Apoi s-a lăsat o tăcere ciudată. Liam ar fi vrut să spună ceva, dar își simțea gâtlejul umflat și strâns. Îi tot venea să se întoarcă spre soția lui ca să-i spună: „Uită-te la ea, iubito!", dar nu era nimeni lângă de el. A sperat ca Jacey să nu ia în seamă gâjâiala din vocea lui atunci când a reușit să spună:

– Bine, copii, haideți să facem o poză!

Mark a scos un geamăt.

Jacey s-a împins în umărul lui.

– Foarte amuzant!

L-a luat de mână și l-a condus până în dreptul pianului. El și-a petrecut un braț în jurul taliei lui Jacey și a tras-o mai aproape.

– Gândiți-vă la sex! a spus Bret, sărind în spatele canapelei.

Din ascunzătoarea lui s-au auzit chicoteli.

Liam a făcut suficiente poze cât pentru un articol în revista *Town & Country*[1]. Știa că trăgea de timp – ca și cum, dacă el prelungea scena aceea, Mikaela ar fi putut intra pe ușă ca prin farmec.

– Destul, tati, a spus Jacey râzând. Probabil că formația este deja la a doua piesă. S-a desprins de brațul lui Mark și s-a dus la Liam. Știu, a spus ea cu blândețe, că o să vrea să vadă toate fotografiile.

[1] Revistă americană lunară de lifestyle

Fiecare unghi, fiecare postură. Pentru asta mi-am pus aparatul de fotografiat în geantă. O să fac poze peste tot.

Liam a luat-o în brațe și a ținut-o strâns. Apoi s-a retras și i-a zâmbit.

– Acum du-te și distrează-te!

Jacey și-a luat rămas-bun de la Rosa și Bret sărutându-i, iar apoi a ieșit în grabă pe ușă.

Liam a stat la fereastra bucătăriei, urmărind-o cum s-a urcat în mașina care apoi a dispărut pe alee.

„Uite-o cum pleacă, Mike!"

În vremuri obișnuite, s-ar fi întors către soția lui și ar fi luat-o în brațe. Ea ar fi plâns. El s-ar fi dus la pian, s-ar fi așezat și ar fi cântat ceva trist și dulce, ceva care s-o lase să se reculeagă și să plângă pentru fata care trecea pragul dintre copilărie și tinerețe.

Doar că acum el era cel căruia îi venea să plângă, cel care își dădea seama că în viitor, după plecarea lui Jacey, căminul lor avea să devină mai tăcut și mai gol.

Și nu era nimeni care să-l ia în brațe.

Cu un oftat, s-a dus în camera de zi și a pornit televizorul.

Julian știa că ceea ce voia să facă nu era bine. Era chiar periculos. Dar nu se putea abține. În realitate, nici măcar nu încercase. Autocontrolul nu fusese niciodată unul dintre punctele lui forte. Nu putea spune exact de ce voia să meargă la banchetul acela, dar nu fusese niciodată genul care să se piardă în justificări. Voia să meargă. Asta era tot ce conta. Petrecuse o zi lungă și deprimantă de unul singur la spital, stând la căpătâiul Kaylei, iar acum avea nevoie de ceva acțiune.

În dormitorul lui decorat în mod excesiv, s-a îmbrăcat cu atenție, ca și cum s-ar fi pregătit să meargă la Oscaruri, nu la un banchet de liceu dintr-un loc uitat de lume. Și-a pus pe el un tricou de mătase neagră și pantaloni Armani negri, cu pense. În loc să-l deranjeze pe șoferul lui, a străbătut pe jos cele trei străzi care îl despărțeau de liceul Angel Falls. Când a ajuns acolo, avea obrajii amorțiți din pricina frigului, ochii îi lăcrimau și avea nevoie disperată de o țigară.

A mers pe coridoarele pustii, oprindu-se din când în când în dreptul trofeelor expuse în vitrinele de sticlă așezate între rândurile de dulapuri gri de metal.

Ajuns în fața sălii în care se ținea banchetul, a făcut o pauză, a inspirat adânc și a deschis ușile duble. Ochii lui au avut nevoie de o clipă ca să se adapteze la întuneric, dar, încetul cu încetul, a văzut că sala de sport fusese transformată într-un paradis tropical de prost gust. Palmieri de plastic erau adunați în jurul unui covor auriu; lângă ei, o mulțime de băieți îmbrăcați în smoching și de fete care purtau rochii de bal, se aliniaseră ca să se fotografieze. În fața peretelui îndepărtat, o formație cânta un cântec lipsit de sentimentalism, care îi suna destul de cunoscut lui Julian.

El a știut care a fost momentul în care l-au recunoscut. În încăpere s-a lăsat liniștea. Dansul s-a întrerupt. Tinerii s-au îndepărtat de el, formând o pâlnie plină de șoapte, cu capătul îngust orientat către ringul de dans.

S-a uitat în jur, aruncându-le tuturor acel zâmbet larg pe care îl exersase de atâtea ori, până când a văzut-o pe ea. Era pe ringul de dans, împreună cu partenerul ei. Chiar și de la distanță, Julian își dădea seama că cei doi se uitau lung la el.

S-a mișcat prin mulțime în felul în care învățase s-o facă în urmă cu mult timp: cap ridicat, zâmbet afișat cu aplomb, ochi care nu priveau direct în ochii celorlalți.

Cântecul s-a terminat și a început altul. Tema filmului *Titanic.* Nenorocita de inimă bătea în continuare, vorba cântecului.

S-a oprit alături de Juliana – J.C., și-a amintit el – și a întins mâna.

– Dansezi cu mine?

Mulțimea a fost uimită. Partenerul ei – un puști înalt, arătos, îmbrăcat într-un smoching ridicol de ieftin – părea derutat.

Jacey s-a întors către băiat.

– Te deranjează?

– Ăăă... nu.

Julian a cuprins-o în brațe și au început să danseze. Mulțimea i-a înconjurat, șușotind și discutând atât de tare, încât era greu să auzi muzica.

– De ce eu? a șoptit ea.

El a zâmbit.

– De ce nu? Deci, J.C. cu părul negru ca miezul nopţii, vorbeşte-mi despre tine. Ai note bune? Ai mulţi prieteni? Practici sexul protejat?

Ea a râs, un sunet gutural, de petrecăreţ de bar, care semăna cu râsul Kaylei.

– Parcă ai fi tati – nu că el m-ar fi întrebat vreodată despre viaţa mea sexuală.

Ceva în felul în care o spusese – „tati" – în timp ce îi zâmbea... ei bine, îl împunsese drept în inimă.

Părea ciudat, dar până atunci nu se gândise niciodată la acel cuvânt. *Tată*. Un cuvânt atât de solid, desemnând pe cineva pe care te puteai baza. Chiar şi atunci, cu fiica lui în braţe, Julian nu-şi putea imagina că ar fi putut să fie cu adevărat tatăl cuiva.

– Domnule True? M-aţi auzit?

El a râs cu dezinvoltură.

– Îmi cer scuze, mă gândeam la ceva. Deci, cum se distrează copiii din oraşul ăsta?

Ea a ridicat din umeri.

– Chestiile obişnuite. Patinăm, schiem, jucăm bowling, călărim. Vara, ne ducem la lacul Angel. La Currigan Point există un copac gigantic, de care e agăţat un leagăn de funie.

În mod evident, astfel de distracţii nu reprezentau deloc „chestiile obişnuite" cu care se delectau tinerii din Los Angeles, cu atât mai puţin copiii celebrităţilor. Dacă J.C. ar fi crescut alături de Julian, şi-ar fi petrecut viaţa în spatele unor porţi de fier, protejată de gărzi de corp. Nu ar fi ştiut cum era să meargă cu bicicleta prin oraş, ca să-şi cumpere un suc de la magazin.

Pentru prima dată, Julian a înţeles ce anume îi ceruse Kayla în urmă cu toţi acei ani. Folosise cuvinte cum ar fi „dezintoxicare" şi „siguranţă", dar nu despre asta fusese vorba. Ea îşi dorise o viaţă normală pentru fiica lor.

Doar atât. O viaţă normală.

Dar Julian nu-şi dorise niciodată aşa ceva. Însă acum, în timp ce o ţinea în braţe pe fiica ce era a lui şi, în acelaşi timp, nu era, şi-a pus întrebări în legătură cu preţul pe care îl plătise pentru faima lui.

Revelația bruscă a faptului că își părăsise cu totul fiica l-a lovit cu o duritate nemaipomenită, lăsându-l fără suflare. Ca și cum ar fi intrat într-o încăpere care îi era la fel de familiară precum propriul dormitor și, dintr-odată, o găsise goală.

Bineînțeles că ar fi trebuit să fie tot timpul conștient de asta, dar până în acel moment nu se gândise deloc la așa ceva.

Nu era tatăl lui J.C. Ea avea acasă un bărbat care o iubea, care știa dacă purtase aparat dentar sau dacă sforăia în somn, care fusese alături de ea ca s-o ridice ori de câte ori căzuse.

Julian plantase sămânța acelui copil, dar nu voise s-o facă să crească; nu ar fi putut niciodată să ajute acea sămânță să devină floarea plină de viață, frumoasă, pe care o ținea acum în brațe. Cum ar fi putut ajuta o altă persoană să se dezvolte, când avea nevoie de atât de mult soare pentru el însuși?

Chiar dacă era suficient de inteligent ca să știe adevărul – că nu era tatăl acelei fete și nu avea să fie niciodată –, nu se putea abține și-și dorea, visa ca lucrurile să fi stat altfel.

Cântecul s-a sfârșit. Julian s-a aplecat, trist, și a sărutat-o pe obraz. Apoi a făcut lucrul la care se pricepea cel mai bine: a plecat.

Liam era în camera de zi, bând dintr-un pahar de scotch îndoit cu apă, când a auzit mașina apropiindu-se.

S-a încordat imediat. Stătuse acolo ore bune, lângă lumina unei singure veioze, gândindu-se la hotărârea pe care o luase împreună cu Julian. Cu cât se gândea mai mult, cu atât mai mult își dădea seama cât de nesăbuit și de periculos era să-i ascundă lui Jacey adevărul. Orașul în care trăiau era mic; bârfa se muta precum un roi de albine de pe o floare pe următoarea, peste garduri de lemn și prin intermediul liniilor telefonice. Șiretlicul cu fundația Make-a-Wish avea să funcționeze o vreme, dar Liam nu credea că Julian înțelegea care era miza. Oricine spunea „Știi cum e. Am fost îndrăgostiți... și pe urmă nu am mai fost" avea o înțelegere destul de vagă a iubirii și a suferinței pe care aceasta putea s-o provoace.

Ideea de bază era că Liam ura s-o inducă în eroare pe Jacey. Nu putea crede că înșelăciunea servea vreodată cu adevărat interesul cuiva. Mai nou, de fiecare dată când se uita la Jacey, simțea perdeaua grea, neplăcută, a minciunii dintre ei.

Ușa din față s-a deschis dintr-odată, iar imediat după asta Jacey s-a ivit în camera de zi. Avea obrajii roșii și ochii de culoarea cafelei îi străluceau.

Liam nu putea să-i destăinuie nimic pe loc, nu în acea noapte, care trebuia să fie doar una a momentelor magice.

– Bună, tată, a spus ea, visătoare, făcând o piruetă și ridicându-și brațele într-o postură de balerină.

Liam a luat aparatul de fotografiat și a surprins câteva instantanee – pentru Mike.

– Cum a fost?

Jacey s-a dus până la canapea și s-a lăsat în jos cu grația unei păsări colibri, sărutându-și tatăl pe obraz cu o delicatețe aproape imaterială.

– Absolut minunat! Perfect! Am făcut tone de fotografii pentru mama.

Apoi Jacey și-a înăbușit un căscat.

Liam a privit-o, simțind că iubirea lui pentru ea era intensă precum o durere de inimă.

– Mama ta o să vrea să vadă în amănunt fiecare poză.

Zâmbind, Jacey s-a răsucit și a plutit către trepte. Liam a urmat-o, stingând luminile pe măsură ce înainta.

La ușa dormitorului, Jacey s-a oprit și i-a zâmbit.

– Ghici ce s-a întâmplat, a spus ea.

El i-a dat la o parte o șuviță de pe față.

– Ce?

– Julian True și-a făcut apariția la banchet. M-a invitat la dans. Pe mine. Mi-a spus „Jacey cu părul negru ca miezul nopții". O să-mi amintesc mereu noaptea asta.

Mâna lui Liam a înghețat pe obrazul ei.

– Dar...

– Noapte bună, tati!

Înainte ca el să poată răspunde, Jacey l-a sărutat pe obraz, a intrat în camera ei și a închis ușa.

Liam a rămas pe coridor mult, mult, timp. Apoi, încet, a bătut la ușa lui Jacey. Ea a deschis-o, iar el a încercat să zâmbească și a spus:

– Eu... tocmai am primit un apel de urgență – nu te îngrijora, nu este despre mama –, dar trebuie să mă duc la spital. Mă întorc imediat.

Ea a zâmbit, visătoare; Liam și-a dat seama că abia dacă îl asculta.

– Bine. Ai grijă cum conduci!

El a dat din cap în semn de salut și a închis ușa. L-a cuprins un val de furie care creștea continuu. Însă el detesta acel sentiment sumbru și chinuitor, care îi crea aceeași senzație precum purtatul unui pulover ieftin de lână, mai mic cu un număr. S-a năpustit în garaj și a sărit în mașină.

L-a găsit pe Julian pe treptele din față ale pensiunii, fumând o țigară. Era îmbrăcat în tricou și blugi – prostul de el – și tremura ca o piftie.

Liam a frânat, făcând roțile să patineze, iar apoi a sărit din mașină.

– La ce naiba te-ai gândit?

Julian a privit în sus. Frigul fusese dur cu fața lui, îi scursese toată culoarea din obraji.

– A trebuit s-o văd.

Furia lui Liam s-a topit în întregime. Fără ea, s-a simțit secătuit. Era multă tristețe în ochii albaștri ai lui Julian, o imagine a înfrângerii autentice. Bineînțeles că trebuise s-o vadă.

– Este frumoasă, Liam. Imaginea fidelă a Kaylei. Am privit-o și... nu am văzut nimic din mine.

Liam nu a știut ce să spună. Își dădea seama că Julian nu se gândise niciodată cu adevărat la fiica lui și la ce însemna să fii tatăl cuiva. Al unei tinere fete.

Julian a mai tras o dată din țigară, iar apoi a stins-o în zăpada proaspătă, făcând mucul să fâsâie și să scoată un fir de fum.

– Nu i-am spus. Nu-mi imaginez că aș putea să-i spun vreodată.

Liam a făcut un pas în față.

– De ce nu?

– Cum aș putea să-l fac pe un bărbat ca tine să înțeleagă? A oftat, scoțând pe gură un vălătuc de abur. Distrug tot ce ating. A încercat să zâmbească. Cred că tocmai mi-am dat seama de asta. Nu vreau s-o rănesc pe J.C.

Liam a simțit că, în cele din urmă, întrezărea ceva real în Julian. Nu a putut să nu încerce un sentiment de milă față de el.

Julian s-a ridicat încet în picioare.

– Nu-i spune, Liam. Te rog, nu...

Mai târziu, Liam s-a întrebat ce îl convinsese: regretul trist al lui Julian sau propria frică de a nu răni inima fragilă a lui Jacey. Orice ar fi fost, s-a trezit spunând:

– De acord, Julian.

Capitolul 17

Julian stătea lângă patul Kaylei, povestindu-i întâmplări din viața lor împreună. Până la urmă, își dăduse seama de cât de important putea fi un clipit – acum ar fi acceptat orice semn de viață ar fi dat ea.

Pielea Kaylei părea să fi devenit mai palidă în ultimele douăzeci și patru de ore.

– Hei, Kay, a spus el cu glas scăzut, apropiindu-se de ea.

Picioarele scaunului au scos un scârțâit îngrozitor pe linoleum, iar el s-a bucurat de acel zgomot. Orice era mai bine decât acea liniște cumplită.

Julian a închis ochii. Asta făcea să îi fie mai ușor să alunece în trecut. În întuneric își putea aminti de fata de care se îndrăgostise.

– Mă gândeam la ziua în care te-am cerut de soție. Îți aduci aminte?

Asta se întâmplase într-o zi de toamnă târzie. Aerul în Sunville era proaspăt și rece, impregnat de mirosul înțepător al merelor coapte. Julian nu intenționase cu adevărat să se întoarcă la Kayla. Atunci când o părăsise, după ce se încheiaseră filmările, se gândise că ea fusese, pur și simplu, o altă crestătură pe tăblia patului, cu nimic diferită față de gimnasta franceză cu care se culcase în timp ce stătuse la Paris pentru filmările la *Bone Deep*. Dar fiecare oră petrecută departe de Kayla păruse cât o zi, iar fiecare zi, cât o lună. Spre mirarea lui, descoperise că-i era dor de ea.

Aşa că se întorsese în acel loc de la marginea lumii. Aşteptase până la ora închiderii localului în care lucra Kayla, ca să o găsească singură. Iar apoi, încet, foarte încet, intrase şi se aşezase lângă tonomat...

– O să-mi amintesc mereu de felul în care arătai, stând lângă tejghea, cu acea uniformă portocalie urâtă atârnându-ţi pe corp. Şi de felul în care suna numele meu învăluit în vocea ta... Mi-am dat seama că îţi era frică să speri că mă întorsesem după tine. Ştiam că te gândeai la preţul unei vieţi petrecute alături de un bărbat ca mine. Mi-ai spus: „Nu sunt gravidă, dacă ai venit să afli asta".

Julian aproape că a zâmbit.

– Îmi aduc aminte că mi-am dorit să fi fost genul de bărbat care să se întoarcă pentru a pune acea întrebare. Am ştiut că ar fi trebuit să mă răsucesc pe călcâie şi să plec, dar am simţit din nou scânteia dintre noi, acea pasiune. Nu-mi mai fusese niciodată atât de frică, iar tu, cumva, ştiai asta.

Am încercat să-ţi spun adevărul despre mine. Ţi-am mărturisit că nu eram potrivit pentru tine, că nu fusesem în viaţa mea fidel unei femei, dar tu nu ai făcut altceva decât să zâmbeşti. Aşa că ţi-am povestit totul: că m-am întors la Hollywood şi am început să citesc scenarii, să merg la interviuri şi să vorbesc cu oamenii... dar că mă trezeam dimineaţa şi mă gândeam la tine. Mă duceam la culcare noaptea şi mă gândeam la tine. M-am culcat cu alte femei şi m-am gândit la tine.

Am ştiut că acea ultimă mărturisire avea să te rănească, dar, oricum, ţi-am făcut-o. M-am gândit că, poate, avea să mă facă să nu-ţi mai spun şi restul. Că, poate, urma să mă dai afară, ceea ce m-ar fi făcut să te părăsesc din nou. Dar tu te-ai mulţumit să mă priveşti şi să-mi zâmbeşti, aşteptând.

Îţi aduci aminte ce am spus apoi? „Nu vreau să te iubesc, Kayla." Am ştiut că ai auzit cuvintele care contau – „nu vreau" – dar, puse alături de iubire, păreau să nu aibă nici o putere. Am scos cutiuţa de catifea din buzunar şi ţi-am oferit-o. Văzând inelul cu diamant, ai început să plângi. M-am aşezat într-un genunchi – îţi aduci aminte? A fost singura dată în viaţa mea când am făcut asta. Am îngenuncheat și te-am implorat să te măriți cu mine. Ai luat inelul și ți l-ai pus pe deget.

Am vrut să-ți declar ceva romantic, dar n-am reușit să spun decât: „Dacă ești deșteaptă, o să mă refuzi".

Julian i-a atins mâna Kaylei.

– Am știut că aveam să te rănesc, Kay. Mai devreme sau mai târziu. Și îmi pare atât de al naibii de rău...

Ușa s-a deschis.

El a auzit cadența bine cunoscută a pașilor lui Liam.

– Cum e?

Julian a ridicat din umeri.

– La fel.

Liam a băgat o casetă în aparat – „Lost in Love"[1], a lui Air Supply –, iar apoi s-a așezat la locul lui obișnuit, de cealaltă parte a patului, aproape de Mikaela.

– Bună, Mike!

Julian îl invidia pe Liam, care era capabil să stea acolo ore întregi, vorbind cu soția lui, ținând-o de mână, crezând într-un final fericit, chiar în timp ce ei amândoi o vedeau stingându-se printre așternuturi.

Julian s-a uitat la Kayla, iar gândurile i s-au întors la ziua în care o ceruse de soție.

– Am rănit-o, a spus el în șoaptă, dându-și seama o secundă prea târziu că vorbise cu voce tare.

– De ce?

După seara trecută, Julian simțea o apropiere ciudată de soțul Kaylei. Liam era singura persoană din lume care știa cum era să stai acolo, oră de oră, rugându-te pentru un miracol.

– E ceva în neregulă cu mine. Nu iubesc pentru mult timp. Am dorit-o pe Kayla, am dorit-o cum nu mai dorisem nici o femeie înainte de ea sau după aceea. Eram atât de al naibii de îndrăgostit de ea...

– Cred că poate „îndrăgostit" are o viață foarte scurtă, precum frișca bătută. Indiferent ce ai face cu ea, se acrește. Dar dacă ai

[1] „Pierdut în iubire"

noroc, treci de „îndrăgostit" și ajungi ca, pur și simplu, să iubești pe cineva.

– Așa o iubești tu.

– Da.

Julian știa că următoarea întrebare avea să-l rănească pe Liam, dar trebuia s-o pună.

– Ea te-a iubit în felul ăsta?

Julian a văzut că Liam voia să-l mintă, să spună că da, absolut, cu siguranță, din toată inima; a văzut și momentul în care Liam a pierdut bătălia.

A zâmbit strâmb.

– Ironia sorții funcționează astfel: cred că mă iubește... dar nu știu dacă a fost vreodată îndrăgostită de mine. Liam a făcut o pauză, apoi a întrebat: Ai avut vreodată o familie, Julian? Vreau să spun, o familie adevărată, care rezistă în vremuri bune și în vremuri rele... genul de familie care te ridică atunci când te duci la fund?

Întrebarea l-a durut pe Julian. Întotdeauna își dorise o familie, dar o familie însemna să dai și să primești. Singura lui șansă fusese Kayla; dacă ar fi rămas alături de ea, poate că ar fi știut ce însemna să aparții unui grup de oameni care te iubesc orice ar fi, care plâng atunci când pierzi și aclamă atunci când câștigi.

Julian și-a pipăit buzunarul, căutând un pachet de țigări, apoi și-a amintit că se afla într-un spital. Liam se uita acum la el, iar Julian și-a dat seama că îl vedea cu adevărat. Ceea ce l-a făcut să se simtă ca și cum intestinele i-ar fi fost întinse pe masa de operație pentru ca Liam să le examineze, ele fiind, precum plămânii unui fumător, negre și distruse.

Julian nu a răspuns. Până la urmă, Liam a tras un scaun și s-a așezat. În următoarea oră, au vorbit pe rând cu Kayla.

După o vreme, Liam s-a uitat la ceas.

– Ei bine, trebuie să plec. Copiii ajung acasă în curând.

S-a ridicat în picioare și a mângâiat obrazul Kaylei.

– La revedere, iubito. Mă întorc mâine.

Apoi s-a aplecat și a sărutat-o pe frunte, șoptind un cuvânt pe care Julian nu l-a putut distinge.

Liam aproape ajunsese la ușă, când Julian a întrebat:

– Cum o faci?

Liam s-a uitat la el, cu mâna pe mânerul ușii.

– Cum fac ce?

– Cum continui să crezi că o să se trezească?

– O iubesc.

Julian s-a încruntat.

– Știu. Dar cum o faci?

Privirea lui Liam s-a îndreptat către soția lui.

– Trebuie.

Julian l-a urmărit pe Liam părăsind camera. Fără el, tăcerea a părut jenantă. Julian s-a dus mai aproape de pat, a apucat mâna inertă a Kaylei și a strâns-o tare.

– Cum se face că îmi pot aminti atât de bine cum m-am îndrăgostit de tine și, în același timp, am atât de puține amintiri legate de sfârșit? Povestea noastră de iubire este limpede precum cristalul, dar căsătoria noastră, viața noastră... au dispărut. Singurul lucru pe care mi-l amintesc este ziua în care ai plecat. Nu-mi aduc aminte nici măcar să fi încercat să te opresc. Am încercat? Am spus vreodată „Nu mă părăsi"? Am știut ce aveam să devin fără tine? A oftat. O, Doamne, Kayla, mi-a păsat, măcar?

Îl aude rostindu-i numele.

Încearcă să ajungă la el, dar lângă ea nu e nimic. Simte din nou panica acumulându-se, învolburându-se în jurul ei.

În minte i se învârt tot felul de imagini, precum cele ale caleidoscopului unui copil. Atunci când ele se opresc, ea e deja în altă parte. Într-o casă.

Încearcă să vorbească, să strige, dar s-a întâmplat ceva cu gâtul ei. În depărtare se aude un geamăt. Este ea... sau poate că nu...

Este la Hollywood acum, în casa lor, așteptându-l pe Julian. Se uită pe fereastră; tot ce vede este cenușiu. Copaci cenușii, flori cenușii, cer cenușiu; singura pată de culoare o reprezintă negrul penelor unei ciori, care croncăne cu capul întors spre ea.

Nu, nu cioara este cea de la care vine acel sunet. Este plânsetul puiului ei. Se întoarce din instinct ca să meargă la fiica ei, dar aude pașii bonei. Ezită, fiindu-i frică să nu cumva s-o deranjeze pe femeia aceea mai bătrână decât ea, cu față acră, care pare să știe totul despre creșterea fetițelor.

Este obosită de viața asta plină de râsete, de droguri și de sex făcut în paturile altor oameni. Obosită de femei frumoase și subțiri, cu ochi goi, femei care nu au niciodată în portofele fotografii ale unor copii. Este singură, mai singură decât a fost vreodată. De la nașterea lui Jacey, Julian e distant. Nu o ține niciodată în brațe pe fiica lui și nu vorbește cu ea. În loc de asta, angajează alte femei ca să îndeplinească sarcinile pe care Kayla își dorește să nu le împartă cu nimeni.

Cum se poate ca asta, aducerea unui copil în viețile lor, să nu-l fi schimbat? Fiindcă nașterea fetiței a transformat fiecare celulă din corpul ei.

Acum stă în umbrele camerei de zi, lângă șemineul pe gaz, care e forte decorativ și are înăuntru culoarea și sunetele focului, dar nimic din căldura lui.

După ce Julian ajunge acasă – târziu, ca de obicei, și mirosind a parfumul altei femei –, ea vede cât de bătrân și de obosit arată și se întreabă de cât timp anume arată el așa și câtă vreme a trecut fără ca ea să bage de seamă acea schimbare în rău. Drogurile și alcoolul și-au lăsat amprenta pe pielea lui, efectul lor făcându-se simțit chiar și în felul în care se mișcă, numai cu încetinitorul.

– Jules?

El se întoarce către ea zâmbind, chiar înainte de a o vedea.

– Hei, iubito!

Pe când se apropie, ea îi vede ochii roșii, nasul care îi curge de la prea multă cocaină. Se mișcă nesigur, ca o marionetă cu sforile rupte, iar ei îi frânge inima să vadă asta cu atâta claritate.

Îi ia mâinile într-ale ei, încercând să nu observe felul în care îi tremură, și nici umezeala palmelor.

– Trebuie să vorbim, Jules.

Ea vede iritarea din ochii lui. Chiar dacă el încearcă s-o ascundă.

– Nu iar, Kay! O, Doamne, nu iar...! Știu că am lipsit de la ziua de naștere a copilului. Haide să nu reluăm povestea la nesfârșit.

Se eliberează din strânsoarea mâinilor ei și se duce la bar, unde își pregătește un cocktail, pe care îl bea prea repede. Apoi bagă mâna în buzunar și scoate o punguță de cocaină.

Ea îl vede cum trage drogul pe nas și nu există cuvinte care să descrie profunzimea tristeții ei. Își întoarce fața de la el.

– Trebuie să ne schimbăm viețile, Julian.

– Știu, iubito, șoptește el sărutând-o pe obraji, pe pleoape, apucându-i fața în mâini. Și o s-o facem.

Este răspunsul pe care i l-a dat de mii de ori, dar acum nu mai e suficient.

– Nu pot să mă uit la tine cum te sinucizi, Jules. Te... iubesc prea mult ca să fac asta. Și n-o pot lăsa pe Juliana să crească în lumea asta în care trăim noi acum. Vreau să știe cum e să te simți în siguranță.

El se încruntă.

– Vorbești serios de data asta!

Ea se întoarce cu spatele și se duce înapoi la fereastra cea mare. E incredibil, se gândește, cât de repede se poate schimba o viață. Poți să auzi niște cuvinte care, de fapt, nu au nici o acoperire, și tocmai ele să te facă să vezi ceea ce nu văzuseși înainte.

Simte cum Julian vine în spatele ei. Fereastra îi reflectă imaginea estompată.

– Ai fost serios atunci când mi-ai spus toate acele lucruri mai demult, la Sunville, spune ea pe un ton sec. De fapt, nu voiai să te însori cu mine.

– Nu voiam să te pierd.

Se întreabă dacă el vede oceanul care separă întrebarea de răspuns.

Ea nu o poate crește pe Juliana în acea lume. Indiferent de cât de mult l-ar iubi pe Julian, nu poate să-i facă asta fiicei ei. Dacă e un lucru pe care îl cunoaște, este durerea provocată de un tată care nu poate fi deranjat să-și petreacă timpul împreună cu copilul lui.

– Îmi pare rău, Julian, șoptește ea, simțind cum lacrimile i se preling pe obraji.

Brațele lui o cuprind, strângând-o cu putere.

– Te iubesc, Kayla, dar nu pot renunța la toate astea. Ele mă definesc.

Ea îi atinge fața.

– Te iubesc, Julian, mai mult decât... Nu poate să termine fraza. Nu există nimic suficient de mare cu care să compare iubirea pentru acest bărbat. Aș vrea să fim bătrâni și cărunți, și aș mai vrea ca

toate astea să fie de domeniul trecutului, spune ea în cele din urmă. Aş vrea să avem şaizeci de ani şi să stăm împreună lângă foc, să ne uităm la fotografii cu nepoţii noştri... şi să râdem de vremurile astea. Aş vrea...

Vocea i se curmă din pricina durerii care i se răspândeşte în corp. Nu mai poate spune nimic.

Acele amintiri sunt prea mult pentru ea. Închide ochii şi se cufundă iar în dulcele, binecuvântatul întuneric.

În seara aceea, la cină, Liam a încercat să zâmbească şi să stea de vorbă cu preaiubiţii lui copii, dar singurele lucruri pe care le-a auzit au fost micile momente de tăcere care se adunau în jurul cuvintelor lui. Şi-a mai luat o porţie de orez şi a surprins o frântură din reflexia lui în suprafaţa concavă, argintie, a unei linguri supradimensionate.

L-a cuprins frica; era ca şi cum s-ar fi scufundat în lacul Angel în cea mai lungă noapte de iarnă.

Mâna a început să-i tremure. Lingura de argint a început să zăngănească pe farfuria de alpaca.

– Tati! a strigat Bret, cu ochii larg deschişi. Eşti bine?

Liam a dat drumul lingurii şi a întins mâinile. Chiar dacă bruscheţea mişcării lui a fost surprinzătoare, nimeni nu a reacţionat în mod vizibil.

– Haideţi să ne ţinem de mâini, a spus el.

Şezând în jurul mesei, s-au întins unii către alţii. Liam a simţit mânuţa lui Bret alunecând în mâna lui; apoi Jacey l-a apucat de cealaltă mână. Rosa s-a întins din celălalt capăt al mesei.

La atingerea lor delicată, care dovedea încredere, Liam a simţit cum îi revenea credinţa de care avea nevoie.

– Haideţi să ne rugăm. Rosa, faci tu onorurile?

Ea îl urmărea din capul mesei. Liam şi-a dat seama că îl înţelegea. Rosa a acceptat cu un gest şi a închis ochii, plecându-şi capul. Vocea ei melodioasă, expresivă, a răsunat precum o muzică în liniştea încăperii:

– Tată din Ceruri, îţi mulţumim pentru că suntem toţi patru la această masă, pentru iubirea pe care o avem unii faţă de alţii şi pentru puterea pe care ne-o oferim unul altuia. Îți mulțumim pentru că Mikaela continuă să trăiască. Știm că veghezi asupra ei, că o protejezi și că o binecuvântezi cu prezența Ta în bezna somnului ei. Din nou îți aducem umilele noastre rugăciuni ca în curând ea să se întoarcă în brațele iubitoare ale familiei. În numele Tatălui, al Fiului și al Sfântului Duh, Amin.

Liam a deschis ochii și s-a uitat la copiii lui.

– Vă iubesc, a spus el cu blândețe.

Așa se petreceau lucrurile în acele zile. Cele mai bune clipe erau astfel de momente liniștite, ascunse în colțurile a ceea ce trecea drept viața de zi cu zi. Fiecare dintre ei învăța să prețuiască acele lucruri despre care crezuse cândva că i se cuveneau din principiu.

Și să fie recunoscător pentru viața pe care o mai avea de trăit.

PARTEA A PATRA

Viața nu poate fi înțeleasă decât de la coadă la cap,
dar trebuie trăită de la cap la coadă.

SØREN KIERKEGAARD

Capitolul 18

Nuanța apei este acum de un frumos azuriu. Ea se află pe fundul unei piscine, uitându-se în sus. Își simte mâinile și picioarele grele; mișcările ei întâmpină rezistență din partea apei, dar a învățat că, dacă se concentrează cu adevărat și își adună toată voința, își poate ridica degetele de la mâini și le poate mișca pe cele de la picioare. Știe că într-o vreme, demult, asta nu ar fi însemnat mai nimic, fiind ceva ce până și cel mai mic nou-născut putea face, dar pentru ea, pierdută cum este în piscina plină de apă azurie, nesfârșită, posibilitatea acelor minime mișcări înseamnă totul.

Plutește prin apă, ridicându-și corpul imponderabil tot mai sus, mai sus. Apa se dă ușor la o parte de pe ea și o înalță.

De îndată ce ajunge la suprafață, apa îi alunecă de pe față. Gâfâie, respirând cu nesaț aerul dulce, cu miros de pin, iar apoi îl trage cu lăcomie în piept. Degetele îi zvâcnesc și se întinde după ceva... după umbra din fața ei.

Deschide ochii și, imediat după asta, scoate un țipăt. Lumina este atât de strălucitoare, iar ea nu îi poate suporta strălucirea!

„– A deschis ochii! O, Doamne, Mike... suntem aici..."

Inspiră profund, ca să se calmeze, iar apoi deschide din nou ochii. La început lumea este un amestec derutant, discordant, de lumină albă stridentă și de umbre negre, înclinate. Simte ceva călduț în palmă. Încearcă să apuce acel ceva, dar degetele i se îngreunează din nou, neputincioase.

Clipește; își folosește toată concentrarea de care e capabilă pentru a întoarce capul. Ceva îi blochează mișcarea, o umflătură din țesătură de bumbac.

Umbrele se învârt în fața ei, mișcându-se ca niște miraje pe o autostradă pustie. Apoi, încetul cu încetul, încep să capete formă.

În jurul ei sunt trei bărbați.

Julian. Îl vede, vede acei preaiubiți ochi albaștri care se uită la ea. Se întinde spre el, cu intenția de a-i atinge fața cu o mângâiere delicată, dar nu are autocontrol și îl plesnește peste obraz. Vrea să râdă din cauza expresiei lui mirate, dar, în loc de asta, izbucnește în plâns. Mai multă apă îi alunecă acum pe obraji, cu gust sărat, ca marea cea neagră care a ținut-o captivă. Îi este teamă. Nu se poate opri din plâns.

Încearcă să vorbească. O doare, o arde. Totuși, împinge un sunet prin gâtlejul ei tumefiat și rănit, iar după ce cuvântul este eliberat, sfârtecat și prea puțin inteligibil, plânge și mai tare.

– Ju... li... an.

– Sunt aici, iubito, spune el cu vocea pe care ea și-o amintește atât de bine, vocea care pare conectată la corzile sensibile ale inimii ei. Kayla, iubito, ești aici? Strânge-mă de mână!

Deschide din nou ochii, clipind lent.

A părut să-i ia ore întregi ca să se concentreze, dar, atunci când a reușit, l-a văzut stând alături de ea și privind-o, ceea ce a făcut-o să simtă un val de bucurie. A spus:

– Te-ai... întors.

Alt bărbat s-a aplecat deasupra ei. Pe buzunarul halatului său alb stă scris *Dr. Liam Campbell.*

– Bună, Mike!

Ea s-a încruntat și a încercat să miște capul ca să se uite după Mike. A obosit și a renunțat. A încercat să-și amintească în ce fel ajunsese acolo, dar nu a reușit. Își amintea fiecare moment al vieții ei, până în clipa în care își luase adio de la Julian. După aceea, doar beznă totală. Asta a îngrozit-o.

– Nu... știu... unde...

– Ești la spital, a spus cineva.

– Juliana? a murmurat ea. Unde e bebelușul meu?

– Bebeluş?

Julian s-a întors către ceilalţi bărbaţi.

– Ce naiba se întâmplă?

Ceva nu era în regulă. Fusese rănită, şi-a dat ea seama dintr-odată. Rănită. Şi nu-i răspundeau la întrebarea legată de Juliana. O, Doamne...

Celălalt bărbat i-a atins faţa cu o blândeţe care a calmat-o. A clipit înspre faţa lui estompată, neclară. Bărbatul i-a tamponat lacrimile cu o batistă.

– Nu plânge, Mike. Fiica ta e bine.

Avea încredere în el. Juliana era bine.

– Cine...

– Nu te grăbi, iubito! Ia-o încet.

– Cine... eşti tu? a întrebat ea în cele din urmă.

Înainte ca el să răspundă, ea şi-a pierdut interesul. Îşi simţea capul atât de greu... şi de lovit. Singurul lucru care conta era faptul că fiica ei era bine.

A închis ochii şi s-a scufundat înapoi în apa albastră, înapoi în locul în care totul era calm, călduţ şi în care nu-i era frică.

– Amnezie retrogradă.

Liam şi Julian stăteau aşezaţi în faţa biroului de lemn masiv de stejar al lui Stephen Penn. Steve părea epuizat.

Liam s-a aplecat în faţă, sprijinindu-şi braţele de coapse.

– În posttraumatic...

– La naiba, staţi puţin! a protestat Julian, sărind în picioare. Se învârtea în biroul micuţ precum un leu în cuşcă, trecându-şi în mod repetat mâna prin păr. Nu am făcut douăzeci de ani de colegiu şi nu ştiu despre ce vorbiţi voi acolo. Ce naiba e aia amnezie retrogradă?

Stephen şi-a dat jos ochelarii cu lentile mici, rotunde, şi i-a aşezat cu grijă pe tăblia înţesată de obiecte a biroului. Nu s-a uitat la Liam în timp ce vorbea.

– În momentul unei traume grave, creierul nu mai acumulează amintiri. Din acest motiv, victima unui traumatism cranian grav rareori îşi mai aminteşte incidentul în sine. De cele mai multe ori, ultima amintire limpede este cea a unui eveniment care s-a petrecut cu zile, săptămâni... sau chiar ani înainte. Deseori este vorba despre amintiri puternice, semnificative – nunţi, naşteri, genul acesta de lucruri. Se pare că mintea Mikaelei e... blocată, dacă vreţi, cu câţiva ani în urmă. Pare să creadă că Jacey este încă bebeluş. A făcut o pauză. În mod evident, nu-şi aminteşte deloc viaţa ei cu Liam.

– Cât timp crezi că o să dureze amnezia? a întrebat Liam, chiar dacă ştia răspunsul.

– Nu avem cum să ştim, a răspuns Stephen cu glas scăzut. Deşi există şanse ca memoria să-i revină. Cazurile de amnezie retrogradă de lungă durată sunt rare. Vocea i-a devenit mai blândă. Dar se întâmplă.

– Cum putem s-o ajutăm? a întrebat Liam, cu o voce stinsă.

– Acum îi este frică şi este derutată. Trebuie să înaintăm foarte, foarte încet. Mintea e un lucru extrem de fragil, mult mai delicat decât creierul. Nu vrem s-o copleşim cu informaţii înfricoşătoare. S-a uitat, în sfârşit, la Liam. Cred că cel mai bine este s-o lăsam să-şi revină în mod natural.

Liam a oftat, obosit.

– Vrei să spui că ar fi bine ca eu şi copiii să ne ţinem deoparte.

– Îmi pare rău, Liam. Nici nu-mi pot imagina cât de greu este pentru tine. Dar cred că are nevoie de o perioadă de timp în care să-i lăsăm mintea să se vindece. Îţi poţi imagina cum este să-ţi dai seama că ai pierdut cincisprezece ani din viaţă?

– Da, a spus Liam. Îmi pot imagina.

Şi-a plecat capul, privind covorul oriental atât de mult timp încât culorile au părut să se amestece şi totul a început să semene cu o imensă rană.

Ce naiba avea să le spună copiilor lui?

Julian s-a dus la un telefon public şi l-a sunat pe Val.

– S-a trezit azi, a spus el după ce Val i-a răspuns.

– Ei, na! Cum e?

– Are amnezie. Nu-şi aduce aminte nimic din ultimii cincisprezece ani. Crede că suntem în continuare căsătoriţi.

– Vrei să spui...

– E în continuare îndrăgostită de mine, Val. Fără nici o amintire neplăcută legată de despărțirea noastră.

Val a scos un fluierat.

– O, Doamne, ce ai făcut? Ai scris un scenariu? Ăsta-i un nenorocit de basm, iar tu ești prințul. Presa o să adore povestea!

Julian s-a sprijinit de peretele cabinei.

– Nu înțelegi. Cum o să-i spun că nu m-am întors niciodată după ea? Val? Val?

În locul răspunsului, s-a auzit tonul.

Înjurând, Julian a pus receptorul în furcă. Pentru prima oară de când ajunsese acolo, îi era frică.

Trăia. Acela era miracolul asupra căruia trebuia să se concentreze Liam. În ultimele săptămâni, se rugase la Dumnezeu s-o vindece, s-o ajute să deschidă ochii. În tot acel răstimp, se pregătise mental să înfrunte ideea legată de handicapurile fizice care puteau rezulta dintr-o comă prelungită. Paralizie, leziuni cerebrale, chiar moarte – se pregătise să facă față unor asemenea situații. Nu se rugase niciodată la Dumnezeu să-i dea memoria înapoi lui Mike.

Acum, în timp ce conducea spre casă, își reamintea că amnezia retrogradă era un efect secundar comun și de scurtă durată al unei leziuni cerebrale grave.

De scurtă durată. Acestea erau cuvintele de care se străduia să se agațe, dar ele se prăbușeau sub greutatea fricii.

Dar dacă ea nu avea să-și amintească niciodată de el sau de copii?

S-a concentrat să respire normal; nu părea mare lucru, dar dacă nu se gândea la ea, ajungea într-o stare în care panica îl încolțea, dându-i senzația că era tangibilă și că se găsea la numai câțiva centimetri de fața lui, silindu-l să tragă aer în piept cu forță, adânc, numai ca să supraviețuiască.

„Cine ești tu?“

Oare avea să uite vreodată aceste cuvinte? Să uite durerea care îl străpunsese în acel unic, înfiorător moment în care ea rostise numele lui Julian... iar apoi îl întrebase pe el cine era?

Știa că starea lui Mike era una pur medicală, o eroare în funcționarea creierului ei traumatizat. Dar era bărbat în aceeași măsură în care era doctor, iar bărbatul din el se simțea așa cum s-ar fi simțit oricare altul în locul lui. De parcă în cei doisprezece ani pe care și-i petrecuseră împreună, în care trăiseră momente majore și momente de zi cu zi – cele din urmă însemnând că iubirea lor se materializase în sarcini de tot felul, mese luate în familie și conversații înainte de culcare – el, Liam, nu lăsase nici o urmă în mintea ei.

De parcă iubirea lui ar fi fost precum valurile care mișcau și modelau malul, dar care niciodată nu îl schimbau cu adevărat.

Era ridicol. Mike își iubea copiii cu fiecare fibră a sufletului, și iată că îi uitase și pe ei.

Nu, asta nu era adevărat. Îl uitase numai pe Bret, fiul lui Liam. Și-o amintea pe Jacey. Și-l amintea, de asemenea, pe Julian.

Liam nu putea scăpa de panica teribilă și tot mai intensă pe care i-o dădea gândul că iubirea lui, în cele din urmă, nu avea să conteze deloc. Și ce să le spună copiilor? Deja trecuseră prin atât de multă suferință, prin atât de multă frică! Bietul Bret își vizitase mama plin de curaj, zi de zi, fredonându-i cântecele ei favorite, așteptând un zâmbet. L-ar fi distrus să știe că mama lui nu și-l amintea. O singură privire goală, și Bret s-ar fi prăbușit.

Jacey ar fi încercat să abordeze situația ca un adult, dar înlăuntrul ei, adică în acea parte a ei care conta cu adevărat, ar fi cedat ca o fetiță. Și-ar fi dat seama că toate lucrurile pe care le împărtășise cu mama ei fuseseră pur și simplu anulate, duse pe vecie. Fiecare discuție, fiecare amintire împletită în viețile lor ar fi rămas numai a lui Jacey.

Acum Liam nici nu se mai putea gândi la propria lui frică; întreaga situație era copleșitoare.

– Te rog, Doamne, a șoptit el, nu putem face față și acestei nenorociri. E prea mult...

Ștergătoarele de parbriz i s-au mișcat pe dinainte, punctând tăcerea din mașină. O ninsoare slabă a început să cadă, adunându-se pe marginile urmelor lăsate de ștergătoare.

A deschis radioul. Din boxe s-a auzit melodia „Memories“[1] a Barbarei Streisand.

Liam a închis radioul imediat. Doamne, ce mai urma – „As time goes by“?[2]

Ninsoarea se întețea. Liam și-a văzut aleea din fața casei doar atunci când mașina a intrat, practic, pe ea.

A trecut pe tracțiune integrală și a micșorat viteza, conducând cu atenție peste pietrișul denivelat, până la garaj.

Odată intrat în casă, s-a oprit în fața ușii antreului, încercând să se adune preț de un minut, iar apoi a pășit dincolo de ușă.

– Bună! a strigat el. Am venit!

S-a auzit tropăitul grăbit al unor papuci pe parchetul de lemn masiv. A apărut Rosa, care purta un șorț vechi al lui Mike, de la clubul de echitație, pus peste un capot negru.

– *Buenas noches*, a spus Rosa ștergându-și fruntea cu palma și lăsând pe ea o urmă de făină. Fac... pesmeți pentru cină. Ai vrea o ceașcă de cafea, *si*? Sau un pahar de vin?

– Unde sunt copiii?

– Jacey trebuie să ajungă acasă din clipă-n clipă. Bret e la etaj și face duș. Ai vrea...

– Mike s-a trezit azi.

Rosa a icnit și și-a dus mâna la gură.

– *Dios mio*, este un miracol! Cum se simte?

Liam nu știa cum să cuprindă toată informația zilei într-o frază obișnuită. Până la urmă, a spus, pur și simplu:

– Nu m-a recunoscut, Rosa. Își auzea disperarea din voce, care nu mai suna deloc a vocea lui. Julian... l-a recunoscut pe Julian.

Rosa și-a lăsat mâna, nespus de lent, să coboare și să îi atârne pe lângă corp, adunându-și degetele într-un pumn încleștat.

– Ce înseamnă asta?

– Aș putea să-ți dau o mulțime de explicații tehnice, dar ideea e că memoria ei este grav afectată. Pare să creadă că are douăzeci și patru de ani și că este în continuare măritată cu Julian. Crede că Jacey e încă bebeluș.

---

[1] „Amintiri“

[2] „Cu trecerea timpului“

Rosa se uita la el cu o privire pe care o mai văzuse de nenumărate ori, aceea a unui pacient care primise o veste devastatoare. Ea își dorea acum cu disperare să i se dea speranță.

– Dar situația o să se amelioreze, *si*?

– Sperăm că amnezia e temporară. A accentuat foarte slab cuvântul „sperăm". De obicei, oamenii își recapătă memoria.

– Deci nu își amintește de tine sau de copii, sau de toți anii în care a fost despărțită de Julian.

Fiecare cuvânt era precum o cărămidă, iar după ce acele cărămizi s-au adunat unele peste altele, Liam s-a prăbușit. Era atât de simplu, atât de dezamăgitor! Se temea de acel moment de săptămâni întregi – de clipa în care inima și mintea lui aveau să spună pur și simplu: „Ajunge!" Și totuși, acum, când ajunsese în acel punct, nu se întâmpla nimic. Nici un urlet de agonie, nici o criză de plâns incontrolabil. Doar o oboseală narcotică, un gol care îi măcina oasele.

– Nu, nu își amintește, a răspuns el.

Rosa a închis ochii și și-a plecat capul. Era aproape ca și cum s-ar fi rugat.

– Ce durere trebuie să simți... nici nu-mi pot imagina.

Liam a simțit cum i se strângea gâtul.

– Da.

Până la urmă Rosa și-a ridicat privirea, iar ochii ei căprui – atât de asemănători cu ai lui Mike – erau plini de lacrimi.

– Ce o să le spui copiilor?

Iată și întrebarea cea mai importantă. Liam a oftat.

– Nici nu mă pot gândi la asta, Rosa.

– *Si*. Se roagă de atâta vreme ca ea să se trezească! Dacă află că nu-și amintește de ei, asta o să le frângă inima.

– Știu. Dar trăim într-un oraș mic. Nu e un loc în care se pot ține secrete.

Secrete. Precum cel al unui tată faimos despre care fiica lui nu știa nimic.

Rosa a făcut un pas către Liam.

– Nu le spune nimic deocamdată. Cel puțin, nu în seara asta. Dă-i timp Mikitei până mâine. Poate că atunci n-o să mai trebuiască să le spunem copiilor acest lucru teribil, *si*? S-a uitat la el. Ai avut încredere în Mikaela, doctore Liam, chiar de la început, ai crezut în Dumnezeu şi în ea. Să nu te opreşti acum! Ea încă are nevoie de tine... poate că, în clipa asta, chiar mai mult decât înainte.

– Întotdeauna a avut nevoie de mine, Rosa. Din motivul ăsta m-a luat de bărbat. Dar înainte ca întreaga poveste să se termine, o să fie despre altceva.

Rosa a tresărit.

Liam şi-a dat seama că, înainte ca el să vorbească, ea ştia ce urma să spună.

– O să fie despre iubire.

Capitolul 19

În seara aceea, după cină, Liam a încercat să se gândească la ceva care să-i mute gândul de la Mikaela. Acum erau cu toții în camera de zi, chipurile uitându-se la un film, dar nimeni nu părea să fie interesat cu adevărat de ceea ce se întâmpla pe ecran.

A început o reclamă, moment în care Jacey a tăiat sonorul.

– Deci, a spus ea dintr-odată, cum e mama?

Liam a dat drumul revistei medicale pe care se prefăcea că o citește.

– Ăăă... la fel, a spus el în mijlocul tăcerii bruște, incomode. Hei, am o idee! Ce-ar fi dacă am organiza una dintre nopțile noastre de dormit afară?

Jacey s-a încruntat.

– E frig afară.

Liam a râs forțat.

– Știu, știu. Vreau să spun că am putea să ne prefacem. Așa cum făceam pe vremea când Bret era mic. Scoatem telefoanele din priză și ne aducem aici, la parter, sacii de dormit. Prăjim bezele și facem sendvișuri cu bezele și biscuiți. Iar eu o să vă spun povestea lui Sam McGee.

– Ar fi grozav! s-a bucurat Bret.

Jacey părea speriată.

– N-am făcut asta de ani de zile. Și avem nevoie de telefon. Dacă mama...

– Am pagerul. Dacă ceva... se întâmplă, băgăm telefoanele înapoi în priză.

Jacey nu părea convinsă.

– I-am spus lui Mark că-l sun în seara asta.

Liam i-a zâmbit.

– Poți rezista câteva ore fără să vorbești cu el.

– Nu, nu poate, a spus Bret, ridicându-și capul. Și-a pus o mână pe piept și și-a dat ochii peste cap, melodramatic. O să moară dacă nu vorbește cu prietenul ei.

Jacey și-a lovit fratele peste cap, în joacă.

– Foarte amuzant! Așteaptă numai până când nu o să mai crezi că fetele au păduchi.

– Haideți, a spus Liam zâmbind, o să fie amuzant. Bunica nu a făcut asta niciodată.

Bret s-a răsucit cu fața spre Rosa.

– E ceva nemaipomenit, bunico! Tata e cel mai bun recitator de poezii.

Rosa a zâmbit.

– E bun la spusul poveștilor, *si*?

Liam a bătut din palme.

– Haideți să ne punem pe treabă!

O oră mai târziu, erau gata.

Noaptea transformase camera de zi într-o uriașă grotă dreptunghiulară. Focul trosnea în șemineul de piatră, proiectând în încăpere o lumină aurie, mișcătoare. Aruncaseră șaluri verzi și maro peste obiectele de mobilier, o deghizare la fel de bună ca oricare alta. Un cearșaf mare, bleumarin, învelea pianul, transformându-l în misteriosul lac Piano, în care înotătorii se pierdeau deseori, chiar și în zilele caniculare de vară.

Jacey tocmai depăna, cu glas scăzut, legenda pe care familia lor o crease cu mult timp în urmă.

– Iar orăşenii jură că într-o noapte ca asta, în iarna cea mai aspră şi mai plină de zăpadă, pe când luna plină se ridică pe cerul fără nori, se aud ţipetele sufletelor demult înecate.

Bret s-a strâmbat.

– Nu o spune cum trebuie...

Jacey a scos un hohot de râs sinistru şi a aprins o lanternă, pe care şi-a aşezat-o sub bărbie.

– A, dar sunt mai multe de spus... despre băieţelul care a rătăcit departe de tabăra lui şi a sfârşit-o pe malurile lacului Piano...

Bret s-a aplecat în faţă. Acela era un detaliu nou şi interesant.

– Ce i s-a întâmplat?

Liam a închis ochii. Camera mirosea a floricele de porumb şi a lemn ars, a ciocolată topită şi a bezele prăjite. Şi-a imaginat-o pe Mike alături de el, cu capul sprijinit de umărul lui şi cu braţul petrecut pe după mijlocul lui.

Aşa era tristeţea. Din când în când, Liam îşi petrecea minute bune într-o stare de fericită ignorare a adevărului – un tată care se bucura de sunetele vocilor copiilor lui –, iar apoi îşi amintea de întrebarea Mikaelei: „Cine eşti tu?“, şi durerea îl lovea atât de tare, încât nu mai putea respira. În acele momente îşi vedea întreaga viaţă desfăşurându-se pe dinaintea ochilor minţii, precum un drum pustiu, fără sfârşit. La capătul lui se afla frica, oricât de iraţională ar fi fost, că avea s-o piardă pe Mike în favoarea lui Julian.

Frica aceea continua să crească în intensitate şi nu exista nici o modalitate de a o face să dispară.

– Tati! Tati! a ţipat Bret.

Liam şi-a alungat gândurile sumbre şi şi-a ridicat privirea, doar ca să dea peste ochii încruntaţi, căprui, ai Rosei.

– Tati, spune poezia „Împuşcarea lui Dan McGrew“, l-a rugat Bret. Este preferata mea!

Liam s-a tras în spate şi s-a sprijinit de canapea – rebotezată pe perioada nopţii „vulcanul adormit Muntele Mikaela“ – iar apoi şi-a deschis braţele. Bret s-a târât printre firimiturile de biscuiţi cu graham, floricelele de porumb scăpate pe jos şi sacii de dormit cu umplutură de puf de gâscă, şi s-a cuibărit lângă Liam. Jacey şi Rosa au venit mai aproape, una lângă alta, în faţa focului fierbinte.

Poemul, pe care Liam nu-l mai recitase de ani întregi, i-a revenit în memorie cu o uşurinţă surprinzătoare. Era povestea unui bărbat care trăise în regiunile aurifere de pe teritoriul Yukon din Canada şi care...

Se luptase pentru o femeie.

Liam şi-a înăbuşit o înjurătură.

– Hei, Bretster, ce zici ca, în loc de asta, s-o spun pe cea cu Sam McGee?

– În nici un caz. Dan McGrew!

Liam a oftat. A închis ochii şi a început să recite cu glas scăzut:

– „O ceată de tineri îşi făcea de cap în crâşma Malamute..."

A trebuit să se concentreze ca să continue. După ce a terminat de recitat, a reuşit să zâmbească.

– Asta nu e o poveste bună, a spus Rosa, încruntându-se.

Liam a ignorat-o.

– Haideţi, copii, duceţi-vă să vă spălaţi pe dinţi! E miezul nopţii.

– Într-o noapte de tabără? În nici un caz nu mă spăl pe dinţi, s-a smiorcăit Bret.

– Haide, respiraţie cu miros de picioare, a spus Jacey, luându-l de mână pe fratele ei.

În câteva minute, copiii s-au întors şi s-au vârât în sacii de dormit. Liam l-a sărutat de noapte bună pe fiecare în parte, iar apoi s-a ridicat în picioare.

Bret a ţâşnit în capul oaselor.

– Unde te duci?

– O duc pe bunica înapoi la cabană. Mă întorc imediat.

– O să dormi aici, nu?

– Bineînţeles.

Bret a rânjit.

– Noapte bună, bunico!

– Noapte bună, bunico, a adăugat Jacey.

Rosa i-a sărutat pe amândoi şi după aceea a ieşit din cameră în urma lui Liam. Ajunşi în antreu, şi-au pus paltoanele şi bocancii. Liam a apăsat pe butonul de deschidere a uşii garajului şi au ieşit împreună afară.

Luna poleia păşunile înzăpezite şi ţesea fundalul pe care se profilau copacii negri. Întreaga fermă avea o strălucire eterică, colorată cum era numai în nuanţe de albastru, negru şi alb strălucitor.

– Lui Mike i-ar plăcea noaptea asta, a spus Liam. Dacă acum ar fi aici, ar alerga în faţa noastră, adunând zăpadă ca să facă bulgări... ori s-ar trânti pe spate dintr-odată, ca să întipărească pe pământ conturul unui înger. Sper că o să mai fie zăpadă după ce iese ea din spital.

Au ajuns la poarta care se deschidea în gardul ce împrejmuia cabana. Prin stratul strălucitor de zăpadă proaspătă abia dacă se mai puteau distinge tulpinile cafenii, noduroase, ale trandafirilor agăţători care în timpul verii alcătuiau un adevărat zid, colorat în verde aprins şi roz de-a dreptul strident.

Poarta a scârţâit ascuţit în liniştea nopţii. Rosa a luat-o înainte şi a deschis uşa cabanei, apoi a aprins lumina din bucătărie. Şi-a scos paltonul şi l-a agăţat în dulapul în stil retro de lângă uşă. Liam şi l-a pus pe al lui pe spătarul unui scaun de la masa din bucătărie. Rosa s-a întors către el.

– Ce a zis Mikita mea atunci când i-ai spus că sunteţi căsătoriţi?

Luat prin surprindere, Liam a recunoscut:

– Nu i-am spus.

– Ce? Asta e o nebunie, cum să nu-i spui...

– Steve consideră că adevărul ar putea s-o sperie. Nu vrem să sufere o recidivă.

Rosa a părut să se gândească la asta preţ de un minut. Apoi a clătinat din cap.

– Voi, bărbaţii – voi, doctorii – faceţi ce credeţi că e mai bine. Dar eu sunt mama ei, nu-i aşa? Întotdeauna am avut grijă de Mikaela mea. N-o să mă opresc acum. Şi am nevoie de fotografiile pe care le-ai găsit în faţa aceea de pernă.

Liam a încercat să-şi imagineze cum era să ai o astfel de mamă. Ce forţă putea să-i ofere unui om, de-a lungul vieţii, existenţa unui spaţiu sigur în care să aterizeze întotdeauna pe moale, chiar şi după cea mai dură lovitură!

– Rosa, a spus el în şoaptă, atingându-i mâna. Mă bucur că eşti aici. Nu ştiu cum aş fi putut să trec prin toate astea fără tine.

Rosa l-a apucat de mâini și l-a ținut strâns.

– Ești mai puternic decât crezi, Liam. Asta am înțeles despre tine în ultimele săptămâni. Acum te gândești că Mikaela nu are nevoie de tine, că te-a uitat pentru că nu te iubește, dar te înșeli. Poate că ochii ei sunt deschiși, dar *mi hija* este încă adormită. Dă-i timp.

De data asta, s-a trezit ușor. Fără scufundare pe fundul unei piscine, fără o mare neagră și furioasă care s-o lovească. Pur și simplu... a deschis ochii.

În jurul patului ei se aflau oameni străini. Pe unii dintre ei îi mai văzuse, iar pe alții, nu. Vorbeau cu ea și între ei. Le vedea gurile deschizându-se și închizându-se, deschizându-se și închizându-se, dar nu înțelegea nimic.

Oare știi unde ești... cine ești... ce s-a întâmplat...?

Își dorea ca ei să tacă. Dar, una câte una, fețele au prins contur, iar întrebările au început să aibă sens. Doctorul Penn – bărbatul cumsecade, cu păr grizonant și cu halat alb – i-a zâmbit.

– Bună dimineața, Mikaela. Îți aduci aminte de mine?

– Penn, a răspuns ea cu o voce la fel de spartă precum un porțelan vechi ce tocmai se sfărâma, și aproape la fel de fragilă. O durea în continuare gâtul.

– Ce... mi s-a întâmplat?

– Ai căzut de pe cal și te-ai lovit la cap. Ai suferit un traumatism cranian destul de serios. Ai fost în comă.

Ea a vrut să pună întrebări, dar nu-și amintea nici unul dintre cuvintele de care avea nevoie.

– Nu-ți face griji, Mikaela. O să-ți amintești.

Stephen s-a întors către străini.

– Să mergem. Are nevoie de odihnă.

„Stai!"

A încercat să se ridice. Era greu; partea ei dreaptă părea îngreunată, prea slăbită ca să se miște cu ușurință. Inima a început să-i bată prea repede, respirația i-a devenit gâfâită. Înainte ca ea să-și amintească acele cuvinte de care avea nevoie ca să le ceară să rămână, ei plecaseră.

La scurtă vreme după aceea, ușa s-a deschis, scârțâind. A apărut un nou străin. Era cea mai masivă femeie pe care o văzuse ea vreodată, îmbrăcată într-un costum albastru, de poliester. Fața dolofană a femeii s-a schimonosit într-un zâmbet.

– Bună dimineața, Mikaela. Cum ne simțim azi?

S-a încruntat. Acum numele ei era Kayla. Toată lumea știa asta. Toată lumea. Așa că de ce îi spuneau cu toții „Mikaela"? Nu mai folosise numele acela de ani și ani, de pe vremea când trăia la Sunville.

A încercat să-și forțeze limba nesupusă și să articuleze o întrebare. Cuvântul pe care îl căuta – „Salut!" – îi sărea încoace și încolo prin minte, dar a dispărut înainte de a-i ajunge pe limbă.

– Ți-am scos sonda urinară noaptea trecută. Îți aduci aminte? M-am gândit că ai vrea, poate, să încerci să te duci singură la baie. Doctorul vine în câteva minute.

Kayla s-a uitat la femeie, încercând să-și facă gura să vorbească.

– Cine... unde?

– Sunt Sarah Fielding, drăguță, a răspuns asistenta la întrebarea nerostită, dând ocol patului și trăgându-i învelitoarea de pe ea.

Kayla și-a privit picioarele slabe, năpădite de părul care nu mai fusese epilat de multă vreme. Picioarele arătau normal. Deci, de ce nu voiau să funcționeze?

Sarah și-a vârât brațul durduliu în spatele capului Kaylei și a ridicat-o ușurel. Cu mișcări minime, calculate, a ajutat-o să stea în capul oaselor, iar apoi să se ridice, clătinându-se, în picioare. Kayla s-a agățat de Sarah și a încercat să meargă. A cam trebuit să-și tragă piciorul drept, pe care și-l simțea îngreunat, în timp ce se deplasau încet, târșâit, spre ușa din cealaltă parte a camerei.

– Crezi că poți folosi toaleta de una singură, drăguță?

„Toaletă." Cuvântul a plutit în aer pentru o clipă, iar apoi a aterizat pe vasul de porțelan alb de lângă ea. *Toaletă.*

– Da, a răspuns, apucându-se, nesigură, de blatul chiuvetei.

Tremura și gâfâia, dar putea să se descurce de una singură.

– Sunt afară, chiar lângă ușă, dacă ai nevoie de mine.

Sarah s-a retras mergând cu spatele și a închis pe jumătate ușa în spatele ei.

Kayla s-a prăbușit pe colacul rece. A usturat-o când a urinat, atât de tare, încât a trebuit să-și pună o palmă peste gură ca să-și înăbușe țipătul. După ce a terminat, s-a aplecat în față și s-a prins de blatul chiuvetei, trăgându-și trupul înțepenit până când l-a adus la o oarecare poziție verticală.

Atunci s-a văzut în oglindă. Fața îi era albă ca ceara. Și avea părul scurt; arăta de parcă ar fi fost tăiat cu o foarfecă de jucărie.

Dar părul ei era lung, îi ajungea până în talie! Julian nu ar fi lăsat-o să și-l taie.

Tremurând, s-a apropiat de oglindă și și-a apăsat palmele jilave pe sticla rece. Avea riduri fine în jurul gurii și al ochilor. Riduri pe care nu le mai văzuse... genul de riduri pe care la avea mama ei. În plus, părul ei negru era brăzdat de niște fire albe – nici vorbă să fi fost doar câteva!

A țipat.

Ușa s-a deschis brusc și a intrat Sarah.

– Ce s-a întâmplat?

Kayla s-a clătinat într-o parte și într-alta, cu mâinile pe față.

– Sunt... bătrână! O, Doamne... ce s-a întâmplat?

– Îl aduc pe doctor.

Kayla s-a agățat de mâneca femeii.

– Sunt bătrână... ce s-a întâmplat?

Sarah s-a smuls din strânsoarea ei.

– Vin imediat!

A ieșit în fugă din cameră, trântind ușa.

Kayla a apucat un smoc din părul ei, care acum era atât de scurt, și s-a uitat la șuvițele cărunte. Nu putea respira; își simțea genunchii slăbiți.

– O... Doamne...

Cât timp zăcuse la pat? Cât timp...

Doctorul Penn a intrat, grăbit. O Sarah cu respirația tăiată se împleticea în spatele lui.

Kayla s-a uitat la el și a început să plângă.

– Câți ani am?

În mintea ei, a pus acea întrebare strigând, dar de pe buze nu i-a ieșit decât șoptită cu glas spart.

Doctorul Penn a luat-o de mână.

– Calmează-te, Mike!

– Sunt Kayla!

De data asta chiar țipase.

– Vreți să îi dăm un sedativ, doctore? a întrebat Sarah.

– Nu! Nu mă adormiți iarăși! O să fiu... liniștită. Kayla a tras o gură mare, șuierătoare, de aer. S-a agățat de mâna doctorului, privindu-l printr-o perdea de lacrimi înțepătoare. Mi-e... frică...

El i-a atins fața cu blândețe, ca și cum ar fi mângâiat un prieten, iar ea s-a întrebat cum era posibil să dormi atât de mult încât să te trezești bătrân.

– Îți aduci aminte ce ți-am spus? Ai fost în comă, Mike. Am crezut că, având în vedere trecutul tău de asistentă medicală, o să-ți amintești ce anume e coma. Am uitat că... mă rog, nu contează.

De data asta, ea și-a amintit cuvântul – „comă". I-a venit în minte însoțit de imaginea acelei fete, Karen Ann Quinlan, ghemuită în poziție fetală, numai piele și os...

Doctorul Penn vorbea în continuare. Nu știa că în capul ei se auzea un urlet de o intensitate insuportabilă.

– O să-ți amintești... Kayla. Dar asta, doar dacă te relaxezi.

Gura i-a tremurat. Lacrimile și-au croit drum până la colțurile gurii, lăsându-i un gust sărat pe limbă.

– Adormită... cât timp?

– Puțin mai mult de o lună.

Ușurarea pe care ea a simțit-o a fost atât de uluitoare, încât a râs zgomotos. Voia să-și șteargă ochii, dar nu-și putea controla mâinile. S-a lovit peste nas, iar asta a făcut-o să râdă și mai tare.

– Este în ordine, a spus doctorul Penn pe un ton amabil, liniștitor. Acum emoțiile tale sunt scăpate de sub control, ca și abilitățile locomotorii. Dar afectarea nu este permanentă. O să-ți revii din toate punctele de vedere.

Ea continua să zâmbească în timp ce lacrimile i se scurgeau pe obraji și îi aterizau pe brațul gol. Se simțea ca o idioată, râzând și plângând în același timp. Nu-i păsa de abilitățile ei locomotorii; îi păsa de viața ei.

– Câți... ani am?

El a făcut o pauză, s-a uitat la Sarah, apoi a oftat și s-a uitat din nou la Kayla.

Voiau s-o mintă! Putea vedea asta în ochii lor.

– Nu... vă rog... nu mințiți, a șoptit ea.

Doctorul Penn a oftat.

– Ai treizeci și nouă de ani.

Ei i s-a tăiat răsuflarea. A clătinat din cap, ațintindu-și privirea în ochii lui cenușii.

– Nu... nu. Am aproape douăzeci și patru. M-am măritat acum doi ani și jumătate. Juliana tocmai a împlinit un an. Îmi aduc aminte foarte bine de toate astea.

– Sunt alte lucruri – alte vremuri – pe care încă nu ți le poți aminti. Dar amintirile o să-ți revină. E mai bine să lași asta să se întâmple în mod natural. Acordă-ți un răgaz.

Ea a avut nevoie de tot efortul de voință de care era în stare doar ca să articuleze câteva cuvinte:

– Vreau să-l văd pe soțul meu acum.

Doctorul Penn s-a uitat din nou la Sarah, iar apoi a dat din cap în semn de aprobare.

– Imediat.

În timp ce medicul și asistenta ieșeau din cameră, Kayla s-a străduit să continue să respire regulat. S-a urcat înapoi în pat, fiindcă acolo se simțea în siguranță. Julian avea să-i spună adevărul. Avea să-i spună...

Ușa s-a deschis din nou. Doar că nu era Julian; era un alt străin. Ea a clătinat din cap.

– Nu... mai...

El s-a apropiat de pat cu pași măsurați.

Kayla s-a încruntat. Nu-și putea aduna gândurile împrăștiate, așa că nu era în stare să formeze o propoziție. Voia să-i ceară străinului să plece.

El a atins-o, a apucat-o de umeri și a tras-o încetișor spre el. Ea s-a simțit ca o păpușă de cârpă atârnată de brațele lui.

El s-a uitat la ea, iar ochii îi erau atât de verzi! Kayla nu mai văzuse niciodată niște ochi a căror privire să aducă atâta alinare. O calma felul în care o privea.

– Pe vecie, a şoptit el.

Cuvintele acelea au atins o coardă ascunsă foarte adânc înlăuntrul ei. Şi-a simţit corpul liniştindu-se, iar bătăile inimii i-au devenit egale. Până şi plămânii au părut să se reumple cu aer. Cuvintele – „pe vecie" – au plutit în ea, răsucindu-se, având o semnificaţie pe care nu şi-o putea aminti. Nefiind reţinute de nimic, cuvintele au zburat mai departe.

– Adu-ţi aminte de mine, a spus el, scuturând-o cu blândeţe.

Şi, dintr-odată, ea şi-a amintit.

– Îmi aduc aminte de tine. Eşti celălalt doctor.

El i-a dat drumul; gestul a fost atât de neaşteptat, încât ea a căzut înapoi pe grămada de perne. Prin minte i-a trecut gândul ciudat că-l rănise. Ochii aceia verzi arătau acum atât de trişti...

– Îmi pare rău... a şoptit ea, deşi nu-şi dădea seama deloc cum de îl putuse răni pe acel bărbat. Vreau doar... să-l văd pe soţul meu.

El s-a întors cu spatele şi s-a îndreptat spre uşă, iar ea aproape că l-a strigat. Voia ca el s-o privească din nou, s-a atingă şi s-o facă să se simtă în siguranţă, dar ştia că aşa ceva era ridicol.

– Bine, a spus el aproape în şoaptă. Mă duc să-l aduc pe Julian.

Capitolul 20

Julian stătea în sala de așteptare. Încerca să rămână calm, dar nu putea să nu bâțâie din picior. Erau doar doi oameni acolo – el și Stephen –, dar încăperea tot i se părea aglomerată și insuficient aerisită. Liam plecase cu câteva minute în urmă, ca s-o vadă pe Kayla.

Julian își petrecuse ultima noapte încercând să-și dea seama când și cum ar fi fost bine să-i spună Kaylei adevărul despre trecutul lor. Acum, aproape de miezul zilei, nu era deloc mai aproape de găsirea unui răspuns.

Liam a intrat în sală. Arăta... înfrânt. Și-a trecut o mână prin păr și a oftat adânc. Chiar și de la distanță, Julian putea să-i vadă mâna tremurândă.

Liam s-a uitat la el.

– Vrea să-l vadă pe soțul ei.

Julian s-a întors către doctorul Penn.

– Și acum, ce? I-ai spus că are treizeci și nouă de ani și apoi ai dat bir cu fugiții. Ce ar trebui să-i spun atunci când o să mă întrebe unde a fost vreme de cincisprezece ani?

– Spune-i unde ai fost *tu*, l-a îndemnat Liam.

Julian s-a răsucit spre el.

– Da, ți-ar plăcea asta!

– Mi-ar plăcea? Nu-mi place nici măcar să fii în aceeași încăpere cu ea. S-a dus către Julian. Dacă îți pune o întrebare directă, vreau să-i mărturisești adevărul. Poți să fii evaziv. Dar să nu o minți. Steve mi-a spus că nu l-a lăsat să se eschiveze atunci când a așteptat răspunsuri la întrebările ei.

– Poate că nu ar trebui să merg la ea.

– Cum de au lăsat așa un laș să-l joace pe Omul-Șopârlă?

– Am fost Amenințarea-Verde, a răspuns el, automat, iar toate chestiile periculoase le-a făcut o dublură. Vocea lui Julian s-a transformat într-o șoaptă pe care numai Liam o putea auzi. Mi-e... frică să n-o rănesc.

– Asta e cea mai bună veste pe ziua de azi.

Julian a așteptat, dar Liam nu a mai spus nimic altceva.

– Ei bine, s-a învoit el în cele din urmă, merg să o văd.

A ieșit din sala de așteptare și a înaintat, încet, pe coridor. Foarte încet.

Ajuns în fața ușii, s-a oprit. Forțându-se să zâmbească larg, a deschis ușa.

Ea dormea.

Julian a închis ușa cât a putut de încet și s-a dus la capul patului. Era atât de frumoasă, de liniștită...

Încetul cu încetul, ea a început să clipească, iar apoi s-a trezit.

– Jules? Tu ești?

El s-a aplecat peste ea. Punând la bătaie toată voința de care era în stare, a zâmbit.

– Salut, Kay!

Kayla s-a străduit să se ridice în capul oaselor. A reușit, dar gâfâia, iar pe frunte i se ivise o peliculă fină de transpirație.

– Unde e Juliana? Vreau să-mi văd copilul...

– O să ți-o aduc în curând, promit.

– Mi-a fost dor de tine. A zâmbit, întinzându-se după el cu o mișcare smucită, necontrolată. Am știut că o să vii după noi.

Julian a apucat-o de mână și i-a ținut-o strâns.

– Și mie mi-a fost dor de tine.

Adevărul acelei afirmații simple l-a surprins. Îi fusese dor de Kayla; îi fusese dor de bărbatul care fusese el la un moment dat – bărbatul care ar fi putut să fie alături de ea.

Privirea ei s-a focalizat pe fața lui, dezmierdând-o în egală măsură cu uimire și nedumerire.

– Și tu ești mai bătrân.

– Drăguț din partea ta să observi! Hei, îți aduci aminte...

– De ce suntem bătrâni?

El a zâmbit, neliniștit.

– Încă nu ai împlinit nici măcar patruzeci de ani. Ești tânără.

– Julian, nimeni nu-mi spune adevărul. Te rog... trebuie să înțeleg.

Voia s-o mintă, își dorea asta cu o disperare feroce, dar nu avea cale de scăpare.

– Ai câteva goluri în memorie, asta-i tot. Doctorii spun că nu e nimic îngrijorător.

– Cincisprezece ani în plus nu sunt un fleac.

– O să-ți revină toate amintirile. Nu te grăbi.

S-a aplecat și a sărutat-o. Avea gustul pe care și-l amintea, unul de supunere și de întâmpinare dulce. Sărutând-o, el s-a simțit... complet.

– Cum aș fi putut uita cincisprezece ani în care v-am iubit pe tine și pe Juliana? Povestește-mi despre noi, Jules. Ajută-mă să-mi amintesc.

– A, iubito... Ar fi făcut orice ca să șteargă tristețea din ochii ei. Este frumoasă, Kay. Imaginea ta fidelă.

Ea l-a privit, iar pe chipul palid i se zugrăvise cea mai serioasă expresie pe care i-o văzuse el vreodată.

– Îmi aduc aminte că am plecat. Tu îți amintești de asta, Jules?

– Da.

– Îmi aduc aminte că mi-am făcut bagajele, că am cumpărat o mașină – camioneta verde, care avea fețe laterale de lemn – și că am încărcat-o. Nu am luat mai nimic din viața pe care am avut-o împreună, nici măcar bani. Eram atât de sigură că aveai să vii curând după noi... Îmi aduc aminte cum am așteptat și am așteptat, dar nu-mi amintesc să te fi revăzut.

Julian și-a dat seama că era pe cale să-l apuce plânsul; într-atât de al naibii de rău se simțea.

– Îmi pare rău, iubito. O, Doamne! Îmi pare rău.

– Cât timp a trecut, Jules?

– C... cât timp, ce?

– Cât timp?

El i-a atins pielea atât de fină a obrazului. Era încolţit; nu exista altă cale de scăpare decât să mintă – iar asta n-ar fi avut nici un sens, fiindcă ea ar fi putut să-şi amintească totul în zece secunde.

– Acum, a răspuns el cu o voce obosită, frântă. Chiar acum.

Ea s-a încruntat.

– Chiar acum? Am treizeci şi nouă de ani, ceea ce înseamnă că fetiţa mea – fetiţa noastră – are şaisprezece ani. Doar nu vrei să spui...

– Chiar acum, a repetat el în şoaptă.

Ei i s-au umplut ochii de lacrimi, iar lacrimile i-au amplificat durerea până când aceasta a părut să absoarbă tot aerul din încăpere.

– Vrei să spui că... nu ai venit niciodată după mine? În toţi aceşti ani, niciodată?

Julian a simţit cum lacrimile îi înţepau ochii.

– Eram tânăr şi prost. Nu am ştiut cât de special era ceea ce aveam împreună. Mi-a luat mult timp să mă maturizez.

– Niciodată. Cuvântul i-a alunecat din gură, inexpresiv şi mort. O, Doamne!

– Kayla, îmi pare rău.

– Nu-i de mirare că am uitat.

– Nu te uita aşa la mine!

– Aşa, cum?

– Ca şi cum... ţi-aş fi frânt inima.

Ea a încercat să-şi şteargă ochii, dar efortul a fost sortit eşecului; n-a făcut decât să-şi dea palme peste obraji.

– Presupun că ai făcut asta cu mult timp în urmă – şi, norocoasa de mine, am ajuns să trăiesc o asemenea experienţă de două ori. O, Jules! S-a lăsat pe perne. Te iubesc atât de mult. Dar nu e suficient, nu-i aşa? A întors capul şi a închis ochii. Aş vrea să te fi uitat.

– Nu spune asta. Te rog...

Voia să-i şteargă lacrimile cu un sărut, dar nu avea nici un drept s-o facă. O rănise din nou, ştiuse că aşa avea să se întâmple, şi regreta asta mai profund decât ar fi crezut că era posibil. Brusc, şi-a dat seama de toate şansele pe care le irosise. Pentru prima dată, şi-a dorit să ia înapoi acei ani, și-a dorit să fi devenit genul de bărbat care ar fi știut cum s-o iubească.

Ea s-a rostogolit greoi pe-o parte.

– Du-te de-aici.

– Kayla, nu...

– Pleacă, Julian. Te rog.

Dacă ar fi avut curajul lui Liam, Julian ar fi știut ce să spună, dar el, cu firea pe care o avea, se simțea acum golit pe dinlăuntru. S-a întors cu spatele și s-a îndreptat spre ușă.

– Vreau s-o văd pe fiica mea, a spus ea.

El a dat din cap fără să spună nimic, fără să-și dea seama dacă ea înțelesese măcar că-i răspunsese. Apoi a plecat.

Kayla voia să se facă ghem, să devină un mic ghem și să se separe din nou de lume.

El nu se mai întorsese niciodată la ea.

Nu părea să poată înțelege asta. Se simțea pur și simplu frântă. Vreme îndelungată, foarte îndelungată, a zăcut în patul ei pustiu, încercând să cuprindă cu brațele un adevăr care era prea mare pentru a fi cuprins.

Ce făcuse ea în toți acei ani? Dacă lucrurile ar fi fost normale, dacă ea ar fi fost normală, oare ar fi râs de el și i-ar fi spus s-o ia la sănătoasa, i-ar fi spus că iubirea pe care o simțise pentru el se stinsese cu mult timp în urmă?

Dar lucrurile stăteau cu mult mai rău. Ea nu știa cine devenise în anii de după despărțirea lor. Tot ceea ce învățase sau atinsese, toate lucrurile în care crezuse – toate astea dispăruseră, împreună cu amintirile care, cusute laolaltă, bucată cu bucată, alcătuiau țesătura unei vieți.

Și cum rămânea cu fiica ei, cu bebelușul care nu mai era bebeluș de ani și ani de zile? Își aducea aminte de un copilaș dolofan, cu ochi căprui și cu o aureolă de păr negru ca smoala, de o fetiță care într-o clipită putea să treacă de la plâns isteric la râs. Își aducea aminte de senzația pe care o avusese ținând în brațe acel bebeluș, dar după aceea, nimic. Nu-i revenea în memorie nici o imagine a unor bonete de Paște cu volănașe, sau a unor cutii pentru sendvişuri pe care copilul să le ia cu el la grădiniță ori la şcoală, sau a unor dinți pierduți. Cincisprezece ani de pe urma cărora nu avea nici o amintire, la fel de necunoscuți precum ziua de mâine.

Și-a dorit să se poată înfuria; asta ar fi fost cu mult mai bine decât să simtă toată acea suferință, toată acea tristețe copleșitoare.

În adâncul inimii, avea douăzeci şi patru de ani şi era foarte îndrăgostită de soțul ei. Numai că Julian nu îi mai era soț, iar ea avusese la dispoziție cincisprezece ani lungi ca să își vindece rănile provocate de el.

Cincisprezece ani care îi fuseseră șterși din memorie.

Fără amintiri, nu exista trecerea timpului, nu exista schimbare, evoluție. Exista numai acea iubire pentru Julian, care era precum un tren al emoțiilor aflat pe punctul de a deraia. Și din care ea nu putea să coboare.

Probabil că aproape o omorâse cu trădarea lui. Știa asta, fiindcă atunci când rostise cuvântul „niciodată", ea îl simțise în adâncul sufletului şi al inimii. Îl iubise atât de mult, iar acea iubire nepotrivită şi periculoasă ar fi distrus-o. Dar să știi un lucru nu însemna şi că puteai să-l schimbi.

Ușa s-a deschis.

– Mikita, ești trează?

– Mamă!

Rosa stătea în prag, zâmbind larg.

Mikaela a icnit și și-a dus o mână tremurândă la gură.

– O, mamă...

Anii fuseseră duri cu Rosa. Acum avea părul alb ca zăpada, iar pielea măslinie îi era ridată puternic în jurul gurii și al ochilor. Mikaela a vrut s-o întrebe „Ce s-a întâmplat?", dar chiar înainte ca întrebarea să i se formuleze în minte, ea a știut răspunsul: iubire nepotrivită.

Rosa a venit lângă pat. A atins obrazul Mikaelei și a spus duios:

– *Un milagro!* S-a aplecat și și-a strâns fiica într-o îmbrățișare. Nu am crezut că o să te mai văd zâmbind, *hija*.

Apoi Rosa s-a retras.

Mikaela își simțea gâtlejul contractat.

– *Hola*, mamă!

– Mi-a fost foarte dor de tine, a spus Rosa luând-o de mână.

– Ce mi s-a întâmplat, mamă? Nimeni nu vrea să-mi spună.

Rosa a luat o perie de pe noptieră și a început să pieptene părul scurt al Mikaelei.

– Ai căzut de pe cal.

– Așa mi-au spus. Dar ce mama mă-sii făceam eu călare pe un cal?

Rosa a zâmbit.

– Îmi pare rău să spun asta, dar văd că îți amintești vorbele urâte. În ultimii ani ai devenit o călăreață foarte bună. E ceva ce-ți place să faci.

Mikaela a apucat încheietura subțire a mamei ei.

– Spune-mi despre Juliana, mamă.

Cu grijă, Rosa a pus peria jos. Degetele osoase i s-au încolăcit în jurul grilajului patului.

– Îi spunem Jacey acum. Ea întruchipează tot ce ți-ai putea dori de la o fiică. Rosa s-a uitat la Mikaela cu ochi strălucitori. Este frumoasă, talentată, iubitoare și *muy intelligente*. Și îndrăgită – nu am auzit niciodată să sune atât de mult telefonul. Uită-te în jurul tău, Mikita, și spune-mi ce vezi.

Pentru prima dată, Mikaela s-a uitat prin încăpere. Erau flori și baloane peste tot, iar o grămadă de felicitări fuseseră aliniate pe mese și pervazuri.

– Toate astea sunt de la Julian?

Rosa a dat din mână.

– Nu de la ăla. Sunt de la prietenii tăi. Ăsta e căminul tău acum, Mikaela. Este un loc minunat, nu seamănă deloc cu Sunville. În fiecare magazin în care intru, cineva întreabă de tine. Femeile aduc în fiecare zi mâncare acasă. Aici, *mi hija*, ești foarte iubită.

Mikaela nu-și putea imagina că își găsise un cămin adevărat, un loc căruia să-i aparțină. Iar ea nu-și amintea asta... Nu era corect!

S-a uitat la mama ei.

– N-a venit niciodată după mine, mamă.

– Știu. Pe atunci, asta ți-a venit foarte greu. Poate că acum îți vine chiar mai greu. Cu ani în urmă, îți aminteai foarte bine de ce îl părăsiseşi. Cred că acum, poate, ai uitat.

– Vreau s-o văd pe fiica mea.

Pentru o clipă, Rosa a rămas tăcută. Apoi a şoptit:

– O s-o rănească... această uitare. Doctorul Liam dorește să mai treacă o zi, ca să ai o şansă în plus să-ți amintești, *si*? Nu cred că vrei să-ți rănești fiica.

Mikaela nu ştia cum ar fi putut să supraviețuiască durerii care o copleșea.

– Îmi aduc aminte cum este ca un părinte să nu te cunoască. Îmi aduc aminte asta... de la tatăl meu.

– Nu l-ai numit niciodată aşa până acum.

– Știu. A oftat, obosită. Dar dacă-i spun altfel, asta nu înseamnă că el e altcineva, nu?

– Nu. Rosa a băgat mâna în buzunar, de unde a scos o fotografie. Privește.

Degetele Mikaelei nu funcționau aşa cum trebuia. Ca să apuce fotografia, a trebuit să încerce de mai multe ori. Și chiar și atunci, Rosa a trebuit să ghideze cu delicatețe degetele fiicei ei. Mikaela s-a uitat la fotografie, în care apăreau ea, Rosa şi o tânără frumoasă. Fuseseră fotografiate într-o cameră necunoscută, alături de un minunat brad de Crăciun, splendid împodobit.

Ochii flămânzi ai Mikaelei au înregistrat fiecare detaliu legat de fată - ochii căprui, zâmbetul dezinvolt, părul negru, lung până la talie.

– Asta este Juliana mea? Nu, Jacey a mea!

– *Si*. Amintirile sunt în tine, Mikaela. Aşază această fotografie lângă inima ta şi dormi neîntoarsă. Inima o să-și amintească ceea ce mintea a uitat.

Mikaela a privit în ochii care semănau atât de mult cu ai ei. Oricât s-ar fi străduit, nu-și amintea s-o fi ținut în brațe pe acea fetiță, sau să-i fi mângâiat părul, sau să-i fi sărutat obrajii.

– O, mamă, a șoptit ea.

Și, în sfârșit, a plâns.

Capitolul 21

La scurtă vreme după prânz, Mikaela a adormit.

Acum ştia că visa. Era primul ei vis de după ce se trezise din comă, iar senzaţia pe care o încerca era una de familiaritate care o alina. În vis, lumea era o mâzgăleală tulbure, în nuanţe de albastru şi verde. O briză blândă de vară sufla printre nişte copaci înalţi, cu frunze veşnic verzi.

Mergea pe un drum pustiu. Corpul îi funcţiona perfect, nu-şi târa piciorul drept, degetele i se deschideau sau închideau după voie. A ajuns la o cotitură a acelui drum acoperit cu pietriş şi a văzut un grajd impozant, de lemn, aşezat pe o colină. Pe câmpul din jurul lui se vedeau cai adunaţi în grup, rumegând, plini de mulţumire, iarba dulce care le ajungea până la crupe.

A continuat să înainteze, aproape plutind, trecând de grajd, către o casă frumoasă, clădită din buşteni.

O masă de nori cenuşii a apărut dintr-odată pe cer, întunecând soarele galben şi învăluind casa în umbră. A început să plouă cu stropi mărunţi, reci, care parcă ar fi fost lacrimile Domnului însuşi şi care aterizau pe obrajii ei ridicaţi spre cer.

Uşa casei s-a deschis în faţa ei.

S-a împleticit pe treptele verandei. Ţipând, s-a agăţat de balustradă, iar o aşchie i-a pătruns adânc în carnea moale a palmei. Când a ridicat mâna, a văzut dâra de sânge rubiniu şerpuindu-i în jos, pe încheietură.

– Nu, a încercat ea să spună, dar vântul i-a înăbuşit vocea, iar ea a înaintat în continuare pe verandă, intrând în casă.

Uşa s-a trântit în spatele ei. A mers pe pipăite de-a lungul peretelui neted, placat cu lemn, către o scară despre care cumva ştia că se afla acolo.

La baza scărilor s-a oprit, ascultând. Undeva, în acea casă întunecată şi rece, plângea un copil.

„Vin la tine!“

Cuvintele s-au auzit în mintea ei, dar nu i-au ajuns până la buze, ca să le poată rosti. S-a mişcat din nou, de data asta, alergând.

Plânsetul acela a devenit mai strident, mai insistent. Mikaela a avut o viziune fugară, sfâşietoare, a unui băieţel cu părul roşu, care îşi sugea degetul. Era ghemuit într-un colţ, aşteptând ca mămica lui să vină după el.

Dar în faţa ei se aflau sute de uşi, iar coridorul se întindea pe kilometri întregi, estompându-se în capătul cel mai îndepărtat. Ea a alergat pe coridor, deschizând uşă după uşă. În spatele acelor uşi nu era nimic, numai dreptunghiuri negre, căscate, smălţate cu lumină de stele şi prin care sufla un vânt rece de iarnă.

Brusc, plânsul a încetat. Tăcerea a îngrozit-o. Ajunsese prea târziu... prea târziu...

S-a trezit, speriată. Tavanul alb de deasupra ei era casetat, iar contururile lui clare şi luminoase contrastau cu neclaritatea imaginilor din vis.

Spitalul.

Lângă fereastră se afla un bărbat. Primul ei gând a fost: „Julian!“ Dar apoi a observat că bărbatul purta un halat alb.

El s-a întors cu faţa, iar atunci ea a văzut că nu era doctorul Penn, ci celălalt – oare cum îl chema? Era un bărbat înalt, cu păr blonziu, destul de lung, şi cu o faţă frumoasă. Îi sugera o versiune mai în vârstă a actorului aceluia din *Pe urmele banilor*[1]. Jeff Bridges, aşa îl chema pe actor! O scârbea faptul că-şi putea aminti numele unui actor şi, practic, nimic din propria ei viaţă.

– Trebuie să te tunzi.

---

[1] *Thunderbolt and Lightfoot*, film american din 1974

Cuvintele i-au ieşit din gură pe negândite, făcând-o să tresară. Ce naiba o făcuse să-i spună aşa ceva acelui bărbat?

El şi-a trecut o mână prin părul zburlit şi a zâmbit, dar zâmbetul lui era trist, iar ea s-a întrebat de ce avea el un aer atât de... deznădăjduit.

– Da, presupun că da. Soţia... mea mă tunde de obicei.

Auzindu-i vorbele, Mikaela a simţit un fior pe şira spinării.

– Tu eşti vocea, a şoptit ea.

El a tras un scaun şi s-a aşezat lângă pat. S-a uitat la ea cu îndrăzneală, fără să se sfiască. În ochii lui era ceva – ardoare, poate – care a făcut-o să vrea să-l atingă. Dar asta era o nebunie; nici măcar nu-l cunoştea.

– Ce voce? a întrebat el în cele din urmă.

– Pe când eram în comă, te-am auzit.

El a zâmbit din nou.

– Nu am ştiut dacă mă puteai auzi. Credeam că aveam să-ţi vorbesc degeaba pe vecie.

„Pe vecie." Din nou acele cuvinte! O zgândăreau, îi făceau să vibreze o coardă uitată.

– Cine eşti? a întrebat ea.

El a contemplat-o vreme de un minut.

– Doctorul Liam Campbell.

Cumva, ea şi-a dat seama că întreaga situaţie nu era una normală. S-a uitat prin cameră şi a văzut fotografiile de pe pervaz, la care nu se deranjase să se uite până atunci, bolurile cu potpuri şi iazul cel drăguţ, umplut cu pietre lucioase, negre. Fără să aibă cunoştinţă despre asta, a ştiut că el era bărbatul care o făcuse să asculte acel şir nesfârşit de cântece preferate. El era cel care îi oferise ceva de care să se agaţe în toată acea beznă care o învăluise.

Iar acel bărbat, acel străin cu ochi trişti, care cumva îi erau cunoscuţi, era cel care fusese acolo, la capul patului ei, în toate acele zile, vorbind, atingând, aşteptând. Îşi amintea senzaţia mâinii lui mângâindu-i părul în timp ce dormea, îşi amintea şi sunetul râsului lui. Cumva, ea ştia toate astea. Ştia că avea un râs tunător, gutural, care umplea camera care parcă te implora să i te alături.

– Îmi aduc aminte cum râzi, a spus ea, uimită.

Asta a părut să-i facă plăcere. A zâmbit.

– Așa o să-ți revină amintirile, în frânturi.

– Cine ești?

– Doctorul Li...

– Nu. Cine ești pentru mine?

Întregul lui corp a părut să se dezumfle, să se scufunde în acel scaun urât. S-a ridicat încetișor în picioare și i-a apucat mâna stângă. I-a mângâiat degetele cu o asemenea tandrețe, încât i-a tăiat respirația. Nu-și amintea să fi fost vreodată atinsă chiar așa, și atunci a întrezărit ceva, o amintire pe jumătate formată, la care încă nu putea ajunge pe deplin.

– Acest inel, a spus el cu glas șoptit. Eu l-am pus pe degetul tău în urmă cu zece ani.

Ea s-a uitat la inel. Era o verighetă.

– Ești...

Nu părea să poată articula cuvântul.

– Sunt soțul tău.

Era de neînțeles.

– Dar... Julian...

– Julian a fost primul tău soț.

Ea a intrat în panică. Mai întâi un copil, iar acum un soț! Cât de multe lucruri uitase? Cât de multe lucruri mai avea de aflat?

S-a uitat la el, clătinând din cap a refuz. Voia să spună „Nu se poate!“, dar, în ultimele câteva zile, văzuse că orice era posibil.

– Cum am putut să uit așa ceva? Cum aș putea... să nu am nici un sentiment pentru tine?

El a tresărit, iar după acea străfulgerare de durere care i s-a ivit pe față, ea a știut că ceea ce spusese el era adevărat.

– Nu-ți face griji, scumpo. E în ordine să nu-ți amintești.

– Nu... nu știu ce să-ți spun... Liam.

A testat cuvântul pe limbă, dar nu s-a întâmplat nimic. Era doar un grup de vocale și de consoane fără nici o semnificație.

El i-a atins fața.

– E în regulă.

Dar nu era. Situația era foarte, foarte departe de a fi în regulă. Acel bărbat era soțul ei, *soțul* ei, iar ea nu avea nici un fel de sentiment pentru el. Era familia ei acum, era ceea ce îi umpluse ultimii zece ani. La un moment dat, trebuia să fi încetat să-l mai iubească pe Julian și să fi început să-l iubească pe acel bărbat blând și liniștit. Dar ce urma să se întâmple acum, când ea își amintea numai iubirea pentru Julian?

A încercat să-i zâmbească, dar n-a reușit, iar buzele i-au tremurat.

– Povestește-mi despre viața noastră împreună.

Acelea au fost cuvintele care i-au ieșit de pe buze, dar ceea ce voia să spună era „Fă-mă să te iubesc din nou!"

El a zâmbit, iar ea și-a dat seama că rechemase în gând o amintire care acum era numai a lui.

– Pe vremea când te-am cunoscut, erai asistentă medicală. Ne-am întâlnit în perioada în care l-ai îngrijit pe tatăl meu... S-a uitat la ea. Te deranjează dacă te țin de mână?

Acea întrebare a surprins-o. Era ceva atât de... blajin și de modă veche în ea. Nu putea să nu observe cât de diferit era el de Julian. Acesta din urmă nu ar fi cerut voie niciodată; nu i-ar fi trecut niciodată prin minte că atingerea lui nu ar fi fost binevenită.

– Nu, deloc, a răspuns ea.

Privirile li s-au întâlnit. Dintr-odată, s-a simțit stânjenită, derutată de acel bărbat care era, în același timp, un străin și soțul ei.

Soț.

– Cam ciudat, nu? a spus el cu un rânjet strâmb, nervos.

I-a răspuns cu un zâmbet și s-a aplecat către el, studiindu-i fața, căutând ceva, o amintire hoinară. Dar nu a găsit nimic. Chiar și așa, ea socotea că el avea cei mai blânzi ochi pe care îi văzuse vreodată.

– Trebuie să fie greu pentru tine, a șoptit ea.

– Coma a fost mai grea.

Cumva ea nu a crezut asta.

– Tu ești cel care... tu l-ai chemat pe Julian?

– Da.

– Nu înțeleg. Dacă noi suntem căsătoriți, de ce ai făcut asta?

– Nu puteam... să te trezesc. Am stat aici în fiecare zi, ținându-te de mână, vorbindu-ți, făcându-te să asculți muzica ta preferată. Am încercat tot ce mi-a trecut prin cap ca să ajung la tine, dar... zi de zi, nu ai făcut altceva decât să zaci aici. Vocea i s-a transformat într-o șoaptă guturală: Știam că te pierd.

– De ce Julian?

El a expirat prelung, de parcă ar fi suspinat.

– Pentru că, Mikaela, știam.

Ea a simțit cum îi sărea inima din piept.

– Ce știai?

– Că nu ai încetat niciodată cu totul... să-l iubești.

Pentru o fracțiune de secundă, ea a uitat să respire.

– M-ai iubit foarte mult.

Nu-și putea ascunde uimirea din voce. Nu-și amintea să mai fi simțit asta înainte, acel amestec minunat de bucurie și de tristețe, acel sentiment de a fi... profund și complet iubită. Cât despre Julian, iubirea lui nu era așa. Era un foc roșu de artificii, care exploda în culori intense în jurul tău, dar care după ce murea nu lăsa în urmă decât un cer negru și rece.

– Încă te iubesc, a spus el zâmbindu-i cu o tristețe care i-a răscolit inima.

– Trebuie să te fi iubit și eu.

El a făcut o pauză puțin prea mare înainte de a răspunde:

– Da.

Iar ea a înțeles.

– Am rămas îndrăgostită de Julian, nu-i așa? Cumva, acea revelație a durut-o. Te-am rănit, a șoptit ea cu tristețe. Am știut-o?

– Sper că nu.

Ea l-a privit.

– Îmi pare rău.

Nu mai era nimic de spus, iar ea nu avea nici un mijloc prin care să poată spune totul. Cum să-ți ceri scuze pentru ceva ce nu-ți amintești?

Sau, mai rău de-atât, pentru ceea ce te temi că urmează să faci din nou?

A început într-un mod destul de simplu, cu șuieratul ușilor acționate electronic, care s-au deschis. Julian stătea la recepție, uitându-se la ceasul de pe perete. Micile ace negre păreau blocate la 2.45. Liam era acum în cameră la Kayla și îl rugase pe Julian să-l aștepte.

– Hei, Juli!

Julian și-a ridicat privirea și l-a văzut pe Val îndreptându-se spre el. În loc de obișnuiții blugi decolorați și de tricoul de vedetă, agentul lui era îmbrăcat cu un costum Hilfiger negru, cu o cămașă de mătase asortată și purta cravată. Părul lui blond fusese recent tuns și aranjat; numai câteva bucle îi mai atârnau până la umeri. Nu s-a deranjat să-și scoată ochelarii Ray Ban care îi acopereau ochii.

Julian ar fi zâmbit dacă nu s-ar fi simțit atât de al naibii de rău.

– Suntem în Last Bend, idiotule, nu la Cannes. Singurul creator de modă cunoscut prin părțile locului este L.L. Bean.

Julian s-a ridicat în picioare și s-a răsucit pe călcâie.

Atunci le-a văzut. Afară, dincolo de peretele de sticlă care flanca intrarea, dubele și mașinile închiriate deja se aliniau. Oameni îmbrăcați în haine negre, mototolite, ieșeau din acele mașini precum lăcustele, adunându-se în semicerc.

Julian văzuse asta de suficiente ori ca să cunoască desfășurarea de forțe pe dinafară. Circul media venit în oraș.

– O, Doamne, Val, ce ai făcut?

Val a ridicat mâinile.

– Ești cel mai tare subiect al momentului, Juli. Câteva cuvinte șoptite la câteva urechi, și povestea s-a răspândit ca un incendiu. Trebuie să recunosc, nu m-am așteptat la o asemenea participare.

– La naiba, Val, ți-am spus să nu faci asta...

S-a oprit. Era prea târziu. Îl văzuseră.

Reporterii s-au strecurat înăuntru, cu microfoanele pregătite, iar operatorii, cu camerele de filmat așezate pe umeri. În câteva secunde, Julian și Val erau înconjurați. Val i-a făcut cu ochiul.

– Acum e prea târziu ca să te mai ascunzi, Juli.

Julian trebuia să-i scoată de acolo. Și-a croit drum prin mulțime și s-a dus afară, în aerul înghețat. Lăcustele l-au urmat, bombardându-l cu întrebări:

– Julian, e adevărat? Ai găsit-o pe Cenușăreasa ta?

– Cât de grav e rănită?

– Este tot frumoasă?

– Cum de nu există nici o pacientă cu numele de Kayla True înregistrată în acest spital? Nu cumva totul e o farsă?

Julian a ridicat mâna, forţându-se să le arunce zâmbetul lui marcă înregistrată. Bliţurile s-au pus în funcţiune, iar firele electrice au alunecat peste picioarele lui.

– Nu e nici o poveste de aflat, fete şi băieţi. Sunt aici pentru fundaţia Make-a-Wish. Asta-i tot.

Val i-a tras o palmă peste spate.

– E prea timid ca să vă spună adevărul. Ştiţi cu toţii că prima soţie a lui Juli, Kayla, a fost iubirea vieţii lui. Din păcate, erau prea tineri...

A făcut o pauză şi s-a uitat de jur împrejur.

Val îi avea cu momeala în gură. Julian a văzut asta în ochii înfierbântaţi ai reporterilor, a auzit-o în tăcerea ce s-a aşternut dintr-odată.

Cele mai bune intenţii ale lui Julian au cedat sub acea presiune fantastică. La naiba, doar nu-l putea lăsa pe Val să acapareze lumina reflectoarelor!

– Vă daţi seama cum m-am simţit când am auzit că a avut un accident. M-am grăbit să vin aici, ca să stau la căpătâiul ei.

– De ce te-au chemat? a strigat cineva.

– Mi s-a spus că fusese victima unui traumatism cranian grav...

– Are leziuni cerebrale?

– Poate că din cauza asta l-a chemat pe Julian! Val a atins uşor umărul lui Julian, apucând din nou frâiele poveştii. Ea a fost în comă o lună de zile. O vreme, a părut fără speranţă... A ezitat, dând din cap cu tristeţe. Apoi doctorii au descoperit că ea reacţiona la un singur lucru: sunetul numelui lui Julian.

Un geamăt surd s-a răspândit prin mulţime; cei din presă recunoscuseră senzaţia şi gustul ei, al poveştii care tocmai le fusese pusă pe tavă. Mai mulţi reporteri s-au uitat la ceasuri, încercând să-şi dea seama cum să ajungă la editorii lor înaintea restului mulţimii.

– Fireşte că Julian s-a grăbit să vină aici, a spus Val. A stat cu ea zi de zi, vorbindu-i, ţinând-o de mână, amintindu-i că un anume bărbat o iubea şi aştepta ca ea să se trezească. Le-a aruncat un zâmbet strălucitor, de genul acum-vine-partea-bună. Ieri s-a trezit. Julian era alături de ea şi a fost prima persoană pe care ea a văzut-o.

Una dintre reportere a întrebat, suspinând:

– Care au fost primele ei cuvinte?

Julian a început să răspundă; nimeni nu asculta.

– Ea...

– Are leziuni cerebrale?

– Este în continuare îndrăgostită de tine, Julian?

El a oftat. Nu le păsa de miracolul trezirii Kaylei. Tot ce-şi doreau era „povestea“, basmul poleit cu aur – sau, chiar mai bine de-atât, un scandal. O moarte. Orice fapt senzaţional.

S-a uitat în jur, la feţele lor. I-a recunoscut pe câţiva dintre ei. Acei reporteri de tabloide lipsiţi de valoare erau nişte inşi care se tot perindau pe la publicaţiile respective. Nu era un loc de muncă pe care vreo fiinţă umană normală să-l suporte prea mult timp.

Cei de acolo erau o reflexie a propriei lui vieţi. Ciudat, dar înainte nu-şi dăduse niciodată seama de asta. Întotdeauna calificase presa drept un rău necesar; nu puteai deveni faimos fără ea. Dar acum vedea haloul negru care înconjura lumina reflectoarelor. Lentila de sticlă nu surprindea niciodată nimic adevărat.

Dar Julian nu avea nici o altă viaţă cu excepţia celei filmate, iar asta îl făcea să fie cel mai lipsit de substanţă dintre toate punctele luminoase a căror strălucire depindea doar de cea a reflectoarelor. Ar fi dat oricând fracţiunea de secundă petrecută în fulgerarea bliţurilor pe ceva adevărat.

– E suficient pentru azi, a spus el, dorindu-şi să nu fi vorbit deloc cu ei.

Val s-a strâmbat.

– Aţi primit titlul, copii. *Sărutul iubirii adevărate o trezeşte pe Frumoasa din Pădurea Adormită.*

Pe când ieşea din cabinetul lui Stephen, Liam şi-a auzit numele rostit în sistemul de mesagerie sonoră al spitalului. S-a dus la cel mai apropiat telefon şi şi-a format codul. Mesajul era de la Rosa. Îl aştepta la recepţie. Era o urgenţă.

A văzut-o pe Rosa înainte ca ea să-l vadă pe el. Stătea în centrul încăperii, cu braţele încrucişate pe piept, ceea ce era ceva neobişnuit pentru o femeie care de obicei se ascundea într-un colţ, cu capul plecat. Chiar și de la distanță, el putea să vadă expresia furioasă a gurii ei.

Ceva era în neregulă.

De aproape, el i-a putut vedea ridurile de îngrijorare întipărite în jurul ochilor și a gurii.

– Rosa?

– Vezi ce a făcut?

– Despre ce vorbești?

Ea a tras aer adânc în piept.

– Sunt *muy* supărată. Ascult radioul acasă și fac *tortillas* pentru cina din seara asta, *si*? Și aud știrile locale. Și-a înclinat capul spre ușile spitalului, unde o mulțime de oameni se adunaseră în jurul lui Julian. Cei din presă au pus mâna pe un subiect de prima pagină, doctore Liam. Spun că Julian a trezit-o din comă pe iubirea lui adevărată.

– La naiba!

Liam a străbătut sala în fugă și s-a îndreptat spre intrarea spitalului. A văzut mulțimea adunată afară și s-a grăbit să meargă la uși.

Reporterii îl înconjurau pe Julian, se înclinau către el ca niște participanți la o slujbă religioasă, având în mâinile întinse, în loc de cărți de rugăciuni, microfoane. Vorbeau cu toții deodată, întrebările lor îngrămădindu-se unele peste altele, în explozii frenetice.

– Când o să putem să vorbim cu Kayla?

– Când o să avem o poză cu voi doi?

– Ce a făcut ea în toți acești ani?

– O să vă căsătoriți din nou?

Liam l-a apucat pe Julian de braț și l-a făcut să se răsucească spre el. Încercând să nu se uite la reporteri, i-a spus, în șoaptă:

– Trebuie să vorbesc cu tine. Acum.

Julian a avut inspirația de a părea rușinat.

– Sigur, doctore.

A aruncat mulțimii un zâmbet fals.

– Acesta este Liam Campbell. Este... doctorul Kaylei.

Mulțimea avea zeci de întrebări simultan. Liam i-a ignorat. Ținându-se de brațul lui Julian, l-a tras pe coridor, au trecut pe lângă Rosa și au intrat într-un cabinet gol.

O secundă mai târziu, ușa s-a deschis și a intrat Rosa.

– Bună, Rosa, a spus Julian, iar apoi s-a întors către Liam. Îmi pare rău, Liam. I-am spus agentului meu să țină presa la distanță, dar el mi-a ignorat rugămintea. Vorbesc serios, îmi pare rău. Și crede-mă, oamenii ăștia sunt ca termitele – odată ce-ți infestează casa, trebuie să faci față situației. Dacă nu aș fi vorbit cu ei, numai Dumnezeu știe ce poveste ar fi inventat. Măcar le-am spus adevărul.

Liam s-a uitat la el.

– Adevărul tău, poate.

– Ce vrei să spui?

– Le-ai servit o poveste de iubire, nu-i așa, în care tu ai fost eroul, cavalerul care a apărut într-o limuzină neagră și a smuls-o din ghearele morții.

– Nu ai auzit partea cea mai rea, doctore Liam, a spus Rosa, venind spre cei doi. Când am intrat în spital, am auzit întrebările. Reporterii voiau să afle amănunte despre fiica lui.

– O, Doamne!

Liam l-a apucat pe Julian de umeri și l-a scuturat.

– Spune-mi că ai protejat-o! Spune-mi că n-ai scos nici un cuvânt despre fiica ta!

Julian s-a strâmbat.

– Am protejat-o, crede-mă, dar Val le-a spus că este majoretă la liceul la care învață.

Pentru prima oară în viața lui, Liam a lovit un om. Și-a tras pumnul în spate, iar apoi și l-a înfipt în falca de băiat frumos a lui Julian. Durerea i-a radiat în sus pe braț.

– Sunt numai opt majorete în tot liceul!

S-a întors către soacra lui.

– Tu stai aici, cu Mike, și ține presa la distanță. Eu îi iau pe copii și vin înapoi cât de repede pot. O să intrăm pe ușa din spate.

Capitolul 22

„Te rog, Doamne, ajută-mă să ajung la ea la timp!"

Liam a privit ceasul de pe bordul Explorerului. Repetiția majoretelor se terminase cu cinci minute în urmă.

A apăsat mai tare pe accelerație. La intrarea în liceu, și-a dat seama că mergea cu viteză prea mare. A tras de volan, iar roțile au derapat într-o parte. Pentru o fracțiune de secundă, a pierdut controlul asupra mașinii, apoi cauciucurile au căpătat iar aderență. Mașina a înaintat pe alee, apoi în parcare.

Ajunsese prea târziu. Deja erau o mulțime de reporteri în fața ușilor școlii. Reflectoarele așezate în jurul lor păreau niște insecte negre. Vorbeau toți deodată; vocile lor combinate semănau cu zgomotul unui fierăstrău electric.

Liam s-a dat jos din mașină și a alergat spre ei. Pământul era mocirlos și alunecos din cauza zăpezii vechi; aproape că a căzut de două ori. Când a ajuns pe trotuar, inima îi bubuia în piept.

– Jacey!

Vocea i s-a pierdut în vacarm.

Reporterii au încercuit micul grup de majorete precum o haită de lupi, fiecare dintre ei făcând manevre ca să câștige o poziție mai bună și barându-i drumul lui Liam. Strigau întrebări, unele după altele.

– Care dintre voi e Juliana?

Liam a auzit-o pe doamna Kurek, antrenoarea majoretelor, răspunzând:

– Nu există nici o Juliana aici! Plecaţi, vă rog!

Liam a încercat să privească peste capetele mulţimii, dar pretutindeni erau lumini şi aparate de filmat, iar reporterii ştiau cum să blocheze accesul.

A strigat numele fiicei lui, încercând să se împingă printre corpurile înghesuite precum un banc de sardine. Era imposibil.

– Care dintre voi are o mamă care e în comă?

Ştia că nu era nevoie decât să se uite la Jacey...

– Uite-o!

Grupul s-a deplasat, separat şi reunit în jurul lui Jacey, despărţind-o de celelalte fete cu o îndemânare exersată. Lupi separând un miel de restul turmei.

– Eşti fata Kaylei?

– Eşti Juliana?

Liam a văzut că Jacey respira cu dificultate. Îi era teamă.

– Sunt Jacey, a răspuns ea cu glas scăzut. Mama mea este în comă...

În faţa ei a apărut un microfon, care aproape că a lovit-o în nas.

– Cum este să fii fiica lui?

Liam a strigat-o pe nume. L-a înşfăcat pe cameramanul din faţa lui şi l-a împins. Camera video a căzut pe jos, iar bărbatul s-a împleticit într-o parte.

Liam s-a vârât în spaţiul gol pe care îl crease.

– Jace, vino aici!

Privirile li s-au întâlnit peste mulţime. Liam a văzut frica din ochii fiicei lui. Şi-a dat seama că Jacey începea să se lase pradă panicii; nu deodată, ci în mici frânturi. Liam a plonjat printre trupurile strivite unele într-altele. Jacey şi-a întins mâinile către el.

Liam şi-a croit drum înainte, întinzându-şi şi el mâinile şi încordându-şi degetele ca s-o atingă.

– Cum este să fii fiica lui Julian True? a ţipat cineva.

S-a lăsat liniştea. Jacey s-a uitat la Liam, gura i s-a deschis şi ochii i s-au căscat din cauza şocului.

– O, Doamne, nu ştie...

– Bagă-te, Bert, filmează-i faţa – acum!

– PLECAȚI DE LÂNGĂ EA! a urlat Liam.

S-a aruncat înainte, înfigându-și coatele în oameni și împingându-i. A ajuns, în sfârșit, lângă ea. Și-a petrecut un braț în jurul ei și a tras-o mai aproape. O simțea tremurând.

– Este în ordine, iubito, i-a șoptit el la ureche, deși știa că spunea o minciună.

– Cine ești? a strigat cineva la el.

– Este doctorul, a spus altcineva. Ce ești...

– Ea nu are nici un comentariu de făcut!

Liam și-a auzit mârâitul din voce, un sunet cu care nu era obișnuit și care venea dintr-un loc întunecat, adânc, dinlăuntrul lui. A tras-o prin mulțime pe Jacey, care era năucită, și a ajutat-o să urce în mașină.

Reporterii i-au urmat, strigând în continuare întrebări și făcând fotografii. Ultimul lucru pe care l-a auzit Liam înainte să trântească ușa a fost strigătul:

– Luați-i numărul de la mașină!

A pornit motorul și a apăsat pe accelerație. Mașina a țâșnit, cu cauciucurile învârtindu-se pe zăpada mocirloasă, iar apoi a ieșit din parcare.

Inima bătea să-i spargă pieptul; frica avea un gust ca de cupru. În viața lui nu se simțise atât de rușinat și de învins. Eșuase în a o proteja. Era vina lui. Fiica pe care o iubea mai mult decât propria viață fusese rănită.

Jacey s-a răsucit în scaun, uitându-se la drumul pe care îl lăsaseră în urmă.

– Nu ne urmăresc, a spus ea cu o voce pierită, foarte diferită de glasul ei obișnuit.

Liam a cotit la stânga pe drumul înzăpezit și neîntreținut care ducea la Angel Falls State Park. Alesese acel drum fiindcă apărea numai pe hărțile cele mai detaliate ale zonei. Nimeni nu avea cum să-i urmărească acolo.

Când au ajuns la capătul drumului, au găsit parcarea goală, imaculată precum o foaie albă de hârtie. În după-amiaza târzie, codrul acela era deja cufundat în întuneric.

Liam a parcat lângă panoul informativ, o piramidă de lemn cioplit pe care era scrisă povestea cascadei. Aceasta din urmă fusese descoperită de Ian Campbell și botezată astfel în cinstea preaiubitei lui soții.

Liam a inspirat adânc și, în cele din urmă, s-a întors către fiica lui.

– Nu am reușit să ajung la tine suficient de repede.

Ea l-a privit, iar în ochii ei negri se citeau deruta și teama.

– Este adevărat, tată?

Acum Liam ar fi vrut să fie furios pe Mike, dar nu simțea decât un vid înghețat înlăuntrul lui.

– Este adevărat. Mama ta a fost măritată cu Julian True.

Obrajii lui Jacey au pălit. Părea incredibil de tânără și de vulnerabilă.

– Este tatăl meu?

Tată. Cuvântul l-a pocnit pe Liam ca o lovitură în laringe. Preț de o clipă, nu a putut vorbi, iar după ce și-a regăsit vocea, aceasta a sunat sec și monoton:

– Da.

Ochii lui Jacey s-au mărit.

– O, Doamne...

El a așteptat ca ea să spună mai multe, dar Jacey a rămas tăcută. Liam a avut senzația că între ei se ridica apa mării, sus, tot mai sus, devenind un zid unduitor, care le distorsiona imaginile. A încercat să se gândească la ce anume ar fi trebuit să spună, dar a simțit din nou un gol interior, ce sângera în tăcere. Până la urmă, a vorbit despre singurul adevăr care conta:

– Ar fi trebuit să-ți spun...

– Ăsta-i motivul pentru care a venit în oraș? S-o vadă pe mama?

– Da.

– Ai știut că e tatăl meu?

El a înțeles de ce îi pusese acea întrebare. Jacey nu voia să creadă că el o mințise în toți acei ani. Oricât de mult ar fi vrut s-o protejeze pe Mike, Liam, pe de altă parte, nu voia s-o inducă în eroare pe Jacey, fiindcă tocmai minciuna în care trăise era cauza suferinței ei de acum.

– Am auzit aceleaşi poveşti pe care le-ai auzit şi tu, a spus el. Mike mi-a povestit că s-a căsătorit prea tânără, cu un bărbat care nu voia decât să meargă la petreceri şi să se distreze. Nu am ştiut că era vorba despre Julian. Am aflat adevărul abia atunci când am căutat rochia pe care ai purtat-o la bal.

– Felul în care mama refuza întotdeauna să vorbească despre celălalt tată al meu... M-am gândit că era un golan sau un om rău. Vreun ratat pe care ea l-a întâlnit la colegiu. A făcut o pauză, uitându-se la el. Pe când eram mică, ori de câte ori o întrebam despre el, ea plângea, aşa că nu am mai întrebat. O, Doamne... Julian True!

Liam a încercat să nu se simtă rănit de zâmbetul slab care i-a ridicat lui Jacey colţul gurii. Ce adolescentă nu ar fi fost încântată să afle că un star de cinema faimos era tatăl ei? Asta nu însemna că avea să-i întoarcă spatele tatălui care fusese întotdeauna alături de ea, ţinând-o de mână, ştergându-i lacrimile cu un sărut. Cel puţin asta îşi spunea el în timp ce tăcerea dintre ei se prelungea tot mai mult.

– Când avea mama de gând să-mi spună? După ce omenirea reuşea, în sfârşit, să colonizeze planeta Marte?

Furia venise mai repede decât se aşteptase Liam, iar el nu ştia cum s-o domolească. Nu exista nici o scuză pentru ceea ce îi făcuse Mike lui Jacey. Purtarea celei dintâi fusese una egoistă, care acum pricinuia multă suferinţă. După atâţia ani, cu toţii aveau să plătească pentru minciuna care convieţuise cu ei, cuibărindu-se, tăcută, într-o faţă de pernă de mătase.

– Nu ştiu când avea de gând să-ţi spună, a răspuns el în cele din urmă.

Şi-a dat seama că Jacey era pe punctul de a plânge. Părea să-şi reţină lacrimile cu fiecare respiraţie scurtă care îi agita pieptul.

– Din cauza asta a venit el la banchet, ca să danseze cu mine. Dar nu mi-a spus nimic care să-mi dea de bănuit. Cum a aflat că mama s-a accidentat?

– L-am sunat. Am... descoperit că mama ta reacţiona la numele lui. M-am gândit că dacă ar fi vorbit cu ea, poate că mama ta ar fi avut o şansă să se trezească, şi chiar aşa s-a întâmplat. S-a trezit ieri.

– După toate orele pe care noi toţi ni le-am petrecut vorbind cu ea, Julian a fost cel care a trezit-o?

Liam s-a crispat. S-a simțit rușinat amintindu-și de toate dățile în care îi spusese lui Jacey că iubirea ei avea să străpungă întunericul în care se afla Mikaela.

– Ei bine...

– O, Doamne, dacă...

De data asta, Jacey nu și-a putut reține lacrimile. S-a aruncat în brațele lui Liam, ca și cum ar fi fost din nou doar o fetiță. A plâns pe umărul lui. Umezeala călduță a lacrimilor ei a pătruns prin flanelul cămășii lui Liam. După ce s-a retras, arăta cumva diferit, schimbată, ca și cum lacrimile ar fi spălat ultimele urme lipicioase ale fetiței care fusese și i-ar fi făcut loc unei tinere femei.

– O urăsc.

Mărturisirea i-a smuls noi lacrimi.

Liam i-a atins fața.

– Nu. Ești furioasă și rănită. Ai tot dreptul să fii. Dar nu ai putea s-o urăști pe mama ta. Ea te iubește, Jace.

– Și tu? Te-a mințit în toți acești ani!

El a oftat.

– Uneori, oamenii mint ca să-i protejeze pe cei dragi. Poate că ea a crezut... că nu am putea să facem față adevărului.

Jacey și-a tras nasul, iar apoi și l-a șters cu dosul palmei. L-a privit cu ochi înlăcrimați. Gura îi tremura.

– El nu m-a vrut, nu-i așa? Din cauza asta nu m-a sunat și nu mi-a scris niciodată.

Liam ar fi vrut s-o mintă, dar minciunile fuseseră cele care creaseră acel moment dureros, regretabil, al vieților lor.

– Nu-l cunosc suficient de bine ca să pot răspunde la această întrebare.

El și-a dat seama că Jacey era șocată, derutată și furioasă. Adevărul o împinsese pe un drum întortocheat și îngust, pe care numai ea singură își putea găsi calea.

– Îmi pare rău, Jace. Pentru tot.

Ea l-a privit cu lacrimile curgându-i pe obraji.

– Te iubesc... tată.

Înainte ca ea să-l numească „tată“, Liam a perceput mica ezitare din vocea ei, provocată de vestea despre Julian.

– Şi eu te iubesc, Jace. Suntem în continuare o familie, a şoptit el. Să ţii minte asta. Mama ta vă iubeşte pe tine şi pe Bret – o, la naiba, Bret!

Liam s-a tras în spate atât de brusc, încât s-a lovit cu capul de fereastra maşinii.

– Reporterii! a strigat Jacey, aşezându-se pe locul ei şi punându-şi centura de siguranţă. Este trei şi jumătate. Bret e la ora de muzică.

Bret devenea irascibil. Repetau pentru serbarea de Crăciun de mai bine de o oră, iar el, la fel ca majoritatea băieţilor, ura să stea nemişcat. Toţi copiii din clasele a patra şi a cincea erau aşezaţi unii lângă alţii şi înşiraţi pe trei rânduri de trepte. Profesoara de muzică, doamna Barnett, îi aşezase pe criterii de înălţime, ceea ce însemna că fetele erau lângă băieţi, iar asta însemna întotdeauna o problemă.

Doamna B. a lovit cu indicatorul de lemn în pupitrul metalic pe care se aşezau partiturile.

– Haideţi, copii, fiţi atenţi! Acum trebuie să încercăm din nou ultimul vers.

Doamna B. şi-a ridicat bagheta şi a dat din cap către domnul Adam, care era aşezat la pianul din colţ. La semnul ei, a început să cânte „Silent Night".

Bret nu-şi putea aminti nici măcar un singur cuvânt.

Katie i-a tras un cot zdravăn.

– Cântă!

El a lovit-o, la rândul lui.

– Taci!

Katie l-a ciupit chiar de partea cea mai rotunjoară a braţului.

– Te spun!

– Ete, na!

Katie şi-a lăsat mâinile în jos, furioasă, şi a tropăit cu atâta putere, încât întregul podium s-a cutremurat.

– Doamnă Barnett, a ţipat ea, ascuţit, Bret Campbell nu cântă!

Degetele domnului Adam s-au poticnit pe clape. S-a auzit un amestec distonant de note, iar apoi s-a lăsat liniştea.

Katie i-a aruncat lui Bret un zâmbet satisfăcut.

El și-a dat ochii peste cap. De parcă i-ar fi păsat!

Doamna B. și-a coborât, încet, indicatorul.

– Ei, Katherine, asta nu prea e treaba ta, nu-i așa?

– Crede că totul e treaba ei, a spus cineva, râzând.

Katie a roșit. Potopul de roșeață care îi cuprinsese întreaga față arăta foarte cool.

– D... dar ați spus că toți copiii trebuie...

Doamna B. i-a zâmbit lui Bret, dar era un zâmbet ciudat, cumva strâmb și trist.

– Haide să nu ne luăm de Bret. Știm cu toții...

Bret i-a scos limba lui Katie.

– ...că mama lui tocmai s-a trezit și că asta a fost o perioadă dificilă pentru toată familia.

Știm cu toții că mama lui s-a trezit.

Bret nu putea respira. Nu avea cum să fie adevărat! Tata i-ar fi spus dacă mama s-ar fi trezit. Dar doamna B. tocmai spusese...

Ca să se echilibreze, s-a prins de brațul lui Katie.

Katie a scos un mic țipăt, iar apoi a deschis gura ca să-l pârască din nou. Doar că din ea nu a ieșit nici un sunet. În loc de asta, s-a strâmbat la Bret.

– Arăți scârbos. O să vomiți?

– Tati nu ar face așa ceva, a spus el.

Brusc, ușa sălii de muzică s-a deschis și a apărut Jacey. Avea fața roșie și plină de brazde umede, de parcă ar fi plâns.

– Doamnă Barnett, a spus ea, trebuie să-l iau pe Bret acasă.

Doamna B. a dat din cap în semn că era de acord.

– Du-te, Bret.

Bret s-a smuls de lângă Katie atât de brusc, încât patru copii s-au răsturnat de pe trepte. Îi auzea pe toți șoptind și știa că vorbeau despre el. Un alt lucru de care nu-i păsa.

A trecut pe lângă cercul de prieteni curioși. Acum nu-i păsa dacă toată lumea vedea că era pe punctul de a plânge. Voia numai ca doamna B. să spună că afirmația ei de mai înainte fusese o greşeală. Dacă mămica lui s-ar fi trezit, cu siguranţă că tatăl lui i-ar fi spus.

S-a dus la Jacey. Dintr-odată, s-a simţit foarte mic, precum o figurină de jucărie cu picioarele rupte, care se uita la G.I. Joe. Inima îi bătea să-i sară din piept.

– Mami e...

– Haide, Bretster!

L-a apucat de braţ şi l-a tras afară din sala de muzică, pe coridor. Explorerul era parcat în zona în care autobuzele preluau elevii, ceea ce era complet interzis în acel moment al zilei, fiindcă era posibil ca autobuzele să tragă acolo din clipă în clipă. Bret l-a văzut pe tatăl lui aşezat pe locul şoferului.

Era de rău.

Bret s-a lăsat aşezat pe locul din spate ca şi cum ar fi fost un sac de cereale. Jacey l-a legat cu centura de siguranţă, iar apoi a sărit pe locul din faţă. Înainte ca Bret măcar să se gândească la ce ar fi putut spune, deja mergeau cu viteză prin oraş. Pe toate străzile erau oameni care aşezau decoraţiuni pentru festivalul Zilele Gheţarului, de la sfârşitul săptămânii, dar tata nu a făcut cu mâna nici măcar unui singur cunoscut. Şi conducea mult prea repede.

Bret a vrut să întrebe ceva, să ţipe ceva, dar se simţea de parcă Superman l-ar fi strâns de gât.

Tata a parcat maşina lângă intrarea din spate a spitalului. Nici măcar nu s-a uitat la Bret, ci doar la Jacey.

– Stai cu fratele tău. Nu vă duceţi la recepţie. Trebuie să vorbesc cu Sam de la administraţie. Ne întâlnim la cantină în zece minute, bine?

Jacey a dat din cap în semn că era de acord.

Apoi tati a plecat, alergând înaintea lor, iar Jacey şi Bret au înaintat pe coridorul pustiu din spatele spitalului. Paşii lor aveau ecou, iar acesta era înspăimântător. La fiecare zgomot, Bret tresărea.

Mama murise. De data asta, Bret era sigur. Ajungând la camera mămicii lui, avea să dea doar de patul gol, fiind prea târziu pentru el ca s-o mai vadă...

S-a smuls de lângă sora lui şi a fugit spre camera mamei.

– Bret, vino înapoi!

A ignorat-o și a continuat să alerge. Odată ajuns în fața ușii, s-a oprit, iar apoi a deschis-o.

Mama era acolo, zăcând în pat exact ca de obicei. Adormită.

Bret s-a împleticit. Doar faptul că se ținea de mânerul ușii l-a împiedicat să cadă.

Nu știa care emoții erau mai puternice: ușurarea pe care o simțea fiindcă tati nu mințise sau dezamăgirea de a descoperi că ea nu se trezise.

A închis ușa încetișor și s-a dus lângă pat.

Încă îl speria s-o vadă așa. Deși era în continuare drăguță, iar tati îi arătase lucrurile importante: nuanța trandafirie a obrajilor, felul în care pieptul ei se ridica și cobora la fiecare respirație...

Tata spunea mereu că toate astea erau semne bune.

Dar, pentru Bret, ea arăta ca și cum ar fi fost moartă. El trebuia să-și tot repete că mama trăia.

„Este tot ea, Bretster. Ține minte asta!"

A încercat să-și ia puterea din cuvintele tatei. Fiindcă el, care nu și-ar fi mințit fiul, spunea că ea era vie... undeva.

Bret s-a dus mai aproape și s-a urcat pe grilajul patului, aplecându-se deasupra ei. Era atât de aproape, încât îi putea simți pe gene respirația suavă. În acele clipe, el a închis ochii și a încercat să-și aducă aminte o întâmplare fericită cu ea.

„Ei, bine, presupun că orice copil care este suficient de mare ca să pună șaua pe un astfel de cal este pregătit să meargă într-o drumeție noaptea. Sunt mândră de tine, băiete."

A știut că amintirea avea să-l facă să plângă, ceea ce s-a și întâmplat. Singurul lucru la care se putea gândi era felul în care se lăsase în genunchi pe podeaua rece de ciment, ca să-l îmbrățișeze. Cel mai mult îi lipseau îmbrățișările ei... poate chiar mai mult decât săruturile.

A auzit ușa deschizându-se în spatele lui, apoi sunetul discret al pașilor surorii lui.

– Haide, Bret! Tata ne-a spus să ne întâlnim cu el la cantină.

– Așteaptă puțin!

Bret s-a aplecat puțin mai mult peste pat și i-a dat „sărutul mamei", exact așa cum i-l dădea ea întotdeauna: un sărut pe frunte, câte unul pe fiecare obraz și un sărut ușor pe partea dreaptă a nasului. Când buzele i s-au atins de nasul mamei, a șoptit cuvintele magice:

– Fără vise urâte!

Apoi s-a retras, cu inima bătându-i tare de tot în piept. O lacrimă i s-a scurs pe obraz și a căzut pe buzele mamei.

Iar ea, foarte încet, a deschis ochii.

Bret aproape că a căzut de pe grilaj.

Mikaela s-a ridicat în capul oaselor și s-a uitat la el. Bret a așteptat și a tot așteptat, dar ea nu a zâmbit.

– Ei bine, bună ziua, băiețelule!

A zâmbit, în sfârșit, dar zâmbetul nu era deloc ce trebuia.

Nu era mămica lui.

Bret a deschis gura, dar din ea nu a ieșit nici un sunet. În tot acel răstimp așteptase și se rugase, iar în toate visurile lui mama spunea același lucru în clipa în care se trezea: „Ce face băiețelul meu preferat din întreaga lume?"

Apoi îl cuprindea cu brațele și îl ținea așa cum o făcuse întotdeauna...

Lacrimile i-au ars ochii.

Doamna care purta chipul mamei lui s-a încruntat.

– E ceva în neregulă?

Nici cuvintele ei nu erau în regulă. Mămica lui adevărată ar fi spus: „Nu pot fi lacrimi ceea ce văd eu acum în ochii băiatului meu celui mare..."

„Nu!", a vrut el să spună, chiar dacă era o minciună, dar, deși a deschis gura, nu s-a auzit nimic altceva decât respirația lui.

Mama cea falsă s-a uitat de jur împrejur prin cameră. Privirea i-a fost atrasă de Jacey, care stătea lângă ușă, cuprinzându-se singură cu brațele și plângând.

– Ce face fetița mea preferată din întreaga lume?

Bret a scos atunci un mic sunet. Nu putea să se abțină. Acestea erau cuvintele destinate numai lui, dar ea i le spusese lui Jacey.

„FUGI!"

Nu se putea gândi decât la asta. A fugit din încăperea aceea, din clădire, și s-a pierdut în după-amiaza întunecată.

Atunci când a ajuns la autostradă, era înghețat bocnă, dar nu-i păsa. A continuat să fugă.

Capitolul 23

„Îi spunem Jacey acum."

Era ca și cum s-ar fi uitat într-o oglindă care îi reflecta trecutul. Instinctiv, a vrut să se întindă către ea. S-a gândit la toate lucrurile pe care le uitase. Primul cuvânt al fiicei ei – care fusese? Ce făcuse în prima zi de grădiniță – se urcase de una singură în autobuzul acela mare și galben și făcuse cu mâna sau se agățase de brațul mamei ei, plângând și implorând-o s-o mai lase să stea acasă măcar încă o zi?

– Mamă?

Plinătatea dulce a cuvântului a făcut ca pierderea memoriei să-i fie aproape insuportabilă. Faptul că acel copil al ei era un străin pentru ea...

– Jacey, a șoptit ea, întinzându-și brațele.

Pășind încet, Jacey a venit la ea. Mikaela a simțit o reținere ciudată din partea fiicei ei, dar, în cele din urmă, Jacey s-a aplecat peste grilajul patului. Mikaela a cuprins-o în brațe și a tras-o mai aproape. A inspirat mirosul dulce, uitat, al fetiței ei – nu pudra de bebeluș, ci altceva, un iz de lămâie potrivit pentru vârsta ei de adolescentă.

Jacey s-a retras, plângând.

Mikaela i-a atins obrazul.

– Nu plânge. O să fie bine.

O lacrimă s-a scurs din ochii lui Jacey.

– Cum? Cum o să fie bine?
– O să-mi recapăt memoria, crede-mă.
Jacey a căscat ochii.
– Ți-ai pierdut memoria? Din cauza asta...
Jacey s-a uitat spre ușa deschisă.
– Îmi pare rău. Am niște goluri, asta-i...
– Tata de ce nu mi-a spus?
– Cred că l-au rugat pe Julian să nu facă public amănuntul ăsta.
– Juli... vrei să spui că nu ți-l amintești pe tata?
Vocea lui Jacey abia dacă se auzea.
– O, îmi amintesc de Julian... până la un punct, în orice caz. Tot ce s-a întâmplat după momentul în care l-am părăsit, este un vid total pentru mine. Cred...
– O, perfect! Jacey s-a uitat la Mikaela de parcă acesteia i-ar fi crescut coarne. Nu-mi vine să cred.
Mikaela s-a încruntat.
– Ești furioasă pe mine!
– Tatăl meu este Liam Campbell. Jacey s-a agățat de halatul de spital al mamei ei. Ne-am îndrăgostit de el cu mult timp în urmă, pe când eu aveam doar patru ani. De zece ani este soțul tău, iar acum tu nu ți-l amintești. Ți-l amintești numai pe Julian, care nu m-a sunat niciodată și nu mi-a trimis nici o felicitare de ziua mea și nici nu a vrut să mă vadă.
Mikaela era derutată.
– Dar Julian e tatăl tău...
Jacey s-a tras în spate. Părea să fie foarte aproape de momentul în care să se piardă cu firea.
– O, sigur că e tatăl meu! Și, mulțumită minciunilor tale, nu am știut asta până azi.
Mikaela s-a simțit de parcă ar fi fost lovită în stomac.
– Nu ți-am spus asta niciodată?
– Nu.
– O, Jacey... Mikaela nu știa ce să spună. Ce fel de femeie devenise, ca să-i poată face una ca asta fiicei ei? Jacey, eu...
Ușa s-a deschis. Sarah a dat buzna în cameră, roșie în obraji și cu răsuflarea tăiată.

– Jacey, speram să te găsesc aici! Tocmai a sunat recepționera. L-a văzut pe Bret ieșind în fugă din spital. Nu s-a oprit...

– Bret! O, Doamne! Este vina mea!

Jacey a ocolit-o pe asistenta cea masivă și a ieșit în fugă din salon.

Mikaela s-a uitat, neajutorată, la Sarah.

– Cine este Bret?

Sarah s-a uitat la ea cu tristețe.

– Odihnește-te, scumpo.

Inima Mikaelei bătea prea repede. Se aștepta ca, în orice clipă, să se declanșeze alarma la unul dintre aparate. Camera s-a învârtit cu ea, provocându-i greață și amețeală. A apucat brațul lui Sarah și a tras de el cu atâta putere, încât asistenta s-a lovit se grilajul patului.

– Sarah... m-ai cunoscut... înainte?

– Sigur că da. Te-am angajat imediat după ce ai absolvit școala de asistente.

Mikaela a dat drumul brațului și s-a cufundat în mormanul de perne. Acele informații despre viața ei nu aveau nici un sens; voia tot adevărul.

– Eram un om bun?

Sarah a privit-o, zâmbind cu blândețe.

– Ai inima pură a unui înger, Mikaela. Erai – și ești – un om bun. Crede-mă.

Voia să creadă asta, dar nu putea. O mințise pe fiica ei în toți acei ani și, în mod evident, îi frânsese inima lui Liam. S-a întrebat pentru prima oară dacă acea amnezie nu era un dar de la Dumnezeu. Un răgaz temporar care să-i permită unui păcătos să se simtă ca un sfânt.

Julian stătea în refugiul familiar al limuzinei, uitându-se la reporterii adunați dincolo de geamul fumuriu.

În ziua aceea chiar că o dăduse în bară! Nu avea cum să-și găsească scuză. Asmuțise dulăii asupra propriei sale fiice. Filmarea din fața liceului încă nu fusese difuzată, dar o auzise povestită în toate detaliile ei îngrozitoare. Ca, de pildă, felul în care presa o luase pe Jacey pe nepregătite și o asaltase cu întrebări de genul „Cum este să fii fiica lui Julian True?", precum şi felul în care mirosiseră urâtul adevăr: „Nu ştie!"

În clipa aceea l-a văzut pe Liam împingându-se prin mulţimea de reporteri.

Julian nu s-a putut abţine; s-a lăsat mai jos în scaun, frecându-şi falca îndurerată. Ultima persoană cu care voia să vorbească acum era Liam Campbell.

Era profund ruşinat de ceea ce făcuse. De obicei, când o dădea în bară plătea pentru greşeala lui. La propriu. Oamenii care lucrau pentru el alergau în urma lui, aruncându-le bani celor ale căror vieţi fuseseră afectate de o interacţiune cu Julian True.

Acum, în sfârşit, îşi dorea să fie mai bun de atât. Voia să facă ceea ce trebuia.

Şi-a scos ochelarii de soare Ray Ban din buzunar şi i-a pus la ochi. Apoi, după ce şi-a trecut un pieptăn prin părul încâlcit, a ieşit din limuzină.

Ningea. Din nou.

– Iată-l!

Reporterii s-au îngrămădit spre el, cu microfoanele pregătite. Arătau la fel de rău pe cât se simţea el. Ştia că, dacă era să stea afară pentru o ştire, ei ar fi preferat să fie în Los Angeles, unde precipitaţiile îţi dădeau cancer în loc de degerături.

Abia dacă a auzit întrebările strigate spre el. Fără un cuvânt, fără să zâmbească, şi-a croit drum prin mulţime, ştiind că nu aveau să-l urmeze în spital. Erau ca nişte vampiri – era nevoie să fie invitaţi.

Se afla cam la jumătatea distanţei până la camera Kaylei, când a văzut-o pe fiica lui. Era în sala de aşteptare, nemişcată ca un bolovan, cu spatele la el.

– Juliana!

Şi-a adus aminte, o secundă prea târziu, că nu era numele corect.

Jacey s-a întors încetişor cu faţa la el. Pentru o derutantă fracţiune de secundă, trecutul s-a izbit de prezent. Ea avea ochii umflaţi şi roşii, iar gura îi tremura. Arăta exact ca mama ei în ziua în care îl părăsise.

– Bună! a fost tot ce a spus ea.

– Speram... speram să putem vorbi. Ştiu... că ştii adevărul despre mine... despre noi.

– Nu acum. A făcut un pas către el, cuprinzându-şi corpul cu braţele. Fratele meu a fugit.

Julian s-a încruntat.

– Ce vrei să spui? Nu am alţi copii.

– Mă rog, fratele meu vitreg.

– O, Doamne, a şoptit el. Nu mi-a spus nimeni că mai era un copil. Este al Kaylei... cu Liam?

Ea a dat din cap în semn că da.

– Îl cheamă Bret. Amândoi am văzut-o astăzi pe mama pentru prima oară de când s-a trezit. Nu ne-a recunoscut. A fost groaznic. Bret... a fugit.

Julian ar fi vrut s-o ajute, să spună ceva care să-i uşureze tristeţea, dar nici măcar nu o cunoştea, nu avea cum să înţeleagă ce-i trebuia acelei fete. Ba nu, asta nu era adevărat, s-a gândit el. Fata avea nevoie de tatăl ei.

Liam ar fi ştiut ce să facă. Acel moment şi altele o mie asemănătoare îl făcuseră pe Liam să fie tatăl fetei. În acea clipă nu exista nici o modalitate ca Julian să se transforme în ceea ce nu era.

– Nu e vina ta. Tatăl tău o să-l găsească.

– Da...

Jacey s-a uitat la el fără să mai spună nimic.

Julian şi-a dorit să se uite în ochii trişti ai lui J.C. şi să-şi vadă viitorul, dar singurul lucru pe care l-a văzut a fost un trecut nedemn.

– Ai un tată foarte bun. O să-ţi găsească fratele. Crede-mă.

– Să te cred? Jacey a înaintat spre el cu paşi înceţi. Te-ai gândit vreodată la mine?

Julian ştia când era nevoie de o minciună. Şi, deşi era conştient de faptul că un bărbat mai bun decât el ar fi ales calea cinstită, a minţit.

– Tot timpul. I-a aruncat un zâmbet emoţionat. Arăţi exact ca mama ta pe vremea când am cunoscut-o. Eşti cea mai frumoasă femeie pe care am văzut-o vreodată. Îşi dădea seama că ea nu îl credea şi, mai rău de-atât, că minciuna o rănise, aşa că i-a oferit singurul cadou pe care i-l putea face. A spus, în sfârşit adevărul:

Nu, de fapt, nu. Când mama ta m-a părăsit, eu... am depășit momentul. Am iubit-o – și te-aș fi putut iubi și pe tine –, dar, în loc de asta, am depășit momentul. Îmi pare rău, dar mama ta... și tatăl tău te iubesc. Și, Doamne, atunci când iubește Kayla, e vorba de ceva cu totul ieșit din grafice.

Jacey s-a întors cu spatele la el și s-a dus la fereastră.

El a urmat-o. Voia să-i atingă umerii, dar nu îndrăznea. În schimb, s-a uitat la reflexia lui și a ei, unul lângă altul, în geamurile pătate.

– Îmi pare rău. Pentru tot. Pentru reporteri, pentru anii în care am stat deoparte, pentru scrisorile pe care nu le-am scris. Îmi pare rău.

Atunci, în timp ce lacrimile tăcute ale fiicei lui străluceau în geamul care îi reflecta pe ei doi, Julian a întrezărit o frântură din propriul suflet gol. S-a întâmplat repede, cât ți-ar fi luat să tragi aer în piept și apoi să-l dai afară, dar Julian a știut că nu avea să uite niciodată acel moment.

Liam a încercat să nu se gândească la toate lucrurile rele care s-ar fi putut întâmpla în acea noapte rece și întunecată de decembrie, în care Dumnezeu considerase potrivit să scadă temperatura cu două grade în ultimele treizeci de minute. Sau la faptul că Bret, preaiubitul lui fiu, încă mai aproape de a fi copil decât un tânăr bărbat, era afară, de unul singur, în acea seară care era cea mai friguroasă dintre cele de până atunci. Oare știa Bret cât de periculos era să mergi pe marginea carosabilului când drumul e înghețat... când vizibilitatea e redusă la jumătate din cauza ninsorii abundente?

Acelea erau lecții pe care Liam nu-și amintise să i le predea fiului său, iar faptul că nu făcuse asta îi zgândărea acum nervii suprasolicitați.

Se tot uita la indicatorul de temperatură exterioară pe care îl montase pe bordul mașinii. Afară era minus un grad, atât de frig pe cât putea să fie în partea aceea de lume. Iar Bret era undeva, acolo...

„Oprește-te. Bret e bine. Doar se ascunde undeva, stă într-un loc uscat și călduț..."

Gândindu-se la motivul din care mama lui nu îl recunoscuse, întrebându-se de ce tatăl lui nu-i spusese adevărul.

– Rezistă, Bretster, a șoptit Liam.

Avea mâinile strânse atât de tare în jurul volanului, încât nu s-ar fi mirat dacă degetele lui ar fi lăsat zece adâncituri pe volanul acela. S-a aplecat în față, scrutând drumul prin parbrizul lipsit de vizibilitate. Acum ningea atât de tare, încât ștergătoarele abia dacă făceau față.

Autostrada era goală, la fel cum fusese și parcarea spitalului. Liam pierduse minute prețioase căutându-l pe Bret prin tot spitalul – nu-i venise să creadă că băiatul ar fi plecat –, dar până la urmă fusese forțat să accepte ideea că fiul lui fusese atât de rănit și de speriat, încât fugise. Fără să se gândească la nimic în timp ce trecuse de ușile duble, probabil chiar fără să simtă înțepătura frigului.

La început, cel puțin.

Bret trebuia să fi înghețat până acum. Fugise fără palton.

Telefonul mașinii a sunat.

Liam a răspuns, în timp ce inima începuse să-i bată sacadat.

– L-ați găsit? a întrebat el persoana care îi apelase.

– Nu. Era vocea suavă, tremurată, a lui Jacey. Însă toată lumea îl caută. Bunica e acasă, așteptând un telefon. Eu aștept la spital, pentru cazul în care se întoarce aici. M-am gândit...

– Știu, iubito, dar cred că ar fi mai bine să nu ținem telefonul ocupat.

– Tată? Jacey a făcut o pauză, iar el a înțeles tot ce simțea fiica lui. Îmi pare rău.

– Nu e vina ta, e a mea. Ar fi trebuit să vă spun adevărul. Vorbim mai târziu despre asta, bine? După ce... ajungem cu el acasă, în siguranță.

– Da, după ce Bret ajunge acasă.

Întrerupând convorbirea, a fost din nou atent la mers. Trebuia să se concentreze asupra lucrurilor obișnuite – asupra șoselei, a felinarelor, a ascunzătorilor de-a lungul drumului –, fiindcă atunci când făcea asta, putea să se adune.

Își tăia frica imensă în fâșii. În detalii. Cu ele, se putea descurca.

A micşorat viteza de la doisprezece kilometri pe oră, la şapte. Se îndepărtase de spital cu mai puţin de şapte sute de metri. Distanţa până în oraş se desfăşura în faţa lui, o potecă întunecată, întortocheată, nesfârşită.

Detalii.

S-a forţat să privească în dreapta, la câmpul întunecat. Bret nu ar fi traversat autostrada; era mai deştept de-atât. Liam era sigur de asta. Fiul lui nu ar fi traversat strada noaptea de unul singur... dar oare s-ar fi urcat în maşina unui străin?

Liam şi-a stăpânit un tremur îngrozit.

„Doamne, te rog, fă ca Bret să fi învăţat regula asta!"

Indicatorul de pe bord a arătat că temperatura mai scăzuse cu jumătate de grad.

Liam s-a concentrat asupra lucrurilor minore – piciorul lui pe pedala de acceleraţie, mâinile pe volan, privirea la marginea drumului, unde nu erau urme de paşi. Doar un strat de zăpadă proaspăt căzută.

În faţă, pe partea dreaptă a drumului, târgurile regionale erau un mănunchi de clădiri mari de metal, grajduri, pavilioane, arene. Grajdul de acolo era scăldat în lumină; pe fundalul beznei care îl înconjura, ieşea în evidenţă ca un far.

Luminile erau aprinse... în miezul unei nopţi de iarnă.

Liam a simţit o undă electrizantă de speranţă. Acel grajd era unul dintre locurile preferate ale lui Mike. Ea şi Jacey îşi petrecuseră acolo nenumărate zile de vară, pentru spectacole ecvestre, expoziţii regionale şi cursuri despre îngrijirea cailor. Cu doar câteva luni în urmă, Bret câştigase acolo primul lui premiu 4-H.

La bifurcaţie, a încetinit. Fruntea i s-a umplut de broboane de transpiraţie, mâinile i-au devenit reci şi alunecoase.

Orice alegere greşită ar fi fost dureroasă. A privit din nou termometrul; arăta minus un grad. A cotit pe drum şi a apăsat acceleraţia la maximum. Cauciucurile au derapat pentru o clipă, înainte să prindă aderenţă. Liam a mers în viteză pe drumul cu hârtoape, cu faţa atât de aproape de parbriz, încât nasul aproape că îi era lipit de geam. În parcare, a apăsat pedala de frână. Maşina a mers în zigzag, iar apoi s-a oprit brusc.

Liam a lăsat motorul pornit și a sărit din mașină, alergând prin zăpada adâncă până la glezne.

– Bret! a strigat el.

Sunetul i s-a lovit de munții nevăzuți și s-a întors la el subțire precum o pojghiță de gheață.

A deschis ușile de metal. Grajdul bine luminat era cavernos, un șir de boxe goale.

– Bret! a repetat Liam.

A alergat din boxă în boxă, uitându-se în fiecare dintre ele.

L-a găsit pe Bret în ultima boxă – cea pe care Mike o folosise vara trecută, la spectacolul ecvestru Last Bend Classic. Tremurând și ghemuit într-un mic rotocol, Bret își sugea degetul.

Liam nu s-a simțit niciodată atât de ușurat; asta a făcut să-i fie greu să se miște, să vorbească, să facă orice altceva decât să se lase pe vine și să-și ia fiul în brațe.

– O, Bret, a șoptit el cu voce sacadată, m-ai speriat!

Bret s-a tras în spate. Obrajii îi erau de un roșu aprins, brăzdați de lacrimi, iar ochii, injectați.

– Am știut că o să mă găsești, tati. Sunt...

A izbucnit din nou în hohote de plâns.

– Este în regulă, puiule, a spus Liam mângâind părul fiului lui.

Bret l-a privit clipind.

– T... t... tati, nici măcar nu m-a îmbrățișat.

Liam a atins obrazul băiatului.

– Îmi pare rău, Bret. Ar fi trebuit să-ți spun adevărul.

– N... nu e mămica mea, nu-i așa?

– Ba da, a răspuns el în șoaptă. Este mămica ta, dar accidentul... a stricat ceva din creierul ei și nu-și poate aminti unele dintre lucrurile importante.

– C... cum sunt eu?

– Sau eu. Sau Jacey.

– Dar și-a adus aminte de Jacey!

– Nu. A auzit despre Jacey, așa că a putut să-și dea seama cine era. Dar nu-și amintește cu adevărat.

Bret și-a șters ochii.

– Şi cum de nu i-a spus nimeni despre mine? Sunt la fel de important ca şi Jace.

Liam a suspinat.

– Eşti totul pentru ea, Bret. Tu şi Jacey sunteţi întreaga ei lume şi a durut-o foarte tare să audă despre Jacey. A plâns şi a tot plâns. Dar... nu i-am putut spune şi despre tine. Am sperat să-şi amintească de una singură, iar atunci... totul să fie bine.

Bret a inspirat profund şi tremurat. Liam şi-a dat seama că încerca să se poarte ca un băiat mare.

– Memoria ei o să se repare?

Liam voia să spună „Bineînţeles!“, dar în ultimele săptămâni învăţase câte ceva despre copiii lui şi despre sine însuşi. Cu toţii erau suficient de puternici încât să suporte adevărul. Singura rană care făcea puroi era minciuna.

– Doctorii cred că o să-şi amintească cele mai multe lucruri. Nu fiecare detaliu, dar lucrurile majore – ca, de pildă, noi – credem că o să şi le aducă aminte.

– Dar nu ştii sigur?

– Nu. Nu ştim. Dar ştii ceva?

– Ce?

– Iubirea... cred că o să şi-o amintească pe toată.

Bret a rămas tăcut mult timp, părând să se gândească la spusele lui Liam.

– Bine, tati.

Tatăl lui a zâmbit.

– Mulţumesc lui Dumnezeu pentru rezistenţa inimii unui băieţel.

– Tati, te iubesc!

Acele cuvinte simple s-au cernut prin fiinţa lui Liam, blânde ca o ploaie de vară.

– Şi eu te iubesc, Bret. L-a strâns în braţe. Şi sunt mândru de tine. Pentru mintea unui copil de vârsta ta, ceea ce se întâmplă e un lucru greu de înţeles.

S-au ridicat încetişor în picioare. Liam l-a luat pe Bret în braţe şi l-a scos din grajd. A stins luminile şi astfel s-a lăsat o beznă copleşitoare, iar el s-a ghidat prin ninsoare uitându-se la farurile

Explorerului. De cum au ajuns în mașină, Liam le-a sunat pe Rosa și pe Jacey și le-a dat vestea cea bună. Rosa s-a oferit s-o ia pe Jacey de la spital și să se întâlnească acasă cu toții.

Bret s-a lăsat pe spate în scaunul lui. Chiar având căldura pornită la maximum, tremura.

– Îmi pare rău, tati.

– Este în ordine. Uneori, un bărbat trebuie să se retragă pentru a se gândi. S-a uitat la Bret. Dar data viitoare, ce-ar fi să te mulțumești să te duci într-o cameră și să trântești ușa?

Bret aproape că a zâmbit.

– Bine. Dar o s-o trântesc foarte tare.

Capitolul 24

Liam nu putea da drumul mâinii lui Bret. Pe tot drumul spre casă, l-a ținut de degețelele înghețate.

După ce a băgat mașina în garaj, Liam a oprit motorul și s-a întors către fiul lui. Ar fi dat orice în acel moment ca să spună lucrul perfect.

Dacă dorințele ar fi cai, toți cerșetorii ar călări.

Acele cuvinte – unul dintre proverbele favorite ale lui Mike – i-au invocat-o pe soția lui. Știa ce ar fi spus ea dacă ar fi fost acolo: „Haide, pianistule, fă față muzicii!"

Asta i-a dat doza de putere de care avea nevoie.

– Bret, mai e ceva despre care trebuie să vorbim.

Bret s-a întors către el, iar fața îi era în continuare îmbujorată din cauza frigului năprasnic.

– Trebuie?

Fiul lui deja învățase să se aștepte la ce era mai rău. Învățase să-i fie frică.

– Haide, o să fac niște ciocolată caldă și o să stăm lângă foc, ca să vorbim.

– Ciocolată și zahăr. Asta o să fie bine.

Liam a zâmbit.

– Ei, nu zău, Jim Carrey!

Bret a clipit ca o bufniță.

– Asta mi-a spus mami... în ziua... știi tu... chiar înainte să cadă.

Liam a ciufulit părul încă umed al fiului său.

– Așa o să fie amintirile, amice, o să apară de nicăieri – pentru tine și pentru mami. Și, Bretster, e mai ușor dacă le lași să vină, împreună cu emoția pe care se întâmplă s-o aducă cu ele. Nu poate să-ți fie frică de ceea ce simți. Niciodată.

– Bine, tati.

Bret a coborât din mașină și s-a dus în casă, aprinzând toate luminile în calea lui. Liam l-a urmat îndeaproape, stingându-le pe cele de care nu aveau nevoie. În camera cea mare, a îngenuncheat în fața șemineului și a aranjat lemnul și hârtia pentru aprins. După ce focul a început să trosnească și să își înalțe flăcările, el s-a dus în bucătărie și a făcut două căni de ciocolată instant. A adăugat o cantitate generoasă de lapte în cana lui Bret, iar apoi a dus cu atenție cele două cești în camera de zi, unde fiul lui deja se juca de zor cu o figurină de plastic, cu efecte sonore și cu tot tacâmul.

Liam s-a oprit, a inspirat adânc... și a mers mai departe. Asta era ceea ce făceau părinții. Iar plănuita conversație trebuia să aibă loc. Bret urma să meargă la școală a doua zi și era posibil ca vreun copil din clasa lui să-l întrebe despre Julian True. Bret merita să afle adevărul de la tatăl lui.

– Uite, amice, a spus el întinzându-i cana lui Bret.

Bret s-a uitat în cană și s-a strâmbat.

– Ai pus lapte. Arată ca niște hârtie igienică plutitoare.

– Mama nu adaugă lapte ca s-o răcească?

– Cuburi de gheață, dacă e instant; lapte, dacă e ciocolată adevărată. Este OK, tati. A luat o gură, curajos. E bună!

Liam a zâmbit.

– Te iubesc, Bret.

Bret a pus cana jos. Liam a știut că asta era toată ciocolata pe care avea s-o bea.

– Și eu te iubesc, tată.

– Vino aici.

Liam s-a așezat în fotoliul uriaș de lângă canapea, cel pe care îl cumpăraseră de la un târg de vechituri de lângă LaConner. Mike cheltuise mai mulți bani reparându-l și retapițându-l decât ar fi costat unul nou, dar, după cum spunea ea întotdeauna, fotoliul era la fel de confortabil precum cincizeci de ani de căsnicie. Putea susţine cu uşurinţă un bărbat în toată firea împreună cu fiul lui de nouă ani.

Bret i s-a cocoţat în braţe.

Liam a mângâiat faţa fiului său. Odată cu venirea verii, nasul lui Bret avea să fie acoperit de pistrui.

– Mai vrei să-mi spui ceva despre mami?

– Îţi aduci aminte că ţi-am zis, cu mult timp în urmă, că mami a mai fost căsătorită o dată?

– Da. Cu celălalt tătic al lui Jacey.

Liam a înghiţit cu noduri.

– Şi ştii că Julian True a venit la noi în oraş?

– Omul-Reptilă? Ehei, tati, toată lumea ştie asta!

Liam şi-a reţinut un zâmbet.

– De fapt, preferă ca lumea să-şi amintească de el ca de Ameninţarea-Verde, dar asta nu înseamnă nimic. Ideea e că a venit în oraş, ca s-o viziteze pe mami.

– Omul-Reptilă o cunoaşte pe mami?

Liam a inspirat adânc şi a plonjat.

– Mai mult decât atât. Mami a fost căsătorită cu el.

Bret a scos un sunet care dovedea incredulitate – pe jumătate pufnet, pe jumătate chicoteală.

– Da, cum să nu!

– E adevărat, Bretster.

Bret s-a încruntat. A trecut mai mult de un minut înainte să întrebe:

– Dar tu eşti tăticul meu, iar ea este mămica mea, nu?

– Aşa e.

Bret a părut să cântărească totul în minte. Uneori se încrunta, alteori, nu. În cele din urmă, a spus:

– Bine.

– Bine?

Liam se aşteptase la lacrimi, la furie, la ceva mai... dramatic decât acel „bine“ spus pe un ton liniştit. Poate că Bret nu înţelesese...

– Da, bine, a continuat Bret. Mama lui Sally Kramer a fost căsătorită cu Lonnie Harris de la magazinul alimentar, iar tatăl lui

Billy McAllister a fost căsătorit cu Gertrude de la Sunny and Shear. Fostul soţ al mamei mele este mult mai şmecher decât ei. Ce zici, crezi că ar putea să-mi facă rost de un afiş cu Omul-Reptilă, pentru camera mea?

– Mă uimeşti, Bret, a răspuns Liam în şoaptă.

Uşa antreului s-a deschis brusc. Jacey şi Rosa au dat buzna în casă. Jacey şi-a strigat fratele. S-a apropiat de ei în fugă şi s-a lăsat în genunchi lângă fotoliu.

– O, Bret...! Plângând, şi-a trecut mâinile peste faţa băiatului, ca un orb care spera să-i memoreze toate trăsăturile. Să nu mai faci asta niciodată!

Bret a dat la o parte mâna surorii lui.

– Fără pupături! E scârbos! Hei, Jace, ştiai că mama a fost căsătorită cu Julian True – şi că el este celălalt tată al tău?

Jacey şi-a şters ochii şi a căscat gura.

– Nu cred!

Bret a rânjit cu gura până la urechi. S-a înclinat în faţă, spre Liam, şi i-a şoptit în ureche:

– Mi-ai spus mie mai întâi?

Liam şi-a reţinut un zâmbet.

– Eşti băiat mare acum.

Bret a chicotit.

– Da, i-a spus el surorii lui, umflându-şi pieptul îngust. Dar tot suntem o familie.

Jacey i-a cuprins pe amândoi în braţe. Şi-a sprijinit obrazul pătat de lacrimi de spatele fratelui ei.

– O familie, a spus ea în şoaptă. Singura care lipseşte e mama.

În acea seară ştirea a ieşit pe posturile de televiziune. Fotografii cu Kayla şi Julian erau peste tot la televizor, fiecare dintre ele – studiată şi comentată, viaţa lor împreună fiind îmbucătăţită în mici frânturi, pentru a fi consumată de mase. La ora opt – chiar după emisiunea *Entertainment Tonight* – a sunat telefonul pentru prima oară. Liam a făcut greşeala de a răspunde. O femeie de la clubul de echitaţie a început să chiţăie în receptor cum că nu putea să fie adevărat.

Apoi telefonul a început să sune fără încetare. Liam a smuls firul din priză.

Pe urmă, a parcurs programul vieții de zi cu zi: a cinat, a spălat vasele, s-a uitat puțin la televizor împreună cu copiii, l-a băgat pe Bret în pat și i-a citit o poveste.

După ce Bret a adormit, în sfârșit, Liam s-a strecurat cu grijă jos din pat și a plecat din cameră. Era pe punctul de a se duce la parter, când a observat fanta de lumină de sub ușa dormitorului lui Jacey. Cu un oftat, a luat-o pe coridor, spre camera ei.

După o pauză lungă, a bătut la ușă.

– Hei, iubito, eu sunt!

– O, intră!

A deschis ușa și a găsit-o exact așa cum se așteptase: așezată pe pat, cu căștile pe urechi, plângând. Televizorul era pornit.

– Hei, copilă!

Ea și-a dat jos căștile și le-a aruncat peste mormanul de lenjerie de pat și de pături de lângă ea.

Liam a apucat scaunul roz, umplut cu polistiren, l-a tras mai aproape de pat, iar apoi s-a așezat în centrul lui confortabil.

– Am țipat la ea, a spus Jacey. Mama s-a trezit după ce a fost o lună în comă, iar eu am țipat la ea.

– Nu-ți face griji pentru asta, scumpo. Du-te înapoi mâine și spune-i c-o iubești.

– Chiar o iubesc, dar sunt supărată pe ea și mi-e teamă că nu o să-și mai amintească niciodată de noi. Că o să-și amintească numai... de el.

– Aș vrea să fii acum doar o fetiță, a răspuns el în șoaptă. Dacă ai fi, aș inventa o poveste, sau te-aș gâdila, sau ți-aș oferi o înghețată.

Ea a zâmbit.

– Ceva ca să schimbi subiectul.

– Exact. Dar ești aproape om în toată firea și nu mai pot să te protejez de toată suferința vieții. Adevărul este că iubirea e de toate culorile și formele. Unele iubiri sunt atât de limpezi, încât aproape că vezi prin ele; altele sunt negre ca cerneala. S-a oprit, incapabil să se gândească la o afirmație pe care s-o poată face fără ca aceasta să sune jalnic sau melodramatic. Așa că a inspirat adânc și i-a spus ce credea el: Jacey, nu ştiu ce înseamnă trecutul mamei tale pentru această familie, dar ştiu un lucru: o să fim întotdeauna o familie, noi patru. O să găsim o cale de a ne susţine unii pe alţii. Asta este ceea ce fac familiile cel mai bine.

– Te iubesc, tati!

Inima lui Liam s-a strâns. Cuvântul unei fetiţe, „tati", i-a amintit de toate lucrurile pe care le trăiseră împreună. Aveau să treacă şi prin asta, într-un fel sau altul, iar după ce totul se va fi terminat, aveau să ştie unde şi cum venise iubirea să se aşeze între ei.

– Şi eu te iubesc, Jace. Iar acum vino aici şi dă-i bătrânului tău o îmbrăţişare!

Ea a alunecat jos de pe pat şi i-a căzut în braţe, trecându-şi braţele în jurul gâtului lui.

Scaunul era prea mic şi au alunecat împreună de pe suprafaţa lui lucioasă, aterizând grămadă pe podea. Râzând, s-au despărţit şi s-au ridicat, stângaci, în picioare.

– Noapte bună, tati!

– Noapte bună, Jace!

Liam a plecat din cameră şi a închis uşa în urma lui, apoi s-a dus la parter. A mers dintr-o încăpere într-alta, fără direcţie. Abia când a ajuns în camera de zi, lângă pianul cel mare, şi-a dat seama că ar fi trebuit să vină acolo de la început.

S-a aşezat. Clapele erau în umbră. Nu că ar fi avut nevoie de lumină ca să cânte; nu avea nevoie de nimic – nu avea nevoie de partitură, de lumină, de spectatori. Singura de care avea nevoie era Mikaela...

A apăsat o singură clapă cu degetul arătător. Nota – si bemol – a reverberat în cameră şi i-a amintit de vremurile când stătuse acolo cu familia adunată în jurul lui, cu soţia aşezată aproape, şi cântase din tot sufletul. Nota s-a stins.

Şi-a luat mâna de pe clape. Încă nu putea să cânte.

Julian şedea într-unul dintre separeurile din spate ale localului Lou's Bowl-O-Rama, privind în cea de a patra halbă de bere. Era aproape ora zece – aparent, ora de vârf pentru bowling în Pleasantville.

Auzea agitația din spatele lui – oameni adunați laolaltă, arătându-l cu degetul, șoptind. Cuvântul care se ridica cel mai mult deasupra zgomotului de fond era „Mikaela".

Erau ușor de ignorat. Parte din statutul de star era să înveți să fii singur în mijlocul unei mulțimi de oameni, în condițiile în care cu toții se uitau la tine. Învățai să privești fără să vezi, să studiezi un grup de indivizi fără să ai contact vizual cu nici unul dintre ei. Celebritatea. Din păcate, la un moment dat îți dădeai seama că a fi singur în mulțime nu era deloc un talent pe care să vrei să-l perfecționezi.

A mai luat o gură de bere.

Nu putea uita puștiul pe care îl văzuse mai devreme în sufletul lui. Bineînțeles că ar fi trebuit să știe tot timpul că puștiul era acolo, dar nu fusese niciodată genul de om care să se gândească la astfel de lucruri.

„Iubire" era un cuvânt pe care îl folosise nechibzuit de-a lungul anilor. Atât de des, vorbind cu oamenii – reporteri, prieteni, alte femei –, o numise pe Kayla „iubirea vieții lui".

Nu ar mai fi putut spune asta după ce îl cunoscuse pe Liam și aruncase o privire în inima unui bărbat care iubea cu adevărat.

Julian și-a dat seama că lui îi plăcea, de fapt, ideea de iubire. Din pricina asta se însurase atât de des. Dar ceea ce-și dorea cu adevărat era altceva – ca în filmul acela (sau fusese mai întâi o carte?), *Podurile din Madison County.*[1]

Filmul descria fantezia masculină perfectă: câteva zile de sex nesăbuit, pasional, care nu-ți schimbă viața, iar apoi se decantează într-un regret dulce-amar. Desigur, ai pierdut acea unică iubire adevărată, dar în pierdere e ceva nemaipomenit de romantic. Și de ce nu? Acea iubire nu a fost pusă la încercare de timp, de plictiseală sau de infidelitate. Rămâne suspendată în afara timpului, înconjurată de o aureolă orbitoare, iar odată cu trecerea anilor devine tot mai strălucitoare.

În acel moment, Julian și-a dat seama că regretul era singura emoție adevărată cu care rămăsese după mariajul cu Kayla. Avea

[1] *The Bridges of Madison County* – film de dragoste american, din 1995

gustul unui Porto fin; în timp, se preschimbase într-un vin dulce, aromat, care te putea îmbăta.

Povestea relației lui cu Kayla era mai bună chiar decât adevărul: o iubise, se însurase cu ea, o privise părăsindu-l și mersese mai departe. Iubirea lui pentru ea fusese o emoție trecătoare.

Sau, mai rău, în sufletul lui era un gol care nu putea fi umplut niciodată. Iubirea adevărată era ceva care îl depășea.

Cineva i-a pus o mână pe umăr.

– Hei, Juli, te-am căutat în tot orașul. Joci bowling?

Julian nu a zâmbit.

– Mă știi, Val. Iubesc un sport în care porți pantofii altcuiva.

Val a rânjit și s-a așezat.

– Ce urmează, aruncarea lasoului?

Julian s-a întors către el.

– Val, te-ai gândit vreodată ce se întâmplă cu tipii ca noi după ce îmbătrânesc?

– Modelul meu personal este Sean Connery. Șaizeci și opt de ani și gagicile încă mă vor. Poți fi Jack sau Warren, dar Zeul – Connery – este al meu.

Julian a privit în halba de bere.

– Cred că o să sfârșim singuri, stând într-un fotoliu scump dintr-o casă scumpă, uitându-ne la albume de fotografii cu imagini a ceea ce am fost, ceea ce am avut. Cred că o să ne pierdem părul și forma fizică și că n-o să mai vină nimeni în vizită pe la noi.

Val a ridicat mâna.

– Adu-mi un scotch, te rog! i-a strigat el lui Lou, iar apoi s-a întors către Julian. Ești la fel de distractiv ca o cură de dezintoxicare.

Cum ar fi putut să-l facă pe Val să înțeleagă? Julian jinduise întotdeauna la strălucirea și la farmecul Hollywoodului; crezuse că ar fi murit dacă nu ar fi devenit cineva care să conteze, iar dorința i se îndeplinise. Dar anii se înșiraseră unii după alții precum luminițele în bradul de Crăciun și nu-și dăduse seama până acum – în Last Bend – la ce renunțase pentru faimă. Văzuse cu multă claritate cum avea s-o sfârșească – un star de cinema bătrân și arogant, care își făcea apariția la toate petrecerile, bea prea mult, fuma prea mult, făcea sex cu oricare femeie care se apropia suficient de mult de el. Căutând, întotdeauna căutând...

Kayla îl iubise, și, iubindu-l atât de profund, văzuse locul pustiu din inima lui. Înțelesese că o iubire adevărată și durabilă nu avea cum să crească pe un teren atât de steril, de stâncos. Sperase, fără îndoială, că avea să vină după ea, un bărbat schimbat, mai bun, dar, în adâncul sufletului, trebuie să fi știut. Din cauza asta nu-i spusese niciodată adevărul despre el lui Jacey. De ce să depeni povești romantice despre un bărbat pe care nu aveai să-l mai vezi vreodată?

Lou a așezat un pahar cu scotch în fața lui Val.

– Poftim. Ceva pentru tine, Julian?

– Nu, mulțam, Lou, a răspuns Julian.

– Mulțumești cuiva? O, Doamne, Juli, ce naiba se întâmplă?

Julian s-a întors cu fața către prietenul lui.

– Kayla m-a făcut... să-mi văd viața, Val, și nu e mare lucru de capul ei.

Val părea gânditor.

– Ești ca una dintre adolescentele alea care le văd pe top-modele în reviste și cred că arată chiar așa. Noi doi știm despre retușuri, chefuri, consumul de droguri și coastele care arată ca la Auschwitz. Te gândești că poate vrei o viață diferită, plină de aparate de tuns iarba, de petreceri de cartier și de meciuri în Liga Mică. Dar tu nu ești așa. Nu știi că toți tipii ăia adevărați, care muncesc douăsprezece ore pe zi ca să-și întrețină copiii mucoși și nevestele supraponderale, ar omorî ca să aibă o viață ca a ta măcar pentru o zi?

– Pot s-o aibă.

Ochii lui Val erau plini de o tristețe profundă.

– Julian, e măritată.

– Știu, a răspuns el. Dar dacă o iubesc?

Prăbușirea vieții unui bărbat ar fi trebuit să fie zgomotoasă. Ar fi trebuit să-i sperie pe trecători. Ar fi trebuit să sune ca și cum s-ar fi dărâmat Partenonul. Nu ar fi trebuit să fie cufundată într-o liniște obișnuită, de zi cu zi.

Soţia lui era îndrăgostită de alt bărbat. Pur şi simplu nu exista altă modalitate de a privi problema; indiferent de cât de des ar fi încercat să dea la o parte acel gând, el se târa înapoi.

Liam stătea întins pe spate, în dormitor, uitându-se la plasa de ţânţari vaporoasă care acoperea patul. Era aproape miezul nopţii, dar nu putea să doarmă.

Nu-i ieşeau din minte imaginile pe care le văzuse în acea seară la televizor, nici titlurile sarcastice care le însoţeau.

Iubirea adevărată, după toţi aceşti ani.

Frumoasa din Pădurea Adormită, trezită de sărutul lui Făt-Frumos.

Fiecare post de televiziune prezentase fotografii ale Kaylei, toate înfăţişând o tânără femeie plină de viaţă care era, în mod evident, îndrăgostită.

Femeia de pe ecran era una pe care el nu o văzuse niciodată. Până în ziua aceea – chiar până în momentul de faţă –, el sperase să întrevadă o frântură, oricât de trecătoare, a soţiei lui. Dar nu văzuse decât imagine după imagine cu „Kayla".

În prezent ea nu era nici Kayla, nici Mikaela. Fără amintiri, era doar o frunză prinsă în vârtejul năvalnic al unui vis, dar o frunză care avea să aterizeze în scurt timp. Avea să-şi amintească cei cincisprezece ani pe care îi petrecuseră împreună. El trebuia să creadă asta.

Dar ce urma să se întâmple?

Ea trebuia să caute ceva solid, iar lucrul care s-o stabilizeze, să-i ofere o ancoră, avea să fie iubirea pentru copiii ei. Acea iubire era temelia sufletului ei, şi nimic – nici măcar Julian – nu ar fi putut s-o separe de Jacey sau de Bret.

După ce îşi revenea, Mike avea să pună pe primul plan nevoile copiilor ei. Întotdeauna făcuse aşa. Îl părăsise pe Julian pentru Jacey şi se măritase cu Liam pentru Bret.

Până la urmă, avea să rămână măritată cu el, cu Liam. Atunci când urma să se ajungă la problema căsniciei, ea avea să-şi sacrifice din nou pasiunea pentru binele copiilor ei.

Acea revelație nu i-a adus nici o consolare lui Liam; în loc de asta, l-a împovărat.

Julian nu reprezenta o amenințare la adresa căsniciei lor; Liam știa asta. Iubirea Mikaelei pentru Julian era cea care amenința totul. Înainte, Liam fusese capabil să-și spună că soția lui îl iubea suficient de mult. Dar acum, că văzuse felul în care ea se uitase la Julian...

A închis ochii.

Acea prăbușire a vieții lui continua să fie potolită, la fel de potolită precum bătăile inimii unui bătrân. O bufnitură liniștită, reverberantă, iar apoi... nimic.

Capitolul 25

Mikaela a visat că era într-o casă mare, construită din bușteni.

Putea auzi din nou copilul care plângea, iar de data asta ea se temea mai tare. A urcat scările și a traversat veranda pustie. Lângă ea, un balansoar a scârțâit și s-a mișcat, ca împins de o mână nevăzută.

A apucat mânerul ușii și l-a răsucit, deschizând ușa cu o asemenea putere, încât aceasta s-a lovit de peretele dinăuntru.

– Bună!

Vocea îi era o șoaptă stinsă, înăbușită de greutatea cu care respira.

Plânsul s-a auzit din nou, de data asta – mai tare.

A mers pipăind peretele; de acum știa că acolo se afla un întrerupător, iar atunci când degetele ei l-au găsit, a scos un sunet de ușurare. S-au aprins luminile – un candelabru făcut din coarne de cerb, care arunca o plasă delicată de lumină aurie peste masa din sufragerie. I-a venit în minte o viziune rapidă, trecătoare, a ei așezată la acea masă, pe un anumit scaun; a auzit o voce spunând:

„Deci, copii, povestiți-mi despre ce-ați făcut azi..."

Dar nu era nimeni acolo, doar un trio de imagini fantomatice, sunetele furculițelor lovite de porțelan, bufnitura unui pahar așezat pe tăblia mesei.

– Unde ești? a strigat ea.

Plânsul s-a auzit din nou. Ea a trecut pe lângă masă și a urcat pe scara largă, construită din bușteni despicați. Se simțea ca și cum ar fi fost oameni în spatele ei, o mulțime șoptind, împingând-o mai adânc în întunericul de sus, dar, de fiecare dată când întorcea capul, vedea că era singură. Atunci când a ajuns la etaj, numai umbra propriului corp se furișa în spatele ei.

– Ma... miii! Ma... miii...!

– Unde ești?

Numai tăcere.

A început să alerge, dar de data asta pe coridor nu erau uși, ferestre, ci... doar plânsul acelui copil.

A alergat și iar a alergat, până ce coridorul s-a închis cu un perete gol.

– Unde ești?

S-a întors. Coridorul din spatele ei dispăruse. Când s-a uitat în jos, a văzut că stătea pe un petic minuscul de covor.

În fața ei a apărut o ușă.

Mâna îi tremura în timp ce a întins-o către mânerul de alamă. L-a răsucit cu ușurință. Centimetru cu centimetru, a deschis ușa. Aceasta ascunsese un spațiu cufundat într-o beznă totală.

La care se adăuga plânsul unui copil.

A atins peretele zgrunțuros și s-a aprins lumina.

Copilul era ghemuit într-un colț, cu picioarele lui albe, slăbuțe, îndoite într-un unghi ciudat. Purta pantalonași de flanel – ca ai lui tati – și un tricou cu Seattle Super-Sonics.

Și-a ridicat privirea la ea, cu fața palidă, brăzdată de lacrimi, și cu ochii albaștri măriți până într-atât, încât deveniseră două iazuri de durere udă.

„Băiatul de la spital."

– Mami? a spus el.

– Bret! a strigat ea, lăsându-se în genunchi și luându-l în brațe.

Apoi s-a trezit. Amintirile au inundat-o din toate direcțiile.

A rostit acel nume simplu iar și iar:

– Bret. Bret. Bret.

Copilul căruia îi întorsese spatele, căruia nu-i spusese nimic atunci când el se aplecase și o sărutase pe frunte cu toată delicatețea unui fluture.

Băiețelul ei.

S-a întins către telefon, dar înainte să formeze numărul, a observat ceasul de pe perete. Era ora trei dimineața.

Încă nu putea suna. A închis ochii și s-a sprijinit de perne, permițând amintirilor s-o invadeze.

Mikaela s-a trezit tresărind. S-a uitat la ceas. Nouă și jumătate. La naiba! Copiii erau deja la școală.

A văzut tava cu mâncare de lângă patul ei. Arăta dezgustător. Nu-și imagina cum ar fi putut cineva să se recupereze dacă mânca un asemenea gunoi.

Cu un suspin, a împins tava la o parte.

A închis ochii și s-a gândit la toate lucrurile pe care și le amintise noaptea trecută.

Bret. Jacey. Preaiubiții ei copii. Nu-și putea aminti fiecare detaliu, dar își amintise cea mai mare parte.

Julian. Își amintise toate zilele și nopțile în care așteptase lângă telefon ca el să sune, nenumăratele dăți în care adormise plângând, așteptând. Așteptând...

Și Liam. Își amintise detaliile și motivele iubirii pe care o avea pentru el... și cum toate astea nu fuseseră niciodată destul pentru ea.

Așteptase ani de zile ca Julian să se întoarcă la ea, dar la un moment dat trebuise să-și continue viața. Se înscrisese la școală și devenise asistentă medicală, iar apoi se angajase chiar în acea clădire. Îl întâlnise pentru prima dată pe Liam în salonul în care era internat tatăl lui. Pe atunci se simțea atât de singură, atât de pierdută! Tocmai citise în presă despre ultimul mariaj al lui Julian, iar asta îi dărâmase moralul. Atunci când Liam o invitase în oraș, acceptase.

Știuse că Liam se îndrăgostise de ea aproape imediat. Deși nu simțise același lucru, avusese nevoie de cineva care să țină la ea. Zi după zi, Liam îi arătase cum era să fii dorit cu adevărat.

Cu toate astea, atunci când aflase că era însărcinată, se simțise încolțită. Își aducea aminte fiecare detaliu al zilei în care îi spusese lui Liam despre sarcină.

Fuseseră la cascada Angel, locul lor favorit, și stătuseră întinși pe o pătură. Ea îi spusese despre copil, iar el pufnise, bucuros. Apoi, cu gentilețe, o ceruse de nevastă.

Îi povestise o parte din trecutul ei. Îi spusese: „Am mai fost măritată. L-am iubit din toată inima. Mi-e teamă că-l voi iubi toată viața“.„Înțeleg“, răspunsese el.

Dar ea era cea care înțelegea cu adevărat. Îi frângea inima acelui bărbat blând și grijuliu, care o iubea în felul în care ea îl iubea pe Julian. Își dorise să creadă că puteau fi fericiți. Și, în multe feluri, chiar fuseseră. Ajunsese să-l iubească pe Liam, dar nu fusese niciodată îndrăgostită până peste cap. În realitate, nu-și permisese să se îndrăgostească. Putea vedea asta acum.

Întotdeauna îl așteptase, în secret, pe Julian. În adâncul sufletului, în acel loc rezervat iubirii adevărate, păstrase o lumânare aprinsă pentru întoarcerea lui. Din acel motiv, iubirea ei pentru Liam fusese firavă și sfărâmicioasă precum un strat de gheață peste un lac albastru, fără fund. Cum ar fi putut să fie mai mult decât atât, când Julian era deja acolo, ocupând prea mult loc în inima ei?

Nu știa dacă regretase acea situație atunci – asta era ceva ce nu putea să-și amintească – sau dacă își permisese vreodată să se uite cu suficientă atenție ca să vadă. Dar regreta acum, regreta cu o ferocitate vecină cu disperarea.

Trecutul ei i se părea precum o plasă de pescuit uriașă și încâlcită. Se întreba dacă avea s-o poată descâlci vreodată suficient de mult încât să găsească acolo, în tot acel haos, perlele pe care acesta le ascundea.

Acum, de fiecare dată când închidea ochii – și uneori chiar și fără să-i închidă –, vedea mosorul intermitent al întregii ei vieți. Era peste tot, în zecile de aranjamente florale și plante verzi care umpleau acea cameră, în acordeonul de felicitări care îi urau însănătoșire grabnică, în carnețelele de mesaje telefonice pe care asistentele i le aduceau în fiecare zi.

În Last Bend găsise un loc căruia îi aparținea. Și partea cea mai tristă era că, în mod sigur, nu-și dăduse seama de asta. Ani la rând se crezuse o intrusă. Chiar și atunci când se oferise voluntară pentru zeci de evenimente caritabile și organizase clubul Bits-n-Spur 4-H, când fusese invitată la cină de prietenii ei și ai lui Liam, când băuse punci împreună cu ceilalți, după slujba de duminică, întotdeauna crezuse că era o intrusă. Și-a dat seama că acea convingere era o valiză împovărătoare, pe care o căra încă din tinerețe, și că fusese atât de al naibii de ocupată să se agațe de ea, încât nu reușise să vadă că valiza era, de fapt, goală.

Acum era atât de adâncită în gânduri, încât nu a auzit bătaia în ușă.

Rosa a apărut în prag. Arăta bătrână și obosită. Pentru prima dată, părul ei alb nu era prizonier într-o coadă strânsă. Purta o pereche de pantaloni negri, proaspăt călcați la dungă, și o helancă roșie. Ținea în brațe o carte mare, pătrată.

Mikaela s-a ridicat în șezut.

– *Recuerdo mi vida*[1], mamă, a spus ea în șoaptă, fără ca măcar să se obosească să salute.

Rosa s-a împleticit, iar apoi s-a oprit, cu ochii ei mari, căprui, fixați asupra Mikaelei.

– Îți amintești? Totul?

– Cum e Bret... după ziua de ieri?

– *Un milagro*. Rosa s-a mișcat din nou, făcând câțiva pași către pat. Avea un zâmbet blând pe față. Este bine. Acest băiat al tău are o inimă rezistentă. Și, bineînțeles, doctorul Liam a fost acolo.

Mikaela a înghițit cu noduri.

– Pot să-i văd acum pe copii?

– Bret e în excursie azi. Clasa lui s-a dus la Rockport ca să se uite la vulturi, care sunt în timpul migrației. La prânz, Jacey susține o prezentare la studii sociale. Prezentarea asta reprezintă jumătate din notă.

Mikaela s-a sprijinit de perne, dezamăgită.

– O, presupun că viața merge înainte, nu, mamă?

– Numai pentru puțin timp. O să-i aduc la tine după-amiază, *si*?

Rosa i-a dat Mikaelei cartea mare, îmbrăcată în piele, pe care o avea în mână.

– Asta e pentru tine.

Mikaela a atins pielea fină.

– *Muy caro, e, mama*[2]?

---

[1] Îmi amintesc viața mea (în limba spaniolă în original)

[2] Foarte scump, nu-i așa, mamă? (în limba spaniolă în original)

– Uneori e bine să cheltuieşti bani. Myrtle – prietena ta de la farmacie – mi-a spus că îţi doreai de mult timp cartea asta.

Asta era ceva ce Mikaela nu-şi putea aminti, dar ştia că de ani întregi intenţiona să alcătuiască un album al familiei. Alt punct de pe lista ei nesfârşită de lucruri pe care avea să le facă „într-o bună zi".

– *Gracias, mama*. Este frumoasă.

– A, înainte nu erai atât de *stupido*. Deschide-o.

Mikaela a rămas cu gura căscată.

– *Stupido*? *Stupido*? s-a mirat ea, fiindcă maică-sa nu vorbea niciodată aşa. Puţin respect pentru cei cu traumatisme craniene recente, dacă nu te superi!

Rosa a ridicat din umeri.

– *Lo siento*. În ultima vreme îmi petrec mult timp cu un băieţel şi m-a schimbat. Ieri am spus despre un desen animat că era „tare".

– Ăsta e Bretster al meu. Anul trecut totul era ori „grozav", ori „scârb-o-rama". Acum e „tare".

Mikaela a deschis cartea. Prima pagină era o foaie transparentă, gofrată, în care erau inserate violete uscate. Într-un spaţiu delimitat în mijloc, Rosa scrisese atent, de mână, *Mikaela Conchita Luna True Campbell.*

Mikaela s-a gândit că numele acela atât de lung o făcea să pară că aparţinea vreunei case regale. A întors pagina fără grabă; acolo, pe suprafaţa albă de hârtie, se afla o veche poză Kodak, cu colţurile îndoite.

Era o fotografie a ei şi a maică-sii. În fundal se vedea baraca în care locuiau în timpul culesului merelor, doisprezece oameni într-o cameră fără baie.

Amintirile acelei perioade erau în continuare tatuate în inima Mikaelei, dure şi ascuţite ca nişte cioburi. Acestea erau zilele care îi modelaseră spiritul şi ciuntiseră marginile visurilor ei.

Întreaga ei viaţă, Mikaela fugise de acele amintiri, ca şi cum o viteză îndeajuns de mare ar fi putut s-o îndepărteze de adevăr. Acum stătea pe loc, în sfârşit, şi vedea trecutul aşa cum fusese. A privit fotografiile nu cu ochi de copil, ci mai degrabă cu ochi de mamă. Rosa nu avusese de ales. Fără educaţie, o femeie hispanică săracă, ce abia vorbea engleza, nu avusese altă alegere decât...

S-a uitat la mama ei.

– Şi eu aş fi făcut-o, mamă.

– Ce ai fi făcut?

– William... casa... Dacă Jacey mi s-ar fi căţărat în braţe şi m-ar fi privit cu nişte ochi trişti, înfometaţi, aş fi făcut la fel.

A fost prima oară când Mikaela şi-a văzut mama plângând.

– Aş da orice să-l fi iubit pe el mai puţin şi pe mine mai mult, dar nu pot regreta faptul că păcatul meu ţi-a oferit şansa pentru ceva mai bun.

– Îmi pare rău că mi-a luat atât de mult timp s-o spun.

Rosa şi-a şters ochii, grăbită.

– Uită-te mai departe.

Mikaela a dat următoarea pagină, apoi pe următoarea, şi a văzut fotografiile din copilăria ei.

Apoi a venit fotografia de nuntă. Julian şi Kayla.

Mikaela a scos un suspin adânc. Pe asta o ascunsese, îşi amintea că aşa făcuse! Fotografia fusese în faţa ei de pernă, în debaraua...

– Liam le-a găsit pe când eram în comă, a spus ea cu o voce monotonă.

Rosa a răspuns în şoaptă, cu tristeţe:

– *Si.*

Nici nu-şi putea imagina durerea pe care o simţise Liam văzându-i viaţa în nişte instantanee atât de vii. Îl ţinuse ascuns pe Julian, atât pentru că nici un bărbat nu s-ar fi putut ridica la nivelul unui asemenea adversar, cât şi – dacă era să fie sinceră – pentru că nu putea renunţa la obsesia pe care o numea „iubire adevărată". Voia ca partea din ea care îl iubea pe Julian să fie numai a ei. Nu-l împărţise nici măcar cu Jacey.

Se temuse, poate, că dacă şi-ar fi arătat adevăratele sentimente, dacă ar fi vorbit despre el ca şi cum ar fi fost un om obişnuit, doar primul soţ, iubirea pentru el i-ar fi trecut. Iar gândul de a nu-l iubi pe Julian era mai mult decât ar fi putut suporta. O definise o perioadă atât de lungă de timp!

Mikaela a întors paginile încet, fascinată de viaţa pe care o avusese.

Uitase cât de tânără fusese la vremea la care se măritase cu Julian.

La început fusese strălucitoare în toate fotografiile, frumoasă şi veşnic zâmbitoare, dar pe măsură ce pozele se adunau, se vedea limpede cât de mult se maturizase, cât de blazată începuse să arate. În toate fotografiile în care apăreau ea şi Jacey, erau numai ele două, singure. Fără un tată care să zâmbească. Iar mai târziu, în timp ce ea îl aştepta pe Julian, fotografiile lor fuseseră făcute de străini.

A oftat.

– O, mamă!

Rosa a întors câteva pagini până când a găsit primele fotografii cu Liam.

– Vezi?

– Ce să văd?

– Zâmbetul tău. A revenit aici. Am observat asta prima oară când mi-ai trimis poze cu Liam şi cu tine.

O tristeţe dureroasă s-a răspândit în corpul Mikaelei.

– De ce nu l-am iubit, mamă? Ce e în neregulă cu mine?

– Ştii răspunsul la această întrebare.

– Mi-am întors viaţa cu susu-n jos.

Rosa a râs.

– Eşti tânără. E nevoie de mulţi ani ca să-ţi întorci viaţa cu susu-n jos. Ştiu ce vorbesc.

Mikaela s-a întors către ea.

– Cum o repar?

Zâmbetul Rosei s-a stins.

– Lasă-mă să-ţi mai spun ceva ce ştiu. Atunci când ascunzi lucruri şi le ţii secrete... au o putere. Desfă-ţi viaţa în părţi separate, Mikita, uită-te la ea pentru prima dată... şi poate că o să fii surprinsă de ceea ce descoperi.

Capitolul 26

Mikaela număra clipele până când putea să-și vadă copiii. După plecarea Rosei, își petrecuse o oră alături de fizioterapeut, încercând să învețe din nou cum să folosească lingura cu eleganță. Cine ar fi crezut că era așa de al naibii de complicat să înfigi o lingură într-un castron cu cereale și să duci terciul la gură? La un moment dat, își dorise să azvârle tot micul dejun de perete. Și și-a adus aminte motivul din care femeile aveau crize de nervi, iar bărbații, nu: făcutul curățeniei.

Acum era aproape ora douăsprezece. Stătea la mica fereastră a camerei ei, uitându-se la parcarea de jos. Decorațiunile exterioare de Crăciun fuseseră montate: becuri multicolore, răsucite în jurul felinarelor. Știa că, noaptea, luminile strălucitoare transformau până și parcarea mediocră într-un tărâm de basm.

Acea dovadă a sosirii sărbătorilor o întrista. De obicei era dependentă de Crăciun, ocazie cu care se transforma într-un personaj agitat, care decora de zor și care își aduna din vreme copiii pentru ca, așezați împreună pe canapea, să se uite la filme precum *O viață minunată* și *Miracolul din Strada 34*. Anul acela, însă, nu avea decât un sentiment în care se amestecau durerea, vidul sufletesc și pierderea. Nu-i mai era clar cărui loc îi aparținea; cumva, acel sentiment era chiar mai intens în preajma Crăciunului.

S-a auzit o bătaie în ușă.

Mikaela s-a întors atât de repede, încât s-a împiedicat. Piciorul drept îi era în continuare slăbit și nu făcea față unor mișcări atât de rapide. S-a agățat de pervaz și s-a ținut de el ca să nu cadă pe podeaua acoperită cu un linoleum urât, pestriț.

Liam era în prag. Părea stângaci și nesigur, cu trupul lui înalt și deșirat înclinat într-o parte și cu părul lui prea lung căzut peste un ochi. A închis ușa cu grijă și a înaintat prin cameră, dar s-a oprit la distanță de ea.

Mikaela îi vedea nesiguranța din priviri; nu știa care era situația între ei. Și cum ar fi putut să știe dacă, după cum își dăduse seama și ea de curând, aflase tot ceea ce ascunsese de el? Mikaela a simțit o rușine copleșitoare. Îl rănise atât de profund...

– Salut, Liam!

Ar fi vrut să spună mai mult, dar nu știa de unde să înceapă; nu știa nici măcar dacă exista un început care putea să-i poarte acolo unde aveau nevoie să ajungă.

Liam a continuat să se uite la ea fără să zâmbească.

– Rosa mi-a spus că ți-ai recăpătat o parte considerabilă din memorie.

Ea a dat drumul pervazului și a șchiopătat către el, ținându-și brațul slăbit lipit de stomacul care îi era, brusc, agitat.

– Da. Mai sunt câteva spații goale, dar o mare parte am recuperat-o.

– Asta e grozav.

Nu avea nici urmă de entuziasm în voce. Folosise un ton plat, care nu părea deloc al lui.

Ea l-a privit și i-a observat rețeaua de riduri din jurul ochilor. Erau unele noi, gravate de trauma accidentului ei.

„Te iubesc, Liam."

Iată vorbele pe care avea el nevoie să le audă. De fapt, Mikaela le-ar fi putut rosti cu ușurință. Chiar îl iubea; întotdeauna îl iubise. Dar era vorba despre o versiune rarefiată a dragostei, una care avea mai mult de-a face cu duioșia și cu prietenia decât cu pasiunea.

Dacă Julian ar fi fost doar primul bărbat pe care ea îl iubise! Asta i-ar fi lăsat loc în inimă ca să se îndrăgostească de Liam. Nu mulți oameni rămâneau pe veci alături de prima lor iubire.

Dar Julian era mai mult de-atât. Mikaela întotdeauna numise „iubire“ sentimentul pe care îl avea pentru el; acum, aflându-se în acea încăpere împreună cu soțul ei, a văzut ce era cu adevărat: obsesie.

Prima iubire semăna cu un cântec dulce, unul care te făcea să fii plângăcios și nostalgic. Obsesia, știa ea, era diferită: un secret întunecat, care nu se transforma niciodată în ceva drăguț. O primă iubire putea, la un moment dat, să te lase să mergi mai departe. Ea se temea că o obsesie rămânea agățată de tine până în ziua morții.

– Nu vreau să te rănesc, Liam, a spus ea în șoaptă.

El a zâmbit. Era trist și obosit, uzat și subțiat ca un asfalt vechi.

– Nu mai știu ce să-ți spun, Mike. E ca și cum... aș călca apa în capătul adânc al piscinei.

– Liam...

El a ridicat o mână.

– Lasă-mă să termin. Trebuie neapărat să-ți spun unele lucruri. Ai fi putut să-mi mărturisești o parte mai mare din adevăr, să știi. Am fi putut avea o șansă dacă tu ai fi făcut asta.

Mikaela s-a întors cu spatele la el și a mers, șontâc-șontâc, spre pat. S-a așezat și și-a tras cearșaful până sub bărbie – ca și cum un strat subțire de bumbac și de acrilic ar fi putut s-o protejeze de șocul emoțional al cuvintelor lui.

– Știu.

Un val de furie a întunecat ochii verzi ai lui Liam, dar s-a risipit chiar înainte să poată fi luat în seamă, fiind înlocuit de o resemnare care aproape că i-a sfâșiat inima Mikaelei.

– Știi, cumva, cum a fost pentru mine... să te iubesc în toți acești ani, știind că nu era suficient și având o nevoie a naibii de mare să mă iubești și tu pe mine? A oftat. Te iubesc, Mike. Te-am iubit din prima clipă în care te-am văzut...

– Am păstrat acel secret numai fiindcă te cunoșteam, a răspuns ea. Știam cum fusese pentru tine să crești în umbra lui Ian. Nu am vrut să îți pui mereu întrebări în legătură cu Julian. Am crezut... că dacă nu știai cine era, ai fi putut să uiți că fusesem măritată. La fel și în cazul lui Jacey – am crezut că Julian ar fi fost prea... mare pentru ca un copil să-l poată uita vreodată, iar ea avea atâta nevoie ca tu să fii tatăl ei!

– Știu asta, Mike. I-a rostit numele cu blândețe, suspinând. Vreau să îți spun doar atât: fără minciuni. Asta e tot ce îți cer. Pe când tu erai adormită, eu m-am trezit. Înainte, puteam să mă agăț de iluzia că, într-o bună zi, lucrurile aveau să se schimbe. Am tot crezut că puteam iubi suficient pentru amândoi, dar n-am putut, nu-i așa? I-a atins fața cu o delicatețe care a făcut-o să își dorească să plângă. Poate că ai avut dreptate să îți ascunzi trecutul de mine. Pe vremea când nu știam, puteam să pretind că nu vedeam lucrurile mărunte. Ți-am lăsat secretele, tăcerile și tristețea. Îți imaginezi ce mi-ar face acum acele tăceri? M-aș întreba în mod constant: „Oare se gândește la el?"

Ea simțea cum i se frângea inima, iar durerea era mai intensă decât orice își imaginase vreodată.

Plantase chiar ea semințele acelei dureri și le fertilizase, de-a lungul anilor, cu propria ei obsesie.

S-a aplecat către el și și-a sprijinit fața în mâinile lui puternice, stabile. Apoi, foarte încet, el a sărutat-o. În acea atingere tandră a buzelor lui se regăseau în întregime suferința, disperarea și bucuria unei iubiri profunde și durabile.

Pe când ea încerca să-și domolească respirația, Liam s-a îndepărtat, s-a răsucit pe călcâie și a plecat din încăpere.

Era ora trei. O oră până la sosirea copiilor.

Mikaela era întinsă în pat, uitându-se, plictisită, la televizorul înghesuit în colțul tavanului. Filmul *O viață minunată* se derula în frumoase imagini alb-negru.

Era aproape de sfârșit. George Bailey – Jimmy Stewart – tocmai înțelesese ce ar fi fost lumea fără el, și astfel se schimbase tot ceea ce el voia sau jinduia de-a dreptul. Acum dădea buzna într-o casă veche, dărăpănată, a cărei balustradă se rupea...

Ca de obicei, Mikaela plângea, dar de data asta nu plângea pentru George Bailey, ci pentru ea. Atunci când orășenii au început să apară cu bani pentru a salva împrumutul, ea s-a întors, automat, către Liam, ca să-i spună că aceea era scena ei preferată.

Dar lângă ea nu era nici un Liam, în colț nu era bradul de Crăciun, nu erau copiii desfăcând pachetele de sub pom și plângându-se că văzuseră filmul de o mie de ori.

A dat pătura la o parte, s-a ridicat şi s-a dus la dulap. Acolo, îndesată sub un şir de umeraşe goale, era o mică valiză de piele maro. Mikaela s-a aplecat şi a apucat-o cu mâna stângă – cea dreaptă era în continuare prea slăbită ca s-o folosească – a târât-o la pat şi apoi a azvârlit-o pe saltea. Pe urmă a desfăcut încuietoarele de alamă; valiza s-a deschis.

Şi-a trecut degetele peste haine. Liam trebuia să fi fost autorul acelui aranjament artistic al lucrurilor ei preferate. O fustă neagră, plisată, și o helancă albă, cu o vestă asortată. Cureaua argintie *concho*, pe care o purta întotdeauna cu acea fustă. O pereche de cizme de călărie negre. Sutien și chiloți. El își amintise până și de cerceii ei rotunzi de aur – de care atârnau niște heruvimi. Și toată trusa de machiaj era acolo, până și peria și parfumul!

Nu-și putea imagina cum trebuia să fi fost pentru el să stea în debaraua uriașă, alegând haine pe care să le pună în valiza care s-ar fi putut să nu fie deschisă niciodată...

Ca să iasă mai repede din debaraua aceea, ea ar fi înșfăcat orice i-ar fi căzut în mână, ar fi înfundat haine la întâmplare într-o pungă de hârtie maro.

Dar nu Liam. Indiferent de cât de dureros a fost, el a stat acolo, gândindu-se, alegând, atingând. Ea și-a imaginat că, dacă ar fi privit cu atenție, ar fi găsit pete de la lacrimile lui pe helanca albă.

Și-a dat jos halatul subțire de spital și l-a aruncat pe scaunul roz. Îi era greu să se îmbrace de una singură – mâna dreaptă abia dacă o ajuta –, dar a continuat s-o facă, trăgând și smucind, legând, încheind nasturi, până când a terminat.

Apoi s-a dus la baie și și-a udat părul, pieptănându-l pe spate. Nu avea cum să se machieze cu mâna stângă, așa că s-a mulțumit doar să-și ciupească obrajii ca să se îmbujoreze.

A înaintat pe coridor, fără să aibă idee unde se ducea. Ajungând la capela spitalului, și-a dat seama că trebuia să se fi îndreptat în acea direcție de la bun început.

Îngenunchind în fața altarului de plastic, s-a uitat la crucea de alamă, apoi a închis ochii și și-a imaginat altarul de la biserica St. Michael's.

– Te rog, Doamne, ajută-mă! Arată-mi drumul spre casă!

La început a fost doar întuneric. Apoi o mică rază aurie, pătrunzătoare, de soare. A auzit voci care parcă veneau din depărtare, chicotitul ascuţit al unui copil, un bărbat care îi vorbea cu blândeţe.

S-a văzut la o înmormântare, stând în spate, departe de grupul de persoane îndoliate de lângă mormânt. Înmormântarea lui Ian. Tânguirile melancolice ale unui cimpoi umpleau aerul rece de iarnă. Liam s-a întors şi a văzut-o. Abia dacă îl cunoştea, şi totuşi s-a dus spre el. L-a apucat de mână şi l-a dus înapoi la maşină. Nu au rostit nici un cuvânt. Liam s-a urcat în limuzină, iar ea l-a urmărit cum se îndepărta...

Imaginea s-a schimbat, a devenit tulbure, iar apoi, clară. După aceea, amintirile au venit în şir, nelegate în timp sau spaţiu – doar momente aleatorii din viaţă. Ea dansând cu Liam la petrecerea Tex-Mex de anul trecut... Liam ştergând vasele pe măsură ce ea le spăla... Liam ducând-o la magazinul alimentar în acea camionetă roşie, şubredă, pe care o numeau Îngrămădita.

Îşi amintise căsnicia cu Liam, dar asta era prima dată când o simţea.

Îi era frică să deschidă ochii.

„Mai mult“, a implorat ea, „Arată-mi mai mult...“

Slujba de la miezul nopţii. Erau în rândul din faţă, îmbrăcaţi toţi patru cu hainele lor bune, de duminică. Bret avea părul ud şi în tot timpul slujbei el şi-a şters picături de apă de pe obraji. Amintindu-şi că până şi în Ajunul Crăciunului se certaseră pentru ca el să facă un duş, ea a zâmbit. Băiatul amânase duşul până în ultimul moment, aşa că plecase la biserică, tacticos, cu părul ud.

S-a văzut foarte clar alături de familia ei, cu toţii fiind precum firele unei funii împletite împreună; se întăreau unii pe ceilalţi.

A deschis ochii fără grabă. Crucea s-a estompat în faţa ei; florile de mătase de la altar au devenit un halou de culori spălăcite. Ea şi-a coborât privirea şi şi-a contemplat verigheta de pe inelarul mâinii stângi.

– L-am rănit pe Liam, a şoptit ea, fără să ştie dacă vorbea singură sau cu Dumnezeu.

Ştia doar că era aproape insuportabilă conştiinţa suferinţei pe care i-o provocase de-a lungul anilor. Şi cât de mult îl rănea chiar acum!

A închis ochii din nou şi şi-a plecat capul. De data asta nu-şi dorea o amintire – fiecare dintre ele părea s-o străpungă până la oase –, dar amintirea a venit oricum. Ea şi Liam se aflau la spital, şezând în sala de aşteptare. Bret era în operaţie. Doctorii vorbiseră despre şuruburi şi plăcuţe şi despre o mână care s-ar fi putut să nu mai fie niciodată capabilă să se strângă într-un pumn.

Ea şi Liam stătuseră la distanţă unul de celălalt, el, la fereastră, iar ea, pe canapea. Frica lor era atât de densă, încât făcea ca pereţii şi mobila să pară negre. Era disperată să găsească o modalitate de a-şi alina soţul, acel bărbat tăcut şi iubitor, care cerea atât de puţin. S-a ridicat încetişor de pe scaun şi s-a dus la el. L-a atins pe umăr, iar Liam a părut să se prăbuşească. S-a întors către ea şi a spus: „Nu ar fi trebuit să-l las să se ducă“. L-a luat în braţe, l-a ţinut lipit de ea şi nu i-a spus decât un singur lucru: „Nu e vina ta“.

La auzul acelor cuvinte simple, cel mai puternic bărbat pe care îl cunoscuse vreodată şi-a îngropat faţa în scobitura gâtului ei şi a plâns ca un băieţel.

Ea s-a simţit ca şi cum ar fi privit scena din depărtare, prin ochii altei femei. Din acea poziţie, ştia exact ce vedea. Iubire. Pur şi simplu.

„Vezi? Ştii ce e iubirea, Mikaela.“

A auzit cuvintele la fel de clar ca sunetul unui clopot la biserică. A deschis ochii şi s-a uitat de jur împrejur. Nu era nimeni acolo.

Pe faţă i s-a înfiripat un zâmbet. Fecioara Maria îi vorbise în sfârşit, după toţi acei ani de rugăciuni.

În mod surprinzător, Maica Sfântă avea exact vocea Rosei.

Capitolul 27

Mikaela se înapoiase în camera ei, plimbându-se acum încoace și-ncolo, când s-a auzit o bătaie în ușă.

Dintr-odată, a devenit agitată. Îi rănise atât de rău pe toți... dacă familia ei nu voia s-o ierte?

S-a depărtat de fereastră și s-a dus lângă pat. A apucat grilajul cu mâna dreaptă; în tulburarea care o cuprinsese, abia dacă a observat că degetele i se mișcau mai bine.

Ușa s-a deschis și a văzut-o pe Jacey, care arăta la fel de emoționată ca și ea.

Mikaela a șchiopătat spre fiica ei. I-a atins obrazul cu mâna dreaptă, care era atât de slăbită.

– Bună, Jace!

– Îmi pare rău, mamă. Nu ar fi trebuit să țip la tine.

– O, puiule... Mikaela a înghițit în sec. Nu-ți cere niciodată scuze pentru sentimentele tale. S-a apropiat de Jacey. Am în continuare multe goluri în memorie. Nu-mi aduc aminte prima ta zi de școală sau câți ani aveai atunci când ți-a căzut primul dinte. Am înnebunit încercând să găsesc amintirea acelor momente în creierul meu bulversat, însă nu am putut. Dar îmi aduc aminte că te iubesc. Te iubesc mai mult decât viața însăși și nu-mi vine să cred că te-am rănit atât de tare.

Ochii lui Jacey s-au umplut de lacrimi.

– Știi ce-mi amintesc, însă? a continuat Mikaela. Ultima noastră ieșire ca între fete, când am mers la cinematograful Guild 45 din Seattle și am văzut *Pe aripile vântului*. Îmi aduc aminte cum stăteam în întuneric, ținându-te de mână. A inspirat adânc. Știa că trăgea de timp; nu pentru asta venise Jacey și nu asta era ceea ce avea Mikaela nevoie să spună. În seara aceea am luat cina la Canlis, mai ții minte? Ambarcațiunile de Crăciun erau pe lacul Washington. Atunci a fost unul dintre zecile de momente din ultimii câțiva ani în care am încercat să-ți povestesc despre Julian.

Jacey nu părea convinsă, ci era puțin temătoare, puțin furioasă, puțin tristă. Mikaela urmărise fața fiicei ei atât de mulți ani, încât nu rata nici o nuanță a emoției de pe chipul ei.

– De ce nu mi-ai spus? a întrebat Jacey.

Mikaela răspunsese acelei întrebări de atât de multe ori în mintea ei! Cu toate astea, era nesigură. Chiar și acum, după toate cele care se întâmplaseră, nu voia să-i spună lui Jacey tot adevărul.

– Nu mai vreau alte minciuni, mamă, i-a cerut Jacey.

– Știu, *querida*. Dar nu vreau să te rănesc. Toate minciunile au fost din acest motiv.

– Spune-mi totul.

– L-am iubit pe Julian prea mult. După ce m-am măritat cu el și m-am mutat în California, am devenit altcineva, o *gringa* pe nume Kayla True, care nu avea nici un trecut. Era ceea ce-mi dorisem întotdeauna. *Abuela*[1] ta a încercat să-mi spună că Julian nu era bun pentru mine, dar eu nu am ascultat-o. L-am iubit atât de mult... La Hollywood... m-am pierdut. Nu am pierdut-o numai pe biata fată hispanică săracă, ci mai mult. Pe mine. Am făcut multe lucruri de care mi-e rușine. A încercat să zâmbească, însă nu a reușit. Dar apoi am rămas însărcinată. Tu m-ai adus înapoi. Știam ce voiam pentru tine, chiar dacă pierdusem socoteala lucrurilor pe care le voiam pentru mine. Știam ce fel de viață voiam să-ți ofer. Iar Julian... ei bine, nu era pregătit să fie tată.

Lacrimile au umplut ochii lui Jacey.

– Nu m-a vrut.

[1] Bunica (în limba spaniolă în original)

Mikaela a inspirat adânc. Acum nu mai avea cale de întors, așa că trebuia să meargă înainte.

– Nu. I-a luat mâinile lui Jacey și i le-a ținut strâns. Dar eu te-am dorit și am vrut să-ți ofer genul de copilărie pe care eu nu o cunoscusem. Așa că l-am părăsit pe Julian.

– Dar îl iubeai.

– Da.

O lacrimă s-a scurs pe obrazul lui Jacey, iar Mikaela s-a forțat să n-o șteargă. Unele lacrimi erau menite să cadă, trebuia ca ele să cadă. Acela era unul dintre multele adevăruri pe care nu reușise să le înțeleagă până atunci.

– Știi ce-mi aduc aminte? a spus Jacey cu o voce subțire, tremurată. Pe când eram mică, obișnuiam să te întreb despre tatăl meu. De fiecare dată când făceam asta, tu plângeai, așa că la un moment dat nu te-am mai întrebat. Ți-am făcut rău cu toate astea, nu-i așa?

– Nu. Să nu spui niciodată așa ceva.

Mikaela a strâns atât de tare mâna fiicei ei, încât i-a simțit osișoarele deplasându-se.

– Eu mi-am făcut singură rău... pentru o vreme. Pe urmă l-am întâlnit pe Liam... și m-am regăsit. Știu că nu am fost sinceră cu tine și cu Liam și va trebui să găsesc o cale să îndrept lucrurile. Împreună suntem o familie, și asta este ceea ce trebuie să ținem minte. O să depășim acest moment dificil.

– Te întorci acasă?

Acasă. Cuvântul i-a stârnit Mikaelei o amintire atât de limpede, încât ar fi putut s-o pună sub un dreptunghi de sticlă și s-o înrămeze.

Liam stă la pian, îmbrăcat cu o pereche de pantaloni scurți și cu acel tricou ridicol pe care l-a primit anul trecut, la convenția doctorilor. Pe el scrie: VIAGRA – ȚINE-ȚI STOCUL SUS. Pe suprafața lucioasă de abanos a pianului sunt două pahare de vin. Liam cântă piesa ei preferată: „A Time for Us“.

Se duce în spatele lui, îl atinge pe umăr.

– Hei, pianistule, du-ți soția la culcare sau îți ratezi șansa.

El se întoarce spre ea. Acolo, în ochii lui, sunt iubirea, întâmpinarea, nevoia pe care ea o văzuse de atâtea ori – toate cele pe care, până acum, le socotise ca fiind ale ei de drept, fără să fie obligată să răspundă în același fel.

Mikaela a râs. A știut că era un răspuns nepotrivit la întrebarea lui Jacey, dar nu s-a putut abține. Bucuria pe care o simțea era atât de mare, atât de amețitor de neașteptată, încât nu s-ar fi mirat să se uite în jos și să constate că plutea.

– Vino aici, Jacey, a spus ea, desfăcându-și brațele pentru o îmbrățișare.

Mikaela s-a agățat de fiica ei. Doamne, era o senzație atât de plăcută!

– O, mamă... Mi-a fost dor de tine. Mi-a fost atât de frică...

– Șştt! Știu. A mângâiat-o pe păr. Știu, puiule...

Amintirea a revenit atunci, adusă de mirosul părului fiicei ei, prinsă în umezeala lipicioasă a lacrimilor, iar Mikaela a râs și a plâns în același timp.

– O, uite-o! Mi-am amintit de prima ta zi de școală. Erai îmbrăcată cu o salopetă neagră, de catifea reiată, și aveai o cutie pentru prânz Fraggle Rock. Nu voiai să te urci în autobuz fără mine, așa că am mers cu tine. Am fost singura mamă din acel autobuz.

Jacey s-a tras în spate și i-a zâmbit.

– Te iubesc, mamă.

– O, Jace, și eu te iubesc, și-mi pare rău pentru toate...

Ușa s-a dat de perete. Bret și Rosa stăteau în prag. Rosa aridicat din umeri și a spus:

– Lui Bret i se pare că Jacey a avut destul timp.

Mikaela a sărutat obrazul umed al lui Jacey și s-a retras.

Bret stătea nemișcat, cu brațele pe lângă corp și cu mânuțele adunate pumn. Îi tremura gura, iar în ochi avea o expresie de frică. Frica și nesiguranța erau lucruri pe care le învățase recent. Băiatul pe care îl crescuse ea era neînfricat... nu avea nici o legătură cu acel copil ezitant.

Zâmbetul pe care i l-a aruncat Mikaela era slab și crispat, iar ea și-a dat seama că mai mult l-a speriat. Nu era deloc zâmbetul ei.

Mikaela a început să plângă; nu avea cum să-și oprească lacrimile. A îngenuncheat în fața lui și și-a desfăcut brațele.

– Deci, ce face băiatul meu preferat din întreaga lume?

Bret a țipat:

– Mami!

S-a aruncat în brațele ei cu atâta putere, încât amândoi s-au răsturnat pe spate.

Ea a stat acolo, pe podeaua urâtă de linoleum, strângându-l pe fiul ei în brațe până când nici unul dintre ei nu a mai putut respira.

– Te iubesc, Bretster, i-a șoptit ea în urechiușa roz.

Bret și-a îngropat fața în scobitura gâtului ei. Mikaela mai mult a simțit decât a auzit vocea lui spartă, atunci când a șoptit, la rândul lui:

– Și eu te iubesc, mami.

În cele din urmă, s-au despărțit și s-au ridicat, stângaci, în genunchi. Piciorul slăbit al Mikaelei tremura atât de tare, încât ea nu s-a putut ridica de tot. A rămas în genunchi, incapabilă să dea drumul mâinii lui Bret.

Pe deasupra capului lui, Mikaela s-a uitat la Rosa, care plângea și ea.

Mikaela și-a tras nasul.

– Păcat că nu le putem vinde californienilor toată apa care ne-a curs astăzi din ochi!

Bret a chicotit. Asta spunea Liam ori de câte ori Mikaela plângea la un film prost.

I-a zâmbit fiului ei.

– Deci, puștiulică, ce mai e nou cu tine?

– Sally May Randle s-a îndrăgostit de mine. Miroase urât, dar e destul de drăguță.

Mikaela a râs, uimită de caracterul obișnuit al lucrurilor, cuprinsă de o speranță neașteptată. Poate că, în timp, ei toți aveau să-și găsească acea cale care să-i scoată din pădure și să-i călăuzească până la drumul cel drept.

– Unde e tati? l-a întrebat Mikaela pe Bret.

El și-a mușcat limba și nu a răspuns.

Rosa s-a uitat la Mikaela.

– Nu a venit.

– E acasă, a spus Bret. Cred că e trist fiindcă nu ți-ai amintit de el.

Mikaela s-a prins de grilajul patului și s-a ridicat în picioare. S-a uitat la Rosa.

– Du copiii acasă, mamă. Mă duc să mă externez și ne vedem acolo.

Rosa s-a încruntat.

– Doctorii spun...

– Nu-mi pasă, a răspuns Mikaela, încercând să continue, dar răzgândindu-se iute și repetând rugămintea: Te rog, mamă, du-i acasă. Vin și eu.

Rosa a înghițit cu noduri.

– Ce ai de gând să faci, Mikita?

– Te rog, fă ce ți-am zis, mamă.

Rosa a oftat.

– *Si*. Dar, Mikaela, nu te apropia de ușile din față. Reporterii te pândesc.

Jacey s-a dus la Mikaela.

– Nu vreau să plec, mamă.

– Nu mai are de ce să-ți fie frică, iubito. Vin acasă curând.

– Promiți?

Mikaela a zâmbit.

– Promit.

După ce au plecat, Mikaela a hotărât să nu se deranjeze să se externeze chiar atunci. Avea să se îngrijească a doua zi de aspectele tehnice. A chemat un taxi, iar apoi a împachetat cu grijă toate fotografiile de pe noptiere și pervazuri. În ultima clipă, a împăturit halatul de spital și l-a așezat cu atenție peste lucrurile din valiză – ca să-și aducă întotdeauna aminte de ceea ce se întâmplase. Nu voia să uite nimic. Coma fusese cea care îi salvase viața. S-a rugat, doar, să nu se fi trezit prea târziu. Acela era singurul lucru pe care îl știa acum. Unele șanse veneau și plecau, iar dacă le ratai, îți puteai petrece tot restul vieții de unul singur, așteptând o oportunitate care deja trecuse pe lângă tine.

Fusese inconștientă mai bine de o lună. În realitate, dormise de-a lungul ultimilor cincisprezece ani ai vieții ei.

Cineva a bătut la ușă.

A înghețat, iar inima i s-a zbătut în piept. Privirea i s-a mutat la valiza strânsă și la masa goală.

„Doamne, te rog, dă să nu fie asistenta..."

Julian a intrat în cameră ca și cum s-ar fi aflat pe proprietatea lui.

– Am început să strănut de dimineață. Cred că am dezvoltat o alergie la acest oraș uitat de lume. A rânjit. Ar trebui să vezi toată agitația de pe strada principală. Oameni în toată firea plimbându-se îmbrăcați în costume Sasquatch.

Zilele Ghețarului, și-a amintit ea. Uitase cu totul de ele.

În vremuri obișnuite, Liam ar fi fost și el îmbrăcat într-unul dintre acele costume de Big Foot, la care Mikaela muncea ore în șir. În fiecare an, Liam se plângea de demnitatea lui compromisă, și tot în fiecare an se înscria în cursa pentru caritate.

– Kayla?

Ea a șchiopătat către Julian. Când a ajuns suficient de aproape pentru a-l atinge, s-a oprit. L-a văzut în sfârșit pe bărbat, nu legenda. Era în continuare devastator de frumos, încă o cometă pe cerul întunecat, care nu era chiar suficient de mare pentru a-i cuprinde magia. Dar atunci când a privit dincolo de asta, ea a văzut ceea ce fusese acolo tot timpul, lucrul care o luase pe sus și apoi o făcuse una cu pământul. Nu avea nevoie să-i vadă pe Julian și pe Liam unul lângă altul pentru a recunoaște diferența dintre staniol și argint veritabil.

– O, Julian!

I-a rostit numele cu o voce blândă și tandră, care conținea în ea regrete de-o viață.

– Nu-mi place felul în care te uiți la mine.

– Sigur că nu-ți place. Vrei să fii privit, nu văzut.

Era adevărat, și-a dat ea seama. El ducea o viață de magician, plină de iluzie și manevrată cu îndemânare, o viață în care un singur om vedea ceea ce se afla în spatele cortinei.

– Kayla, am meditat mult în ultima vreme. Mi-am dat seama ce dor mi-a fost de tine.

– O, Jules! a suspinat ea.

A întristat-o faptul că renunțase la o parte atât de importantă din viața ei ca să aștepte acea întâlnire care nu era clipa de aur mult visată, ci doar un moment de tinichea. Ca şi cum ei doi ar fi putut, pur şi simplu, să se urce pe un armăsar năzdrăvan şi să dispară în zarea nesfârşită. Ea uitase că deja se duseseră cândva în direcţia aceea. Iar apoi ajunseseră într-un loc atât de strălucitor şi de fierbinte, încât legătura lor se transformase în cenuşă.

El i-a aruncat zâmbetul pe care Mike îl văzuse de mii de ori, cel care obişnuia să-i crispeze degetele şi să-i facă inima s-o ia la galop.

– Ştiu că şi ţie ţi-a fost dor de mine, a spus el. Însă zâmbetul lui Julian s-a stins sub privirea pe care i-a aruncat-o ea. Ce? a întrebat el cu o voce atipic de nesigură.

Cum puteai să-i spui unui bărbat că te maturizaseşi în sfârşit, că învăţaseşi că iubirea adevărată nu însemna o noapte de sex pasional, sub un cer luminat de focuri de artificii, ci o dimineaţă obişnuită de duminică, în care soţul tău îţi aduce un pahar cu apă, două aspirine şi o pernă electrică pentru crampe?

– Am avut un vis, a început ea, privindu-l. A început imediat după ce te-am părăsit. S-a schimbat puţin de-a lungul anilor, dar ideea a rămas aceeaşi. În acest vis, sunt o femeie bătrână, cu pletele albe, desfăcute pe umeri. Copiii mi-au crescut, s-au mutat şi au copii, la rândul lor. Liam nu mai e; a murit de mulţi, mulţi ani.

Mă văd pe o plajă cu nisip roz. În spatele meu e o cabană albă şi ştiu că ăsta e căminul meu, în care trăiesc singură. Stau pe plajă, aşezată pe un scaun pliant, aşa cum fac zilnic. Într-o bună zi, ridic privirea şi văd un bărbat în vârstă, care vine spre mine. Eşti tu, Jules. Îmi dau seama că am aşteptat cincizeci de ani ca tu să vii. Îmi spui că ai renunţat la tot pentru mine. Şi nu mai eşti Julian True. Eşti celălalt bărbat, cel obişnuit, cel al cărui nume nu mi l-ai spus niciodată.

– Mel, a răspuns el în şoaptă. Numele meu este Melvin Atwood Coddington al Treilea. A încercat să zâmbească, ca şi cum ceva din ceea ce se întâmpla ar fi fost amuzant. Cine ar fi crezut că Gibson[1] avea să se descurce atât de bine, deşi poartă şi el prenumele ăsta?

Ea i-a atins faţa.

– Ar fi trebuit să fii Melvin.

---

[1] Aluzie la actorul Mel Gibson

– Ce vrei să spui?

– Aseară am avut din nou visul – numai că nu eram singură pe plajă. Stăteam alături de Liam, urmărindu-i pe nepoții noștri cum se jucau în apă. S-a uitat la el. Îl iubesc mai mult decât îți poți imagina, Jules. Sper numai să nu fie prea târziu ca să-i spun și lui asta.

– Știu că te iubește, Kayla.

Mikaela a simțit o tristețe dureroasă pentru toate lucrurile care ar fi putut să fie, pentru toate lucrurile pe care le pierduse în timp ce aștepta ceea ce nu avea cum să se întâmple.

– Nu există Kayla, Jules. Nu a existat niciodată. Iar tu nu ai fost niciodată Melvin.

Pe un ton dintr-odată răgușit, el a spus:

– S-ar părea că îmi spui adio.

– O, Jules, mi-am luat adio cu mult, mult, timp în urmă. Însă eu abia acum reușesc să plec.

Ea i-a mângâiat obrazul, și-a lăsat degetele să zăbovească pentru încă un moment, iar apoi și-a retras mâna încet și s-a îndreptat spre ușă.

– Stai! Nu poți pleca pur și simplu de aici! Presa te așteaptă la ușa din față. O să merg să dau o declarație, iar apoi te iau de la ușa din spate și te duc... A făcut o pauză, apoi a spus cu glas scăzut: acasă.

Ea s-a întors cu fața la el.

– Ce o să le spui?

Julian părea trist.

– O să le spun că povestea s-a terminat. Că Frumoasa din Pădurea Adormită l-a găsit pe Prințul ei. S-ar putea... să se țină după tine o vreme.

Ea a zâmbit.

– Și să scrie articole despre viața mea strălucitoare? După zece minute o să-și dea seama că viața obișnuită a unei soții de doctor dintr-un orășel nu este nici pe departe știre de prima pagină.

– Mă întorc imediat, cu limuzina. Ne întâlnim în spate.

I-a mai aruncat o privire intensă, apoi s-a întors și a plecat.

Mikaela a întins mâna ca să-și ia valiza, dar apoi a hotărât s-o lase în dulap. Era prea grea ca s-o ducă și nu ar fi făcut altceva decât să stârnească suspiciuni. A telefonat și a anulat taxiul. Cu mâna goală, a plecat din cameră. Și-a ținut capul plecat și s-a sprijinit de peretele coridorului în timp ce înainta încet, șchiopătând, prin spital.

Atunci când a deschis ușa, primul lucru pe care l-a observat a fost mirosul de brad caracteristic Crăciunului. Ace verzi de brad și zăpadă proaspătă. Un cer vinețiu, întunecat, înțesat de primele stele ale nopții a făcut-o să se simtă mică. A zâmbit; asta era ceea ce aștepta de la cer. Toată viața avusese obiceiul să iasă afară noaptea și să stea pe o bancă, înconjurată de întunericul albastru, catifelat. Acela era templul ei, adevărata casă a dumnezeului ei, ce întotdeauna îi amintise care îi era locul.

Îi plăcea să se simtă mică. Dorința de a se simți mare fusese cea care o împinsese în brațele lui Julian.

Limuzina a tras lângă trotuar, ușa s-a deschis, iar ea s-a urcat.

Capitolul 28

Limuzina s-a târât prin oraş cu viteza corespunzătoare limitei afişate, de cincisprezece kilometri pe oră. Afară erau oameni peste tot, mişcându-se în vălătuci cenuşii de aer expirat, mergând pe sub bannere pe care stătea scris BINE AȚI VENIT LA ZILELE GHEȚARULUI.

Julian nu-şi putea lua ochii de la Mikaela, deşi ea rareori îl privea. L-a ghidat pe şofer afară din oraş, pe un drum lăturalnic, pe unde copacii erau de o mie de ori mai mulți decât casele. Au cotit-o pe o alee şi au trecut pe sub o arcadă pe care scria: FERMA CASCADA ANGEL.

Hectare de păşune albă se desfăşurau de ambele părți ale drumului, înconjurate de garduri cu patru stinghii. Sub un bătrân copac uriaş se vedeau mai mulți cai, ce stăteau cu spatele către direcția din care bătea vântul.

Mikaela a atins geamul fumuriu.

– Bună, drăguților, le-a şoptit ea cailor. Mi-a fost dor de voi.

În cele din urmă, casa a apărut; era o clădire frumoasă, construită din buşteni, amplasată pe fundalul munților negri, zimțați.

Lumini de Crăciun albe, în formă de țurțuri, atârnau de streaşină şi transformau casa în castelul unei prințese.

Maşina a tras în fața casei şi a oprit. Şoferul – Julian nu-şi aducea niciodată aminte numele lui – s-a grăbit să ajungă cât mai repede la uşa lor.

– Mulțumesc, i-a spus ea tânărului în timp ce cobora.

Julian și-a dat seama că, în săptămânile care trecuseră, nici măcar o dată nu-i adresase șoferului acele cuvinte simple. Julian a ieșit din mașină și a așteptat lângă Kayla, care tremura de frig. El și-a petrecut un braț în jurul umerilor ei.

– Este frumoasă, nu-i așa? a spus ea, vorbind despre casă.

Julian s-a uitat la ea, numai la ea.

– E cel mai frumos lucru pe care l-am văzut vreodată.

Șoferul s-a întors în mașină și a închis ușa, lăsându-i singuri.

Kayla s-a întors către el.

– Intră cu mine, Jules. Fă cunoștință cu fiica ta.

Julian i-a văzut tristețea din ochi și a știut că ea înțelesese cuvintele care încă nu fuseseră rostite. Totuși, ca de obicei, a așteptat ca el să facă ceea ce trebuia. Julian și-a dat seama că ăsta era unul dintre lucrurile pe care le iubea cel mai mult la ea. Era singura persoană din lume care își dorise ca el să ajungă la înălțimea bărbatului care ar fi putut să fie.

Ura s-o rănească din nou, să-i aducă aminte de durerosul adevăr.

– Știi că nu pot.

– O, Julian...

I-a rostit numele într-un suspin dezamăgit, un sunet mai intim și mai cunoscut decât orice sărut își dăduseră vreodată.

– Dacă aș intra în casă, ar fi o minciună. Amândoi știm asta. Nu vreau să-i fac lui Jacey ceea ce ți-am făcut ție.

Ea l-a privit și a încercat să zâmbească.

Blânda revelație din ochii ei i-a frânt inima.

– Spune-mi că o să mă iubești pe vecie, a șoptit el.

Ea i-a atins obrazul. În frigul nopții, atingerea ei a fost ca un fier înroșit în foc, care i-a ars carnea.

– Întotdeauna o să iubesc cine am fost noi doi.

El a simțit și a auzit oceanul care se așternea între întrebarea lui și răspunsul ei. A știut cu certitudine că de data asta avea să-i fie dor de Kayla pe vecie. După ce fanii aveau să dispară, iar femeile nu aveau să-l mai urmărească, lui nu-i mai rămânea decât să stea într-un fotoliu de piele, în casa lui pustie, și să viseze la acea femeie care, la un moment dat, îl iubise cu adevărat.

S-a întins după mâna ei stângă. Verigheta simplă de aur strălucea în luminile galbene, palide, ale farurilor limuzinei.

– Mai ai inelul de logodnă pe care ți l-am dat?

– Bineînțeles.

– Dă-i-l lui Jacey. Spune-i...

– Ce, Jules?

– Spune-i că acolo, undeva, există un om care își dorește să fi fost altfel.

– Fii altfel, Jules. Intră cu mine în casă. Știi cum e Liam, o să găsească un loc pentru tine.

– Nu Liam e problema. Îmi doresc...

Nu a putut rosti cuvintele.

– Ce-ți dorești?

Undeva, o creangă s-a rupt în vânt și a sunat periculos de asemănător cu frângerea propriei lui inimi fragile.

– Aș vrea să te pot iubi așa cum te iubește el.

El nu voia ca ea să-i răspundă, așa că a luat-o în brațe și a sărutat-o pentru ultima oară.

– Adio... Mikaela.

Ea s-a răsucit pe călcâie și apoi a șchiopătat prin zăpadă. S-a oprit și s-a mai uitat la el o ultimă dată.

– Adio, Julian True.

A vorbit atât de încet, încât mai târziu Julian s-a întrebat dacă nu cumva el doar își imaginase acel rămas-bun.

Casa mirosea a crenguțe de brad și a plăcintă cu mere, a lumânări parfumate și a foc proaspăt aprins. Mikaela s-a oprit în prag, trăgând în piept izul primitor, de cămin. A văzut-o pe mama ei în bucătărie, ștergând blaturile placate cu faianță. Dintr-odată, Rosa și-a ridicat privirea. Mikaela și-a pus un deget pe buze și a înaintat tiptil. Trecând pe lângă camera de zi, l-a văzut pe Liam așezat la pian. Costumul Sasquatch de anul trecut zăcea făcut grămadă pe podea, la picioarele lui.

– Unde sunt copiii? i-a șoptit Mike mamei ei.

Rosa a făcut semn spre etaj.

– Își fac curat în dormitoare, fiindcă știu că vii acasă.

Mike a clătinat din cap. Îşi putea imagina cum arătau dormitoarele lor. Fără îndoială că Bret avea cel puţin o mie de ambalaje de gumă de mestecat răspândite pe birou. Probabil că o convinsese pe Rosa să-i cumpere Twinkies şi Ding Dong.

– Ţine-i ocupaţi câteva minute, vrei?

– *Si.*

Rosa a încercat să se întoarcă la treburile pe care tocmai le făcea. Mikaela a atins braţul mamei ei.

– *Gracias*, mamă. Pentru tot.

– *De nada, mi hija*[1].

Rosa a zâmbit fugar, iar apoi a ieşit din bucătărie şi s-a îndreptat spre etaj.

Mikaela a inspirat adânc. O descumpănea să-l vadă pe Liam aşezat la pian, cu mâna în poală. Îi lipsise muzica lui şi până în acea clipă nu-şi dăduse seama în ce măsură devenise o parte din ea. Fiecare amintire sau moment din viaţa ei păreau să fie acompaniate de o piesă muzicală extrasă din inima soţului ei.

Mergând în vârful picioarelor, a intrat în camera de zi. În colţ se afla un brad de Crăciun decorat cu instalaţii strălucitoare, iar o mie de luminiţe scânteiau reflectate în fereastra întunecată. Era primul an în care nu alesese ea bradul şi nu hotărâse amplasarea fiecărui ornament; dovada faptului că familia ei îşi continuase viaţa o întrista întru câtva.

Ajungând chiar în spatele lui Liam, s-a oprit şi a închis ochii. „Te rog, Doamne, sper să nu fie prea târziu!"

– Liam?

El s-a răsucit atât de rapid, încât i s-au lovit genunchii de bancheta pianului. Văzând-o, s-a încruntat şi şi-a trecut o mână prin părul prea lung.

– Ar trebui să fii la spital, a spus el, cu un aer stânjenit şi nedumerit.

– Spune-mi că nu e prea târziu.

Liam părea derutat.

– Ce vrei să spui?

---

[1] Cu plăcere, fiica mea (în limba spaniolă în original)

S-a așezat lângă el și și-a sprijinit mâna de antebrațul lui. Avea nevoie să-l atingă și totuși îi era frică să facă mai mult de atât.

– Aș vrea să fi fost mai deșteaptă. Știu că există cuvintele de care am nevoie acum, dar nu le găsesc. Vreme de doisprezece ani ai iubit femeia care am vrut să fiu. Obișnuiam să mă uit uneori la tine, mai ales atunci când erai cu copiii, și durerea din inima mea... Voiam să fiu genul de soție pe care o meritai. Doar că... nu puteam.

A mângâiat-o pe păr, iar ea a știut că tandrețea atingerii lui era la fel de naturală ca respiratul.

– Știu asta, Mike, dar...

– Te iubesc.

Ea i-a aruncat cuvintele în față, crispându-se din cauza accentului de disperare din vocea ei.

El și-a tras mâna înapoi.

– Mike, te rog...

– Te iubesc, a spus ea, de data asta cu mai multă blândețe. Vreau să îmbătrânesc alături de tine, Liam Campbell. Vreau să stau pe veranda noastră, să sorb limonadă și să-i urmăresc pe copiii noștri crescând și având copii, la rândul lor. Vreau să pregătesc cine de sărbători pentru noi toți și să ne uităm la nepoții noștri cum învață să meargă, să vorbească și cum ne adorm în brațe.

S-a uitat la el.

Pentru prima dată, ea a știut că în ochii ei se oglindeau toate fărâmele de iubire pe care le adunase de-a lungul anilor. Iubirea, la fel de limpede și de pură ca apa de izvor, la fel de complexă ca amintirile. Toate astea erau pentru el, pentru acel bărbat blând și statornic care îi stătuse mereu alături, a cărui inimă o frânsese cu atâta neglijență într-o mie de mici feluri, prin lucrurile pe care nu le spusese. Pe care nu le simțise.

– Cum rămâne cu Julian? a întrebat el în șoaptă.

Pentru prima dată, numele preaiubit a lovit carcasa dură a cutiei ei toracice și s-a îndepărtat, zăngănind. Nici o frântură din el nu a ajuns la pereții sensibili ai inimii ei.

– O să fie întotdeauna o parte din mine... dar acum pot să-l așez acolo unde îi e locul – în trecut. O parte din tinerețea mea capricioasă a fost trăită prea intens, la o viteză prea mare, într-o lume care nu era reală. Ea i-a mângâiat obrazul; a fost o atingere delicată, trecătoare. Nu avea curaj pentru mai mult. Ceea ce am simțit pentru Jules a fost real; nu voi nega asta niciodată. Nu mă mai mint pe mine, sau pe tine, sau pe copii. L-am iubit pe Julian True. Dar a fost o iubire fragilă, care nu a trecut testul timpului. După ce s-a destrămat, nu i-am dat drumul. Am ținut bucățile împreună, crezând – visând – că o să se lipească la loc în chip magic. Eram atât de ocupată să le țin împreună, încât nu am observat niciodată că aveam mâinile goale. Lacrimile îi înțepau ochii. Am fost o proastă, Liam. Și a fost nevoie de o lovitură la cap ca să pot vedea adevărul. Tu ești cel pe care îl iubesc. Dacă îmi mai dai o șansă, o să te iubesc până în ziua morții. Nu ai să te mai îndoiești niciodată de mine!

– Te-am iubit mereu, Mike, a spus el, simplu.

Vederea ei era acum încețoșată de lacrimi.

– Știu.

Pe fața lui Liam s-a înfiripat un zâmbet, iar acum acea iubire pe care o clădiseră împreună în toți acei ani se oglindea și în ochii lui. Ea o vedea, îi simțea căldura. A spus:

– Mi-a fost dor de tine. O, Doamne, timp de doisprezece ani mi-a fost dor de tine!

Cum se făcea că simplitatea profundă a acelor cuvinte avea puterea să-i zguduie întregul univers? Ea nu avea să mai piardă niciodată din vedere lucrurile importante, nici măcar preț de o zi, o oră sau un minut. De atunci încolo avea să prețuiască fiecare clipă, pentru că acum știa ceva, un adevăr profund care îi scăpase toată viața. Iubirea nu era un incendiu mare, menit să îți pustiască sufletul și să te ardă până în temelii. Iubirea însemna să fii alături de celălalt, pur și simplu. Însemna câțiva oameni care să stea împreună în camera de zi, împodobind bradul de Crăciun cu ornamente care reprezentau suma a ceea ce erau, a locului din care proveneau și a lucrurilor în care credeau.

Era simplu: momentele de zi cu zi, așezate precum cărămizile, unele peste celelalte, ajungeau cândva să formeze o fundație atât de solidă, încât nimic nu le-ar mai fi putut face să cadă. Nici vântul, nici ploaia... nici măcar amintirile șterse ale focului unei iubiri demult apuse.

Nimic.

– Cântă-mi ceva.

Ceva i-a trecut lui Liam prin fața ochilor minții, ceva care aproape că arăta ca frica. Apoi, încet, s-a întors cu fața la pian și a ridicat mâinile. Pentru o fracțiune de secundă, degetele i-au plutit, ezitante, deasupra clapelor.

Ea s-a gândit, în mod absurd: „Nu mai cântă".

Cu mișcări delicate, Liam a început să cânte. A ales cântecul lor, „A time for Us", iar muzica dulce și bine cunoscută a umplut încăperea. Ei i s-a părut că l-a auzit suspinând discret, ca de ușurare. După ce a terminat de cântat, s-a întors către ea.

– Hei, pianistule, a spus ea cu voce guturală, du-ți soția la culcare!

Liam a râs și s-a ridicat în picioare, trăgând-o alături de el.

– Știu, știu, sau îmi ratez șansa.

Ea s-a ținut de el, neputând să se abțină să-l atingă nici măcar pentru o clipă.

– Deja ți-ai ratat șansa, Liam Campbell! Ar fi trebuit să fugi atunci când eram în comă. Acum ai rămas cu mine pe cap. S-a ridicat pe vârfuri și l-a sărutat cu o pasiune adunată în cincisprezece ani. Iar după ce s-a retras, a șoptit cuvintele care o susținuseră în beznă: Pe vecie.

Mulțumiri

Pentru Ann Patty și Elisa Wares – vă mulțumesc pentru entuziasmul vostru fără margini, pentru redactarea inspirată și pentru prietenie. A fost o plăcere și o onoare să lucrez cu niște editori atât de remarcabili.

Doamnelor Barbara Snyder și Katherine Stone le mulțumesc – din nou – pentru ajutorul incomensurabil în ceea ce privește chestiunile medicale.

Bunelor mele prietene, Ruth Hargiss, Trish Bey și Lori Adams, le mulțumesc pentru atât de multe amintiri minunate.